死了一個研究生以後

蔡孟利——著

知識份子的必殺技

資深媒體工作者／**楊惠君**

二〇一七年一月十三日，延燒數月的台大論文造假案第一階段調查結果公布，這起台灣涉案層級最高的學術不端事件，嚴重程度與反映在媒體的篇幅不成比例。當天，透過網路直播緊盯著台大記者會，現場只有一枚炮火、略略讓台大高層掙扎了一番，那是當時素未謀面的《科學月刊》總編輯蔡孟利教授。

蔡教授像拿著衝鋒槍隻身掃射、一槍一槍連環炮的追問，其實當下有股心酸——那些令學術界蒙羞的、造假共犯結構的、甚至讓假數據影響別人研究而危害世人健康的一方，風波過後，或許仍會緊緊攀附在權力核心、申請高額研究經費依然輕而易舉；但蔡教授可能還在一字一字寫他不支稿費的《科學月刊》。

隨即便「處心機慮」想要「接近」（採訪）蔡教授，不讓社會上微弱的良知毫無回應，不讓追究真理變成荒謬，該是媒體最基本的義務。持續報導「台大案」時，生醫圈裡不少人默默關注，卻私下對我說：「寫得很好，但我不敢按讚。」一個跑去從政的醫師說：「這是台大必須改正的文化，但應該也會混過去了……」

「認真的人，就輸了！」社會喪志至此，讓這麼悲傷的句子成為流行語，而令我們也漸漸成為鄉愿的一環。明明是個應該最能夠以人民力量改變世界的時代，大家卻並不相信，時代可以被改變；文明知識累積至今，最終仍在權勢底下認輸。

現在證明，我錯了、一半！好險，只錯了、一半。

讓台灣全體學術界共同付出慘痛代價的論文造假案，結構性調查迄今只點到為止，掌握愈多資源、權力者，愈難被撼動。而蔡教授確實仍一字一字在寫，但這回不只有科普文章和學術評論，竟寫出了一部二十一萬字的小說，這招比起當時隻身揹著衝鋒槍去台大記者會「掃射」更猛烈。

「一旦使出了，一定要讓對手輸！」在職業摔角比賽中，叫做「必殺技」。蔡教授這部把生科界不能說的祕密訴盡的小說，不僅遠超過利益共生的學術圈「守備範圍」，還令那些「已經壞掉的人」直視自己質變的過程，就像摔角場上的「反式印第安死亡鎖」大絕招，將道貌岸然的虛偽反鎖壓制在地，讓現世中被亂棒打混的真理仍存氣息、長生不死，是知識份子終極「必殺技」，只有「過癮」兩字！

諤諤之士的一致推崇！

《死了一個研究生》原名「不那麼純屬虛構」，為前科學月刊蔡孟利總編參與抗議台灣百年來最高層級之T大學術造假案大戰，聊癒心情之作。蔡總編以書中年輕學子追案之勇氣與真摯高貴的純愛，凸顯台灣學術白色巨塔的猙獰醜陋，為時代留下見證。

中研院基因體研究中心研究員／**阮麗蓉**

一年前台大發生學術倫理事件，有如八點檔連續劇，過程經由蔡孟利教授客觀公正的持續報導，總算沒被模糊焦點，草草了事。這本小說算是蔡教授在整個揭發過程的內心戲，甚至隱射的內幕，也可以是對自己的一份交代。

中央研究院天文及天文物理研究所研究副技師／**曾耀寰**

本書情節雖是虛構（其實並不那麼純屬），但其中〈第十二天〉鮮活披露了生醫科學界的黑幕。風暴後，台大剛換上了新校長。但我們的科學研究界有好好檢討嗎？會嗎？要匡正學風，這樣一本行內人寫的小說還不夠，需要更多！

東吳大學名譽教授／**劉源俊**

學姊

半夜十二點整，就我一個人在實驗室。說不害怕是假的，特別是學姊剛走才沒幾天，而我就坐在她的位置上。其實有害怕的感覺是不應該的，學姊生前對我很照顧，像是對自己的弟弟那樣，雖然只大我三歲，卻感覺她好像經歷了很多滄桑，懂得很多人情世故，有事找她商量，總會聽到很有條理的分析。有時候很好奇學姊從哪裡來的這麼多生活經驗，這幾年來，很少聽她提到她自己，只知道她也來自高雄，或許這也是她對我比其他人好的原因吧，同故鄉的，總會多照應一些，特別是實驗室一缸子人住濁水溪以南的就我們兩個。

學姊應該有個男朋友，只是我們都沒見過。不像其他學姊妹或女同學，有男朋友的，大家多少會打過幾次照面，因為這些男朋友們總會在某些時刻適時的出現，像是實驗作太晚啦，假日趕工啦，或是大家相約要去唱ＫＴＶ時。如果實驗作太晚了，錯過了捷運及公車收班的時間，學姊通常就會打電話叫我載她回家。反正我住學校宿舍，多晚出門都不需要向別人交代。

學姊租的地方在永和，過個福和橋再轉兩條街就到了。其實我還蠻喜歡載學姊的，當她在後座挨近著我講話時，那種柔柔綿綿夾著細細清香的感覺，真是一種享受。我曾問過學姊，為什麼不叫男朋友來接妳，她只是淡淡的說，喔，他不住台北，然後，也沒多說什麼，也看不出有什麼情緒存在，只拿起安全帽敲了我的頭說，「司機，出發了。」

會現在坐在學姊的位置上，只因老闆要我將學姊之前的所有實驗資料做個整理。對老闆而言，學姊這一走，對他來說是個非常重大的打擊。學姊從大四開始就進了這間實驗室，因為她的聰慧、細膩以及讓人放心的工作能力，很快的就成為老闆最常交代事情的不二人選，特別是去年實驗室最勢利的博士班大師兄畢業後，學姊就理所當然的成了實驗室總管。實驗室有多少錢、碩士班學生們工作的進度如何，我覺得，老闆總是狀況外，久了，大家有問題都知道先找學姊；老闆呢，他有問題也只需要找學姊。所以，這幾天都看老闆很悲傷的在實驗室踱來踱去，常常一句話都不講的撐好幾個小時。

昨天，他終於把我叫進他的辦公室，告訴我，把學姊的座位整理一下，私人的物品裝一箱，送回給學姊的家人；屬於研究工作的實驗日誌、實驗紀錄，還有她桌上那部專門供分析用的電腦內的檔案，想辦法把它們整理出個頭緒，並且接手把學姊的研究完成。或許，跟老闆下午接的那通電話有關。電話打來時，我剛好在老闆門口收拾明天要送修的機器。他接起電話，說了聲校長好之後，就揮手示意我離遠一點。在我拖著機器離開之際，還是一直聽到老闆不斷的說，我知道、我知道。

整理學姊的東西不是什麼難事。學姊是個有條不紊的人，不像我，每次在桌上找本書都好像在挖礦一樣。我打開學姊的抽屜與櫃子，東西都擺得整整齊的，一格一格，一盒一盒的，分類得很清楚，幾乎都是和研究相關的書本、論文影本還有各式各樣的手術器械及實驗耗材。沒什麼私人物品，除了兩三盒茶包和咖啡外，就只剩一個裝著幾個硬幣的小盒子。

我曾經到過學姊租的地方幾次，那時她剛搬到現在永和的房間，需要採買些四層櫃之類的新家具，我向學長借了部汽車陪她採買並且載回去組裝。學姊的房間是個獨立門戶的小公寓，不大，十五坪左右，一間廚房兼客廳，一間臥室和一間廁所兼浴室。學姊把房子整理得像她在實驗室中的桌子櫃子那樣，簡單、乾淨俐落。我那時對學姊說，哇，有廚房可以煮飯耶，啊客廳這麼空，學姊，我搬來這邊打地舖好了！學姊看著我笑了笑，拿起手上的衣架敲了敲我的頭，說，好啊，你搬過來啊，房租你出一半，打掃工作全包之外再加每天當司機接送我，要不要？

雖然是很像姊姊的學姊，但畢竟和一位美女同住是一件引人遐想的事，感覺總有點怪怪的；加上她說話時的表情語氣看不出是開玩笑或是認真的，我也就不敢造次，打哈哈兩句就混過了這個話題。現在想起來，當初應該答應學姊的條件搬來和她一起住，有人可以一直陪她，或許憾事就不會發生了。

打開學姊桌上的電腦，看著檔案管理員內一個個用日期標記的資料夾，再瞄一瞄桌上這疊厚厚的紙本資料，要看懂這些，才是最困難的。雖然我自己的研究主題和學姊的工作是很相關的，但畢竟學姊的深入程度對我來說已經是像在雲端一樣，我不過是剛從另一條小路走進這個領域而已，連往上爬的梯子都還沒有架好。

更何況，每個人記載資料、敘述結果還有使用分析方法的習慣不同，光要搞清楚裡面那些縮寫的代號就夠讓人一個頭兩個大。再加上學姊習慣自己用MatLab寫程式計算數據，不像我，只能遷就商業套裝軟體來作業，這些高階的玩意兒，有時連開檔我都辦不到。

這也是我很佩服學姊的地方。一般來說，唸生物的對數學、物理或是寫程式這方面的訓練都很少，通常都是花錢買現成的使用。然而學姊就是能突破這個障礙，她對於幾個當紅的數學及工程軟體還蠻在行的，除了MatLab外，之前她還用３D的工程繪圖軟體幫我把一個實驗裝置剖面圖畫出來，作為申請專利的重要資料。想到這裡，既佩服學姊，也懊惱自己的沒用。我想，老闆會這麼倚重學姊不是沒有原因的，任何一位老闆遇到個這麼全能的學生，通常就會樂得越來越輕鬆，然後自己就離實際動手的實驗工作越來越遠，到最後，變成常常想出些現實上辦不到的實驗設計之手藝廢人。

不過說辦不到，好像也不是那麼的公平。畢竟有兩次，老闆覺得是我們的功力太差了，就自己單獨在實驗室熬了幾個夜晚，居然真做出他所預測的結果。那時，他還把我們大家都狠狠的酸了一頓，說我們就是對他的想法沒信心，以至於都敷衍了事。那時候學姊好像請了一個月的長假回高雄，沒有躬逢其酸。或許老闆就是要挑學姊不在的時候做做實驗，證明一下自己仍寶刀未老，免得大家認為他已經是個手藝廢人了。後來，那兩個實驗還衍生出一篇ＩＦ高於八的文章，讓老闆在學校的首頁風光了好幾天。

其實學姊也不是多麼完美，我反而覺得她因為好強，所以常常把自己逼在一個極限的邊緣。有一次，她做了一個手術極複雜的實驗，要在顯微鏡底下細心的動刀。從上午一直到半夜，換了五隻老鼠，卻都沒有成功。我因為要學這個手術，整天跟在她身邊，看著她由原本淺淺的微笑逐漸轉換成雙眼布滿血絲的嚴肅神情。期間我幾度建議可能今天的日子不對，翻翻農民曆還真是諸事不宜的狀況下，是否就先暫停等明天再做？但學姊只是簡短回了我「有幾個明天」，就不再說什麼了。

那天一直撐到半夜十二點，其他人都走光了，就只留我們兩個在實驗室。我的視線戰戰兢兢的跟隨著學姊手上的刀剪走，大氣也不敢喘一聲。忽然間，學姊的手一抖，扯斷了一條血管，我看著她緩緩的放下器械，走回自己的座位，趴在桌上，先是輕輕的啜泣，漸漸的就放聲大哭了起來。

我沒看過女生哭的這麼傷心過，特別是平常看起來冷靜俐落的學姊。我呆在她旁邊不知所措的站著，不知道要說些什麼。她就這麼大哭了十分鐘，我也呆站在她旁邊十分鐘。

最後我只好跟還在哭泣的學姊說，學姊，我先去收拾實驗桌了。她繼續哭著，沒回答我，也沒任何肢體動作表示意見，我愣了愣，還是決定先去幫老鼠安樂死然後清洗器械。

在整理的期間，學姊的哭聲從號啕漸漸轉回啜泣然後就沒聲音了。收拾好了，也快半夜一點了。我走回學姊旁邊，發現她已經睡著了。我看著她，第一次這麼仔細近距離的凝視著，纖細玲瓏的背形和一頭烏黑柔柔的秀髮，我在想，這樣的軀體到底承擔了什麼樣的壓力呢？我坐在她旁邊的位置上，想著，她講那句「有幾個明天」時，那種幽幽自言自語的語氣，想著……我自己也睡著了。

結果是學姊把我叫醒的。半夜兩點，萬籟俱寂，學姊拿起安全帽，敲了敲我的頭，說，司機，走吧！語氣又回復平時那種柔柔但沒什麼情緒的語調，不過眼神中倒是看得出有些歉意。我迷迷糊糊的跟著學姊下樓，走出系館，初秋沁涼的子夜，撲面的冷風把人的精神一下子給抖擻了起來。跟在學姊的旁邊走著，看著她在月光下柔亮的臉頰好像又滑過一滴淚珠，我忽然又感到手足無措了起來，想著，如果學姊的情緒又崩潰了，那我該怎麼辦呢？

其實在這之前也曾經見過學姊掉淚，在很偶然的情況下。有天晚上快十二點了，我忽然想起好像沒把放在水槽旁邊的高貴藥品收起來，心想如果明天一早被哪個天兵學弟妹隨手砸了，那我肯定會被老闆用刀架在脖子上。越想越不對，草草洗完澡就衝回實驗室。沒想到學姊那時還在裡邊，坐在她的書桌前面，我一進門瞥見學姊的背影，直覺的就對學姊說，十二點了，沒車了，要不要我載妳啊？

學姊沒回答，拿著面紙，低頭擦拭著臉，我一看就感覺的出是在擦眼淚。實驗室沒有其他人，我深怕是發生了那種事，趕快走到她身旁，看到學姊的衣著還是很整齊，稍微放心了一些。才叫了學姊兩字，她就轉過頭來說，我沒事，實驗室很安全，是我自己的問題，你不要多問，幫我把冷氣和穩壓器關一關，載我回家。

那是我第一次看到學姊淚眼的樣子，說真的，楚楚可憐，款款動人，讓人會興起擁入懷中的念頭。不過想歸想，我還是很聽話的喔一聲，就乖乖的遵照吩咐做了。

在那之後，學姊沒有就這件事再說些什麼，我也不曉得要如何發問。只覺得，她好像越來越有心事。不過也不知道我的感覺對不對，因為學姊的作息依舊，工作依舊，亮麗依舊，外表看不出有什麼差別。

PubPeer

是FB的私訊通知把我拉回現實。同學阿正，在美國貝勒醫學院唸博士的那傢伙傳來的。上面列了一個網址，PubPeer的，這個網站在去年很出名，我幾個同學的實驗室都中槍了，搞得大家雞飛狗跳；有兩個在T大的，還擔心自己的學位被拔掉。

我點了網址，幹，是老闆的，還那篇IF比八多的；裡面說的，就是那兩個老闆神作的圖。

不過仔細看看評論，還好，並不是像那批T大的剪剪貼貼photoshop一下這麼不入流，只是在說若照論文裡面所寫的實驗程序，不太可能出現這種毫無雜訊的狀況；也質問了，相較於文章中其他的數據結果，特別是表三所顯示的數量，跟依據老闆神做的那兩個圖以內插的方式估計，至少相差三倍。

在網頁內，尚無作者回覆；看看貼文日期，昨天。

老闆原來是做分子生物的人，只是，跑跑電泳、養養細胞，終究說不出完整的生命邏輯。所以這幾年，老闆的研究重心，逐漸的往整隻動物的生理及病理推進。而他之所以能成功跨足新領域，大家都知道是學姊的功勞。三年前，學姊被老闆派去國外拜師學藝，在不負所託下，短短三年內便在實驗室建立起所有的新行頭，然後開班授徒，教我們這群學弟學妹，成功的替老闆建立了灘頭堡。

當然，這背後還得有強大的金援才行。所以老闆的應酬越來越多，攬進來號稱「合作」——你合但我作——的雜務越來越多。雖然看起來實驗室六畜興旺，但也快把實驗室的諸人操翻了。去年畢業的博士班大師兄，或許就是在這種壓力下跟老闆大吵一架後，拍拍屁股走人。至於為什麼跟老闆吵架後還能畢業，大家都咸認與校長有關，因為他現在就是校長的博士後，今年還被送到美國去。

負擔最重的當然還是學姊。

不過學姊在教學弟妹做實驗的時候，臉上通常沒有什麼多餘的表情，只是以柔柔甜甜的嗓音，清晰簡潔的配合著俐落的手法，將訣竅同時由眼由耳的送入我們的腦中。特別是學姊面對動物時的那種不帶感情淡淡的冷漠，常常會讓我聯想起在市場賣雞鴨魚肉的攤販，一邊和客人應答著，一邊快速的剁切秤重，然後在你還沒回過神的瞬間，謝謝，一百塊。

彷彿，實驗室內的工作並沒有什麼壓力。

我曾在一次跟檯的時候問過學姊，對這樣每天都生活在斗室、每天有十二小時以上的時間不是盯著電腦，就是坐在實驗檯前的生活，會不會悶得有想要放下這些、想要離家出走的念頭？

學姊的回答倒是有趣，她停下手上兩把五號鑷子正準備包夾的動作，轉過頭，用種似乎看著我卻又像是在凝視遠方的神情，淡淡笑著說，「我已經溜出去了啊！」學姊說這話時的表情看起來是認真的，而且在我剛要開口發問前又把頭轉向頭蓋骨已被打開的老鼠，跟我說，看好，就是這裡，然後順手夾起一片硬腦膜。

「幹，你怎麼看？」ＦＢ又敲來阿正的私訊。

「幹，我能怎麼看，那我老闆。」

「實驗誰做的？」

「媽的，族繁不及備載，你要我怎麼說？」

的確是族繁不及備載。這是篇大文章，光圖就十個，外加三個表，還有一段影片附件。

原本主要負責的人是那個跟老闆吵一架的學長，學長跟老闆本來很麻吉的，碩士班是校長的學生，畢業服完役，先到一家藥廠工作了一年，就又被校長叫回來唸博士班。那時校長還沒開始當校長，被借調去當官了一陣子，所以就把他放到老闆這邊。

由於是校長的嫡系人馬，又在社會上歷練過，所以不少需要對外打點關係，例如談那些拿錢來合但必須自己作的事情，都是學長幫忙處理的。不過學長比老闆厲害的是，他有時會把工作再轉包出去，就是那種大包商搶到標之後再轉小包的概念，他有能力辦到。

因此實驗進行到半年後，在實驗室meeting的報告中，我們就漸漸搞不清楚這篇研究到底是什麼樣的狀況，總覺得學長的領導力實在是太神奇了，有辦法統合四、五個不同的實驗室，甚至還有不同校的實驗室，包括一個現在也在PubPeer漸漸揚起的明日之星。後來因為關鍵神圖是老闆自產的，所以老闆把獨家通訊位置讓給校長，自己擺第一，學長只放在第二加註與第一作者相同貢獻。或許，這也種下他們兩人日後吵架的原因。

「幹，透露一下，又一個校長在列，很甘味人生哩！」

「媽的，我還想畢業，不要找我問大頭的事！」

我站起身來，不自覺的在實驗室裡來回的踱步著。角落邊，籠子裡一雙老鼠的眼睛正瞅著我，我看著牠，忽然想到，自殺，好像是人類才會的事吧！就像這隻老鼠，腦袋裡被燒了三個洞，肚子裡縫了個無線發報器，然後被折磨成有憂鬱症的樣子，每天只生活在這個小籠子裡，沒有同伴、也沒有未來。但牠還是很努力的每天吃著一樣的飼料，喝著一樣的水。

我的生活中充斥著許多這類遭遇的老鼠，有的是強迫症、有的是憂鬱症、有的是過動症，然而牠們都一樣很努力的每天吃著一樣的飼料，喝著一樣的水，從來沒看過會自我了斷的老鼠。這些老鼠應該承受極大的壓力吧！牠們不想解脫嗎？老鼠會思考生存的意義嗎？腦子裡突然冒出這些無厘頭的問題。

我也想著，學姊是怎麼看待這些老鼠呢？如果這些操作對老鼠來說是種苦難，那學姊其實是這些苦難的始作俑者。

有些學妹在看動物手術時，臉上會露出難過不捨的表情，我就想，最好是她們在吃炸雞時有這麼悲天憫人。一隻在手術檯上的老鼠和一隻待宰的豬有什麼不同？一顆取下的老鼠腦袋和肉舖上吊著的豬心有什麼不同？如果我們悲憫一隻老鼠，那為什麼牛排就吃得心安理得？

在我剛入門的時候曾問過學姊這樣的問題，學姊只是淡淡的、不帶感情的說著：「生物學不談價值的問題，我們只對構造和運作有興趣。」

我看著這隻老鼠，沒想到造成牠苦難的人比牠更早離開這個世間。就在學姊離開的前一天晚上，我還跟著她一起記錄了這隻老鼠的數據。那時她已經決定要走了嗎？

這幾天我一直希望能想出些蛛絲馬跡，然而一切又都那樣的規律、平常，一樣作完實驗，一樣吃完便當，一樣被敲了頭後去牽車載她，沒有異樣，一切如昔。那天下車時她還開玩笑的對我說，你常常這樣載我回家，女朋友會不會吃醋啊？我應了她：等妳介紹啊，這樣就會有人吃醋了。學姊沒再說什麼，只是伸出雙手，捏了捏我的臉頰。

我很喜歡學姊對我這個親暱的小動作，因為都會夾帶一個疼惜的笑容。很像是一個獎賞，好像給乖乖聽話的小朋友的獎賞；我期待這個獎賞，在陌生的城市遠離家人獨自的生活裡，這種被疼愛的親暱是無可取代的。只是沒想到這樣的一個笑容，在那天夜裡竟成為一個句號。

回到學姊的座位上，翻著學姊的實驗日誌，看著她娟秀的字跡，我不斷的想著在學姊走之前的幾天，到底有什麼蛛絲馬跡我忽略了？我希望我能想得起來，又希望自己不要想出來；我想知道學姊為什麼會這麼的決絕，但又很害怕發現是我的疏忽以至於失去挽救的機會。

畢竟，我是學姊最親的人，至少這幾年來每天在實驗室的生活中，我是這麼的認為。

「哇，又一篇，媽的，有你的名字耶！」阿正又傳了一個PubPeer的網址過來。

我忽然莫名的慌了起來，趕緊點進去看。是去年發表的文章，學姊第一作者、老闆與校長共同通訊作者，我只是排在第四作者的位置，第二作者、第三作者皆是「合作」的路人甲乙——我只聽過名字，從沒見過人。

這本期刊排名不到前百分之五，雖不錯，但約莫只是百分之二十幾，所以老闆才捨得不當一作，校長也才會跟老闆共掛通訊。這篇我做的實驗不少，至少，一定比那路人甲乙多。因為我知道這篇大都是學姊作的，而她為了賞我一篇，故意留幾個好做的實驗讓我補，好讓她可以說服老闆將我列名上去。

跟老闆被抓上去的那篇類似，並非質疑有T大那種超懶的手法，而是對實驗設計能否產生這麼低雜訊的數據之質疑。

「你打算怎麼辦？幹，準備從甘味人生演回娘家了嗎？」

「媽的，四作能怎麼辦？你在貝勒是有那麼閒膩，一直看二十九台。」

「說真的，不是你吧？」

「幹，又不是photoshop。只是找碴的。」

我真的認為是找碴的，至少我有列名的這篇。因為我自己的工作我知道，學姊的工作我更知道，不會有假。雖然這篇在投稿之前，有些風風雨雨。風風雨雨是來自於學姊與老闆的爭執，關於要不要以現有的成果趕著投一本不怎麼出色的期刊？老闆希望再多等等，但學姊則堅決不肯，非得立即。

學姊當時跟我解釋了她的堅持。她在老闆麾下已經十年了，雖然做了很多研究，但每每到最後關頭，老闆都食言不給她一作的位置，最多只是博三時的一篇共同一作。後來她想通了，那些都是好期刊的大文章，老闆自用送禮兩相宜，輪不到給自己人。她已經博五了，不能不為自己畢業打算。所裡規定博士畢業至少要兩篇，之前那篇共一算一篇，她得要為自己再掙一篇。因此，若要避免再給老闆拿去自用或送禮，發表的期刊就不能太好。

一作已去世，外人即便要打，也是通訊的老闆與校長的事。我就只是個四作，也沒有良心的問題，要辦什麼呢？

第一天

學姊的後事是她妹妹來處理的。在檢察官確定無他殺嫌疑而以自殺結案後，一週內就火化了。

出殯那天，參加儀式的人，除了學姊的妹妹外，也就只有我們實驗室的人與幾位學姊的同學。學姊的妹妹年紀大概與我相仿，或許大個一歲，不過看起來應該出社會工作一段時間了，很精明幹練的樣子。學姊雖然也是精明幹練的女生，但感覺上比她妹妹年輕，也溫婉單純許多。

儀式裡其實沒什麼互動，只有過程中學姊的妹妹和老闆交談幾句。我們一直陪著學姊的骨灰入了塔位才離開，雖然我想在學姊的塔位前多停留一下，但最後還是沒留下來，跟著眾人默默的離開。學姊的妹妹在離開前禮貌性的跟我們一一握手道謝，我仔細看了一下她的面容，表情雖然嚴肅，但感覺不到哀戚的氣息；雖跟學姊有點像，但並不是一看就會覺得是自家人的那種。

後來，在回實驗室的途中，老闆主動跟我說，那是學姊同父異母的妹妹。學姊的親生母親早已過世，父親長年在中國，這次妹妹也是專程自中國回到台灣來處理學姊的後事。老闆說，因為學姊在台灣沒有其他親人，她妹妹急著趕回中國，因此學姊的妹妹拜託他幫忙處理學姊租屋處的遺物。

因為我是實驗室中跟學姊最親的人，也是唯一去過她住處的人，所以老闆就把鑰匙交給我。老闆給了我一張名片，是學姊妹妹的，說整理後就把東西打包寄去給她。我看著名片，頭銜印的是中國一間傢俱公司的課長，名字跟學姊只差一個字。

下午，我就到學姊的住處去了。

打開門，我彷彿看到坐在墊子上的學姊緩緩抬起頭對著我淺淺一笑。我關上門，不自主的跪了下來，開始痛哭了起來，這是我十幾天來第一次崩潰，第一次真正覺得，學姊走了。

我哭了很久，直到感覺學姊正憐惜的望著我才停止。的確是學姊正憐惜的看著我。

但我不知道那畫面是不是真確的在我眼前，似乎看到有光影聚集在某個地方，卻又沒有阻滯到任何視線。我帶著一點點恐懼一點點驚喜和大部分是訝異的好奇心，試著想要跟學姊說話，但在那個瞬間，我開不了口，只覺得腦袋好像跟著某種起伏的頻率澎湃著，不只在大腦皮層，連埋在深處的下視丘神經元也跟著節奏在活躍著。

我定定望著那個若隱若現的學姊光影處，看著學姊的神情從憐惜慢慢轉成哀戚，我漸漸發覺學姊並不是在看著我，只像是怔怔的在俯視著什麼，彷彿她面前有張桌子，上面擺著什麼，她正在細細讀著上面的文字，偶爾拭淚，又偶爾寫上些什麼。我繼續嘗試想開口說些什麼，甚至是移動一下自己的身體，但卻都像時光被停止那樣，四周靜寂，只剩下不知道是我的呼吸聲還是迴盪在屋子內學姊隱隱的啜泣聲。

是啜泣聲，越來越明顯，最後明顯到整個頻譜上所有的尖峰能量都集中到一點上來似的，而那一點的頻率就共振著腦中最悲傷的區域，將淒涼直接沁入每個細胞的內部，包括每一顆運行中的紅血球，蔓延到身體的任何地方，直到所有的淒涼變成我的全部。

在淒涼全佔滿之際，我了解了學姊的絕望心情。但在我也想放棄一切的時候，忽然傳來了樓下垃圾車的樂聲，我就在一塊忽然崩裂的石頭上硬是摔了下來，癱軟在地。

學姊不見了。

我躺在地上，好像恢復了些行動能力，可以稍微動動手臂扭扭小腿，不過仍然疲累至極，只想躺著。在漸漸冒出冷汗的時候，那些充身的淒涼也像是溶入了其中，隨著汗液流出體外而慢慢消散。我不知道我該想什麼，只覺得腦袋中充斥著毫無規律的、也沒有任何同步可能的、說不出是畫面或聲音的混亂。某種程度，我感受到的就是我在老鼠腦袋中聽到的那種，電極刺進去了，在步步進逼細胞的過程中，從訊號播放器的喇叭所傳來瀕死神經元淒厲高調的哀嚎。

後來我沉沉睡去了，又好像沒睡著過。我不知道這樣在地上躺了多久，我沒有想要看看時間的欲望，甚至連去感受時間究竟有沒有存在的欲望都沒有。我還是無法驅動自己的意念，只能看著一個不曉得飄浮在我身體中的哪裡的一個螢幕，不斷播放各種浮光掠影的鏡頭。

我看到一位女孩穿著一襲紅衣白裙站在繽紛但不知是落花、落葉或是落雪的樹下。那些落下的花、葉或雪沾到她的頭髮，都在一瞬間融化了，在沾融的落點把她的髮色蘊成雲白，一小片一小片的逐漸擴大到身外，直到所有畫面全素。

我和學姊站在延展到路盡頭的紅色古牆頭上，她穿著高中制服般的白衣黑裙，模樣也是那麼的年輕，撐著一把小黑傘。我站在身旁，白襯衫加棕色卡其褲，側彎著頭，像在聽她說話，但沒有聲音，四籟靜得像幅畫；畫中顏色鮮明，紅色牆，潔白衣，純黑裙，土黃但閃著灰銀的碎石路面。好像，時間就凍結在兩人的眼神裡。

後來，我走進一個光線昏暗的房間內，有寬大四方的椅子、茶几、櫃子以及大床。我看到學姊就坐在靠床邊的椅子上，頭髮束成了條馬尾，模樣很年輕，正專心哺乳著懷抱裡的嬰兒。看見我進來，她抬頭對我淺淺一笑，在那個坐姿稍微挺直的瞬間，我看到嬰兒嘴邊半露著的乳房，白皙的膚觸，在昏暗的房裡，像是塊溫婉的玉，散發柔柔的光。

我在床沿坐了下來，看著學姊低頭哺乳的樣子，許久，沒說什麼；她專心餵著小孩，也沒說什麼。時間就在乳房規律的起伏中緩慢的擺盪著，直到我心中忽然冒出個念頭，說，就停在這裡好了。

就這樣，我醒了，或說，我回到了現實世界。同一時間，老闆來了通電話，他說，要我回去實驗室幫他處理一下PubPeer的事情。

原來，已經晚上八點了。週日的晚上八點，老闆居然會出現在實驗室內，可以想見，PubPeer上說的事情，或許真有些問題。但除了最早阿正傳給我看的那些質疑，幾天來，也沒看到上面再多評論些什麼，老闆也沒有再被抓新的文章上去。通常，這就意味著爆料到此為止，沒必要再去理了。前一陣子，台灣大部分在PubPeer上被抓出的疑犯，都是用這種裝死的態度混過去的；我在想，如果只是這件事，我們就如法炮製好了。

老闆看起來很憂愁的坐著。

我走到他面前，老闆遞給我三張Ａ４影本。上面印著的，卻是學姊的手寫字跡。我還來不及細看，老闆就說了：「你看過這個嗎？」

我花了兩分鐘快速的掃描一下，那是一個實驗的操作程序，認真一點說，是老闆那兩張神圖的操作程序，還有一個像是實驗結果的圖。我愣了一下，靠，現在是什麼情況！

「你在整理阿娟的遺物或是實驗室東西時，看過這個嗎？」

「紙本的話，實驗室內的沒有，學姊住處的我還沒有整理，不知道。」

「電腦呢？」

「不知道，還沒仔細看過。」

「以前你聽阿娟談過這個實驗嗎？」

「沒有。」

「你盡快幫我去阿娟的住處再找找，有沒有這東西的正本……還有，跟這個有任何看起來相關的東西。」

「喔，今天嗎？」

「是的，今天。你辛苦一下，我很急，校長也……算了，總之，你今天趕快去找找。啊，還有，或許不是紙本，電腦也看一看。實驗室這邊的電腦我自己來。」

我只好再回到學姊的住處。

學姊住處在事情發生之後，警方來蒐證過一次，不過看起來並沒有真的翻箱倒櫃，東西仍然整整齊齊的歸在它們平時就被學姊安排好的地方。走進學姊的臥室，也是一樣的整整齊齊，不管是衣服、棉被或書本，都擺得好好的，好像剛被主人整理過的樣子。我想，警察進了這樣的地方，大概只消一眼，就知道不會找到什麼東西；又或許，當他看到這樣的整齊，也就不忍心去破壞死者生前努力營造出來的美感吧！

我坐在學姊臥室書桌前的椅子上，順手掀開桌上的筆記型電腦，按下了開關，等了一會，跑出個需要密碼的畫面。我打了幾個可能的數字，包括學姊的生日、實驗室的電話、或是1234這類無意義的組合，但電腦都無動於衷，我只好將它先擱著。發呆了一下，我稍稍將椅子拉後，打開學姊桌子的第一個抽屜。裡面有一些無關緊要的證件、存摺與小飾品；再看第二個抽屜，則是一些paper的影本，每一篇都寫滿了學姊所加的眉批。

整個臥室除了一張床和這張書桌外，還有個嵌牆的木頭衣櫃和一個學姊買來放書的夾板四層櫃。我站起身來，走到衣櫃前面，打開它，眼前淨是熟悉的衣服；拉開內櫃的小抽屜，一陣熟悉的香味撲鼻而來，裡面放著學姊的貼身衣物。以前學姊稍微挨近我身邊說話時，總會聞到這股淡淡的香味，那味道，會讓人想撒嬌的把頭埋進她的乳房之間安靜的睡覺。

當然，我從來沒有那樣做過。雖然有幾次我很想試試如果我真的把頭撒嬌的靠過去，學姊會不會自然而然的哄抱著我，讓我安穩的睡在她懷裡，像疼惜她剛剛哺育著的孩子那樣。

我又掉下淚來。

櫃子裡掛著的都是平常學姊會穿的衣服，大部分是輕便的襯衫與牛仔褲，還有少數搭配洋裝的裙子。實驗室裡的女生大都是這樣的，裙子是累贅的衣著，特別是我們這種每天穿梭在血與屎的實驗室。但學姊每個月總會有個一兩天穿裙子來實驗室，她說，當看見她穿裙子的時候就要識相點，不要勞煩她到手術檯旁教東教西的，也不要請她進老鼠房看東看西的。她說，那是她的休假日，只做有氣質的事，也就是坐在書桌前讀書寫paper，或是盯著電腦分析資料，然後，去喝個下午茶犒賞自己。

我喜歡穿著裙子的學姊。通常那一天，她都會特別打扮一下，不像平常實驗時的脂粉不施。學姊不喜歡拍照，即便大家起鬨要拍團體照她都只是躲在最後最遠的角落。我想，沒有照片，學姊裙裝在實驗室中的樣子，在這個世界上可能只有我還仔細的留存著，在心裡。

我的座位就在學姊旁邊，有時我會故意往後稍仰著，讓椅子的兩隻前腳騰空，頂著椅背順勢靠在後頭的書櫃，這樣我就可以不突兀的稍偏斜著視線，看到學姊側邊的輪廓，從散著些許髮絲的額頭蜿蜒到挺直鼻樑又滑落雙唇間的紅溝，拉起的目光，又在急彎的頷線往頸間的陡峭流略，旋即跌入領口下的起伏想像。

常常在那個時候，我會突然覺得熟悉了起來，我知道我見過學姊，但應該是在很久很久之前，不是在唸了這個學校以後的事；學姊好像曾經是我的什麼人，不只是學姊。有幾度我很想和她說說這個感覺，但又不知道該怎麼開始。

學姊穿裙子的那天下午總會有段時間是神隱的，她都說她要去品嚐屬於一個人的下午茶，所以都不讓我們跟。也因為我們從來都沒跟過，所以就會有很多茶餘飯後的猜測。通常我們一致的結論都是，學姊去約會了。

但或許，學姊真的只是一個人去喝下午茶。不太對，應該這樣說：或許她只是去享受屬於一個人在白天的自由時光。因為有一次，我就在學姊穿著優雅鵝黃色洋裝的某天，在信義區的百貨公司內看見她。

並不是我故意跟蹤學姊的。那一天其實我並沒有到實驗室去，因為表哥結婚，我去婚宴會場幫忙，而剛好，就在那家百貨公司樓上。婚宴一直到下午三點才結束，本來想趕快回宿舍把混身不自在的西裝換下來，但是從高雄上來的表姊妹們要我先陪她們到樓下百貨公司逛逛，然後再帶她們去台北車站坐高鐵。面對這些遠道而來的姊妹，我只能繼續很熱誠地壓制住這套渾身不自在的西裝，陪著兩位盛裝豔抹的淑女逐層的逛下去。

我是在賣男士西服與配件的那層樓看見學姊的。當然不是我想在這層樓逛，這套西裝已經把我卡得快變成機器戰警了，如果可以，我希望以後我結婚時不要穿西裝這種玩意兒。到這層純粹只是因為表姊的未婚夫生日快到了，她想順便幫他帶個禮物，所以就拉著我到這層來逛了。

學姊跟我有些距離，她逛著那些腰帶皮包等皮製品的櫃位，而我則是被表姊拉到襯衫這一區，因為她說我跟我那未來的表姊夫身材相當，剛好可以當作人形衣架試服裝。學姊應該沒有發現我，她很專注的看著櫥窗裡面的東西，偶爾跟專櫃小姐交談幾句，像在問一些尺寸或價錢之類的。

我會看到學姊純粹是因為無聊，因為只能站在那邊讓表姊拿著衣服在我身上比來比去的，所以只好東張西望。一開始並不是直接就認出那是學姊，而是在環顧四周的時候，被一個亮麗但柔美的身影吸引住，在假日百貨公司內川流的人群裡，學姊曼妙身軀所撐起的那身鵝黃色洋裝好像在散發著光芒，當眼光上移到散發光芒的臉頰時，我才意會到那是學姊。

雖然我很熟悉學姊的側面，但是她今天除了高雅的衣裙外，髮型也不是平常在實驗室裡頭的馬尾造型，而是讓及肩的頭髮自然的垂擺，彷彿周身的光芒就是從這些烏黑的濃密絲叢裡流瀉下來的。我望著學姊，一下子無法將實驗室中那個俐落的形象跟眼前的款款動人連在一起。

不過一下子我的八卦精神就征服了心中對美女形影的眷念。這是男裝部的樓層，照道理說，這麼盛裝打扮的女主角出現在這裡，就應該要有個男主角出來搭配才對。這下子我東張西望的更嚴重了，但是怎麼找，都沒有在學姊周身方圓十公尺內發現可疑人物。我也仔細觀察了學姊的神情，在幾分鐘內沒有任何張望等待的樣子，均是一派閒適自在，一直到她離開那個櫃檯，繼續一個人的漫步往下個櫃檯走去。此刻我也完成衣架模特兒的任務，不過，卻被表姊妹們拉著往相反方向走，與學姊越離越遠。

一小時後在離開百貨公司之前，於一樓的化妝品專櫃附近再次看到學姊。學姊還是沒有看到我，兩個人之間隔了好幾個櫃位。假日人多，要不是我有心想要找找學姊的蹤影，不然也不會在辣妹與貴婦的擁擠中發現學姊。

學姊仍是一個人緩慢踱步的看著櫥窗內的東西，某種程度，有種仔細觀察實驗對象的神情，以不只是在挑著適合自己使用的東西的專注，像是進階到，企圖看穿那些華麗包裝下是否含有某種放諸四海而皆準的原則存在其中。至此，我確定學姊是一個人來百貨公司了——即便剛剛在樓上男主角可能因為上廁所或是去買別的東西而沒有伴隨同行，一小時後，在這個顯然是要離開前逛的化妝品專櫃，也沒發現任何男主角存在的跡象。我想，這的確是屬於一個人的自由下午吧！

那天傍晚，我回到實驗室整理明天要用的藥品，收工後，已經是天上閃著星星的夜晚。萬籟俱寂的實驗室中只剩下我一個人。放著張雨生的音樂，雙腳翹放在桌上悠哉的坐著，望向大窗戶外的星星，我想到今天的表哥和學姊，兩個人年紀相當，卻是完全不同的人生模樣。

表哥是個沒有自己的人，身為規模不算小的企業第二代，從小就過著被規劃好的日子。該唸什麼科系、做什麼工作、出席什麼樣的場合、喝多少酒，都是落在一個架好的框框之中，沒有多大彈性。但不怎麼叛逆的表哥也就這樣默默的都承擔了下來，包括今天的婚姻，也是在沒有多大彈性的相親中敲定的。表哥曾經這麼跟我說，這也沒什麼不好，至少，他的人生一直沒有徬徨過，因為沒有機會徬徨。他還說，等哪天我不想殺老鼠了，就去跟他一起打拚，他覺得有個信得過的兄弟在身邊還是比較踏實些。

不過我總覺得我應該有拿諾貝爾獎的可能，所以，還沒怎麼認真考慮過表哥的建議。但是，如果說要有機會拿獎，那學姊應該比我更有可能才對。學姊是個把自己都抓在手上的人，連老闆甚至校長都不太能左右得了她。

一個像學姊這樣緊緊抓住自己未來的女生，會像表哥那樣時間到了就走入婚姻嗎？

晚上十點三十八分，老闆又打電話來了，問說：「找到了嗎？」

「沒看到紙本，然後那個電腦有密碼，進不去。」

「這樣好了，你把電腦搬回實驗室，現在。」

「搬回實驗室？但這是學姊的東西耶！」

「先不管，你先搬回來，我叫廠商來處理。」

「這……」
「就這樣，你趕快把電腦搬回來。」
我只再「喔」一聲，就把電話掛掉。幹！一定有鬼，我心裡想。頓時，我起了個念頭。
我快速將學姊的筆電包好，飆車回到我的宿舍。收好學姊的筆電，立即將自己筆電內的所有資料存到外接硬碟，再將電腦重新格式化。然後拿起我自己的筆電，再飆回實驗室。
老闆坐在學姊的座位上，仔細地盯著電腦，不斷的開檔關檔。
實驗室的電腦基本上都是公用，雖有密碼，但每人皆知；除了實驗檯專配的電腦外，三台文書處理的都放在一張大公桌上。學姊因為是總管，所以自己桌上有專用的一台，但也是設公用的密碼。
「老師，學姊的筆電我拿來了。」
「放著就好，你先回去。」
「有需要我幫忙找什麼嗎？」
「不用了，我自己來，你先回去。」
「喔。」
我走到門邊，想了想，還是折回老闆跟前。
「老師，是PubPeer的問題嗎？」
「你不用管，先回去。」
我又走到門邊，忽然老闆叫住我，問說：「你看過阿娟做過我做的那個實驗嗎？」
「沒有，我沒有看過。」
「喔，好吧，你先回去。」

我走到停摩托車的地方，戴上安全帽，看看手機上的時間，十二點了。回到宿舍的話，沒有筆電、也沒有網路可用。折騰了一整天，肚子又餓了，想說，先去吃點東西吧。

不自覺的，我又把車騎過了福和橋，停紅燈時才發現自己身在何處。綠燈一亮，乾脆就再轉兩個彎，到學姊家附近的豆漿店吃宵夜。那是以前晚上載學姊回去時，她最常指定停下來買宵夜或說是晚餐的地方。我們通常在店裡吃，不過有一次，就是她實驗失敗大哭後的那次，一大群像是要去夜遊的學生佔了大部分的桌子，人馬雜沓高聲喧譁，學姊皺了皺眉頭，說，包回去吃吧。就這樣拎著熱熱的燒餅小籠包加豆漿油條，我陪著學姊回到她住的地方。

平常送她回家我是不上去的，只載她到大樓門口，看她進了電梯就離開。不過那天當車子停在大樓門口時，學姊只是簡短的一句，上來一起吃吧，我只好把車停了跟著上去。

我有點忐忑不安，倒不是有什麼想入非非的念頭，而是揣想著，如果學姊又傷心起來了怎麼辦？啊！吃東西的時候我要講什麼？問還是不問？更慘的是，學姊的住處沒有電視，只有一台沒有連網路的筆記型電腦，這下子，連串場的影像都沒有，到時候看著傷心的學姊，兩個人面對面不發一語的吃著，這多尷尬啊！

儘管這麼的擔心著，我還是進了學姊的家門。看到的還是一樣簡單整齊的擺設，因為房間不大，所以只在客廳擺了張小平桌，幾個席地而坐用的墊子。兩人沉默的吃了一會兒，倒是學姊先開了口：你很想問，對不對？我說：嗯，也不是那麼想啦，只是有點擔心。學姊忽然笑了起來，伸出雙手輕輕的捏著我的雙頰，說，你擔心我喔？

學姊的手捏了我好幾秒鐘，那是第一次她對我有這麼親暱的動作，平常她最常的是拿安全帽敲我的頭。我看著她捏我時的表情，好像小時候常帶我出去玩的二表姊在哄我的樣子，在這個陌生的城市這麼多年，第一次在異鄉感到有種被疼愛的溫馨。

接下來學姊沒有再多說什麼，只打開了收音機，讓聒噪的主持人沖淡屋內沉默的氣氛。吃完了，也快三點了，學姊下了另一道指令，先在這邊睡一下，早上再回去，以免危險。她說話的表情很認真，而且馬上就進臥室拿了個睡袋給我，說，將就一點，睡客廳。就這樣，我很聽話的躺下來，然後就真的迷迷糊糊的睡著了。

站在這家熟悉的店門前，如煙的往事一下子又清晰了起來。我想著，什麼樣的壓力會逼得人想自殺呢？我想著，笑著的學姊還有啜泣的學姊，想著，是什麼在折磨著她呢？檢察官說是因為憂鬱症所苦，但這麼多年來為什麼我都看不出來呢？想著學姊捏著我雙頰的一幕，我心酸了起來，眼淚掉了下來。

此刻我是多麼希望學姊一樣在這裡，一樣拿起安全帽敲我的頭。

我買了燒餅小籠包加豆漿油條，雙份，回到學姊的住處。放在小平桌上，一如之前那樣，與她對坐著吃。

認識學姊的這幾年，不僅沒見過她男朋友，也沒見過她的家人，甚至沒聽她提起過她的家人。也在這個時候才感覺到，我們太常說話給學姊聽，但學姊很少說話給我們聽。我不禁又心酸了起來，想著，外表堅強成熟的學姊，應該也有很多苦沒人可分擔吧！

我思索著從下午開始所發生的一切，站起身來再次環顧學姊這間小小客廳的時候，忽然意識到，學姊難道沒有留下些蛛絲馬跡嗎？關於她的死。

我走進學姊的臥房，再度打開衣櫃，觸摸著那些吊著的、擺著的衣服；想著，這麼美麗的一個人，誰才有資格進入她的世界呢？拉開內櫃的小抽屜，熟悉的香味又撲鼻而來，我拿起這些味道來源中的一件內衣，貼近我的臉，在那個柔柔軟軟的觸感中，冒出了個念頭，我得將這些衣服都留下來，珍藏在我自己的生命中，我不想忘記這個味道，不想忘記想撒嬌的把頭埋在她乳房之間安靜睡覺的念望。

我把學姊那些吊著的衣服一件一件拿下來，卸下衣架，放在床上一件一件的折好，小心翼翼的，就像深怕多了一道折痕那樣，特別是那些曾經見過學姊穿著的高雅連身衣裙。折到第六件，在想先攤平這件從來沒見學姊穿過的外套時，發現在衣服內面口袋中有一封信，信封上寫著學姊的名字，但沒有郵票也沒有寫住址。信上的筆跡看起來是個男生，說不上來，就是有種急躁中帶著粗獷的感覺，女生不會那樣寫字的。

我想任何人在這個當下都會好奇的打開那封信來看，然而我卻猶豫了很久。那種感覺就好像如果打開了，會不會跟打開潘朵拉的盒子一樣的開展出我不想知道或不能忍受的未來？學姊這樣一個將周遭都打理得井然有序的人，會讓這樣的一封信放在衣櫥內某件沒穿過的衣服的口袋中，顯然不會是偶然的疏忽，一定是有某種像儀式般重要的意義存在這封信裡面。

這封信，對於謎一般的學姊的內心世界，就像忽然間在銅牆鐵壁中裂出一道隙縫，而且透出隱隱的光芒，誘惑著人將眼睛湊近靠去；但是，如果這封信在瞬間就揭曉了學姊的死因而真相卻是難堪或是我不能處理的，例如說，是不是該為學姊報仇之類的，那，我該怎麼辦？

我將信件放在學姊的書桌上，不安的繞著小小的臥房走了幾圈後又坐回學姊的床上，我不知道該怎麼思考，又站起來走近學姊打開的衣櫃，左右張望著，好像要從那小小的空間中再發現什麼東西似的，但其實張望的時候我卻什麼念頭都沒有。

最後還是那個熟悉的香味提醒著我有件事情已經存在了，得想些什麼。我拿起學姊的一件胸罩，走回她的床上，坐下，雙手拿起這個散發學姊味道的東西，將頭埋在那件胸罩的兩個罩杯之間，就像是撒嬌的把頭埋在她的乳房，安安靜靜的沉思。慢慢的，我好像感覺到學姊乳房溫柔的起伏，伴隨著那聽得到的沉穩心跳聲。就這樣隨著那不知道是真的還是虛構出來的韻律，我決定站起身來走到書桌去，將那封信打開。

三張信紙，沒有抬頭稱呼也沒有結尾署名與日期，基本上，完全沒有信的格式。如同信封上那樣的字跡，急躁中帶有粗獷的筆畫鋪滿了信紙。

最近，偶爾就很疑惑的這樣問自己妳是否真的是存在這世界上的一個人，還是出自於我的想像，包括妳的名字會不會都是我在某一個夢境中虛擬的印痕，然後在潛意識下自我蔓延出這許多的經過，在某個不知道的時間點以後，飛出了我所有能感覺到的世界。那真是一種很深沉的悲哀，在現實中做錯與錯過的，全部被無聲息的捲走，失去了對妳能再做些新的對的事情的所有可能。

或許妳只是個被無辜波及的路人甲，在毫不知情的狀況下被我把幻想中的重逢套到妳身上，我很沒有禮貌的借用了妳的形象來構築我自己的想像，迫使妳偷窺了我的私密傾訴，意外的承擔了我的情緒和失落。然而，我還是抱持著很想跟妳說些什麼、希望妳能了解的念頭。

希望在某一天的清晨妳醒過來之後，忽然了解了關於這一切的緣由是，那個當時的我有個青春剛過完。就在比較遠的不久之前，在以中年的外貌掩護青春經過的時候，那個當時的我很認真的把所有在青春時期會犯的錯誤仔細的都犯過一遍，認真得就好像得完成這一輩子中不得不有的儀式那樣。但這個剛過去的青春儀式，也趕走了在這之前一直留在那邊的某種憧憬的美好。終究是，抽走了生命中的某個部分，像是一支肋骨的神諭或是一億個神經元的想像那樣。

我在這樣的缺憾下度過了許多晨昏，我知道那被抽走的必然是和妳有關的東西，但不知道是什麼樣的妳在我心中被抽走了。那些堆疊在我心中的影像與串出的所有遭遇就我現在所了解到的意義都是，一種獨語。雖然仍與妳有關，那個妳，卻是我從來不曾有機會從容認識的妳。

我已經很清楚了這一切渴望的緣由不是因為性、寂寞、佔有，甚至沒有那麼一些些愛情的因素在裡面，過去那些長時間的經過已經滌清了這些因素的所有可能性。我只有一種想了解妳就如同想了解我自己的生命那樣的企盼，迴避不了。

妳在我身上還是留有極深的印痕，雖然形跡不見了，總還是感覺得到有著東西在那邊。一切，都只是如此而已。

讀完了，但不知道該怎麼繼續思考下去。已經半夜三點，我累極了。退了幾步到學姊床邊，倒下。

第二天

還是被電話聲叫醒。

上午十點，實驗室學弟阿貓打來的，他說他早上六點半本來要到實驗室拿雙釘鞋去踢足球，結果發現老闆倒在地上，頭部流了不少血。他叫了救護車趕緊把老闆送到醫院，急救後，老闆醒了，現在已經轉入一般病房。

醫生初步詢問老闆，事發經過應該是他自己血壓忽然升高導致頭暈跌倒，撞到實驗桌角昏過去了。阿貓說，至於為什麼會是半夜在實驗室跌倒，老闆沒有多說，只交代我打電話給你，要你先把他桌上昨天給你看的文件，以及一台你昨天晚上給他的筆電收好。

接完電話，我還是不知道該怎麼繼續思考下去。我再把那封手寫給學姊的信又重看了一遍，還是不知道該怎麼繼續思考下去。

我喜歡過一位國中就認識的女生十年，忘了是因為什麼樣的堅持，從一開始就只是認真的寫信給她，也是這樣一筆一畫的寫，不是現在那種敲敲鍵盤，就亮在螢幕上的細明體。她總是很少回信，但我仍辛勤的寫著，最後自己也搞不清楚到底這樣的堅持是為了什麼？是愛呢？還是對感情的想像？

我在一次許久未等到回信的沮喪下跟學姊說了這段歷程，學姊聽完，嘆了口氣，用我期待的憐惜眼神看著我說：「是命中注定吧，注定只能是很熟又很遠的朋友；有些人，這輩子你只會和他擦身而過，相聚，在下輩子。」那時，我似懂非懂的點了點頭，眼淚簌簌的掉了下來。學姊沒再說什麼，隨手抽了張面紙給我，然後把她餐盒裡的雞腿拿到我面前，說，給你，我減肥。

我在想，學姊有迫不及待想要相聚的人嗎？在下輩子的某個地方。

我繼續摺著學姊的衣服。雖然我這時候應該要去實驗室，把老闆交代的事情處理完，但我一點都不想去，只想待在這裡。

如果萬事都像幾米的畫那樣簡潔與單純就好了，兩張圖可以跳過複雜的過程，再回到一個溫馨的情節。然而累極的真實人生總是陷在時間的河流中載浮載沉，不知道何時會被一個漩渦捲進去水裡，最後雖然仍會停止了暈頭轉向，卻也就失去了原有水面上的風景，回不到那位坐在河邊沉思的人身邊。

我閉上眼，嘗試在冥想中架構起一個坐在河邊的學姊的樣子，用印象中那些僅存的背影、側廓與顏容。然而太在意了以至於太刻意，結果，就只有模糊的畫面。須臾，一個不留神，畫面飛走了，抓不住了，在來不及與那個學姊的樣子說些什麼之前。

我手上拿著那件鵝黃色的洋裝，這次是放聲的，痛哭了起來。

我並沒有把學姊的東西帶走。在我還處於大哭過後的抽搐之時，老闆自己打電話來了，要我帶著學姊的筆電立即去找校長。

校長？有沒有搞錯？這到底是什麼情況！

我只好將學姊的衣服小心地再收到櫃子內，打包好昨天吃剩的東西與垃圾。想到，或許學姊離開前並沒有把家裡的垃圾清完，我也檢查了廚房與廁所的垃圾桶，發現裡面還留有些廢棄的衛生紙、掃完地後的毛髮灰塵和一個豆漿店的紙袋。這時我也才看到在浴室的衣籃內，還有學姊換下來尚未洗的貼身衣服，以及走之前一天跟我一起做實驗時穿的T恤。看起來學姊在決定要走之前的一天，還是如平常的生活起居；那怎麼會在一覺醒來之後，就決定進入一個決絕的終點？是規劃很久了呢？還是偶發的情緒所致？

我帶走所有垃圾，也把學姊換下未洗的衣服帶走。學姊是個很注意自己整潔的人，我不能讓她的衣服在這邊發臭，得帶回去洗洗。

我先回到宿舍沖個澡，沖水的時候想到，應該先找阿貓問一問。老闆在自己動手做那兩個神圖之前，是找阿貓和一位專任助理小花先試試的，他們兩個折騰了快兩個月，折騰到都快翻臉了，老闆才自己動手。

我叫阿貓先到實驗室等我。因為我在換衣服的時候，看到學姊妹妹的名片，才想到，應該先徵求學姊妹妹的同意，看能不能留下學姊的衣服當作紀念。我想，她們既然不親，大概也不會想要這些東西吧？可能只是房東下個月就要把房子收回，又不好意思跟房東說都丟了，才會要我們幫忙。不然，依正常的親人間關係，應該會想要自己來收拾吧。

名片上有她的手機號碼，我撥了過去。她人已經在機場候機了，我簡短的說明我的要求，沒想到，她居然爽快的說ＯＫ，還加碼說，我覺得有紀念價值的都可以留下，剩下的，就請我全權處理，不一定要寄給她。她還補充解釋說，學姊在台灣一些跟銀行或法律有關的事項她都處理完畢了，所以沒什麼需要特別帶回的東西。

學姊真是位孤獨的人。法律上她有親人，但實際上，卻是一個沒有血緣關係的人在深深的思念著她，珍視她所留下來的東西。會有另外一個人像我這樣想念著學姊嗎？那個急躁中帶有粗獷筆跡的男人，會像我這樣為學姊掉眼淚嗎？

我把學姊待洗的衣服泡在水桶裡，加了洗潔精，蹲下來旋著浸水的衣物，讓泡沫稍微出來。在學姊貼身內衣柔柔的觸感從指肉傳回大腦之際，我看到一個佇足的學姊身影，遠遠的，引來了某種奇特而神秘的繫線通過一個在現實中不存在的空間，進入我的視覺區綑綁住所有的朦朧，讓她的美麗忽然明亮清澈了起來，將所有我見過但遺忘了的學姊面容，都具體化了出來。

學姊走到我身邊，也蹲了下來，開始對我說著話。

那是微弱的聲音，有著縹緲的語氣：「我們看到的星星都是已成往事的光芒，人不也是這樣嗎？」學姊以一種憂鬱少女自言自語的模樣，繼續說著話，然而，越來越細瑣，以至於我無法分辨接下來的字句。或許學姊不是在對我說著話，她的眼神是蹲在河邊沉思的那個孤獨的人，並沒有縱入我在裡面載浮載沉的河，只是偶爾伸下雙足，在水面輕輕的撥啊撥著的囈語著；但對我來說，那撩起的是如海潮般的漣漪，我將被推到看不見她的地方。

「天上風箏在天上飛，地上人兒在地上追」，蘇打綠歌曲所唱的，大概就是這種看似有交集，但實際上卻是我在虛幻中的渴望。我不知道在這瞬間要怎麼安放自己，我的手指仍持續傳來學姊內衣的柔柔觸感，就僵在那裡，停止了旋划水流的動作。我腦中所有動作電位全趕往留著軌跡但卻沒有任何神經元蹤影的惶恐區匯注，但因為沒有實體可承接，都成了朝空無奔去的茫然。那個剩下的我，只勉強維持住一個人形，蹲在那裡。

我一直等到學姊幽幽的站起身來，往我身旁走了過去。

走過去了。

我依依不捨的離開。

到了實驗室，阿貓已經在那邊打了一陣子電動。我拿起老闆桌上那三張學姊手寫的影本給阿貓看，沒想到阿貓以一臉不敢置信我知道的怎麼這麼少的表情說：「幹！昨天ＰＴＴ早就傳翻了，不是三張，是六張。全都嘛被放上網；標題還『有沒有靈異打假事件之八卦？』！」

「另外三張寫什麼？」

「造假手法之解析啊！」，「幹！當初我跟小花賣命了兩個月都做不出來，老闆幾天就搞定，那時我就覺得有鬼。只是那時已經翻臉到不想再跟這個實驗有任何瓜葛，也就沒有去詳讀老闆在文章所寫的細節。」

「你確認那是學姊的筆跡嗎？」

「只能說，像到靠北。我剛剛還拿學姊的實驗紀錄簿，找幾個一樣的字比對，的確是學姊寫的那種字形。」

「那些造假解析可不可信啊？」

「剛小花在時，我還跟她討論了一下，我們都覺得解析得很有道理。」，「幹！原來不是我們技術太爛。」

「會是誰？我說，不可能是學姊，那會是誰？」

「不知道，不過，剛ＰＴＴ又一條更大條的，校長又被PubPeer摳出四篇，其中一篇是大師兄畢業的另一篇，等於他畢業的兩篇都中了。老闆有份的有三篇，也都有大師兄的名字。連之前兩篇，現在老闆有五篇。」，「網路上你知道怎麼說？就說是T大翻版，校長涉案、集團長期造假。幹！媽的，我們都被連坐當賊了！」

我好像開始了解了什麼，一時間理不出個頭緒，但卻脫口說了：「阿貓，你相信學姊是自殺的嗎？」

阿貓沒有立即答話，只是抿著的嘴唇越閉越用力，眉頭越來越皺，像是在極力抗拒那正用力推擠著牙齒的舌頭，深怕口中的字句溜走。

「不信。」阿貓的字句突圍成功。

「為什麼？」

「那天早上，我踢完球要走回宿舍沖澡時，還在福利社那邊碰見過學姊，而且是學姊主動叫我的，她剛從福利社買了早餐，微笑著，看起來心情不錯的樣子。完全連不上下午就要去自殺的感覺！」

阿貓臉色越來越凝重，我可以看到他眼眶中有淚，聲音開始有點急促：「而且，我聽醫學院那邊也有用細胞培養室的一個學弟，就那個大鳥說，那天下午，學姊還跟他保證，下午六點前一定會把細胞培養室讓出來，好讓他晚上可以用。」

「你覺得學姊搬得動那兩支二氧化碳鋼瓶嗎？還都是充飽的？」

「我實在不知道，但那很重，即便用轉的，也費力。但調查結果說鋼瓶上新的指紋就只有學姊的。幹！也不知道他們是真的有檢查還是呼嚨我們？」

「阿貓，醫學院那邊你比較熟，過兩天你帶我去看看培養室。」

「好！你是有聽到什麼嗎？校長找你跟這個有關嗎？」

「校長找我不是談學姊，應該是跟那些上PubPeer的文章有關，包括老闆昨天昏倒也是；一下子說不清楚，晚上回來我再找你聊。」，「還有，跟你的感覺一樣，我也不信。我昨天去學姊住的地方整理遺物，也覺得，學姊就是很日常的生活，沒什麼異狀，怎麼可能會忽然就想死！」

「OK，晚上你回來再call我，我應該會在宿舍。」

我拿起那部其實是我的但偽裝成學姊的筆電，準備去見校長。我想著，這些人如果跟學姊的死有關，那我得是那個為學姊討回公道的人。

但是，公道要給誰呢？

校長秘書來電催促了我，我才發現，原來不是去校長室，而是在學校附近一個基金會的辦公室。開始下起了雨，反正不遠，就不騎車，直接走過去了。

週日的街道正熱鬧著，我在人行道的招牌底下一間間的走過，記憶在甦醒與散滅中切換。人群在我身旁熙攘往來，流動成一條時間的長河，我看見歲月漂過，還有我的年少，我的夢。我的人生好像喧譁的在這個街道上演著，但靠近前看，卻都是陌生的臉孔。

我有著找不到我的恍惚，也有著找不到學姊的悲悽。我想起了七等生在《行過最後一個秋季》中寫的，「你豈知我非但要在今日的時空下與你為友，我要今生今世，乃至於生生世世與你為友。你我相識是緣分。我感覺整個愛城，你我曾是相親的人，獨你了解我的任性與情緒的來由，這些日子，得你相伴，不知解我多少抑鬱和委屈，想自己終於有個親人，千里迢迢地來伴我，行過最後一個秋季。」

我的學姊、我的親人，行過了她最後一個秋季。但不是她自願的——我發覺，我已經堅決的這麼想。

當我走到巷子口這個基金會所在的大樓底下，校長的秘書又打電話來了，這次變成校長有臨時的行程，無法與我見面，因此要我將筆電拿去醫院給我老闆。她說，校長會直接去跟我老闆拿。

還真是一波三折。

不過在我決定相信學姊並不是自殺的以後，開始以小人之心看待這些所謂師長的行為時，許多事情就比較容易獲得合理的解釋。就像是，照阿貓所說的，新的PubPeer風暴即將在校長身上成形，對照T大之前的經驗，如果這時候就讓人家抓到堂堂一個校長在事發時拿走關鍵證物，那就是此地無銀三百兩，不用混了。而老闆是實驗室的負責人，在處理上比較沒有問題，畢竟，學姊一作的那篇也在PubPeer上，拿走筆電算是名正言順的求證行為。

雖然我知道，校長與老闆關心的，是學姊沒有列作者的那篇。而這不到二十四小時之內的反覆，或許是他們真的慌了手腳。也對，前陣子教育部才公布新的規定說，如果是大學校長涉案，教育部可以主動介入調查，不用等學校這邊處置完畢才補刀；何況T大一案讓教育部、科技部灰頭土臉，想必這兩個單位會努力在某件事情上扳回一次顏面。

所以靠山如果不夠強大的，大概就會被拿來當祭旗。不知道校長的靠山強不強？

到了醫院，將筆電交給老闆。老闆看起來精神很差，拿過筆電時，只是簡短的說了聲謝謝。倒是在旁邊照顧的師母補充解釋說，醫生認為有腦震盪的現象，需要住院觀察幾天。或許師母以及他那個唸高中的兒子也在場的關係，不方便談這件不怎麼光彩的事。我站了一會兒，看老闆並沒有要跟我多說話的樣子，就先離開了。

回到宿舍，打開學姊的筆電，再試了幾個剛剛在路上想到的可能密碼，不過都是徒勞無功。我開始想著，有哪些信得過的電腦高手可以幫我解開學姊的筆電？一下子腦中沒有浮現出名單，倒是想到另一件事。

我打了電話給學姊的房東。學姊一開始搬家的時候，因為水電修繕的問題，有給我房東的電話。我跟房東表明我願意接著承租學姊的這間小公寓，並跟他說明了學姊家屬有授權我處理學姊的遺物。房東說，承租沒問題，但關於遺物，他希望我請學姊家屬寫張白紙黑字的授權書給他留存，以免將來有糾紛。

我立即聯絡了學姊妹妹，她也很乾脆的在三十分鐘後傳來授權書的照片給我和房東。就這樣，我暫時不用移動學姊的所有東西，可以先來處理筆電以及調查那個靈異的爆料文件。

我問了幾個對電腦比較厲害的朋友，不過都沒有人有經驗處理這種解碼的事情。在暫時的無計可施下，我決定再到學姊的住處看看，或許會有什麼密碼的蛛絲馬跡也說不定。

跨上機車時，心中居然湧現出了「該有一個人倚門等我」的感覺。我真希望這段日子，只是在夢土上的經歷而已。

我揹著筆電到學姊家樓下，停好車，看到旁邊的麵店才想到，今天直到現在下午四點了，我還沒有吃過任何東西。進去點了碗湯麵又叫了小菜，邊吃邊看著牆上電視重播到掉牙的武俠片《劍雨》。剛好演到劇中的經典橋段，女主角在下著雷雨的街上質問男主角願不願意娶她的畫面，楊紫瓊將這個滄桑歷盡但豪氣從容的女人面容堅定裡的羞澀演得毫無破綻。

以前不覺，今天卻發現，她那種眉宇之間的氣質，居然有幾分神似學姊。我記得這部電影中提了個故事：相傳佛陀弟子阿難出家之前，曾愛上一名少女。佛陀問阿難有多喜歡她，阿難說：「我願化身石橋，受風吹五百年，日曬五百年，雨打五百年，但求此少女從橋上走過。」本以為等一千五百年只求少女從橋上走過，我大概不會如此癡心，但此刻，我卻有著如果一千五百年從今天算起的話，我願意。

我有點訝異心中忽然產生的這個念頭。好像來自於一種如隱藏檔案般的神經迴路，從蟄伏著的寂靜狀態，霎時被共鳴意象所激發出來的場電位震盪，於某個閾值較低的地方激活了所有細胞，瞬間變成俯瞰山下一入夜就亮起來的所有路燈那樣，看見了學姊在我心裡走過的軌跡。只是，像隱藏檔案般的神經迴路，是如新生嬰孩尋找乳頭般的源自本能規章，還是在相處的過程中，被不隨機的外力在毫無察覺中導引，悄悄的連接而成？

也許，沒那麼複雜，僅僅是村上春樹在《遇見百分百的女孩》中寫的那樣：「『好奇怪呀！我一直都在找妳，也許妳不會相信，不過妳對我來說，正是100%的女孩子呢。』少年對少女說。」

我想著，如果在那年那月的那棟系館內沒有遇到那位剛好同向進來的學姊的話，我所生活的世界裡，可能會失去很多像是在涼爽的舒適清晨推開窗戶前期待看見第一道曙光那樣的盼望，而且在人生中，會因為少了一個接近真理般的想望之激勵，而變得無法堅強勇健的去面對人世間一切需要努力才能克服的事情。

不過，吃完麵，在走進學姊家這棟大樓之前，在心中冒出來的句子變成是，「其實說真的，實在沒有任何需要考驗的地方；因為他們是名副其實100%的情侶。而且命運的波濤是注定要捉弄有情人的。」，「你不覺得很悲哀嗎？」

我忽然想到島本，那個在《國境之南．太陽之西》的悲劇女孩。

我知道密碼應該是「Pretend」了。

我衝了上去，把筆電放在桌上，顫抖著手將電源按下，度秒如年的等到輸入密碼的請求畫面出現，鍵入Pretend。

開了。

電腦桌面是張並肩坐著但身體沒有碰觸到的少男少女合照，女孩笑得含蓄，男孩笑得燦爛，在一套當年應該很貴的音響前面。幾年來，即便學姊新換了一次筆電，仍是這張桌面。都是國中生模樣，女生看得出是學姊，男生濃眉大眼的，不像是學姊的兄弟。學姊說，那是十二歲的島本跟阿始；十二歲的島本跟阿始喜歡納金高的〈Pretend〉，「而且因為實在反覆聽過太多次了，因此開頭的部分都可以學著唱了。」

我因為學姊這樣說，也就跟著看了村上春樹的幾本小說。也熟悉了Pretend這首歌，而且因為實在反覆聽過太多次了，因此整首都會唱了。

如果現在要我仔細分疏那樣的閱讀與反覆聽過太多次的動機，或許是那些當時在內心翻滾的、對學姊的欲求的不經意流露；希望百分百女孩可能會因此收到我傳來的這樣的訊息，「因為我和妳之間擁有某種很特別的東西」與企盼。但也可能是《挪威的森林》中直子的那種痛苦——因為自己無法濕潤而只能以手口間接撫慰渡邊，卻又無法真正觸及到隱匿於肉體中的渴望的最核心之處，所轉化成像是祈求的儀式。

「於是現在我忽然注意到，在這樣給你寫著信之間，我最初說的『覺得變成四分五裂的奇怪心情』好像多少變淡了些似的。」在《人造衛星情人》裡的這段話，如果不在意故事的前後文，倒是可以很貼切於這個祈求儀式的本質。不管怎樣，在密碼就這樣從靈光中憑空降臨之時，我在當下也就了解了「最大的問題是我欠缺了什麼。我這樣一個人，我的人生，空空的缺少了什麼，失去了什麼，而那個部分一直飢餓著，乾渴著」，那個阿始的心情。

「熟悉」跟「喜歡」很難畫出一條百分百分隔的界線。好像都是這樣，在兩個立足點之間佈滿的是漸層的灰階地帶，那是我們常遊走的、不黑不白的泥濘。

該怎麼著手？關於揭開這台筆電內可能的謎底。

我先檢查了chrome瀏覽器中的歷史紀錄。學姊的瀏覽資料停在她去世前一天的晚上十點，那是我還跟她在實驗室的時候。那時她應該是做完實驗，坐在位置上休息時的漫遊。不過打開的網頁，也僅是她的gmail和幾篇期刊論文的網頁而已。我往之前的紀錄繼續搜尋。在學姊去世之前的一個月內所開啟過的網頁也沒什麼特別之處，還是gmail、paper以及一些線上新聞。沒有ＦＢ的登入紀錄，雖然學姊有個帳號，但她說她不喜歡讓別人看到她的日常，所以幾乎是個潛水潛到沉入水底浮不起來的帳號。

我也看了一下ＩＥ，沒有紀錄。一整個就是尋死前無任何異常紀錄的狀態。

我接著打開檔案管理員。資料放在Ｄ、Ｅ兩槽。Ｄ槽都是以日期標記的資料夾，一看就是實驗的資料，跟實驗室內的一樣。這是學姊的習慣，每次做完實驗一定會在自己的筆電再備份一次。我看了一下每個子目錄所標記的日期，應該跟我最近在實驗室內瀏覽過的差不多。

E槽內三個資料夾，一個是「博士論文」，那是學姊目前正在撰寫中的文稿。我打開主文的Word檔，看了下最近一次的修改日期，顯示的是學姊去世前一天晚上十二點半。顯然，她從實驗室回來後，還繼續寫了一會兒論文。我的問號又冒了出來，一個準備明天自殺的人還會在前一天晚上繼續寫論文？

另一個是「投稿文章」，裡面是學姊發表過的期刊論文資料，都以論文的篇名標記子目錄，每個子目錄內包括原始資料、數據分析、圖表、主文、各期投稿版本以及相關參考資料均整理得井然有序。我仔細的把這個項下的每個子目錄都打開仔細看過，沒發現任何與那個靈異爆料文件相類似的東西；記錄的，都是學姊有列名作者的文章，沒有路人甲乙丙的。

第三個是「生活中的其他」，裡面三個子目錄，一個是「證件」，裡面是學姊的所有證件掃描檔，包括身分證、畢業證書、存摺封面以及一些受訓的證書等等；另一個是「文件」，看檔名，大部分是申請各種雜七雜八用的表單，也有幾篇是投稿到《Sci-M月刊》的科普文章，一篇是大學部系刊的邀稿。而在「影像」裡，大都是風景照。這是學姊的習慣，喜歡用手機拍各式各樣的天空、花草與街景。沒有人物的照片，也沒有自拍照。

倒是有一支影片。非常透潔的畫面，就像雨停了，空氣澄淨，所有景物的線條，包括山的巒線和田間的水紋都無比清晰。厚厚的烏雲恰好停駐在稜線頂端，讓遠處的山色成藍，而近端仍是翠綠的起伏。但在另一側，氤氳在遠處山脈的雲氣沉降如白霧繚繞的水色，綿綿蓋住山下的俗世凡塵，浮托起伏峰嶺，成天際間懸空的湖面岸景。

這應該是在宜蘭。鏡頭拉回到更近處的稻田。綁著馬尾穿著淡藍色連身衣裙的學姊正走在田埂上，比現在年輕許多的模樣，或許是碩士班的那種年紀。學姊大都低著頭仔細的看著窄窄的土道，偶爾抬起頭對著鏡頭笑笑。那笑容，是對情人的嬌柔，我直覺的這麼認為。

一分半鐘的影片，就這樣，不知道掌鏡人。

有些陌生的人，會讓你有似曾相識的感覺。就是那種好像很久之前就認識了，或許在上輩子，之後，失散了好久，然後現在見到了，但也忘了原有的關係。或像在某個場合中作某些事情的時候，忽然怦然一愣，彷彿所有場景早已經歷，輪迴了一圈、兩圈，再度重複演出。我看了鏡頭中的學姊，竟也出現這樣似曾相識的輪迴感覺。

好像受了某種啟示，心中念頭一閃，我打開學姊那個身分證的掃描檔，抄了學姊的戶籍地址。沒想到，不是一直以為的高雄，而是台南。關檔前，我發現身分證照片中的學姊對我促狹的微笑了一下。

這時候，阿貓打電話來了，問我今天要不要去他那邊，我才發覺，已經晚上九點了。

阿貓住學校宿舍，兩人套房的那種。他的室友去年搬出去外面租屋，但慨借自己當人頭戶佔著床位送給阿貓，因此阿貓等於是在宿舍住單人套房一樣。我到學姊家樓下超商買了些涼麵、零食與汽水，揹著學姊的筆電就到阿貓家去。

阿貓一看到我，立即拉我到他那打起電動很舒服的超大電腦螢幕前，秀給我看PubPeer上最新的進度。

「校長現在有八篇了，媽的，不是通訊就是共同通訊。五篇跟老闆有關，三篇跟那個T大的有關。」，「T大的那三篇，維持之前造假案一貫的T大風格，都是複製、貼上、修圖。」阿貓邊打開個文章的連結邊說著。

「幹！你看，就是這個，媽的，就這條貼過去再反轉一下。」，「媽的，這些T大的真的有夠懶了！」，阿貓繼續幹譙著，「這樣說雖然也很悲哀，但至少老闆這邊的沒那麼low。」

的確，老闆這邊的文章，結構上都比T大的那邊複雜，算是跨領域工作的集合，包含有分子生物、電生理與動物行為的實驗結果聚在一起。看起來被質疑的地方，都跟最早的那兩篇類似，並非複製貼上修圖的那種，而是實驗程序與數據結果之間的可對應性。

如果，這些指控是對的，那就是造假的進階版了。這是不容易被發現的造假，即便有十組人同時想重複那些論文中的實驗都失敗，也很難就說論文是假的。畢竟，這類結構龐大的論文，實驗過程中有太多的細節了，每個細節的疏忽都可能導致結果無法重複。因此，若別人無法重複做出相同的結果，光以實驗細節做為答辯的攻防，就可以將事情拖個沒完沒了。

若老闆沒有被冤枉，那相較於T大那種低劣的手法，就可算是造假2.0了。

到那時，的確很悲哀！

「但我跟學姊的那篇絕對沒有問題啊！」我忽然想到。

「看起來是，」阿貓點開學姊那篇論文的討論串，「你看，你們那篇在被貼出來之後，底下就沒有再多出什麼討論，其他的，」阿貓另開了個視窗，跳出老闆神作的那篇，「一大串！」

「幹！什麼叫看起來是，媽的，本來就是真的！」我捶了一下阿貓的背。

「也是啦，那是學姊做的，而且一直有跟大家討論她的東西。很多時候我也跟在旁邊看著學姊做實驗，的確是學姊很厲害，雜訊才會那麼低。」阿貓邊說邊開另一個視窗，「PTT上的，你看，罵翻了，還說，校長的院士之路斷了，外加創投三十億資金可能落空。」

「院士、三十億！幹，甘味人生嗎？」

「還有這個，你看，」阿貓再開一個新視窗，「校長情史小傳，幹！有夠精采的！」

我心裡一陣緊張，趕快仔細讀完整串。還好，雖然都是用隱晦的字眼來指稱人物，但從所敘述的時間、身分職稱來看，並沒有提到學姊。

稍鬆了一口氣。

想到前天在吃自助餐時，電視剛好播到布萊德彼特演的《特洛伊木馬屠城》，劇情進行到古希臘戰士阿基里斯正在奮勇的進行搶灘作戰。一陣血肉模糊的殺戮之後，阿基里斯佔領了神殿，有戰俘問他為什麼要來，他說他參與這場戰爭只為名垂千古。不過接下來的劇情交代，其實戰爭還是為了土地權財，女人卻成了無辜的導火線。

跳tone般的想到一個曾經做過的夢。我走到一個山洞內，遇到一位男鬼，雖然他長相正常，但我就是認為他是鬼。不過我並不怕他，反而好像他有些怕我似的。他想主動跟我解釋他為什麼會在這裡，所以引我到洞內的一個房間。在房內我看到有一男一女盛裝躺在一張床上，但仔細一看，其實應該是兩具屍體。

男鬼說了，躺在他身旁的那位女生，因為去世時被別人搶走了嘴中的夜明珠，所以無法再入輪迴，也沒有做為一個鬼的基本能力，只能很衰弱的躲在這裡，因為任何一個再沒有法力的和尚都足以讓她魂飛魄散。他很捨不得她，只好先留在人間陪她，至少可以幫她擋住一些別的鬼的干擾。今天他看到我經過這裡，知道我是一位肯幫助人的道士，所以請我進來，看看能不能幫她些什麼。

當下我一頭霧水，我是道士嗎？但心中卻也自然冒出一句話，怎麼又是夜明珠，很煩耶，那些傢伙沒事搶人家夜明珠幹什麼？那念頭就好像我最近已經接了很多這種委託似的，但正當我準備再進一步詢問時，就醒了……醒之後，我想到曾經寫給一位朋友的話，她說她不穿耳洞，因為她下輩子不想再當女生了。我這樣寫著：「其實我不希望有下輩子，最好這輩子過完就神形俱滅，不要再承受做為生物的種種。」

也許我該跟那兩個鬼這樣講。

「這個Schizophrenia到底是誰？媽的，我強烈懷疑他是我們實驗室裡的人，不然怎麼知道那麼多實驗的細節？」阿貓一邊高聲的說，滑鼠箭頭一邊在PTT一個爆料者的代號上繞圈圈。

的確是，一長串的討論都是這傢伙寫的，非常到位，連一些細節我都沒想到過。我、阿貓、小花、阿狗、屁仔、妞妞、阿剛、阿屋、慶仔、阿潘、大俠、小咪，會是誰？認真說來，除了我跟阿貓，其他小朋友應該不會有這等功力吧！即便是我跟阿貓，說真的，也沒那個Schizophrenia這款等級的揭發能力。

大師兄嗎？玉石俱焚之策？

「阿貓，如果那個靈異爆料不是學姊寫的，你覺得要怎麼辦到筆跡跟學姊一樣？」

「幹，除了甘味人生的韓博士外，應該都沒辦法了！」阿貓安靜沉思了一分鐘後，冒出這樣的回答。

「啊，對了，先不談這個。昨天究竟發生了什麼事？老闆怎麼會半夜在實驗室裡搞到昏倒？你為什麼會去學姊住的地方？」

阿貓這麼一問，我忽然覺得千頭萬緒，不知道從何說起。

腦子裡浮出的居然是李建復〈現代夸父〉中，那段重複唱著的歌詞：

什麼叫作悲哀？什麼叫作無奈？什麼叫作應該？什麼什麼叫作感慨！

我發覺我以不著邊際的方式，跟阿貓陳述了過去那三十小時的經過。或許他還是聽得懂吧，因為說完了，他的評語就只是簡短的，「幹！有鬼！」

說不著邊際是因為我省略了掉包筆電以及學姊的信，也不提在痛哭之後看到的那些或許不算是幻象的學姊，更沒有提起在學姊乳房中所感受到的心跳律動。這些對我來說，已經都是極其隱私的收藏了。那種隱私就像是我和學姊面對一個微弱如蠟燭或油燈的光源並肩坐著，光線只依稀照出我們的形體，但看不清楚臉龐，而四周則是黑到不見五指的狀態。我們席地而坐，又或許是坐在一塊扁平的石頭上面。她挽著我的手，頭輕輕的斜靠在我的肩上，像是一對戀人那樣，我另隻手上拿著樹枝在地上畫著圈圈，一邊畫一邊專心聽著學姊，說著悄悄話的那麼私密。

「怎麼辦？」阿貓的語氣變得很沮喪，以一種喝悶酒的蒼涼仰頭，將汽水一飲而盡。

「幹！身在賊窟，我們都變成賊了！」說完，阿貓打了個嗝，衝出了一堆二氧化碳。

「有沒有聽醫學院那邊說什麼？」搭不了腔，我只能岔開的問著。

「大鳥下午有私訊給我說，醫學院傳說校長還是準備硬撐，應該會在明天或後天開記者會。醫學院裡面幾個校長嫡系人馬的實驗室，這兩天都操到快人仰馬翻了。」

「幹！干那些傢伙什麼事？又不是那些嫡系的文章出問題。」

「哈！這你就小白兔了。原始資料難道不需要趕一趕嗎？勘誤也是要有證據的啊！」，

「這叫前事不忘，後事之師。」

「感恩T大！」阿貓又補了一句。

「媽的，真的假的！」

這就是傳說的「世溷濁而不清」嗎？我該把屈原的〈卜居〉默唸一遍嗎？

那些：「將遊大人，以成名乎？寧正言不諱，以危身乎？將從俗富貴，以偷生乎？寧超

然高舉，以保真乎？將哫訾栗斯，喔咿儒兒，以事婦人乎？寧廉潔正直，以自清乎？將突梯滑稽，如脂如韋，以潔楹乎？寧昂昂若千里之駒乎？將泛泛若水中之鳧，與波上下，偷以全吾軀乎？」

這些古文的慨嘆音聲現形時，我發覺學姊閒適的倚在我的腦中，靜靜的看著我神經元的繁忙。有時，我稍微減歇讀唸的節奏，想分神看清楚她的容顏，卻又發現沒人在那裡，只有一團混沌迷濛的惆悵鬱積著；我略微閉著眼睛想創造個新場景，卻只見到有著柔雅微笑的學姊，遺著怔怔的我愣在原處兀自輕盈的跳開。在我睜開眼裝著考慮完某個結論而不得不開口時，那閒適的身影就又飄然的坐下，靜靜的繼續盯著，撥弄著軸突如琴弦。

「阿貓，明天能不能問問大鳥，帶我們到醫學院的細胞培養室看看？」

（屈原曰：此孰吉孰凶？何去何從？世溷濁而不清：蟬翼為重，千鈞為輕；黃鐘毀棄，瓦釜雷鳴；讒人高張，賢士無名。吁嗟默默兮，誰知吾之廉貞！）

「我問過了，大鳥說，自從出了命案以後，沒有人敢單獨進那間培養室，校長就以安定人心為理由，把那間培養室封了。聽說現在是準備要把東西搬出來，將培養室跟裡面那間小儲藏室的隔間拆掉，再把門打大些，變成一個半開放空間來使用。」

阿貓邊拆包洋芋片邊說著。我也把涼麵拌了拌，問著：「封？怎麼封？」

「幹！我怎麼知道。等等，我私訊問一下他。」阿貓迅速的敲了敲messenger。

才吃了兩口麵，就回了。

「大鳥說，就鎖起來。不過他們實驗室有鑰匙，因為一堆細胞還養在那兒，一時半刻還找不到新地點放。但現在他們至少都要三人成行才敢進去。」

阿貓把鱈魚香絲也打開了。

「問他鑰匙能不能借我們？」

「你想幹嘛？」

「去看命案現場。幹！我不相信學姊是自殺的。如果不是自殺，那就是被自殺。現場一定會有什麼蛛絲馬跡是那些警察沒有注意到的。」我吞了口麵，繼續說，「這是個細胞培養室，警察沒養過細胞，不一定看得出破綻。」

「也對。但，不過，聽大鳥說，那時候他們老師跟校長都有跟警察到現場去。校長也許幾百年沒養過細胞了，但他們老師應該還算是行家才對。」阿貓喝了口汽水繼續說，「我是說，他們老師是行家，有問題應該看得出來。」

「校長去幹嘛？就算要個官到，也是學務長的事。什麼時候校長這麼關心學生了？」

「幹！你是懷疑他嗎？」

「就是怪。幹！先不管，先幫我問一下大鳥。」

阿貓含著一片洋芋片，就又敲起messenger。

「大鳥說，鑰匙在他們老師那邊，要用，得要先跟他們老師報備，同意了才能進去。」

「媽的！真的有鬼。」

看起來，這條線暫時不行，得想想其他路子。

我專心地把麵吃完。阿貓邊吃洋芋片配鱈魚香絲邊看著ＰＴＴ，然後一直唸一直唸，就是覺得自己怎麼會這麼衰。也難怪，最近他很拚的要把他第一篇論文投出去，目標還放在跟老闆神作的那篇同一本。現在老闆在這本期刊的文章出了槌，對他來說，的確非常不利。

「你挑釁一下那個Schizophrenia。這傢伙如果不是我們實驗室出來的人，就是跟我們有合作關係的人。激激他，看會不會露出什麼破綻。」阿貓有ＰＴＴ帳號，我沒有。

我們討論了一下，決定先以質疑他和校長有金錢糾紛為理由著手，看看他會有什麼反應。這靈感，當然還是來自於T大案中那幾張影印的支票。不過等了三十分鐘，PTT除了幾個路人甲進來嘲諷一下——就是跟錢有關嘛——這種想當然耳的自作聰明外，Schizophrenia沒有現身。

阿貓開始打起他的電動。我不想在這裡使用學姊的筆電，無聊之下，看看也快半夜十二點了，只好先離開。

走下樓，才發現剛下過雨。機車儀表的玻璃上還殘留著水滴，一片剛抽芽的嫩葉浮在上面，正被微風撫過而輕輕的盪著。整個畫面呈現一種緩緩的靜謐，像是時間應該靜止似的。於是我就站在那邊，一直等到風把它吹離為止。

在那個等待的過程中，我偶爾抬頭看看四周，看著來來往往的車子，看著不斷變換燈號的路口，在某次紅燈時才發覺，對街站牌旁的照相器材行歇業了。惆悵中，一輛嶄新的六〇六公車從我眼前經過，透著明亮燈光的窗戶有著幾張年輕的臉孔，我目送著他們，彷彿看到我的青春也坐在裡面，忽然有種莫名的疑惑油然生了起來，我為什麼會在這個時候站在這邊呢？我是不是該回到那棟紅樓的教室內？我，畢業了嗎？

在紅燈切換為綠燈的短暫三十秒內，我回到了十六歲，卻又快速的一年一年的把十年過完，轉眼又成了一個怔怔站著的成年男子。我該往哪裡去呢？

我摸到口袋中那張抄著學姊台南戶籍地址的紙條。

第三天——台南

錯過了夜裡兩點發車的那班，只搭上了三點的客運。身上僅揹著學姊的筆電，有點懊惱忘了先回去住的地方帶些換洗衣物，因為不知道我將會在台南待多久。

巴士行駛在漆黑的環境裡，戴上耳機，音樂聽起來格外有味道，比白天多了些空谷登音的迴盪，讓心底的念戀不斷的泉湧出。在這樣的萬籟俱寂，此刻我寧願想像她只是熟睡了，我想著，在南下安靜而切切的思念著，是否就能將一路的情牽沿途投入她的心底？在三百五十公里的靜靜旅途中，如果心底一直浮現著依依戀戀的她，是否她心中就會出現跟我一樣的想望？

然而，整條高速公路是怎麼樣都看不到盡頭的寂寞。

清晨七點到了台南。認真說來，這仍是我的城市，只不過在我十二歲時離開它。

我和學姊共同擁有過三個城市。

住址是在東區Ｃ大附近的地方，基本上，以我的腳程應該在一個小時內可以步行到達。不過我現在最需要的是一杯咖啡，得先代償昨天其實沒什麼品質的睡眠。

找了一家安靜的店喝喝咖啡吃吃早餐。

坐在角落的座位，隔著一只花瓶，剛好對著櫃檯年輕小姐招呼客人親切笑容的側面。頂多二十三、四歲吧，俏麗的短髮側斜著掩住一些臉頰，襯托溫紅上揚的嘴唇更加迷人。我在想，如果我目前是Ｃ大的學生，應該會為了看到這樣賞心悅目的臉孔而常來這裡喝咖啡吧。

走到櫃檯付錢，我清楚的看著她，包含所有面容的細節，以及更柔滿圓曲的胸弧，和別在上面的名牌中，燙著的跟她本人味道極其相襯的名字。我忽然有個奇特的念頭，想說，如果此時掏出枝筆在她們店裡的名片上寫了我的手機號碼請她考慮是否哪天有空跟我一起喝個下午茶聊聊天，或是，拿著她們店的名片請她在上面留下她的手機號碼然後我說很高興認識她會再找時間約她喝個下午茶……

她會有什麼反應呢？

「我們談完這些之後，就到什麼地方去吃午餐，甚至看一場伍迪艾倫的電影，再經過飯店的酒吧，喝個雞尾酒什麼的，如果順利的話，接下來或許會跟她睡一覺。」如果我一開始就來唸C大，或許這會成功。

然而我什麼都沒做的離開。

在昨天車子內恍恍惚惚的睡眠中，坐著的客運也恍惚成只有一節車廂的火車，是區間車吧，站站都停。我不知道每一個停止的所在，只看到零星陌生的旅客來來去去；也不知道我要去哪裡，只是坐著，往外看著，沒有風景的一片白茫茫。後來到了一個有賣便當的月台，我買了便當，正準備吃的時候才發現買了兩個。接下來的沿途，就是心中一直疑惑著為什麼買兩個？另一個是要給誰呢？

我彷彿知道那是個在我對她毫無所悉的情況下，心思卻沒有片刻離開過的一個人。但正因為毫無所悉，我因此不斷的被驅使著想跟伊人見面、驅使著想跟伊人說話、驅使著見到什麼樣的美景都想跟伊人分享，驅使著吃到、聽到、感覺到、想像到任何東西都要告訴伊人，即便只是細碎瑣事。

但，這個人會是誰呢？或許我該回頭去跟那位名字與她本人味道極其相襯的女生要個電話。

然而我什麼都沒做。

站在台南漸漸刺眼的陽光下，一個突來的猛然想起，讓我瞬時有了像是找不到戰場的士兵那樣的徬徨。我想起了在學姊的喪禮中，老闆說學姊的母親已去世、父親與妹妹都在中國，在台灣已經沒有其他的親人了。那我為什麼現在會站在這裡呢？當初那個讓我把這個住址抄下來的啟示究竟暗示的是什麼呢？但不管怎樣，這個忽然降臨的打擊讓我失去了繼續往C大附近學姊家移動的念頭。然而越來越炎熱的天氣，逼迫著我必須趕快決定下一步。

我可以有其他選擇的，畢竟台南對我來說不是陌生的地方。我至少馬上想得出兩位表姊居住的地方，我知道當我去任何一位表姊家按門鈴後，她們見到我的表情一定是略為訝異後即充滿著驚喜，我可以在她們還來不及問我為什麼會在這個時間出現時，就立即走到廚房打開冰箱拿起一瓶可樂兀自的喝了起來，連一點點的不安都不會有，因為在我五歲之前，就常常在她們二十歲的懷裡睡著。

只會有一點點不自由。畢竟，最終她們還是會問起我忽然回來台南的緣由，我還是得避重就輕的說一說。雖然我知道她們其實也不會那麼的在意，因為沒多久她們就會為了等等要煮些什麼給我吃而忙碌起來。

由於在這個當下實在需要完全的自由和躲避越來越大的陽光，我走到一個公車站牌旁，迅即跳上一部還來不及看清楚是往哪裡的巴士。往哪裡不重要，我現在只需要有個充滿冷氣的座位。冷靜的思考。

坐下來，拿起手機想看一下時間，才發現有七個來電未接，兩個是老闆的，剩下五個都是小花打的。現在不過才早上八點四十分，照正常，助理與研究生們應該都還沒到實驗室才對。發生了什麼事？我回撥給小花。她一接電話就劈頭唸了一頓我為什麼那麼難找，為什麼不換一支可以用line的智慧型手機。我沒有就這部分答腔，直接問到底發生了什麼事？

「就老闆啊，今天一大早七點就一個個打電話，要大家立即到實驗室，一副非常緊急的樣子。我七點四十到實驗室後，還有幾個人沒來，老闆就又要我一個個打電話催。特別是你，他一直在問你到了沒。」

「要大家那麼早到幹嘛？」

「啊就把實驗室所有的電腦內的所有檔案都打開來看。每一個唷！不是只有阿娟學姊或是大師兄的個人資料夾而已，連在C槽那種沒人去管的文件夾內的也要。只要是看起來像阿娟學姊或是大師兄的東西，data或是任何文件即便是excel檔，都要全數匯出到老闆的外接硬碟，然後就把原本電腦內的檔案刪除。他還特別強調不是只丟到資源回收桶而已，要連回收桶內的都刪除。」

「還有，」小花接著說，「實驗室內的每本實驗紀錄簿都要集中起來拿給他，不管是誰的，都要。他自己要一本一本看。」

「老闆不是還在住院？」

「誰知！他看起來還是很虛弱的樣子，不過，反正他就一大早就到實驗室要大家做這種快要瘋掉的事情。誰知道他現在的身體怎樣了。」

「大家都到了嗎？」

「是啊，就只剩你。老闆剛才又叫我打了一次電話，而且是暴怒的語氣。」

「他知道妳現在是跟我在講電話嗎？」

「沒有。他叫我出來幫他買咖啡。我現在還沒走到側門的便利商店。」

「好，小花，拜託妳一件事。我現在人在台南處理一件非常重要的事情，我沒辦法短時間內就趕回台北，妳就當作沒接到這通電話，當作怎麼找都找不到我的樣子。拜託！」

「學長，你沒事吧？」

「目前還好，不用擔心。我只是需要多些時間處理。」

「喔，好吧。」

「還有，也不要讓其他人知道，免得有人不小心說漏了嘴。」

「吼，這很難耶，學長！怎麼叫我做這麼困難的事情。這麼神秘，我會害怕耶！你不會出了什麼事情吧？」

「拜託啦，美少女小花！我很安全，只是想弄清楚一些事情而已，沒事的。我回台北後，一定會重禮致謝！」

「好吧。」

我掛上電話，一時間不知道需要思考些什麼。腦子裡面轟隆隆的，比公車的引擎聲還吵。

車子在C大附近的站牌停了一下，上來了兩位很清秀的小女生，最多就大一的年紀吧。一路上她們兩人很愉快的交談著，用手語；雖然沒有聲音也看不懂在比什麼，但從她們臉上豐富有神的表情與鏗鏘有力的手勢飛舞中，似乎可以讓人讀出那些抑揚頓挫裡的喜悅，打從心裡的歡愉。

我出神般的看了她們沒有聲音的興高采烈許久，心裡感覺受到了些撫慰。想說，或許，生命還是一種可以素面感受的情節。

只是我一時間仍想不出那素面感受到的情節要怎麼說。在台北的這些年，我越來越不期待在別人或自己身上發現偉大的情操，只希望在每天日常的應對進退裡，能和大家維持住表面的和諧。習慣每天換上一張張面具對著一個個不同的人，在打躬作揖緊張忙碌不知所云的一天之後，忘了那一張才是真實的臉。

如果這兩個女孩發現了我正窺伺著她們熱情的青春對話而同時以期待我說些什麼的眼光看著我的時候，我能夠立即判斷出要卸下哪些偽裝的面具跟她們素面相見嗎？一股倉皇失措的不安忽然湧了上來。還好停等紅燈時的煞車，慣性定律讓我回了神，才發現，已經到了中正路尾接近運河的地方了。

我在這裡下車。

漫步走著，那曾經是我的童年之地。不過，台南中國城拆了，新南國小也拆了，運河搭起了座我沒看過的新橋。到了中正路底往左邊的康樂街轉去，繼續走著，覺得這個城市我仍熟悉，但卻在許多細節陌生；一些熟悉的店還在，但更多陌生的店出現。我走過了我的舊家，那個會在夢中一直出現但回不去的舊家，房子前架起了三層樓高的鷹架，買主是要改建它了吧！

我的故鄉記憶被一點一點的剝奪掉了。

第三天——阿儀

到了保安市場，才想到阿儀的店應該在附近。阿儀是我的小學同學，三、四、五、六年級都同班。本來在十三歲我搬去高雄之後就沒再聯絡過，不過在去年，也不知道是FB的好友推薦演算法厲害還是她忽然發什麼神經找到的，就這樣，我們在失散十三年後又在網路相逢。

除了偶爾在版面上出現的動態更新外，阿儀每週總會有一兩個私訊過來，大都是說說她一些不具時效性的感覺。我通常會回個簡單的訊息，雖未必立即；當然，比較有空的時候也會回個較多文字的信。就這樣在沒見到面的情況下來來往往的，也一年了。

雖然說不上是什麼特別的關係，但越過十幾個年頭，我們在網路的虛擬國度中再度相逢，也算是他鄉遇故知吧。然而我的生活裡缺乏能與她共鳴的經驗，我甚至無法描述這幾年來自己的生活到底是怎麼度過的，好像沒什麼起伏、沒什麼值得紀念，就是例行的唸書、考試、打工、做實驗以及曇花一現的愛情插曲。

阿儀就比我曲折多了，她在高職畢業後沒有繼續升學。先是在台南的一家工廠工作，不到兩年工廠西進中國，她只得換到另一家工廠。本以為新的是電子大廠可以待久些，沒想到只多了一年，在第三年的時候這個電子大廠也西進中國了。大環境如此，她就不想再到工廠去了。剛好那時她父親身體有些問題，家裡在市場賣菜的工作需要人手，於是她就留在菜市場幫忙。這樣又過了兩年多，結果她哥哥的工作也因為製造業西進的關係不保，所以她父親決定把市場的菜攤全交給兒子管理。

一開始她仍在菜攤幫著她哥哥，但因為姑嫂之間相處的問題，她決定退出菜攤的工作，完全還政於哥哥一家。那時剛好市場附近的一家早餐店要頂讓，她跟兩個以前在工廠認識的姊妹淘商量，決定三人一起頂下來創業。就這樣，到現在那間早餐店也經營快兩年了。生意還不錯，她是這樣說的。這些事情，都是在FB及私訊上拉拉雜雜聊到的。

很容易就找到阿儀的店，地點不錯，就在市場停車的地方附近。雖然十幾年沒看過阿儀，但憑著小時候的記憶與FB上最近的照片，還是可以在第一眼就看出那個在鐵板上快速翻著肉片的馬尾女生是阿儀。

上午十點二十分，也不知道是吃早餐還午餐，店裡的座位仍然有七成滿。我隔著街看著她以熟練的單手連打了三顆蛋上鐵板，接著以不鏽鋼鏟快速的將每顆蛋黃戳破。目前在鐵板上已經有四片漢堡肉和三個蛋。阿儀專注地瞪著它們，那神情比起我看過在實驗室做實驗的人都還要有野心。我們無法宰制我們的實驗材料，命令它們出現我們想要的實驗結果；但阿儀能夠，她可以要它們在她認為最佳的熟度時離開鐵板。

正看得精采，大腿傳來口袋中手機的震動，拿起來看了一下，是老闆。不接，放入口袋讓它繼續震動著。不過在一震之下，忽然想到該修正一下剛剛的想法：一般的實驗者確實不行，但校長與老闆就有能力命令實驗材料出現他們想要的最佳結果。或許大師兄也有這能力。

才一恍神之間，阿儀已經將四片漢堡肉鏟起來放在旁邊的白吐司上壓了壓將油擠出，然後她身旁另一位短髮、身材姣好的女生，俐落的將肉片夾到早已開口等著的漢堡麵包上。說身材姣好是因為她那白色短袖的緊身衣使得胸形高挺圓渾的呈現，讓製作漢堡的工作空間變得緊迫了些。對照之下，阿儀那邊就寬敞多了。

口袋中的手機不死心的又再度震動了起來。再掏出來看了看，還是老闆。再放入，讓它繼續震。

這次害我沒看到荷包蛋的離板動作。

我繼續看著阿儀工作的模樣，她是位漂亮的女生，但不是很容易讓人第一眼就發現的那種。就像我覺得並沒有一見鍾情這種事情，只有第一次見面，感覺還不錯的那種開始，而阿儀，就是會讓人想要與她進行那種開始的漂亮類別，先只是感覺還不錯的那種。

當然，遇見這種類別的漂亮女生，接下來，得要有些客觀的安排讓兩個人有很多機會碰在一起——例如說一直同班同學下去或是剛好進入同一家公司這樣的狀況——然後等到接觸久了，才有可能轉換成為男女朋友的關係。

我跟阿儀就沒有那樣客觀的機會。兩個原本座位一直很靠近的人，由於升學以及不可抗力的家庭背景驅使，不交錯的各自開展了他們迥異的少年、青年甚或是將來中年以後的人生。雖然這一年多來的FB，讓我們又覺得好像未曾真正的在這塊土地上失散過，但維繫我們的，不像愛情也不像友情，倒像是輪迴的緣分。

「其實說真的，實在沒有任何需要考驗的地方；因為他們是名副其實百分之百的情侶。而且命運的波濤是注定要捉弄有情人的。」在阿儀抬起頭望向我這邊但兩人眼光並沒有交會的時候，心裡冒出了村上的這段話。

我開始處於一種像是年少感傷的情懷中。框住兩個人相遇與相聚的何止向左走向右走，成見、個性、夢想、家庭與工作，一直在調整我們行進的方向。我們曾與一些人驚喜的相遇，但終究又回到各自的方向日復一日。

但我的方向是什麼呢？在這件事情過後，我還會想要往那個叫「科學家」的方向前行嗎？

又一位客人進來。阿儀稍微側耳傾聽之後，拿起一把油麵散開在鐵板上，快速的剪開一包黑胡椒醬淋下，雙鏟隨即大動作的翻攪拌勻。在鐵板上的水蒸氣稍散之際，阿儀放下右手的煎鏟然後抄了一顆蛋單手打下，左鏟在蛋黃上敲出一個洞後，右手迅即又拿起煎鏟，繼續以雙鏟翻勻那麵。

行雲流水，彷彿我看到的是學姊做實驗時的手起刀落，那種明快又細膩的工法。

手機又開始顫動我的腿，不過只兩下，應該是簡訊。我打開來看，是小花，上面寫說，老闆在大發雷霆，如果我再不回電，老闆說我就不用畢業了。我把手機放回口袋，一點都不想回電，而且連一點點害怕的感覺都沒有。

還好，還來得及看阿儀將麵鏟到盤子上的鏡頭，包括接著的將蛋鋪在上面，然後身材姣好的那位也無縫接軌的把番茄醬螺旋圓繞注在蛋上，旋即端去給剛剛進來的客人。同一時間有幾位已經用完餐的客人離席結帳，阿儀俐落地放下雙鏟，臉上堆滿笑容的收錢找錢。銀貨兩訖，賓主盡歡，因為我看到客人也是滿臉笑容地離開。真是讓人感動的畫面啊，雙方所付出的，讓雙方都得到滿意的結果！

阿儀似乎有了個較長的空檔，她的眼光又望向這邊，這次，四目有了交集。她臉上似乎要綻放出一種驚訝的笑容，但猶豫的眼神又壓抑住那笑容的爆發。

我知道那是因為她沒有那麼的確定，所以我該走過去了。

當我走到鐵板前，微笑著說了聲阿儀好久不見之後，她的笑容終於爆發。

「阿遠，真的是你！我就在想怎麼有個人一直在那邊看我！」興奮的聲音特別宏亮，連坐在附近的客人都抬起頭來看。

「我回台南處理些事情，剛好有空檔，就過來看看妳。」

「專程來看我的嗎？啊！但是我這邊下午一點打烊後，整理一下大概兩點才能下班耶。」

「沒關係，我不趕時間，也沒什麼特別的事，就是過來看看妳。」

我們同時發覺旁邊那位身材姣好的女生一直看著我們。我強迫自己不能讓眼光在乳溝間多做停留。

「這是我小學同學，阿遠，現在在台北讀博士喔！」阿儀向身材姣好的女生說著，旋即又轉頭對我說：「這是阿玲，我老闆。」，「還有，那是淑姊，也是我老闆。」，阿儀略為拉高音量，對著在較遠處整理桌面的一位年紀比我們稍大的女生說。

「什麼老闆，我們都一樣啦！」阿玲笑著對我說。

這時又進來了幾位客人。我拿起櫃檯上的筆，在一張點餐用的單子寫上我的手機號碼，也要阿儀在另一張單子寫上她的手機號碼給我。我說，等她忙完了打電話給我，或許，可以一起吃個午飯或是喝個下午茶之類的。

我離開阿儀的店，走了幾步，兩三次回頭都望見阿儀也碰巧抬頭，我們相視笑了笑兩三次。

十點四十分，距離下午兩點還久，我得繼續找個有冷氣的地方。

我不打算走太遠，其實我很想就留在阿儀的店，靜靜看著在忙碌的她、阿玲與淑姊，還有那些來來去去的客人。我覺得，如果讓我在店裡多坐兩個小時，我應該會對「工作」這件事情，有了比較不一樣的念頭。但一方面是不想佔了店裡用來生財的座位，一方面阿玲望著我們兩人的眼光讓我感覺需要花太多唇舌解釋我跟阿儀的關係會是件很累的事情，所以，還是先離開比較自在。雖然，親眼又再見到的阿儀真的是個感覺還不錯的女生。

我鑽進了一家在台北也看得到的連鎖咖啡館，通常我不太在意這些咖啡館叫什麼名字，因為價錢都差不多，我的舌頭也分辨不出那些不同產地、不同烘焙法出來的咖啡豆的差別。但它有冷氣、有網路，而且人看起來不多，座位仍空得很。那是現在我所需要的。

才坐定，震動又來了，這次是阿貓。我猶豫了一下，還是沒接。喝第一口咖啡時，阿貓傳了個簡訊過來，叫我開FB私訊，他傳了些東西給我；還說，去台南也不說一聲，一堆人找不到我，還以為我發生了什麼事。

唉，我就知道，那個「OO我跟你說，你不要跟別人說喔」的畫面一定會出現，再怎麼叮嚀也沒用。我打開學姊的電腦，用了無痕式視窗開了我的FB，下載了阿貓寄來的一個檔案。那是個碩士論文的電子檔，學姊的。阿貓私訊中簡短的提到，他聽到老闆跟校長在講電話時，老闆語氣激動地提到這個人的名字。

那是學姊碩士論文的共同指導教授，是個在C大醫學院的老師。我大學與研究所唸不同學校，所以跟學姊有交集是在我上了研究所之後，那時學姊已經是博士班的學生了。我只知道學姊從大學專題開始就一直跟著老闆，不知道原來她的碩士論文還有個共同指導教授。

我看了那位C大老師的網頁，也在PubMed查了他發表的文章，東連西連的交叉確認些細節。這個人的碩士是在台灣唸的，指導教授是校長；博士是在美國的大名校拿到的，指導教授是位定居在美國的台灣人，擁有美國跟台灣院士的頭銜。我有印象，兩年前，學姊被老闆派去國外拜師學藝的地方，就是這位院士的實驗室。

阿貓又敲了私訊過來，大概是看到了我的已讀紀錄，知道我在線上。他說，老闆瘋了，在實驗室砸了幾個燒杯大罵我是個叛徒後，就又昏倒被送回醫院。

不知怎地，我想起剛剛在阿儀店裡看到的那幕客人滿臉笑容地離開的畫面。我回了個簡短的「知道了」就關掉FB，想了想，連電腦也關了。將咖啡一飲而盡，出了店門口，叫了部計程車到C大，醫學院。

第三天——小惠

我去過的醫學院都是一個樣子，到了實驗室林立的區域，那味道不是老鼠的尿騷味就是有機溶劑的刺鼻味。可怕的是，只要在裡面待上幾個小時，認知上就都沒味道了。在這樣的封閉空間中工作，任何稍具生物學常識的人都應該會有個警覺：這對身體是有害的。更不用說，那些在實驗桌上隨手都可能觸及到的致癌物質與毒藥。

在阿儀的店工作就安全多了，雖然油煙也可能是種致癌的來源。

如果從這個角度去想，在這樣的空間裡面工作的人，照理說，在人格特質上，應該會比常人對理想有那麼多一點的執著、對人類有那麼多一點奉獻的精神才對。但，我有嗎？阿貓有嗎？老闆有嗎？校長有嗎？

學姊有嗎？

我邊看著兩側實驗室門上的編號與名牌，邊想著這樣無解答可能的疑惑。

「阿遠，你怎麼會在這裡？」一個熟悉的身影快步走了過來，因為背光，一下子看不清楚面容，但聽聲音，我知道是誰。

「你不是在台北嗎？今天怎麼會來這裡？」我看清楚了站在我面前的女生，的確是小惠，我的大學同學，她在C大當專任助理。

「啊，妳怎麼把頭髮剪了！」這是我見到她的時候，第一個反射出來的問句。

大學的時候，小惠留著一頭順肩流下的長髮，上課時若是剛好，有時候是故意坐在她後面，我常常輕扯那紮著的馬尾，觀賞著光線繞射反射折射出淡淡的七彩柔光。那些握著的頭髮，香香柔柔的，若讓手輕輕地順著它們滑下，皮膚所經驗到的綿密馨觸就會像是在雲端裡逍遙的盪著。她有著極好的脾氣，總是任我這樣在背後的胡鬧，不抱怨什麼。偶爾略微嬌嗔著回頭，輕輕的瞪眼，像是在看待一個頑皮的小孩。在那個煩躁不安的年代裡，她的溫柔與諒解，給了我許多沉靜的支持。

大學畢業後，就這麼村上的「兩個人一語不發地擦肩而過，就這樣消失到人群裡去了」，也快五年沒見到她了。

「欸，同學，你是多久沒見到我了，剪好久了！」

「剪的時候都不通知一聲，那是我重要的回憶啊！」

「我這麼大的一個人站在你面前，結果你只想念我的頭髮！」這個略為嬌嗔的表情，倒是從來沒變過。

「就碩三的時候，有一陣子細胞怎麼養都養不活，總是有汙染。後來我老闆說，會不會是頭髮太長，盪啊盪著，干擾了無菌操作檯的氣流。」小惠以一種無奈但又像在追憶一件有趣的往事的語氣那樣說著，「雖然我知道他是開玩笑的，但想想也不無可能，所以就把頭髮給剪了。不過也沒浪費了那些頭髮，我把它們都捐出去了。唉，那時還哭了好幾天！」

「細胞呢？有活嗎？」

「這就是神奇的地方，接下來還真的一帆風順直到畢業。」，「先不說這個了，你來幹嘛？也沒先通知一聲。」

「喔，就來找一位叫陳鎰哲的老師，想跟他請教些問題。」

「陳P啊，這麼巧，就在我們實驗室隔壁。來，我帶你去。」

我們往長廊的盡頭走去，就在樓梯口的倒數第一間。小惠她們是在倒數第二間。

「這間是陳P的辦公室，實驗室在對面。」

「喔。」

「中午要不要一起吃飯？」

「不知道會談多久，妳先不用等我。我談完了再來找妳。」

小惠進實驗室後，我走到陳P的門口正準備敲門，手機又震動了，是阿貓的簡訊，要我務必撥個電話給他。

我閃到旁邊的樓梯口，撥了電話過去。阿貓說，校長秘書連打了兩次電話到實驗室，最後連系主任都親自來了，就只為了找我。校長秘書說是關於筆電的事情，很緊急，需要我去說明一些經過。阿貓還說，系主任一直在那邊嘟囔著，他都快要退休了，不要惹這麼大事情給他。

我請阿貓再幫我撐兩天，就說找不到我。阿貓在心不甘情不願的幹聲連連下掛了電話。或許不是兩天，我發覺自己對於那個實驗室已有了反胃的感覺，冒出了個不想再回去的念頭。

我敲了敲陳P的門，沒人，只好再到隔壁請小惠幫忙。她幫我問了陳P實驗室的人，才知道陳P今天上午就出國了，臨時的，也沒說什麼時候回來，只跟他們說有事情用E-mail聯絡。

「十二點了，去吃飯吧，我請你。」

我和我的美少女同學在校園裡並肩的走著，有著當初大學模樣時的熟悉，但五年來的空白，卻又在我們之間填上了許多陌生。有一段路我們走得無聲無息，靜得像是記憶中的那一次，她唯一主動邀約我的那一次。大一或大二吧，去爬學校後方的山坡岩盤。結果，一直留存在我心中的印象是那天山上的風很大，看著她站在岩上纖細的身軀，我心中無法思考任何聊天的話題，只想著，需要時，該如何在第一時間拉住她不要讓她被風颳走。

那時我們很熟，只是這樣靜靜的熟。

我也曾經在宿舍中費心找歌、細心組合燒錄過一張我猜她會喜歡的歌曲CD送給她，我還記得她當時訝異中眼裡所透出的光芒。忘了那年做這事的實際動機了，不過小惠是我喜歡過的人，或許那時候想的是，從選擇的歌曲中，從那些歌的詞抑或是歌的曲，送禮的年輕男孩希望收到CD的伊人能感受到他對她的心意；那些男孩用文字寫不出、語言表達不來的，殷殷切切，期待能夠藉由有歌詞的音樂傳遞出，讓伊人知曉他的默戀心意。

然而，我們之間終究還是陌生了，靜靜的，自然而然的。

「你有其他同學的近況嗎？」小惠先開口了。倒是出乎我的意料之外，我以為她會先問我找陳P做什麼，或是，關於這幾天PubPeer以及PTT我們實驗室中彈的事情。

「沒什麼新鮮的，或許妳也知道的，出國唸博士的都還沒回來，留在台灣唸的都還沒畢業。倒是，前幾個月聽說妮妮考上了調查局，帶槍的那種組別，不是鑑識科的喔！」

「真的啊！好厲害喔！」

「那妳呢？還有要出國嗎？學校申請的如何？」

「我不出去了。」小惠嘆了口長氣。

「這幾年在實驗室的經驗讓我覺得，做研究只是某種形式的工業，每個P腦袋只能想IF或是專利這類跟錢有關的事情。我害怕，如果我以後也變成這個樣子，那就不是我的初衷了！」

小惠這樣的感嘆很平常，我身邊每個在生物醫學實驗室待過的人或多或少都有過這類的感覺。跟著學姊做研究的這幾年，在她身上我看到不一樣的事情。本以為我已經發展出一套可以說服自己的論述了，而這套論述若在三天前，應該有把握說服小惠的，即便不能改變她的決定，也至少能使她樂觀些。但在這兩天急遽的真相轉折中，我自己也無法說服自己了。

「我同意。那妳接下來有什麼打算？總不會一直當助理吧！」

「我已經跟我們老闆說就做到七月底，這個科技部計畫結束就離職。」

「然後呢？」

「我也不知道。我們實驗室有學姊博士畢業後又去考學士後中醫，現在已經大三了，她一直跟我說那是個值得投入的新世界，比現在做這些實驗踏實多了。」，「還有，前幾天我遇到小我們一屆的佳佳學妹，她說她現在正在準備考專利師，問我要不要跟她一起唸書準備考試。」

「嗯，聽起來都比繼續唸博士有前途多了。」

說著說著，我們已經來到第二校區的大門口了，小惠說，巷子內的一家義大利麵很不錯，去吃吃看。

當我們過了街走進了巷子，兩個人又進入一種靜默的狀況。其實可以不用這麼沉默的，大學畢業後的這幾年，我在聊天的功力上是有進步的，然而此刻，我實在想不起哪種話題會比現在的靜默更適當，我想，不管是談未來的發展或是最近我所遇到的奇幻，都會破壞現在兩人並肩的美感。

也許我該問問她是否有男朋友了，是否有結婚的打算了，但是，揣測一下畫面，仍然不美。

我們就這麼安靜地走入餐廳。

選了個靠窗的位置坐下來，旁桌是一位年輕媽媽帶著約四歲的小朋友。小朋友不肯乖乖地坐著吃麵，不時的在座位附近上上下下的。冷不防，她將媽媽的手機撥到地上，滑到我們的桌邊。在我聽到掉落的聲音，轉頭過去想要看看是否需要幫忙撿的時候，同一時間，年輕媽媽轉身彎腰低頭望向我們的桌底，她寬鬆T袖的領口霎時開口鏤空，兩個渾圓白皙的乳房瞬時間就清楚地呈現在我眼前，我來不及將目光移開就這樣的直接撞見了。

然而在那個來不及的呈現瞬間，我硬生生地擋住了情慾的遐想，逼自己將畫面變成一個座標系裡的曲線，想著，如果用數學來描述這個連續曲線，會是什麼樣的函數呢？該用極座標還是直角座標呢？好像這樣，我就能稍稍緩解剛剛意外變成偷窺者的不安，說服自己仍是個君子，雖非禮視了，但不做非分之想。

小惠在這瞬間倒是很直接的蹲下來，幫年輕媽媽撿起了手機。我想，她應該沒有發覺我剛剛的視覺暫停之處。

等到兩人又回到原來休閒式的坐姿，我望著小惠，想著，我有硬生生地擋住了什麼嗎？借託以這樣的靜默。

我們各自喝著我們的湯，沒有看著對方，彷彿兩人靜靜地看著在各自眼前如鏡的湖面與匙槳勾划所泛起的漣漪。我想起了徐志摩〈月下雷峰影片〉的句子，「假如你我蕩一支無遮的小艇，假如你我創一個完全的夢境！」

我對張大春的小說《我妹妹》一直印象深刻，因為那是小惠昔日唯一寄過給我的書，大概是在我碩一的時候吧。我一直不明白她為什麼會寄那本書給我，或許是想藉那本書告訴當時的我一些事情，不過我始終沒能參透；也或許她只是與我分享書的內容，沒有多大深意。然而這本書寄來的時候對當時的我是種震撼，因為我在實驗室的新生活中幾乎已經忘了昔日的一切，結果就忽然接到這樣的一個裝著書的牛皮紙袋，沒有任何附帶的信箋。後來，她又轉寄了個圖檔影片，叫《生命列車》吧，裡面的文字對當時的我依然是種震撼，或許她想藉著這段影片告訴當時的我一些事情，不過我仍舊沒能參透；也或許她只是與我分享這個影片，沒有多大深意。

我抬起頭，好像又看到了當初那位長髮垂肩靜靜的女孩在謐匿瀏海下隱約閃爍的黑眼珠。

阿貓的簡訊不禮貌的在這個時刻傳來。還是一樣，要我務必回電。我沒有離開座位，就在小惠面前撥了電話。阿貓急促連珠炮的說了一大串，但大意就兩個：校長秘書拿了一個筆電來實驗室問大家說是誰的，經全體指認無誤，都說是我的；另外就是系主任又過來說，如果我再不回電給校長，就可能要報警了，因為我涉嫌偷了公家的筆電。

我只是靜靜地聽著，沒答話，最多就喔了幾聲。

「幹！你到底捅了多大的婁子？」阿貓最後這樣結尾的問著。

「隨便他們，我知道我的處理是對的。只是對大家很不好意思，讓你們被鳥人一直騷擾。」

阿貓又在心不甘情不願的幹聲連連下掛了電話。

「還好嗎？出了什麼事？」小惠或許是看到我臉色凝重而關心的問著。

我在極短暫的時間快速思索了一下，或許小惠還不知道PubPeer與PTT上的事情，畢竟她連FB都很少上去。我覺得很難在一時半刻間交代完所有經過。

「只是些實驗上的問題，沒什麼。」我決定就這樣帶過去，畢竟，在一個氣氛很不錯、餐點也不錯的地方吃飯，就不要談很錯誤的事情。

我開始主動找些話題來聊，那些愉快一點的，例如說，最近有哪些不錯的電影。就這樣，這個難得的聚餐不至於太安靜到結尾。

步出餐廳時，電話又響了，是阿儀。我才發現原來時間也快兩點了。我沒有立即接電話，堅持的陪著小惠走回實驗室。當獨自一人再下樓時，我有種在群山之間站在一地的落葉與伊人道別後的寂寞。

第三天——虎頭埤

回了電話給阿儀，她很高興的說她那邊都收拾好了，可以下班了，問我在哪裡，她開車過來找我。我說，我在C大第二校區後門這邊。

「大概十五分鐘就到，你在門口路邊等我一下。」阿儀簡潔又輕快地說。

在阿儀掛上電話的瞬間，我感覺到像是在清晨推開窗戶後，涼爽微風倏忽撲面的，甦醒。我將手機放入口袋往前走靠近路邊，眼睛很自然的就轉望向路那頭。忽然間一輛機車從一部馬自達汽車的左手邊要強行超車，或許是擺動的幅度不夠，抑或是馬自達可能有些小偏移，使得機車後座稍微擦撞到汽車的前保險桿，整部機車往前側倒噴滑出去，騎士也隨著機車往前翻滾了好幾圈。所幸後方另一部跟上的賓士轎車即時煞住，才沒有追撞到躺在地上的騎士。

在我手伸進口袋準備拿出手機打一一九的時候，剛好站在路旁的駐衛警先衝了過去，倒地的騎士也幾乎在同一時間自己站了起來，馬自達與賓士的車主全都下了車。看了情況應該沒有大礙，我才把手機又收了起來。

在這一幕之後，我冒出了個警覺的念頭：如果學姊是被校長這幫人以「被自殺」的方式謀殺掉的，那我會不會也將面臨被自殺的危險？如果他們將學姊被自殺的現場都可以縝密安排成警方找不出問題的密室，那比被自殺簡單多了的意外事故，不就更容易安排！就像我眼前的這一幕，如果是個蓄意的安排，例如那個馬自達的駕駛其實是故意偏移的，但整個場景卻流暢到連我這個在旁邊目擊全程的人都無法判定該究責於誰，那，幹掉任何對他們有威脅的人，不就是一個容易入列的選項了嗎？

那個要將我以竊盜犯法辦的說法應該只是個虛張的口頭威脅，因為絕對是告不成的。畢竟學姊的電腦是私人的，她自己買的，而且我也得到學姊家人的允許。校長他們不會不知道那不是公物，目的顯然只是要我現身。我開始有點不安了起來，不知道我將對抗的，會是個什麼樣的怪物？

我不由自主的左顧右盼起來。

我能找誰幫忙呢？我不斷的搜想所有認識的人，誰有那個能力在我生命可能會受到威脅的時刻幫助我呢？或許，我該學妮妮一樣去考個調查局的工作。

因為事故車擋住了外車道，我想阿儀應該不好在此靠邊，於是就往離門口更遠的地方多走了幾步。才重新站定，阿儀也剛好停了車搖下窗。銀色ＶＩＯＳ，很乾淨，看得出平常有在打蠟。上了車，看到的是一個迥異於上午妝扮的阿儀，馬尾解放成過肩柔盪的長髮，Ｔ恤加牛仔褲換成連身洋裝。而我更訝異的是，穿著高跟鞋也能開車。

「吃過飯了嗎？」

「剛跟大學同學吃飯。妳呢？」

「剛剛一點鐘收攤的時候有吃了便當，」阿儀補充著說：「我們通常是下午一點打烊的時候才吃午餐。我都是自己帶便當，就前一天晚上的菜色，中午吃之前蒸一蒸。本來想說先不吃便當，趕快收拾完來跟你一起吃。不過看著那便當，想說不吃的話浪費掉又可惜，而且你也不太可能過了一點還沒吃飯，所以我還是先把它吃了。

「但是阿玲和淑姊在我吃完後就一直催我回家換裝，我覺得不太好，還是想留下來一起整理，結果被她們兩個一直唸一直唸，我受不了，只好先回家換完衣服後過來。不然的話，照正常，我現在應該才回到家而已。」阿儀邊開著車，邊以輕快愉悅的節奏說著。

「你同學讀C大啊?男生還女生?」
「她在這裡工作,女生。」
「在大學工作啊,很厲害耶!」
我一下子不曉得要怎麼解釋專任助理這個工作,只好應了聲,是啊,她很優秀。
「既然你也吃過飯了,那我帶你去喝個下午茶。」
「好啊!」
阿儀偏著頭對我笑了笑,收到這笑容的我心裡感覺到的不只是清晨推開窗戶後涼爽的微風撲面,而是連曙光也投射進來了。
車子很快的轉出了市區,到了我很陌生的郊外,沿途開始出現農田。阿儀看起來非常熟悉這些地方,車行非常流暢。然而我不時側低著目光看著她的高跟鞋,想著,也有點擔心著,會不會忽然滑離踩著的踏板。
雖然我極力掩飾這個偷窺腳底的動作,但阿儀還是發現了。不過一開始她可能有些誤會,因為她先是拉了拉裙襬,頓了一下之後才忽然燦爛的笑了出來說:「你會怕喔,對不對?穿高跟鞋開車。
「我跟你說,很多女生都會的!」
「喔,哈,佩服!」
我想我的確少見多怪。我所認識跟我同年齡的女生或是年紀比我長一些的女生,目前自己有車的人不多。而且即便是自己有車,在台北大部分的人都是以捷運為主要交通工具,畢竟在台北停車太困難了。
不過阿儀那個拉裙襬的動作也提醒了我,她的小腿非常勻稱有致,腓腸肌雖然因為每天的久站而顯得結實，但並沒有予人硬邦邦的感覺，仍是流暢滑順的曲線。

為了不讓自己被認為是一個不信任她而憂心忡忡的人，我調整一下坐姿，讓自己的脊椎緊貼在椅背上，呈現一種休閒放鬆的姿態。不過這是真的很舒服，阿儀的車整理的非常乾淨，看得出不是新車，但是仍像新車般的清新。我想，未必要去喝什麼下午茶，光這樣舒適的坐著兜風，就是很棒的事情。

特別是，阿儀身上漫蘊過來的淡淡體香，舒適到讓我有點恍惚了，有點搞不清楚昨天夜裡跳上統聯客運後到現在，究竟發生了什麼事？我來台南為的是什麼呢？先是阿儀然後小惠，小惠之後接著又回到阿儀。而我對學姊的死仍然是一籌莫展。

我稍微側著頭看著開車的阿儀，故意很仔細的觀察了那眉毛、那眼睛、那臉頰、那嘴唇以及那略為透著胸罩輪廓的胸線。這是真實的呢？還是我的遐想？阿儀好像也感覺到了我仔細的目光，臉上略為不自在，不過沒說什麼，仍是很流暢的開著車。

「所以，我們是要去哪裡？」其實我那樣的細細打量不是個有禮貌的行為，既然她已經發現了，只好趕快開口化解些尷尬。

「虎頭埤。我跟你說，這是最近阿玲開發出來的景點，風景很棒。而且附近一家餐廳座位很舒適，餐點也很好吃。

「我跟阿玲休假的時候常常這樣開著車到處玩，淑姊偶爾也會一起，不過不常就是了。她要帶小孩，比較不自由。

「之前我們都是在台南而已，頂多也只是到嘉義或高雄。不過最近我跟阿玲正在籌劃要來次環島開車之旅，要把台灣所有鄉鎮都走過一遍。趁我們都還沒結婚之前，免得跟淑姊一樣，一結婚生了小孩，人生就變成別人的。」

車子經過個軍營，然後從條變窄的小路轉過去，就看到了虎頭埤。阿儀熟門熟路的將車俐落停好在停車場的格子內，一氣呵成，沒有多餘的方向盤運使動作。

「到了，就是這裡。」阿儀指向對面不遠處的一棟木屋。房子設計得雅致，不會與附近的田野湖色有扞格的感覺。

因為今天我已經喝了兩杯咖啡，就點了杯花茶，阿儀則要了杯拿鐵。服務生剛轉身準備離開時，阿儀忖思了一下，又請服務生回來，加點了兩塊乳酪蛋糕和一份提拉米蘇。

「這裡的乳酪蛋糕不錯，提拉米蘇也好吃。不過我們中午都剛吃飽，所以提拉米蘇我只叫一份，等一下我們兩人分著吃。」

「好啊！」

「我跟你說喔，我跟阿玲在上個月想過是不是在我們店裡也來賣乳酪蛋糕或是提拉米蘇那種西式甜點，像星巴克那樣。我們在想，為什麼早餐店只能是鐵板熱煎或是星巴克那樣冰櫃甜品的清楚分開，為什麼不能合在一起？」

我只是點頭，沒有答腔，因為一下子我在腦中竄出的是「格調」兩個字，但若說出口，又覺得會引起貶抑的誤會。

「所以我跟阿玲啊，在上個月就自己試著做乳酪蛋糕看看。我們在想，不要去跟人家訂現成的，那樣成本會降不下來，品質也不會放心。像現在，我們店裡的漢堡肉、里肌肉那些的，都是我們自己加工的，品質比那些連鎖店的材料好，客人都很喜歡。淑姊的先生在市場賣豬肉，他就專門幫我們處理這些。我們所用的菜啊，就跟我哥哥拿，新鮮又便宜。」

阿儀微笑的說著，眼睛有時候看著我，有時候望向遠方凝視著。偶爾把長髮向後梳攏，閒適地翩若驚鴻婉若遊龍，髮絲盪平之際，又，寧馨如此，平息了漫天烽火與亂世征戰的喧譁。

「不過試了幾次，都還沒有達到我們理想中的口味。你知道嗎，我們是這樣想的，我們不要像一般乳酪蛋糕那樣的濃郁甜膩，我們想的是，如果客人同時點了一份黑胡椒鐵板麵加漢堡肉，那要哪種口感的乳酪蛋糕，才能讓他接著吃的時候味道不會在嘴巴裡打架。我們只是早餐店，單價不高，翻桌率要高才行，不能像西餐廳那樣，黑胡椒牛排吃完，可以讓客人喝個水，等一等再上甜點。」

我開始覺得，我是在大學裡聽ＥＭＢＡ的專題研究嗎？

「還有飲料也要一起考慮進去。我們啊，不管是紅茶、奶茶、綠茶，基本上都要有一定的甜度，不然那些小朋友都不喝。不過我們想說為了大家的健康，甜度應該要再降低一點。哈哈，我們是想說，有很多國中生會買，我們希望看到瘦瘦的帥哥，不要看到的都是小胖子。欸，這應該要叫作，那個什麼責任啊……？」

「企業的社會責任。」我接口說。

「耶！對耶！企業的社會責任。哎呀，還是你們唸博士的比較有學問！

「我跟阿玲都這樣想，也試了好幾次，如果飲料甜度降低的話，在吃完我們店裡口味最重的黑胡椒鐵板麵加漢堡肉之後，只需要喝兩口，就可以沖淡嘴巴內的味道，這樣，蛋糕就比較能馬上接著吃。」

我真的覺得，這是ＥＭＢＡ等級的演說。

「綠茶，甜度減為三分之一的綠茶解除黑胡椒重口味的效果最好。不是只有我跟阿玲喔，我們上星期開始請店裡的一些老顧客幫我們試試，大家都這麼說。」

阿儀如輕舟已過萬重山的說著。從我坐著的這個角度望去，她變成一位在台上獨舞的主角，我無需與她一起粉墨登場，只當個鼓掌的人，欣賞那風格獨特又驕傲的演出。

「但是啊，你知道嗎，幾天前啊，淑姊忽然說了，為什麼一定是先吃了黑胡椒鐵板麵加漢堡肉之後再吃乳酪蛋糕？像我啊，比較喜歡在飯前吃甜點，所以為什麼不能先吃乳酪蛋糕後再吃黑胡椒鐵板麵加漢堡肉？

「嗯，對耶！」阿儀打了個響指，彷彿抓住了稍縱即逝的靈光那樣得意。

「我跟阿玲都覺得，咦，我們怎麼都沒想到！所以啊，目前我們就在想，我們應該推出幾種不同組合的形式來滿足不同需求的客人。例如飲料要分全糖、半糖、三分之一糖，乳酪蛋糕也要分餐前口味以及餐後口味的。或許，連黑胡椒醬也要分級。這就叫作那個什麼……那個……欸，博士，叫作那個什麼的……」

阿儀一邊思索著，一邊以眼光投向我這邊期待著我是否能說出個什麼。

「客製化，依客人的實際需求量身打造。」

「對對對！吼，阿遠博士，你真是我的偶像，太厲害了！」

好吧，我承認，嘴巴說說，的確是所謂的知識份子的強項。

「但是啊，我們又想，如果把菜單搞得這麼麻煩也不好。因為我們的客人有一半是附近來來去去的歐里桑、歐巴桑，通常一進店裡就直接用說的，連點菜單都不寫的；就算是早一點的那些國中生和小學生，也常常是急急忙忙地拿了現成的三明治就跑，因為怕遲到，所以也不會有時間在那邊慢慢點。還有啊，現在店裡就三個人手，如果五個客人同時進來的話，鐵板空間就很難安排了，如果口味變多，那就更難處理了！」

說到這裡，阿儀獨舞的配樂像是從流水般的行板急切到間歇猶豫的頓音。

「這是我們目前遇到最大的問題，還沒有想到要怎麼解決。欸，阿遠博士，你能不能幫我們想想，你們唸博士的，不是每天都在研究嗎？能不能幫我們研究一下這個問題要怎麼做才能兩全其美？」

我從阿儀的眼中知道，她剛說的話不是恭維，也不是挖苦，她是真切的希望她心目中很厲害的那種叫作博士的人物，能夠幫她解決這個庶民的小問題。

我看著窗外，假裝出一副思考的樣子先應付著。然而，除了眩目的陽光疏漏出樹在大地的映像、嘶鳴的蟲聲導引一朵雲的影子流掠的這種串場之外，沒有任何有用的資訊上得了我現在的心頭。

「哈哈，不好意思，我忘了你們博士是在做學術研究的，你在ＦＢ說過，我都有記下來喔！我剛剛說的都只是賺錢的事，不是你們那種比較學術的事情。沒關係，你不用幫我們傷這個腦筋。昨天我跟阿玲說，我們環島時，應該順便做個環島早餐店之旅，或許那個時候就會想出來喔！」

從阿儀臉頰略為靦腆的紅暈以及她聲音中夾帶歉意的嬌柔，我仍確定她所說的不是恭維也不是挖苦，仍是真切的仰望著她心中關於博士的想像。

我像是個控球能力很差的投手，在連續投出好幾次保送之後，站在那邊，不怎麼有力氣的接過捕手傳回來的球。站著，顧盼著，很不想把球拿出左手手套，踩踩腳邊的凹地，撥撥地上隆起的廢土，很想做些什麼，卻又不知如何行動。

學術研究啊！

我站在這個投手丘的幻影上想著我這幾年來的學術研究生活：以學術為名的生活圈子就只繞著方寸大的實驗室，在那邊的日夜常常無盡期，每天面對同樣的機器、同樣的藥品、同樣的程序，同樣到有種莫名的孤寂襲著你；那些例行性事務的枯燥乏味有時更甚於加工區內工廠的生產線，很少有令人振奮的新發現，每天所生產的數據和結論對於科學的進步而言大部分均無價值。

沒什麼過量工作時，我中午通常會到學校附近的一家麵店吃午餐，每次都是一碗乾麵、一碗蛋花湯外加兩盤小菜。時間久了，老闆也習慣了，所以只要我進去坐下來，不必說什麼，麵、湯、小菜就會端上來。晚餐習慣固定吃同樣菜色的自助餐，固定在某些商店買日用品，固定騎車的路線，固定日常作息。甚至與同樣一個女孩子在固定的時間於巷口的公車站牌相遇，然後整年故意不相識著。

我和我的生活維持很固定的默契，學術研究在不知覺中把我綁成了個固定的人。

「不不不，妳和阿玲做的不只是標準的學術研究，而且是非常入世的學術研究。」我覺得我該說些什麼了。因為該臉紅歉疚的應該是像我這樣一個準備以學術研究為謀生工具的人。

「首先，妳們很清楚的回顧了文獻，我是說，妳們對於現有早餐供應市場的了解，以及目前早餐供應市場所呈現的問題有了清楚的探討與認知，等價於做了完整的文獻回顧與問題分析。再來，妳們提出了具驗證價值的假說，認為結合鐵板熱煎與冰櫃甜品可以開創早餐供應市場的新藍海。」

阿儀慧黠的眼睛瞪大的看著我，好像忽然聽到什麼來自於古老智者的開示而謹慎的奉上她的視線，雙唇緊抿但仍注意的讓弧線上揚保持微笑來顯示內心的尊崇。

但在那時間，我注意到的是她眉毛有著真實的漂亮，像是直視了一雙迎風開展自在飛翔的翅膀，沒有任何眉筆雕琢的痕跡。

「接著，妳們以縝密設計的實驗架構來驗證假說，完整的考慮了每個參數的特性、組合程度以及對於整體系統的影響。這從妳們關於飲品、蛋糕與鐵板麵順序的重組，調味的變化以及交互作用的考慮可以看出。然後，妳們也提出確實可行的判則，採用以顧客評價為主要手段的取捨方式，契合研究目的所需的市場可行性。」

阿儀開始以雙手托著下頷，表情由謹敬漸趨甜柔，仍然慧黠的眼睛透出的神韻轉化成像是在欣賞一個稀世珍品的嘴巴，吐出朵朵蓮花。

「最後，妳們對於實驗結果與研究的整體目標進行了完整的討論，包括這樣的改革不只是具有商業上的價值，而且減糖的措施，還能達到附加的公益效果與社會責任。妳們也對於成本負擔與供貨來源做了分析，確認現行做法的優越性；再者，對於新商業模式的缺點亦確實的掌握，注意到產業規模、地域性與顧客消費特性；而且，除了原物料以及人力成本，妳們更注意到工序以及時間成本。對於目前尚未解決的問題，妳們也提出未來進一步研究的可能模式，那就是妳們要以環島考察的方式，對各地早餐店做田野調查，以在大數據中抽絲剝繭的方式尋找新的解決之道。」

一氣呵成，說完。

「啊，補充一點，更重要的是，妳們非常注重研究誠信。」

「吼！阿遠……我哪有這麼好！你這樣說，人家很不好意思耶！」

阿儀笑得好燦爛！

總算知識份子的嘴砲，有這麼點得美人傾城一笑的用處。

「其實我們做早餐店的，只是從每個客人那邊賺個十塊二十塊的，哪有你講的那麼偉大。更何況啊，會想要做些改變，是我跟阿玲都覺得，如果每天都只煎一樣的漢堡肉還有鐵板麵，每天煎每天煎，煎了十年都沒有改變的話，哇，那真是一件恐怖的事！」

十塊二十塊的就得做到這麼踏實，那我們這些所謂的知識份子又該算什麼呢？

「嗯，求新求變正是學術研究最重要的本質，這點妳也具備了！」

阿儀嬌嗔的瞪了我一眼，叫我不要鬧她了。在那瞬間，那眼神，跟小惠若有幾分神似。我喝了口茶，吃了口蛋糕，阿儀習慣性的撥了撥頭髮。當釋放出來的髮香飄盪到我這邊時，我真希望時間就在這完美的氛圍中停住。

結果破壞氣氛的是手機又響了。小花的，不接；接著響的是阿貓，不接；再響，是阿貓的簡訊，不看。所以，算了，把手機關機。

阿儀疑惑的看著我按掉電話的動作，但沒多問什麼。看我最後把手機關了，她又用雙手托住下巴，以她與生俱來的慧黠眼睛所表達出來的讚許目光看著我，說：「對啊，休閒就要有休閒的樣子，不要被手機綁架了。」

接著用目光再示意我吃吃提拉米蘇。

然後跟我說了許多店裡的趣事。

在我們吃完眼前的蛋糕與提拉米蘇，喝完眼前的花茶與拿鐵時，我知道我與她都有了共同的驚喜，原來我們不過才剛要升上國一，我們都很熟悉眼前的這個人，因為我們之前才在三四五六年級同班過，而且她的座位一直跟我很靠近。

「你今天需要趕回台北嗎？」

「不一定。台北那邊沒什麼急事，在台南多待一天也ＯＫ。」

「那你晚上要住哪裡？還是你要回去高雄住？我是在想，我們要幾點離開這裡。」阿儀停頓了一下，像是在心裡斟酌著什麼。

「如果你要回去高雄住，我可以開車送你喔，走高速公路很快的，沒問題。」

「要住也是住台南，我沒跟我媽說，忽然回去，會嚇到她。」

「哪有這麼誇張！是你怕回去被媽媽唸吧！」

阿儀又笑得好燦爛。

「那你台南要住哪裡？」

「不是問題，我有一堆表姊都住台南。」

「那你不怕嚇到她們嗎？」

「不會，她們比我媽年輕，心臟比較強。」

「欸，阿遠，你很誇張耶！」

阿儀繼續笑著，雙手又撥了撥頭髮，豔絕得難以形容。

「說真的！那等一下我要載你去哪個表姊那邊？」

「不急，等我想睡覺時再抽籤決定好了！」

「吼！少爺，你很大牌耶！」

我沒那麼遲鈍，我知道，有些話在阿儀嘴裡徘徊，終究沒說出口。其實我也猶豫著，要不要就恣意的越過那個門檻。

對於兩個二十七歲的人來說，或許錯過了這個關鍵點，就錯過了全部。

還是阿儀主動拉我到虎頭埤沿岸走走。非假日，人不多，下午四點，陽光也弱了，有風，剛好舒爽。我們並肩走著，偶爾碰觸到身體，就只是自然的再彈開；談話間，有時四目相會，但相望均成鵲橋。

我還是讓阿儀載我到客運站。我下了車，她也跟著下了車，她要我摟著她的腰，在她的VIOS之前自拍了張合照。我要她把照片寄給我，但她說，我考慮考慮。

我在台南停留不到十二小時。

第四天

在夜行北上的巴士內作了個夢。

場景的色調很暈黃，像極了黃橙橙月光下的薄雲。沒什麼景物，也許是個長廊。分不清是阿儀或是小惠，我們就這麼並肩的走著。

我說：「那就到我大表姊那邊吧，她很疼我，我們也比較容易遇得到。」

她說：「不要，我要自己決定。」

我說：「那我找不到妳怎麼辦？」

她笑了笑，示意要我蹲下來，我蹲了，她用手指在我的額頭畫了個像是蝴蝶結的形狀，然後在打結處輕輕的吻了一下，說：「好了，我綁好了，你不會忘記我了。」

忽然間轟隆隆的天搖地動了起來，四周皆是大霧，我看不到任何東西，她也不見了。朦朧間好像有一些認識的同學站在遠方，有小學生也有大學生模樣的。我朝著他們走去，但怎麼走都靠近不了，反而越走越遠，越走越遠。就在雙腳累極的時候，醒過來了，腳麻了。

醒來時，第一個念頭是鄭愁予的詩：「我看不見我，也看不見你，只覺得，我唇上印了一記涼如清露的吻。」

我覺得我應該打電話給她，說說今天未說完的話。然而車子繼續在夜裡行著，我什麼都沒做，只是在腦中絮語著、雙手交握背後用類似滄桑的姿態在幻影中踱步著，將跫響踏成歷史、在心中將年少的想望馴服在現實之下，偽裝出一副世故而啞然笑著的臉孔，於如是靜寂的夜。

旅人無驚喜的回到孤獨的駐地，半夜一點鐘。

我在下車後開了手機，又多了三通阿貓的簡訊，前兩通還是一樣要我回電，第三通卻寫了，「幹！老闆中風了，速回。」

中風，我想到學姊的死。會這麼巧嗎？

我站在深夜的台北街頭，人車稀疏，有著迥異於白天的忙碌擁擠。在這樣寂寥的夜幕暗沉中，我開始不安的想著，會不會有人在我的住處也埋伏地等著我？大家都知道我有學姊家的鑰匙，會不會他們也在學姊家那邊等著我的出現？而我只是一個每天躲在斗室內作著實驗的學生，每天過著在電腦前讀paper的普通生活而已，為什麼就在兩天內我忽然的就得面對這麼巨大的恐懼？

我在人行道上不安的走著，想不透這世界運轉的規則。

一陣尖銳囂號的叫罵聲突然在我背後不遠處竄出，我回頭一看，幾個黑衣人快速的從巷口衝出，直接跨過馬路跑往對街，另外幾個黑衣人也追出，接著，聽到一聲巨響，然後一個人在馬路中央應聲倒地。

我登愣了一下，意會到那是槍聲之後，反射式的伸手攔下一部剛好開過來的計程車，快速開門躲進去，說了聲「宜蘭」。司機也愣了一下，複誦一遍「宜蘭」，我嘴巴有點顫抖的回說，「是」。

司機很豪爽的直接就U形迴轉往高速公路開去。一直到要上交流道之前，我才回過神來，拿出皮夾算了算，還好，還有五千元，應該夠付車資。也才想到，為什麼是宜蘭？

我要司機讓我在宜蘭火車站附近的一家旅館下車。之前童玩節我來宜蘭玩時，住過這家，不貴，房間也還好。

先去沖了個熱水澡，恍恍惚惚的，覺得很難理解我為什麼現在會在這裡，想不出個頭緒。一點睡意也沒有，我只好開了學姊的電腦，到gmail、到FB看看。沒什麼需要立即回覆的信件或訊息。我又到阿儀的FB看了一下，沒什麼新的動態，就停在前天她抱著她小姪子開心笑著的照片。

我在Google打了「論文造假」搜尋這二十四小時內的新聞。第一條醒目的就看到Sci-M月刊開砲了，今天晚上最新的發文。前總編輯具名評論，不僅在Sci-M月刊的官網，也同步在幾家報紙的電子報發表。主文不長，主要是論述校長涉案的證據明確，多篇論文均有造假之重大嫌疑，要求教育部立即依新的學術倫理案件處理原則，馬上由教育部逕行調查。也要求我們學校記取T大前案的教訓，不要再學T大之前那樣的以拖待變，再度重創台灣的學術尊嚴與誠信。

附件很長，將多篇論文疑似造假之處做了非常詳盡的說明，但跟之前Sci-M月刊在談T大的案子時不太一樣。以前都只是以PubPeer上的指控處做為論述的材料，然而，在這次的附件中，即便是那三篇以複製貼上修圖式的懶人造假法的論文，Sci-M月刊的資料除了顯示在PubPeer上所討論過的造假處之外，還額外指出其中一篇不僅造假，還有一稿兩投的問題，並且其造假內容所敘述的新治療法，目前還拿了一大筆國家的經費，正在進行臨床一期實驗。

更特別的是，跟老闆有關的這幾篇，除了我跟學姊發表的那篇沒有被談到外，其他四篇，Sci-M月刊特別提到經由多位在美國的台灣科學家自發性的熱血幫忙，由兩個不同單位內的實驗室各自獨立完成的驗證實驗之調查結果，有充分證據顯示老闆這四篇文章雖然沒有複製貼上修圖式的造假，但其文章中所敘述的實驗材料及方法，並不足以產生其文章內所宣稱之結果；更驚人的是，這兩個實驗室對於實驗材料做了某些特殊的變動後，就會出現與老闆文章所得到的結果極度相近之數據。

附件內詳列了兩個美國實驗室進行驗證實驗時的所有操作程序，以及各步驟所得到的原始資料。Sci-M月刊前總編輯還特別提到，造假手法之翻新是對台灣更為嚴重的打擊，顯然前一波Ｔ大造假事件所促成的官方改革做法，不僅沒有帶給台灣正面的進步，反而促進了新一波造假手法的升級。

仔細讀完那些驗證實驗，的確做得很完整，各種條件的考慮也都很到位，顯然是非常熟悉此領域的行家手筆，讓人不得不相信。但我更疑惑的是，如果一視同仁都做驗證的話，為什麼會跳過我跟學姊的那一篇？那篇還是最早出現在PubPeer上的兩篇之一啊！還有，這些驗證實驗也未免做得太有效率了。除非這些實驗是在PubPeer爆料之前就開始著手的，不然的話，在這麼短的時間內，怎麼有可能完成這麼巨細靡遺的實驗報告與評論呢？

正在納悶間，居然看到阿儀敲來的ＦＢ私訊。私訊夾帶了那張我摟著她的腰的自拍照，上面寫著：「剛起床準備早上開店的東西，考慮了一下，還是把照片寄給你。阿遠博士，你真是個又帥又有趣的人！我會更努力的將我自己的學術研究做好，到時候再請你來評分喔！」

上午四點十五分，這工作時間也未免太早了吧！我敲了個大心給她，寫了：「這麼早啊，辛苦了！」

她也立即回了個驚嚇的表情貼圖，寫了：「不會吧，你是還沒睡嗎？」

我只再回了「人在江湖」四個字給她。

寫完後，才想到，我既無神功，甚至連把護身的劍也沒有，是要如何在江湖中闖蕩？

我躺在床上，想把整件事情重新理出個頭緒來，然而，要從哪裡開始想起呢？如果學姊的死跟那些假論文有關，誰會是兇手？那些假論文到底牽扯到多大的黑幕，才讓一個人非得要置另外一個人於死地不可？還是，學姊真的是自殺？但為什麼我看不出有任何一點事前的跡象，也找不到任何可以用來解釋的原因？

想著想著，我居然站在一個很廣闊的湖邊，四周群山翠綠，而湖面如鏡，倒影如畫。我站在離湖邊有段距離的樹旁，遠遠的看著一位站在湖邊的女子，她有著及腰的長髮，像是心事重重的眺望著湖面。忽然有陣風吹來，湖面泛起了陣陣漣漪，也把她的頭髮吹得飄逸了起來。我受到了撲鼻而來的髮香吸引，不自覺的走向她身旁，併肩站著，一起看著湖面。風停止後，她的頭髮有些就披散在我的肩上。兩個人一直都沒有說話，也沒有轉頭看著對方，就只靜靜的一起看著如鏡的湖面和湖面偶爾泛起的漣漪。

就這樣，沒有劇情，就兩個人一直靜靜的並肩站著，看著，直到我醒了過來。

撥開窗簾，落地窗外的宜蘭微雨，所有的顏色都被洗刷得鮮豔起來，樹、草、花、田、山、水，及空氣。遠處的薄霧層分如譜線，群山是起伏的韻律。

我想到了影片中學姊背後的那片山景，就是這樣的宜蘭景色。我開始知道為什麼我會被江湖帶來宜蘭。我想著，江湖既然將我帶去了台南，現在又將我帶來了宜蘭，其中必定含有某種不知是誰想要示現給我的連結。

這就是命運的安排嗎？我決定寫封e-mail給小惠。信中我盡可能的跟她解釋清楚最近在我們實驗室所發生的論文事件，也說明了我對學姊的死的懷疑，還有目前我自覺危險的處境。我請她幫我留意隔壁陳P什麼時候會出現，如果陳P回來了，請她在第一時間就告訴我。

這封信花了我很多時間，或許快兩個小時吧。要把一段連自己都覺得非常混亂的事情寫出個條理，實在是件讓人極度疲累的事情。其實，我大可只寫後面那段幫我留意陳P行蹤的要求即可，但不知怎的，我就是覺得應該要跟小惠說明白這些事情。

也或許我的目的不是想向她說明清楚這些緣由，而是我希望在此時此刻可以有個人完全明白我所擔心害怕的事情。

是此刻的我需要依靠，嗎？

服務台來了電話提醒退房時間，原來已經十一點了。我決定再住一天。

在出去吃飯之前，我忽然想到，或許我該主動一點。我找了陳鎰哲在C大的個人網頁，上面有他e-mail的位址。還在揣思要如何寫這封給陳P的信的時候，小惠就已回了mail：「你還好嗎？我很擔心。你身上的錢夠不夠？有沒有帶些換洗的衣物（昨天我看你只背了個筆電）？給我你住的飯店地址，我帶去宜蘭給你。」

我直接撥了電話給小惠，她在電話中又焦急的把剛剛信裡面的內容問了一遍。我告訴她我有帶提款卡，戶頭裡面還有些錢，即便在外面生活一個月都不會是問題，然後等等我會去附近的超市買些可以換洗的衣服。我說，宜蘭是個生活機能很好的地方，我又不是逃到深山林內，請她不用擔心。

小惠還是再一長串的叮嚀了許多事情，最後她要我趕快回高雄家裡住一陣子，等事情都弄清楚了再回台北。她還說她有個表哥是檢察官，如果有需要的話，她可以去問問她表哥。

我想還不到這個階段吧，因為我手上任何具體的證據都沒有，任何一位檢察官聽完我目前的狀況，可能都只會認為是我太過神經質了。我安撫小惠說，等我弄清楚了一些事情，就會去台南找她。

我感覺到小惠在電話那頭好像哭了出來，一時間也不知道要說什麼，只好一直重複：

「小惠，沒事，我沒事，我沒事，不用擔心。」

她的確是哭了，用著哽咽的聲音說：「你要照顧好自己喔。」

小惠的哭聲讓一股既感動又躁亂的情愫在我的身體內到處流竄，我不知道要如何與這突如其來為我而流的淚水與哽咽共處，腦袋一下子又哄鬧了起來。靜不下心來寫信，只好先出門去吃飯與採買。

吃飽飯後在超市採買時，阿貓又打電話來了，這次我接了。劈頭阿貓當然是幹聲連連了一大串，我靜靜聽完後，只問說：「老闆中風，真的假的？」

「幹！我騙你幹嘛！昨天中午的事，老闆罵完你昏倒送醫後，一醒過來，先是覺得手指不靈活，後來整個左手掌都不能動，緊急掃描發現腦袋塞住了些地方。還好發現得早，處理到現在，聽說手掌比較能動了。」

「喔……啊，還有，他們報警了嗎？我是說關於指控我偷筆電的事。」

「沒聽說，後來都聯絡不上你，校長秘書與系主任就沒有再過來了。倒是昨天晚上Sci-M月刊那篇一出來，今天早上好幾個記者都跑過來實驗室說要採訪。幹！實驗室都沒大人，是要採訪什麼，還在那邊東拍西拍的。後來系主任跑過來把記者拉去系辦，然後要我們今天把實驗室關一關，大家下午去玩。媽的，實驗本來都已經做不完了，現在是全部都得停擺。」

「系上有要我們做什麼說明嗎？」

「老闆還在醫院吊點滴，是要說明什麼啦？幹！你這樣說我就有氣！算算輩分，實驗室除了老闆以外，現在最大的就是你。結果你就這樣溜了，留我們這些小咖的到了實驗室也不知道要做什麼！」

「抱歉啦，我真的需要在外面查查學姊的死因。學姊也很照顧你，你就多擔待些。我大概明天就會回台北，但還不確定，到了會先跟你聯絡。我要回台北的事，也請你先幫我保密一下。啊，對了，校長那邊有聽說有什麼動作嗎？對Sci-M月刊那些指控。」

「幹！那篇寫得超強的，看到那些證據我都傻眼了，想說，到底是誰做的，我真想換老闆去他們那邊。幹！這是題外話。我早上有看到大鳥的line說，今天晚上醫學院那邊會開記者會，他說，看到那些嫡系實驗室的眾人這幾天都被操得跟鬼差不多了，『原始』的data應該會有不少吧。」

阿貓把「原始」兩個字拉得好長。

「說到大鳥，再拜託他一下，看看能不能帶我們進去培養室一趟。如果真的有困難，就請他幫我們攝影，用比較高解析度的手機攝影，把培養室的每個角落都鉅細靡遺地拍一遍。」

「幹！這我昨天就有想到了。校長已經挪出一個新空間給他們了，正在裝潢，過兩天就要搬家了。大鳥明天要先去把細胞拿到別人家那邊寄放一下，他說屆時會順便幫我們拍。」

阿貓又扯了些瑣事，像是老闆無法蓋章，帳都不能報；還有小花和妞妞這兩朵實驗室之花說要辭職之類的才掛上電話。

我回到旅館，繼續思索著要如何寫這封給陳P的信。動筆最大的困難在於，不知道這個陳鎰哲到底是敵是友？如果，學姊的死他也有參與呢？在還沒有看到這個人之前，要怎麼判斷還真是個難題。

寫了好幾個版本的開頭，都覺得不恰當。只好再去沖沖熱水澡，順便把穿了兩天沒洗的衣服換掉，穿上剛剛新買的整套行頭。

再度繼續苦思後，好不容易決定了開頭的形式，但接下來到底要跟他問些什麼卻又卡住了。我在房間內走來走去了十幾圈，還是想不出個所以然來，而時間一下子又過去了兩個小時。我決定先出去走走，順便買個泡麵、啤酒什麼的來當作等一下的晚餐。

週三的下午人潮還沒有多起來，我沿著正對火車站的道路往前走，過了個像是菜市場的地方就隨興的再往右轉。感覺到這個城市有個緩慢自在的特殊味道，不像台南、不像高雄，更不像台北。在自然被滯緩的腳步中，我有著這三天來難得的舒適。

靈光一閃間，我開始揣想著，誰會和學姊一起在這樣慢活的城市裡散步呢？如果江湖帶我去台南又來到宜蘭是有著某種深意的軌跡，我想，那個伴著學姊散步的人，或許是陳鎰哲。

像是擊潰了個缺口。回到電腦前，一下子，信就寫好了。我寄出了這樣的mail：

> 陳老師您好，我是徐語娟的學弟，廖韡遠。我寫這封信的目的是想告訴您，我在許多細節的觀察中，推測學姊並不是自殺的，而是因為某些非意外的人為因素。您曾經是學姊的指導教授，而且我也在學姊的遺物中發現一些與您有關的東西，知道您是學姊非常重要的人。因此，我希望能有機會與您見面，向您報告我所看到的疑點，不要讓學姊的死變成一個永遠的謎團。

我想，不管是敵是友，看到這樣的信，都會與我見一次面吧。

信寄出去之後，心裡頓時放鬆不少，天也黑了。泡了碗泡麵，開了電視看了看，沒有任何醫學院開記者會的消息，連跑馬燈都沒有顯示。於是就又把電視關了。開了FB，想說，或許會有人開直播。不過，沒看到直播，倒是跳出一封阿儀寄來的私訊。信很長，第一次看到阿儀寫這麼長的信：

阿遠，我下午又去了一趟虎頭埤，坐在餐廳內昨天你坐過的位置上。我想試試從你坐的地方看出去，看到的會是什麼樣的風景，還有，這個角度會看到什麼樣子的我？

我坐在那邊想了好久，一邊喝你喝過的花茶一邊想，想了好久，最後我終於決定了，我要勇敢的告訴你，你知道嗎，我喜歡你好久了！那是真的好久了，應該就從小學五年級的某一天開始，那天你沒有來學校，結果一整天我都沒有辦法上課，只是一直想著你到底是生病了呢還是怎樣了。你成績那麼好，運動也那麼棒，但你一直都對我那麼好，什麼事情都會先幫我想一想，不會因為我的成績不好又不愛講話而不理我，還常常講笑話給我聽逗我笑。你還曾經為了其他人作弄我而和阿國他們打過架，害你被老師罰站一整節課。

你知道嗎，當你要搬去高雄時，我是多麼多麼的傷心，在晚上偷偷哭了好幾天，想說接下來就見不到你了。你知道嗎，我都一直默默的看著你，從你的部落格到你的FB，我都一直有在看著，只是你不知道而已。你是那麼的優秀，很理所當然地唸很好的高中很好的大學，還繼續唸了碩士唸了博士，我是多麼的高興我所喜歡的阿遠是這麼的優秀。我有你高中、大學、碩士、博士錄取時的榜單截圖，我把你以前部落格的每篇貼文都存了下來，把你FB上的每一張照片都存檔起來，我的電腦裡有一個專屬於你的資料夾，你知道嗎，從你離開後，它就是我思念的全部。

但是，你知道嗎，我是多麼的害怕讓你知道我是這麼的喜歡著你。我的成績不好，又不愛說話，讀完高職後只能到工廠去當女工。我每天在生產線上重複那些單調的工作時，都會想著，你一定不會喜歡一個這樣子的我，只是一個高職畢業生，一個女工。你在台北那麼大的都市在那麼好的學校唸書，一定會有很多條件很棒更適合的女生跟你一起，你一定會忘了我這個成績不好又不愛講話的女生，因為你再也沒有跟我聯絡過了。

後來我在第二家工廠工作時認識阿玲。她是個很棒的朋友喔，她很開朗，也很聰明，又很有耐心的聽人家講話。她常常帶我去玩，跟我聊天，讓我變得比較敢跟人家說話。後來我敢一個人在市場顧攤賣菜，變得不怕跟陌生人講話，都是她的功勞喔！她也介紹過一些男生給我認識，但我都不喜歡，因為我心中有一個會為了保護我而跟別人打架的你。

後來阿玲才知道原來我的心中有個你。是她鼓勵我要主動一點，你知道嗎，我一直不敢點你加入好友，是阿玲有一次半強迫的拉著我的手去按那個滑鼠的。你知道嗎，原來，最困難的只是那個第一次點下去的動作，之後，我就敢主動寫信給你了。

最近這一年來是我最高興的時候，我很高興你沒有忘了我，我很高興你沒有因為我只是個女工、賣菜和賣早餐的平凡女生而不理我，你寫給我的很多東西都很有趣，我很高興你還是那個坐在我前面的男生，都會跟我說話，都會回我信。

你知道嗎，昨天你忽然出現在我面前時，我感覺到天旋地轉一直在心裡叫著，這是真的嗎？這是真的嗎？阿玲說，我昨天漢堡都煎錯好幾個，客人點的豬排或漢堡肉我都分不清楚了。我昨天本來可以更早去接你的，但在出門前的時候，我又猶豫了，我站在門口焦急地想了好久，我真的敢這樣單獨的跟你在一起嗎？我如果說錯話該怎麼辦？我如果表現不出你想像中的樣子那該怎麼辦？你會不會就不理我了？

後來，我終於決定，不管怎樣，即便我搞砸了，我也要試試。至少我這輩子有跟我那麼喜歡的男生一起出去玩過、只有我們兩個人坐在同一部車子裡面、只有我們兩個人坐在一起喝下午茶。我告訴自己，我這輩子一定要有這樣的經驗，如果我今天錯過了，接下來就可能再也不會遇到這樣的機會了。

阿遠，你知道嗎，我是多麼的希望昨天在虎頭埤的時候你能夠牽著我的手走，但你都沒有；我曾經有好幾次就想不顧一切的抱住你，但我最後也沒有。我不知道你現在有沒有女朋友，如果有，我不想造成你的困擾。不過最後我還是忍不住的希望你抱抱我，才會要求你摟住我的腰跟我合照。我說考慮考慮不一定會給你照片，是因為我想說，如果你已經有女朋友了，如果她看到這樣的照片，一定會很生氣，我不希望因為我的任性而造成你的困擾。

但我還是寄給你了，因為我不想獨自一人留下這個回憶。昨天是我們兩個人共同的下午，我不能獨享它。但是如果你已經有女朋友了，請你一定要把它刪除，包括現在你讀的這封信，也要刪掉。我是女生，我知道那種感覺，如果看到我的男朋友有另外一個這麼喜歡他的人，我一定會非常非常的不知道該怎麼辦才好。

阿遠啊，我是多麼的高興能有機會跟你靠得那麼近，我是多麼的高興你這麼稱讚我的工作。我從你的眼睛裡讀得出，你不是在騙我，也不是在哄我，你是真心的贊同我的工作，而不會因為我只是個開早餐店的女生。我知道你有著很多煩心的事情，昨天你不時的皺著眉頭，我知道不是因為我，但我想讀博士一定有很多我再怎麼樣都無法理解的困難，我無法在這方面幫助你什麼，這是我感到很難過的地方。

但不管怎樣，我要讓你知道，阿遠，我是這麼的喜歡你，我希望你一切都好好的、順順利利的。你要好好的保重你自己，這是我目前能想到最希望的事情。

我還是要再跟你說一次，如果你已經有女朋友了，請你一定要把照片刪除、把這封信刪除，我不想變成電視上演的那種第三者的女生。然後，請讓我繼續當你的小學同學。

讀完，我站起來拿了瓶啤酒，打開，一口氣灌掉一半。在房間內繞了三四圈，再拿起啤酒，一口氣再灌掉剩下的另一半。

我知道，阿儀一定在電腦前一直等著，我得趕快寫些什麼？

我能寫什麼呢？這已經完全超出我平常想像力所能觸及的範圍了，我那些早已經忘記的年少隨口與隨手，早已經忘記的幹架事件，就這樣讓一個這麼好的女孩子情牽多年至此。

我再開了第二瓶啤酒。

結果是小惠打電話來了。小惠先是略為急切的問我買了換洗的衣服沒有、吃飯了沒有、身體還好嗎之類的，接著漸漸回復她平常柔順的語調說著她從陳P實驗室問來的一些事情。她說，陳P最近三個月來就去了美國兩次，每次都待了十天左右，沒說原因，不是參加研討會也沒聽說是其他公務，就是出國去，而且都是自費，沒有報研究計畫的帳。昨天是第三次，同樣的也是沒有交代確實去處。因為還在學期中間，為了他最近這樣頻繁的出國，把課調來調去的，引起學生不少怨言，聽說還被所長找去嚴重的關切了一下。

我問說陳P有沒有結婚？我根據他的學經歷推算，也應該是在四十二到四十五歲之間了。小惠說，應該沒有，目前看起來應該是單身。但之前有聽說過傳言，好像是離過婚或是本來要結婚了但最後沒結成。不過因為是個人隱私，大家也只是吃飯時隨口八卦一下，沒人知道真假。

小惠最後又把要注意身體、要吃飽、要警覺些、要注意安全又唸了一遍，也再提了她那位當檢察官的表哥，她說她小時候在姑媽家住了幾年，這位大表哥非常疼她這個小妹妹，她去請他幫忙一定沒有問題。小惠要我遇到可能的危險時，不要硬撐，一定要讓她知道。

講完電話後，我連續幾口的把第二瓶啤酒喝完。

何德何能，這四個字忽然湧上我的心頭。

我還是得先回個信給阿儀。

阿儀，看到妳的信之後，我先是訝異，然後感到滿滿的幸福感動，有友如此，夫復何求！

我想先說的是，妳的工作很有價值，不管是在工廠、市場或是早餐店，妳做的都是很有價值的工作。我那天看著妳在鐵板前忙碌的樣子，看著妳的客人吃完後滿意離開的樣子，妳知道嗎，就一件工作對「人」的意義來說，妳目前所達到的境界，是我在大學裡、在這個博士生的生涯裡都還達不到的境界！

每個正當的工作都有它的服務對象，所以一個工作是否有價值，那個價值不是以所賺的錢的多寡、也不是以要多高的學歷才能從事來衡量的；而是，像妳這樣，不斷的想著怎麼樣才能讓這個工作所服務的對象有著物超所值的滿意來決定的。

我很珍惜妳對我的好，我也很感動有妳這樣一位好朋友，那張照片我不會刪除，妳的信我會仔細保存。而且我永遠都是那個坐在妳前面、個子比妳小的小學同學。（哈哈，雖然我現在比妳高了！）

寄出後，我的心情更為沉重了。我知道，這是一封寫得很爛的信，但我實在想不出更好的了。

阿儀馬上回了個大心給我。

本來想也回個大心，但在按下滑鼠之前，猶豫了一下，改按個讚。

啤酒只買了兩瓶，都喝完了。在房間內無意識的繞了繞，完全無法再思考些什麼，只好又打開電視來看。

還是沒有記者會的消息，倒是在底下的跑馬燈看到一則新聞標題：「X大教授與學生大打出手，女學生被波及爆乳」，轉到另一台看到的則是：「X大教授狼爪扯乳，男學生護花揮拳」。等了一下，終於看到短短的一分鐘新聞內容。

畫面看起來是用手機在有點距離之外拍的，雖然晃來晃去，但還是看得出一個男的比較老，新聞說是楊姓教授，另一個較年輕的被稱為張姓學生。楊姓教授衝去扯張姓學生的衣領，結果被張姓學生一拳把眼鏡打掉，整個人也往後踉蹌差點跌倒，那個楊姓教授再度站定要衝向張姓學生時，李姓女學生忽然從鏡頭外衝上去擋在兩人之間面對著楊姓教授狂吼，楊姓教授一驚之下好像腳絆到了什麼，整個人忽然往李姓女學生身上倒去，雙手剛好撲抓住女生無袖背心的領口，頭朝下幾近垂直式的跌倒。這一倒，不僅把無袖背心扯破，連胸罩都被扯了下來。

當然這一段新聞畫面打著馬賽克，不過動作與部位還是可以鑑別得出。新聞中沒有多說原因，只說是因為細故爭執。畫面雖然不清楚，但這個X大的楊姓教授我認得出，就是醫學院的老師，校長的嫡系大將，我還上過他的課。

我開了網路新聞，做了些搜尋，都沒有新聞講到更細節的東西，全都聚焦在胸罩被扯下來這件事情上；PTT上也沒有看到關於那個「細故」的討論，也大都是對胸罩發表評論，還有人依那個楊姓教授的體重與倒地時的速度，推算要多大的作用力才能將無袖背心暨胸罩一舉扯下。

我敲了FB私訊給阿貓，問他知不知道這件事。阿貓隨即就打了電話給我。他劈里啪啦的講了一大串：

「幹！超精采的，大鳥他們還把完整影片傳給我。聽說是晚上本來要開記者會秀他們加工後的原始資料來為校長的另外三篇，就是除了跟老闆有關的那五篇以外的那三篇photoshop圓謊。

「結果，我不是說了嗎，最近他們趕工趕得都快要變成鬼了，大家的心理壓力都大到瀕臨爆發的邊緣。結果下午的時候，那個男的跟那個女的到離心機室去跑離心，結果遇到六樓另一派人馬也要用，雙方在那邊吵了一下之後，六樓的那些人就酸酸的說，既然只是造假要用的，跑什麼，回去畫一畫就好了啊。這下子，先是那個女的受不了大哭的跑出去，那個男的也把東西摜在地上，就衝回去他們實驗室對他們老師，就是那個楊P大吼說他不幹了，說他來這裡是要學做研究的，不是學作假的。

「幹！那些醫學院的大P平常LP都被捧得高高的，哪受得了一個小碩二的學生這樣沒頭沒腦的大吼，當下就拍桌要他滾出去，說，等他忙完今天的記者會後再來修理他。幹！那個姓張的一聽更火了，又對那個楊P大吼說他要拿回他最近被迫做的那些數據，他不要讓他的人生留下汙點。

「媽的，這句話講得真帶種，碩二，要口試了，就這麼嗆他老闆。結果那個楊P更火，一個箭步就衝上去在他面前大吼，滾，你不要畢業了，我不收你了。這時候，那個姓張的推開楊P然後一個箭步上前把楊P桌上的筆電拿起來就往地上砸。那個楊P接下來所做的，就是今天電視一再重播的畫面。」

「怎麼會有那影片？」

「媽的，實驗室裡一整票看熱鬧的，沒人拍才奇怪。幹！五萬塊耶，聽說就賣那段影片給電視播，五萬耶，好賺吧！」

「後來呢？記者會、學生、老師？」

「記者會當然就開不成了，資料和簡報檔都在那部筆電內，被砸個稀巴爛還開個屁啊，當然就臨時取消了。女的隨即被其他女同學護著回家，楊P本來說要去驗傷告那個姓張的，結果，大鳥他們說，幹！沒多久忽然二十幾個刺龍刺鳳的黑衣人衝進醫學院，直接就到楊P的實驗室把其他人都趕出去，留下楊P，門鎖起來。最後是學校報警，但是當警察到的時候，那些黑衣人已經走了，然後，楊P也不告了。」

「蛤！這是在演那一齣？」

「幹！很甘味人生對不對！聽說那個姓張的老爸是個大角頭，只不過他喜歡唸書不想管家裡的江湖事業，算是兄弟中的異類。然後就是因為他最近趕這種鳥實驗趕到連兩天沒回家，他媽媽叫他妹拿一些補品過來給他，結果就被他妹看到這一幕。他妹就趕快打電話給他老爸，也就是角頭老大。當下他爸就叫他大哥帶兄弟趕過來了。」

「媽的，這些大P就是欺善怕惡。不過，大鳥又不是他們實驗室的，怎麼也會知道那麼多？」

「幹！在醫學院那種畸形的地方，不傳八卦生活還有什麼樂趣！」

「到底可信度有多高啊？我現在聽到的算是第四手傳播了吧！」

「幹！那麼認真就輸了！反正，關鍵字『互嗆、推擠、跌倒、扯下胸罩、黑衣人、不告了』是真的，但劇情不完整之處，就自己想像一下。幹！誰在意，誰痛苦。」

「還有其他八卦嗎？關於記者會本來的內容。」

「沒有，目前知道的就這麼多。」

不知怎的，我就想到電影《教父》第一集最後的一幕經典畫面：第二代教父麥可接掌大位後，在辦公室接見客人，當訪客陸續進入辦公室後，部下將門關上，只留下麥可的妻子在門外悵然的佇立著。

有機會應該認識認識那個張姓學生。

不想再看到那個被爆乳的畫面一直重播，就轉到電影台去看看。放映的是劉德華主演的《見龍卸甲》，演的是三國名將趙子龍的故事。劇中嘗試著墨那些活在出生入死征戰中的將軍們的感情。當然現代人無從感受起那個時代、那樣的征戰中，感情究竟會是什麼樣的心酸。所以編劇及導演，只能把它處理得符合現代人的想像。

我邊看邊想著，應該不止於此吧！亂世中的兒女情長，應該會有更深的遺憾埋在裡面，我的感覺是這樣的。

一種很感同身受的感覺吧，說不太上來，可能是上輩子。就覺得在那個沒有照片、沒有電話、甚至一般平民也沒個確切住址，戰亂中無法送信，也可能收不到信的情況下，將軍一離家就是音訊全無，就是生離死別。那種割捨，不是掉幾滴眼淚然後切換個幾年後的畫面就能刻劃出的：等待的啃噬，每日的煎熬，直到忘了長相，忘了悲傷，只剩下名字和未能再見的心底刻痕。

半夜一點影片結束後，開了電腦再巡一下電子信箱，還是沒有收到那個陳鎰哲的回信。我決定明天一早就回台北，或許，那才是江湖的主戰場。

第五天——小花

清晨是霧氣濛濛的涼爽天氣。雖然只有薄霧，但瀰漫幾十公里後對光影所形成的阻絕，仍然將整個天幕的顏色齊一濛白，隱沒了山及海上的龜山島。八點多，巴士上了交流道在國五往雪山隧道行進，望向道路兩側的城鎮與田野，感覺就像在以穹蒼為蓋的營帳內環視，整個蘭陽平原只如同住一室內的眾生。然而，隨著車子與山的距離漸漸靠近，盡頭的影像，也由齊一的白茫天色隱現出灰藍的疊巒輪廓，隨之一片青蒼翠綠亮開眼前。

但隨即，我就要再遁入紅塵了。

我發了個簡訊給小惠，說我離開宜蘭了，現在正在回台北的途中。她隨即回了簡訊給我，還是寫著要注意安全、不要硬撐這些話。

到了轉運站，我考慮了一下，還是決定先回學姊住的地方。一走進捷運站就看到月台兩側滿滿的人潮，我居然有點猶豫要不要繼續轉進下去，讓自己變成在人潮內隨波逐流的一個移動光點。

我還是進入了那個人群裡面，以無意識的樣態讓自己真像是一個標示著路人甲的光點那樣移動的走著，隨著族繁不及備載的眾多無差異性光點一起猶疑，以這樣的從眾轉化自處，就說服了自己一切還都是那樣的平靜，可以忽略掉空氣中瀰漫的詭譎、不安與猜忌，還有擁擠下的疏離。

到了學姊住處附近，我刻意不直接進去，而是在大樓附近前後快步的環繞過一圈，仔細的蒐看有沒有可疑的人物匿藏著；包括附近幾家已經開始營業的店面裡的客人，我也大略張望的過濾了一遍。

都確認了，才上樓。我沒有坐電梯，而是爬樓梯上去，一直爬到比學姊的樓層還高兩層。小心地確認沿階都沒有閒雜人等後，才進去學姊的住處。

我打開房子裡所有的窗戶讓空氣流通，把這兩天換下來的髒衣服丟進去洗衣機。在等著機器完成它的洗衣程序的這段時間內，因為無所事事，就進了浴室沖了個澡，然後讓自己以毫無負擔的姿態躺在學姊的床上。那床，仍隱約有著學姊身上特有的悠柔香味，緩緩的在我周身瀰漫著，溫馨的像是自己安穩地在學姊的懷裡被呵護著。

我在學姊的環抱下想著，小惠與阿儀。我發覺我與身邊那些我可能會喜歡她的人常常這樣，初遇時候的那些動心會因為某些表面形象的成見而被束縛著，等到相處時間久了，開始了解了多一點的對方，也開始有機會掙脫那些成見以及表象所桎梏的動心時，兩個人的心境與身邊的環境卻也已經大不相同了；各自添加了很多與別人的感情，增加了很多新的環繞在身邊的人，也經驗了更多以前所沒有過的歷練。然後，再也回不到從前，那個最有可能開始的地方了。

所謂的伴侶，應該是兩個變化速度相當的人吧？這兩天忽然間突如其來又再相遇到的一切，會不會只如飛鴻雪泥般的偶然了以後，悄悄逝去？

在自己瀕臨睡著之際，我努力的掙扎讓自己起床。想像中今天應該有不少事情要做，不能夠讓自己就這樣的一覺耗掉整個白天。

我在學姊放書的夾板四層櫃前站著，瀏覽了一下學姊所看的書本。大部分都是專業的原文書籍，偶有幾本散文與小說。那些散文與小說我都讀過，有些是自己逛書店的時候買的，有些是學姊看完後覺得不錯推薦給我的。在櫃子的最下層我注意到一本書名很特別的《我曾經那樣倉皇失措的想著你》，小野寫的。我沒讀過這本書，學姊也沒有提過，好奇下隨手把書抽出來翻閱。

剛翻開，就在封面裡的空白頁看到一段手寫的文字：

我是一個很俗很俗的人，也是一個很土很土的人，想妳的時候就想打電話給妳，妳不在的時候，我就在城市的每個妳可能出現的角落尋找妳。我在開會的時候攤開一張白紙偷偷的在上面給妳寫信，我的靈感一直湧現，我的手寫得顫抖不止。甚至，我坐在車內，仍然能寫，寫到車子走錯方向而渾然不知。曾經在爬山的時候，把妳名字的縮寫刻在一整排相思樹的樹幹上，然後心裡默默唸著妳的名字。就是用這樣很俗很俗的方式想著妳，倉皇失措，妳懂吧？就是這個樣子。

這段文字後面有個寫得很草書的英文簽名，仔細辨識，依稀唸得出是「Yi-Zhe」。整段文字書寫的筆跡急躁中帶有粗獷的味道，我認得，我在學姊外套口袋中的那封信見過。

我翻了翻書，原來這是從書內一篇與書名同題的散文中所擷取出來的一段。而一下子就翻到這段的出處是因為學姊在這一頁裡夾了一張書籤，那書籤，上面印著鄭愁予的一首詩，〈水巷〉內的一段：

我原是愛聽罄聲與鐸聲的
今卻為你戚戚於小院的陰晴
算了吧
管他一世的緣分是否相值於千年慧根

我把書籤留在那頁，闔上書，放回原處。去浴室將洗衣機內的衣服拿出來晾在小客廳的掛衣竿上，打開除濕機，關上所有的窗戶。拿出學姊的筆電放在書桌上，一如它離開這間屋子前那樣。然後鎖門，從學姊家走出來。

習慣性的走向我平常停機車的地方，四顧找了一下才想起，車子還停在轉運站附近的停車場。本來想先過去把機車騎回來，但是在公車站牌前等巴士的時候，腦子裡忽然閃過在C大所見到的那一幕擦撞，當下決定還是先把車放那邊，等搞清楚一些事情之後再說。

我先去了實驗室。週四上午十一點，照道理說應該是大家都要到的時間了，沒想到一開門，只有小花在實驗室，其他人都不見了。

「學長，你沒事吧！」小花放下正在整理的切片盒，邊說邊跑過來我面前。

小花來實驗室當專任助理才一年多。她小我四屆，大學跟我是同一個學校同一個科系，雖然我們沒有在母校交集過，但因為有著同樣的娘家，因此在實驗室的這些小女生當中，她跟我最親。她是個很陽光的人，有著種田人家樸實開朗的個性，有時我會主動帶她去吃頓好的，但為避免單獨兩人引起不必要的誤會，我通常會夾帶一兩個實驗室裡的其他小朋友同行。阿貓雖然已不算是小朋友，但我知道他喜歡小花，也有意要追她，所以他就成為常常被我夾帶出去的人。

實驗室是我在台北的另外一個家。我常忘情的把在實驗室流轉的大夥們當作家人一般，這些年的生活中最能安人之心的事，其實是每天能重複一些平凡的寒暄、聽聽小朋友的一些小牢騷、看看小妹妹們燦爛的笑容。特別是小花的笑容，很甜，甜到比葡萄糖都還要能夠穿透血腦障壁喚醒神經元的活力；配上那隨著笑容出現的淺旋酒渦，任何意志不夠堅定的人都會一下子被吸陷入那深邃的靚隱秘境。

我一直希望能有個妹妹，小花在毫不做作下很自然的承接了這個妹妹的角色；我們互動配合得很好，毫不踰矩的。

「沒事，只是去台南處理些事情而已。實驗室其他人呢？」

「妞妞拿報帳的文件去醫院給老闆蓋章，其他研究生在昨天系主任叫我們先回家之後，到現在都沒有看到人。唉！也是啦，要不是我現在是專任助理得打卡，我也不想來實驗室了。」

「老闆還好吧？」

「妞妞剛剛有打電話給我，說看起來還好，手掌靈活度又更恢復了。老闆要她轉告大家，原有的實驗繼續做，不要停。」

「喔。」我邊答邊走進實驗室，四處張望了一下。小花也跟著走著。

「學長，我跟妞妞都想說，不要再留在這裡了，要換個工作。你知道嗎，這幾天其他實驗室的人看我們的眼光都好奇怪，雖然表面上不說什麼，但就是一副等著看好戲的樣子。壓力好大喔！」，「像是剛剛一個廠商業務過來交貨，也是一副話中有話的問說，撐得過去吧？」

「吼！好煩喔！」小花皺著眉頭又補了一句。

當疼愛的小妹用這麼困擾的語氣跟她所信任的兄長發牢騷時，身為大哥的人，就理應在第一時間提出具體的解決方案來幫助她才對。但是，我現在卻連自己該怎麼辦都還沒有個具體的頭緒。

「就先騎驢找馬吧！的確，經過這次衝擊之後，我想老闆大概很難翻身了，妳們再待下去對未來也沒什麼幫助，早點離開也好。不過未必要馬上辭職，先確定找到工作之後再無縫接軌。何況，也是要把手邊的工作做個交接的整理。」

這大概是目前我能想到的，沒有言不由衷同時也還算兼顧現實的回答。

「嗯，我也是這樣想。」

「如果換工作，妳還是會找生醫類的助理，然後繼續出國的打算嗎？」

「還沒想那麼多。不過這次我真的被嚇到了，我應該不會想再繼續往生醫方面走了。之前，T大的那個造假事件，總覺得還只是一件新聞而已，跟自己沒有多大關係；但這次就發生在我們自己家，而且是看起來那麼認真的老闆，實在是讓人家很難過！」

「唉！是啊！趁還沒踏進來就先看清楚、想清楚總是好的。不像我或阿貓現在卡在半空中，進也不是、退也不是。」

「學長，你這麼急的去台南是為了什麼事情啊？是跟實驗室有關的事情嗎？」

「說來話長，妳先把手邊的工作繼續弄一弄，我先收個e-mail處理些事情，等等中午我請妳吃飯。妳想吃什麼，隨便妳挑。」

小花在說「好」的同時，淺旋酒渦滿溢出醉人的甜蜜微笑，在那個當下，我真想像學姊捏著我雙頰那樣捏著她酒渦旁的白裡透紅。

如果我有一個這樣可愛的親妹妹那該有多好。

小花繼續去整理她的切片，我就近找了部電腦，開了電子信箱。

第一眼就看到了陳鎰哲的回信：

韓遠你好，很驚訝看到你的來信，但隨後而來的感覺是很高興看到你的這封信。我知道你，語娟常跟我提起你，她說你像是她的弟弟。我很高興語娟沒有看錯，她的確有了一位這麼在意她的弟弟。

語娟的死因我也不相信是自殺，那是絕對不可能的。我也正在尋求各種可能的管道來調查這件事，一定要找出兇手。許多細節我無法在信上一一詳述，我們需要見面談一談，我需要你所發現的任何蛛絲馬跡。這幾天我都會在宜蘭，如果你方便的話，能否在明天（五）上午十點來一趟宜蘭？你可以坐客運到宜蘭轉運站，到的時候打個電話給我，我會去接你。此外，為避免節外生枝，我們見面的事情請勿張揚。YZ（0918XXXXXX）

啊！在宜蘭，不是去美國？

不管怎樣，事情總算有了個進展。我立即回了信，說明天準時到。我也寫了個信給小惠，跟她說我已經和陳P聯絡上了，不過，沒提明天要和他見面的事情。

「學長，我好了！可以吃飯了。」小花特有的亮麗俏皮語調又出現了，代表她正期待些什麼。

「妞妞中午會回來嗎？」

「嗯，不知道耶！她沒說。」

「妳問問她，中午要不要一起吃飯，如果ＯＫ，我們先去找餐廳，然後叫她直接到餐廳找我們。」

小花很快的就和妞妞聯絡上了，但妞妞已經在醫學院附近跟同學吃飯了。時間已過了十二點，我懶得再找其他人，算了，這次就只兩個人去吃了。我要小花自己挑餐廳，小妹妹還真的專心沉思了一下子，最後決定到學校側門附近的咖哩飯專賣店。

在她說出餐廳的那瞬間，又送出了一個足以讓人天旋地轉的笑容，滿足了一個大哥哥的虛榮心。

本以為沒有訂位又是正中午的用餐時間會沒有位置可坐，但碰巧一進餐廳就有桌客人剛好結帳，所以我們馬上有個角落靠窗的好座位。

小花拿著菜單，翻了又翻，好像每一樣餐點對她而言都充滿了新奇。其實我們來這裡好幾次了，我也猜得出小花最後會選什麼，但每次她就是會像這樣耗掉至少五分鐘把菜單瀏覽一遍，然後再慎重其事的決定那個她一再重複的餐點。

「歐姆蛋豬排，中辣！」小花又綻放開一朵笑容，我眼前出現一陣五彩繽紛。

我跟服務生說了兩份中辣的歐姆蛋豬排飯，全餐。小花聽到「全餐」兩個字，再飛送出兩片紅霞，漫天籠罩著，讓我左右閃躲不得，只能欣然接受。

甜點和飲料照例又耗了小花一分鐘的翻閱及思考時間，才決定是永遠的提拉米蘇與冰咖啡。依慣例，我也一樣。

就一直重複相同的餐點這件事來說，小花跟我很類似；只不過我是想都不想的馬上照舊，小花則是要考慮很久才照舊。

「如果不出國，妳想幹嘛？」說完，才想起我剛剛在實驗室的時候就已經問過類似的問題了。

「我是說，如果轉行，有比較感興趣的東西嗎？」為避免像個老人家一樣一直問重複的問題，只好硬轉了個問法。

「不知道耶！以前就一直唸書唸書的，然後在實驗室也只是學了這些做實驗的事情；如果離開實驗室，我也不知道自己還適合什麼樣的工作。」小花開始搖晃手上的那杯水，慢慢的加快旋轉速度，水杯內的漩渦就這樣漸漸由小變大，然而漂盪在水面上的檸檬果肉仍然頑抗著不捲入那中心的淵壑。

「昨天啊，我跟我媽視訊的時候，剛好我大表姊拿喜帖來我家，就我表哥也就是我大表姊的弟弟要結婚。她聽到我跟我媽抱怨實驗室的事情還有想要換工作的打算，我大表姊就說，小花啊，不然乾脆來表姊的檳榔店幫忙，保證給妳現在兩倍的薪水。」

「蛤!?」我放下正在喝著的水，臉上擠出個稍微誇張的驚嘆號兼問號。

「學長，你很好笑耶！有那麼誇張嗎？」小花稍微皺著眉頭給我個哭笑不得但笑的成分居多的表情。

「我阿姨家的田這幾年都改種檳榔樹，我表姊夫家是大盤商，但現在實際操盤的是我大表姊。她很能幹喔，這幾年把家族的事業越做越大，不只盤貨，還有很多直營的檳榔攤。她說啊，我們賣檳榔的也有社會責任，也要讓檳榔隨著時代的進步而進步。所以啊，她們不只在檳榔的口味上推陳出新，她還說她很想找人來研發一些更健康的檳榔，看看有沒有可能把大家說的那些致癌物質弄掉。所以啊，她說我是唸生物醫學的，剛好可以幫她做這件事。」

小花說到這裡，自己先噗嗤一笑。

「我想我哪會啊，就跟我表姊說，那我要一間夠水準的實驗室才行！我說，可能要個一兩千萬來成立喔！你猜，我表姊怎麼說，她說，那小事，如果妳ＯＫ，下個月就回來上班，看要多大的地方、多少設備、多少人手，表姊都二話不說。

「我表姊說啊，她之前啊，有個大學的老師來跟她拍胸脯說，五百萬，五百萬就可以幫她解決去除致癌物質的問題，結果啊，五百萬拿去了，兩年後只給了她一篇英文的報告說他有發現疑似的幾個東西。我表姊就問他，然後呢？那個老師說還要再五百萬。我表姊說，再五百萬問題就一定可以解決嗎？結果那個老師說，不一定，但或許就可以找到比較確認的成分。我表姊說，你當初不是說五百萬就可以把致癌物質拿掉嗎？」

小花換了個嚴肅而且有點生氣的表情說：「你猜那個老師怎麼說，他說，你們怎麼可以把學術研究看得這麼簡單，要知道這是個影響層面非常廣大的課題，特別是跟癌症的發生有關的，是需要很嚴格檢驗的，所以要特別謹慎，怎麼能期待兩年就成功！」

小花頓了一下，越來越慷慨激昂了：「哼！我表姊就火大了，她說她就冷冷地回他，影響廣不廣大我是不知道啦，我又不是政府，我只是個賣檳榔的，我只管影不影響得到我。我只知道當初你跟我說的是五百萬就能解決，所以我現在只問你能不能解決。我知道啦，公家的工程都會追加啦，我懂規矩，但是我要的是如果要保證解決問題需要追加多少，而不是先追加了、再追加、又追加，然後問題一直沒完沒了。」

小花說，接下來這段最經典：「表姊說啊，我們檳榔是一顆一顆賣的，不像政府是一家一家抽稅的。我花錢，就是要達到目的，如果你保證達得到，要再加一億我都加給你，如果你不敢保證，那就不用再談了，五百萬算是我捐給學校。這幾張英文你拿回去，我們包檳榔用不著。」

我聽得一愣一愣的，問說：「後來呢？」

「後來，後來他就不敢來了啊！我表姊很生氣的說，做生意不照合約沒要他把錢吐回來已經算是對讀書人很尊重了，要是平常的生意，早就烙人去把他給砍了，還在那邊五四三的。」小花好像在學著她表姊豪氣的語調，還加了個砍人的手勢。

「哈，那這樣妳還敢要妳表姊弄個實驗室給妳嗎？」

「對啊！我就說，表姊，我才大學畢業沒兩年，哪有那麼厲害啊，剛剛是跟妳開玩笑的啦！

「結果，你猜，我表姊怎麼說？」小花又回復她輕鬆俏皮的眼神。

「她說，小花啊，表姊可沒在跟妳開玩笑喔，人家現在那個企業不是都會有那個什麼什麼叫R什麼的，我跟我表姊說，喔，RD啦，就是研發啦！她說，對啦，研發。我們大盤加直營做到一定的程度，也要有自己的研發部門。我看破了，那些大學教授跟政府差不多，沒什麼路用；表姊要花錢，甘願就投資在自己人身上。」

小花喝了口水，繼續說：「我就跟我表姊說，吼，表姊，人家沒那麼厲害啦。我表姊就說，那不然這樣，如果妳在台北做得不愉快，又不想做研發，那表姊一個直營攤子給妳去管，我給妳個地點最好的、最賺錢的攤子。我們家小花夠漂亮，一定轟動。」

說完，小花還刻意的坐直了上半身，雙手扠腰，扭了扭腰，挺了挺胸部，對我抬了個下巴。我才發現，那忽然被撐緊的上衣顯露出的曲線，雖然秀氣，但的確圓潤滑美。

我笑了笑，稍微誇張的別開了頭，小花自己也不好意思的笑了，隨即變成駝背的姿勢，用嬌羞的語氣說：「我哪行啊！學長你知道嗎，我表姊那些直營攤子的阿妹仔都很厲害喔，又漂亮EQ又高，不僅能夠技巧性地躲開一些不良客人的性騷擾，還能在不得罪客人的情形下做出生意，真的超厲害的，我都很佩服她們。」

一下子，我也不曉得要接上什麼話，只能稍微想像一下那個畫面，想像小花坐在檳榔攤內，想像她穿著時髦清涼的服裝坐著，想像她從包檳榔的專注中忽然抬起頭來對客人親切的招呼著，我想，我應該會為了那兩個微笑酒渦所帶出來的甜美去買包檳榔吧！

我隨著那個想像中的我笑了一下。

「學長！你不要笑人家啦！」小花又皺起眉頭瞪著我，看起來有一點點小小不悅，依經驗，我得趕快回到正經八百。

「不是笑妳！我只是在想妳表姊對大學教授的評語還真到位。」雖然這話接得有點張冠李戴，不過在剛剛笑出來的更之前，我的確是這麼想的。

不管是阿儀或是小花的表姊，她們心目中的研究，都是很直接的想說這樣做的話顧客是否會更滿意？甚至還提升到說，這樣做，是否顧客會因此而更健康？她們的研究，都是想帶給人們更滿足的快樂，目的與手段的搭配都是非常到位且具體的；而我呢？老闆呢？校長呢？我們的研究到底在幹嘛？為了什麼？

「學長，你還會想繼續在這裡待到畢業嗎？」小花回到柔和的表情與關懷的眼神，她臉上的情緒在快速切換中毫無違和感。

這真是個大哉問。

當年我父親一直要我當醫生，不過我就是考不上醫學系，連牙醫系也沒摸上。從國中開始一直很想當個科學家，然後在大學教書做研究。就形式上看起來，現在也算是有朝自己年少時的想像前進，但實質上，當初想的卻是當個理論物理學家，像愛因斯坦那樣。

唸生科純粹是聯考的安排，反正成績就只能卡在這個系，算了，就唸吧。一直唸到博士班，倒不是我對生科忽然就變得有多麼的熱愛，只是因為種種意志不堅的理由讓自己走不出這個圈圈。我曾經想過轉到物理系、唸管理、考學士後醫、甚至在博士班時還一度想休學去服志願役，但念頭總是在腦子轉了大半個月之後還都只是想想，最後仍然是每天乖乖的到實驗室。

這麼的猶疑不決，或許是心中對於這段諾貝爾獎頒獎的祝詞，仍舊懷有那麼一丁點的憧憬：「我代表皇家科學院向您祝賀，祝賀您為世界作出了重要的研究。這些工作，使得我們這個時代的自然哲學家們可能在新的方向上進行新的研究，並且為科學世界做出了光榮而崇高的典範。」

「再看看吧！這幾天事情發生得都太突然，一下子我也有點茫然。博三是個很尷尬的時間點，即便換得成實驗室，也都要從頭再來；如果硬是要繼續留在這邊，也得要看老闆保得住保不住這個教職。依之前T大的案例，我覺得老闆的狀況不太樂觀，看起來，校長會跟他切割。」

「啊！對了，還沒問你去台南幹嘛？」

這一問，又讓我千頭萬緒，不知從何說起。本來是為了學姊的事情而去的，結果變成了讓我現在還不知道要如何面對的重逢日。

還好，此時餐點上桌了。我說，先吃，等等再說。小花用了個誇張的驚喜表情看著食物點點頭說：「嗯！」

我真的非常喜歡和小花一起吃飯！她種種豐富甜美的神情，總是會讓我感覺到，我有好好的照顧了我親愛的妹妹。

「阿娟學姊是台南人。」同時吃了一口飯加蛋與一截炸豬排，在還沒有完全吞下去的時候，我有點口齒不清的說著。

「不是高雄人嗎？」小花也邊嚼著她的歐姆蛋淋咖哩邊問說。

「戶籍地址寫台南。是我在整理學姊遺物時，從筆電內的證件掃描檔案中看到的。」說完，我將口中殘留的食糜也全吞了下去，再繼續挖一匙飯加蛋。

「啊！說到筆電，學長，校長跟老闆為什麼那麼瘋狂的在追你的，欸，不是，是學姊的筆電？學姊的筆電真的是你拿走的嗎？」小花放下湯匙，小心的問著；聲音很細，深怕隔牆有耳那樣。

我也放下湯匙，拿起水杯邊喝邊看了看左右，確認沒有可疑的眼光投向這邊之後，放低音量的跟小花解釋我跟學姊的妹妹取得聯絡的過程，告訴她我有獲得家屬授權保管學姊在住處的所有東西，包括筆電，所以不是偷竊。

「那他們為什麼追學姊的筆電追得這麼急啊？追到老闆都要中風住院！」小花說完，邊看著我，邊舀了匙淋了很多咖哩的蛋入口。

「或許吧，他們覺得PubPeer上那些被檢舉的東西跟學姊有關。我是說，他們覺得是學姊幹的。」

「怎麼可能！」小花稍微大聲的驚呼了一下，旋即發覺自己大聲了些，所以趕緊低頭再舀了一匙淋了很多咖哩的蛋。

我沒有繼續答話，低頭連續的吃了好幾口。小花看我專心的吃著，也就跟著專心的吃。她吃飯的樣子劈里啪啦還蠻快的，不像小惠或阿儀那樣，緩緩的、優雅的，彷彿食物就是藝術品。不過小花雖然有點大剌剌的，但那不時撥著從耳後滑下來的柔順秀髮以避免髮梢碰到盤緣的動作，還有不斷的把漫到盤緣的食物用湯匙往內推整成完美圓形的習慣，仍顯示了她內心裡關於進食儀態的拘謹。

而且小花有個奇特的咖哩歐姆蛋豬排飯的儀式：她會先將飯上面的歐姆蛋全部剝離下來，把咖哩醬汁均勻的全淋在蛋上面，幾乎是整盤咖哩醬汁都伴隨著那些蛋先吃完，接著再一口一口的把白飯清光，最後才輪到那塊炸豬排。小花說，這是三個願望輪番滿足。

「學姊不是自殺的。」在盤裡面剩下約三分之一食物時，我冒出了這一句。

「啊！真的假的!?」小花幾乎已經驚呼了出來，還差點把口中嚼到一半的白飯掉了下來。從瀏海底下看那雙忽然瞪大的眼睛，彷彿黑夜裡乍現的明月。

「我幾乎可以確定，不過許多細節還在推敲中，接下來的這幾天應該會有些進展。」本來我還想要再加一句：這件事情妳先不要跟別人說喔，但是話到了喉嚨又吞了回去，想說，算了，不要強人所難。

「也是在學姊筆電裡發現的嗎？」小花繼續吃了口飯，不過速度明顯的慢了下來。

「不全是，還有許多其他的旁證。不過現階段我只能跟妳說這麼多，因為還有很多東西我並不是很確定。」

「如果是真的，那學姊實在是太可憐了！」小花放下湯匙，從口袋裡拿出了面紙，擦拭著忽然掉下來的眼淚。

「對了，老闆在實驗室第二次昏倒，也就是送醫後中風的那次，妳也在實驗室的現場嗎？」

「嗯，我在，而且幾乎就在旁邊。」小花咬了一小口豬排，邊嚼邊說。

「那天我臨時要拿一份報帳的文件給老闆蓋章，但老闆剛好在跟校長講電話，我就跟也要拿東西給老闆的阿貓學長在辦公室門口有一句沒一句的聊。等到老闆講完後，我先讓阿貓學長進去，他出來換我時，本來老闆坐在電腦前面看東西，我才快要靠近老闆桌前時，忽然電話又響了。應該還是校長，校長講得好大聲喔，聲音都從話筒裡滿出來了，連我站在有些距離的地方都依稀聽得到說的是筆電什麼的。」

小花稍微停了一下，咬了口豬排，再繼續說著：「我就看到老闆的臉越來越鐵青，一直在說是是是，我會找到他。」

此時我已經吃完盤子裡的所有東西，就調整了一下坐姿，換成專心聽講的樣態。我仔細看著小花邊吃邊說話的表情，發覺不管是說話或是咀嚼的時候，她的酒渦都會在某些不經意的時候漩捲一下，像是精靈偶爾灑出滿天星星，提醒看著她的人們要全神貫注似的。

「後來老闆掛上電話，就對著阿貓大叫，要阿貓學長再打電話找你；然後也對著我吼說，去問學務處，要找你高雄家的電話，打去高雄找人。」

小花撥了撥頭髮，繼續說著：「所以我就跑去打電話問學務處，解釋了半天，學務處不肯給我電話，要老闆親自問才行。所以我又跑去老闆那邊，請老闆打去學務處。老闆先是大罵了幾聲官僚，然後幾乎是用吼的問到電話。」

「結果呢？」我知道打了一定是白打，那是個舊號碼，已經是個空號。前年因為詐騙電話太多，煩不勝煩，我媽就乾脆換了個號碼，免得每隔三四天她兒子就要被綁架一次。

「空號。老闆又打電話去學務處吼了一次，但是給的還是相同的號碼。」

小花吃了最後一塊豬排，繼續說：「老闆就走出他的辦公室，我也跟著走出去。他大聲問阿貓學長說阿遠人呢？阿貓學長回說，電話沒接。結果老闆忽然暴怒，隨手拿起旁邊推車上剛滅菌好的燒杯用力往地上砸，碎片都差點噴到我了！老闆一直大罵學長你是個叛徒，居然勾結外人來鬥爭自己的老師。罵完後，老闆忽然雙腳癱軟要倒下去的樣子，還好旁邊阿貓學長還有阿剛兩人的反應夠快，一人一邊的撐住老闆，才沒讓老闆倒在玻璃碎片上。就這樣，又被送回醫院了。」

一口氣說完後，小花才發動連續的咀嚼，將最後一塊豬排吞下去。

「所以到現在，老闆辦公室都沒人再進去過？」

「應該是吧。男生們把老闆再送去醫院後，我跟妞妞就收拾那些被打碎的玻璃。也不知道老闆什麼時候才會再回來，所以我只是進去關冷氣和電燈，還有收掉桌上那杯沒喝完的咖啡。本來想說要不要把老闆桌上的電腦也關了，但想想，我還是不要去碰電腦好了，免得電腦出了問題，到時候變成都是我的問題。」

小花說完，嘆了口長氣。看到她開始憂鬱起來了，我就先暫停這個話題。

還好，甜點飲料送到，我們家小花又有了些笑容。

我先把我杯子裡的水喝完，然後將小花的冰咖啡倒一半在我的水杯裡；再把我的提拉米蘇挖了三分之一，小心的疊到她的提拉米蘇上。小花回我個她感覺到自己超級受到寵愛心裡充滿溫暖的笑容，然後用最甜最甜的蜜音，說：「學長最好了！」

我知道她，她想喝咖啡，但不想喝一整杯；一個提拉米蘇不夠，但只想再多嚐一點點。

這就是我們家小花完成整頓咖哩歐姆蛋豬排飯，全餐的閉幕儀式。

我們快兩點的時候才離開餐廳回到實驗室。還是空空蕩蕩的，沒有其他人上工。小花才說要打電話給妞妞時，就接到妞妞打來說師母拜託她去幫老闆採買一些看護及復健用品，所以今天就不進實驗室了。

掛上電話，小花頓時成了以為要去上音樂課但卻變成留在教室內自習的國中生那樣無奈。

「學長，我跟你說，」小花以十五歲少女熬夜準備考試的疲憊語調說著：「你剛剛問我接下來有什麼打算，其實，我最想的是，先不要做什麼工作，讓自己有個一年或兩年的時間，好好的到國外一些特別的地方自助旅行。」

在疲憊中，她稍微偏側著頭望著我繼續說：「我常看啊，那些幾乎是以自助旅行為職業的部落客的文章，每次讀都覺得很羨慕，總覺得，如果能跟他們一樣那該多好。」

「好啊，我覺得很棒啊！妳現在還年輕，去遊歷個一兩年，回來不管要從什麼地方開始，都還不至於太困難。」

「但是，我媽一定會反對到底啦！吼，好煩喔！我都不知道我待在這裡要幹嘛！」小花又再年輕了兩歲，成了國小剛畢業什麼課都不想上的準國中生在那邊耍賴著。

「這樣好了，老闆不在，我就是實驗室代理人。反正妳今天也沒實驗可做，我准妳下午出去逛逛，想想自己未來要幹嘛，只要記得回來打卡刷退就行了。我會在實驗室待一陣子，至少到五點，所以有電話或有廠商來，我來處理即可。ＯＫ嗎？」

「學長，這樣好嗎？我覺得很不好意思耶。」

「就這樣，是代理人要妳公出去思考自我的，妳是執行代理人交代之事項。」

「吼，好吧，謝謝學長！那我出去了喔！」雖然看得出她有些掙扎，但還是輕快的收拾了包包，送給我一個有些愧疚但又重獲了自由的靦腆笑容。

第五天——郵件

實驗室只剩我一人，這是我所希望的。我再確認一下實驗室都沒有其他人之後，將門鎖上，進了老闆的辦公室。如果照小花說的，老闆的電腦應該還會停在他當天所開啟的檔案畫面，或許，連老闆的信箱也都還會是開著的。雖然久沒動的電腦進入休眠以後會鎖碼，但那不是問題，因為老闆的電腦密碼當初是我幫他灌window的時候設的，我猜他不會改。

我戴上實驗用的手術手套，謹慎些，避免留下指紋。打了打密碼，果然如此。螢幕啟動後，上面正顯示老闆仍開著的outlook郵件信箱。怕時間不多，等等或許會有人進來，我沒有多看，就直接將老闆outlook的寄件備份與收件夾的pst檔備份出來，存入我的隨身碟。結束後，有點不放心，又檢查了一下四周確定沒有人，再進入辦公室站在老闆的電腦前等了十分鐘，看到畫面又切換為保護模式才離開。

稍鬆了一口氣，我在公用區的電腦前坐下。既然答應小花待到五點以後，就先看看網路上有什麼最新進展，把剩下的兩個小時撐過去。《Sci-M月刊》早上又發表了第二篇評論，但不像第一篇那樣是談科學專業，而是針對學校這邊的調查程序之抨擊。因為昨天下午學校發了個新聞稿說明將要採行的調查程序與負責單位，結果看起來就是依T大之前的樣子再畫個葫蘆；如果把校名遮掉，基本上沒什麼兩樣。顯然，即便T大之前處理得很爛，但卻是之後出事的單位打混最好的模範。反正，T大當初那樣搞，大家罵歸罵，教育部也沒說T大的調查不合法。

看看PTT，倒是沒多少人再繼續談Sci-M月刊那個火力十足的第一篇，而是好幾篇關於校長的風流野史正熱門。我還是緊張了一下，趕忙仔細的逐條閱讀是否有談到學姊的地方。讀了快四十分鐘，才確定至少在緋聞上，校長跟學姊沒有關係。

還沒開自己的FB跟gmail，就有人開鎖進門了。一看，是小花。

「吼！學長，你還在喔，那幹嘛鎖門啊？」

「喔，剛去上廁所，所以就把門弄成帶上就鎖的模式。」順口說說，算蠻合理的。

小花說她到學校外面的書店逛了逛，越想越心虛，覺得還是回來實驗室比較對，「我就想啊，即便是在實驗室裡面看看FB或是睡個覺，也都比溜到外面來得心安一點。」

我聽著小花懊惱的語氣，看著小花因為剛剛在豔陽底下走著而曬紅的臉頰，額頭的髮線內隱隱有些汗水已成珠，就覺得要她出去晃晃輕鬆一下的建議真是個爛主意，這讓我們家小花既不愉快又不舒服。

希望方才取得的那些郵件備份真的能夠找到些什麼，不然就太不值得了。

「學長，如果你不能繼續在這邊唸，也不想轉去別的實驗室，那你要不要考慮去幫我表姊做研發啊？」

「蛤？」

「對啊！你比較厲害，比較有可能真的幫我表姊做出些實用的東西。欸，對吼！如果你去的話，那我就敢去了，我去當你的助理！」小花越說越開心，又開始綻放五彩繽紛的笑容。

我倒是從來沒有想過將來是否會有那麼一天，我會與檳榔業者合力解決致癌物質的問題。如果真的賦予我這麼真槍實彈的任務，我敢一口承擔下來嗎？那可不是在一條細胞訊息傳遞流程中填上某個化合物就可以說說的那種學術，我想到的是小花表姊說的「如果你保證達得到，要再加一億我都加給你」的那種保證達得到。如果給我一億，不要說兩年，就算是五年，我辦得到嗎？

「檳榔太複雜了，那跟中藥的複方一樣，很難期待事情只能歸咎到僅是裡面的某個單一成分，況且這涉及到化合物鑑定與純化、癌症細胞模式以及動物模式篩選等等性質截然不同的實驗設備與技能。即便我們現在整個系的架構都動員起來，也不一定能做得了，更何況我一個連博士都還沒有畢業的人。」

「那你可以當一個協調的人啊！像我表姊就是不懂這些，所以才會被那個大學教授騙走五百萬。如果你來幫我表姊處理這種研究計畫委託的事情，那我們還是可以做很多有用的事情啊！」

我們家小花想的是對的，的確提醒了我事情可以換成這個角度來處理。我用個極其讚賞的眼光看著小花，就只差沒有伸手去摸摸她的頭說著：「是啊，還是我們家小花聰明！」

小花聽了，深邃的酒渦又出現了，但不是把萬物漩捲進去，而是把臉上的潮紅光暈全部拋灑出來。

不過，一下子小花又切換為略微暗沉的若有所思，一會兒之後才說：「我以前聽我表姊說過，她說啊，如果吃檳榔就會得癌，那打死她她也不會賣檳榔，她不是那麼沒有道德的人。她說，不知道那些什麼醫生啦、學者啦、官員啦腦袋想的是什麼，明明事實是，會吃檳榔的是誰，大部分攏嘛廣大的勞工朋友們，都是需要長時間在惡劣工作環境下賣命的人，要提神但是又沒錢，不能一天到晚喝咖啡什麼的。我表姊說，去統計看看啊，這些人大部分都是因為什麼才死的，工傷意外和那些沒有防護然後有一大堆毒的工作環境弄死的人才多，照排隊，還輪不到檳榔摻一腳。每天只規矩吃飯還不是有人會照樣得癌症，然後就只挑我們賣檳榔的打。」

條件控制、變因操弄、樣本差異、統計檢定，這些知識份子展現他們優雅的方式放在檳榔面前，我也許該跟著附和小花表姊一句：是啊，去他媽的學術研究。

「深有同感！所以如果要真的做檳榔研發，或許該朝更實用性的方向，像是不用吐汁的檳榔或是不用手拿就能方便送入口的輔助裝置，讓吃的人不管是開車手沒空或是在做工手很髒，都還是可以很方便的吃檳榔。」

「嗯！對耶！學長你好厲害喔！我要去跟我表姊說來做做這些東西。吼，學長，好不好啦，你就來我們那邊成立檳榔研發中心，讓我也有工作，好不好啦？」國中生又開始耍賴撒嬌了。

「吼，我是覺得，妳請妳表姊給妳地點最好的攤子顧還比較實在，還可以換成妳來聘我當跑腿的。」

「唉呦，人家雖然漂亮，但ＥＱ沒那些阿妹仔那麼高，我才做不來哩，可能不到半天，就會和客人吵翻了。」小花雙掌撐著頭，嘴巴好像閘門故障不斷的開闔那樣，一個字一個字機械式的吐出來。

小花又扯了一些她從她表姊那邊聽到的阿妹仔們的功績，聽著聽著，也讓我對那些年紀應該比我小的女孩們有了不一樣的印象。或許就像阿儀一樣，這些在第一線面對形形色色無法挑選的客人的女孩們，有著我這種一直躲在風調雨順往來無白丁的封閉圈裡面的人，很難想像的韌性。

隨便聊一聊，時間就混到五點了。小花迫不及待的想離開，我叫她先走，小女生跳跳跳的給我個全然歡欣的飛吻後離開。我留下來看了看自己的ＦＢ跟gmail，沒有什麼立即要處理的訊息，不多久也鎖門離開。

在下樓梯的時候想到晚上得將老闆的電子郵件過濾一遍，用學姊的筆電不適合，畢竟學姊的所有東西都在裡面，不能有所閃失。想到這裡，我決定去買一台新的筆電和一顆大硬碟，之後東奔西跑時都用自己的筆電，不要再將學姊的筆電帶進帶出的；也順便把學姊筆電內的東西做個完整備份。

走著走著又經過中午跟小花吃飯的咖哩餐廳。望向中午我們兩個人對坐的窗邊位置，一對情侶正依偎著共喝一杯咖啡。我忽然想著，從中午到下午，在我跟小花完全獨處的時候，我是怎麼看待這位其實有著迷人儀態而且青春正盛的女生呢？我從與她的互動中獲得了滿足又豐富的喜悅，難道只因為她是我心目中百分百的妹妹嗎？

我想著，小花這樣的與我無話不談，至少我對她毫無防備，萬一，當我們共處在一個還算隱密的空間中，例如今天鎖上了的實驗室內，她忽然輕輕的靠過身來，環拉著我的手，用她圓潤滑美的胸部輕觸我的手臂，在那瞬間，我會不會克制得住自己不伸出手去環抱她的腰？如果環抱了，我會不會克制得住自己不湊唇去吻她？

如果一個男生和一個女生能夠無所不談，真的能避免得掉進一步的關係嗎？即便無時不刻都以張雨生〈隨你〉這首歌的歌詞來提醒自己，「我已經到了老大不小的年齡，這事實一定要認清，我已經條條列舉衝動的下場，結果也夠讓我驚嚇」，就能擋得住嗎？

但，如果小花主動了，我為什麼想的是要如何擋住？

如果是小惠或阿儀，我也會有這樣的戒心嗎？

她們都是很漂亮的女孩，或許該這樣說，她們都是有著獨特魅力而且強烈吸引著我的女人。對於我這樣一個已經成年很久的男人來說，我對她們是充滿遐想的，不論想貼近的是心靈或者是胴體。在見到面之後的這兩天夜晚，甚或是這兩天的某些閉著眼的時候，她們會輪番的走過我的想像、牽動我的情欲，讓我甘願沉溺其中。

然而我在聽到小惠的哭聲以及看到阿儀的長篇告白的時候，浮現的卻不是溫馨的安慰與幸福的感動，而是，有些不知所措的惶惶不安。我喜歡她們，這是千真萬確的，這些喜歡在細節上或許因著各人的特質而有些獨特的差異，但卻都在通往喜歡的下一站路上塌陷了一個看不見底又跳不過去的鴻溝；而我就站在溝的這一頭的邊緣，告訴自己，最多就只能到這裡了。

我暫時無法再對自己做更深層的心理分析了。每一多想，就加深了一份不安與恐懼，彷彿那個對自我批判的結論就要將我架上拍賣台，攤開在我腦子深層中所有對人生的渴望，以媚俗的量化標準逐一檢視挑揀，用所謂去蕪存菁後的那個實際上殘缺的我，在市場上談個好價錢，賣出不是我的我。

在我進到捷運站內坐上那部可以通往光華商場的電車內，我發覺我默唸起鄭愁予〈流浪的天使〉中的這一段：「上車的第一句話不就已說好了，我們去一道流浪而互相不是目的。」

我揹著新電腦回到自己住的地方已經是晚上八點了。顯然為了在賣場內磨出一台諸多軟體齊備立即可用的新機器，費了我不少工夫與時間。由於還是得到學姊家去處理她筆電備份的事情，就順便收拾了我這邊的一些衣服和用品，準備帶過去。畢竟也得開始做搬家的打算，這邊的房子就住到下個月底，剛好在新一期的房租需要繳交之前退租。學姊那邊的房子不論大小與設施都比這邊好，比較像個家的感覺；更重要的是，那是學姊住的地方，而我可以睡在她的床上。

沒了機車的機動性，只得又耗掉快一個小時才到學姊家。這樣一折騰，時間也晚上十點多了。在備份學姊電腦的同時，我也試著在新電腦上還原老闆的那些備份郵件。沒有耗掉太多時間，事情還算順利，接下來就只剩下要如何從近萬封信中進行篩選的問題。

我自己先預設了兩個比較敏感的時段，一個是學姊死亡當天算起前後一週內的時段，另一個是從學姊出殯後到現在的最近幾天。這樣包含收件與寄件的郵件總數就收斂在約六百封左右。

當我打開第一封信的時候，不，應該從更早算起，當我在實驗室把老闆的郵件備份抓到隨身碟的那瞬間，我知道我已經犯了罪。在下午的那個時候，我在按下按鍵的剎那不能說沒有遲疑的猶豫，閃過的念頭很多，少數是擔心會不會因此而鋃鐺入獄，但比較多的是，「何以事會至此」這樣的疑問。

我先打開了學姊去世那天的信件。當天的第一封信，是在上午九點零三分出現，寄件人是學姊。

信中的內容主要是跟老闆報告那天下午要去醫學院培養室操作的事項。此外還有個附檔，裡面寫的是之前一批細胞經由同樣的操作程序所得到的數據。學姊在信中提到上次這一批數據還蠻不錯的，如果今天這批細胞也有同樣結果的話，那這部分實驗的N值就足夠了。信末順便寫到，她上次照著張P新給的實驗步驟再操作了一次他們實驗室所發表的論文中之新方法，但還是沒有成功，所以她今天下午做完實驗後，會再去找張P討論她所遇到的問題。學姊說，她有跟張P約了時間，張P說他下午六點以後才有空，所以就約了六點十分。

張P就是那間細胞培養室的負責人，也就是大鳥他們老闆。

好吧，一個準備要自殺的人，居然在自殺前夕還對工作這麼兢兢業業，還把自殺後的第一時間約好了要討論實驗內容。這樣積極的人，被說成是久為憂鬱所苦，加上近期實驗不順利的刺激之下以至於突發性的自殺，到底誰會相信！

事情越來越清楚的不對勁，我在想，如果先排除檢察官是偷懶或是有其他不法的意圖而以自殺草草結案，那剩下的可能就應該是檢察官所看到的證據的確是指向自殺。那在檢察官調查的過程中，是誰告訴檢察官說學姊有憂鬱症？又是誰告訴檢察官學姊最近的實驗不順利？老闆是學姊碩、博士的指導教授，照道理說檢察官應該會找老闆詢問一些關於學姊的事情才對，那，老闆有提供這封信給檢察官嗎？

我忽然想到，今天大鳥應該會去拍攝細胞培養室的內景。就先擱著這些信，開了ＦＢ和gmail，看看阿貓有沒有傳來什麼東西。結果我的兩個對外通訊管道裡什麼新鮮事都沒有，小惠與阿儀也都沒有再傳任何訊息過來；我順便點了點阿儀的ＦＢ，還是停留在那張她抱著她小姪子的照片，也沒有任何更新。

我有著些惆悵的感覺。

我真是個矛盾的人。

繼續回到老闆的郵件。老闆並沒有針對這封信回信給學姊，倒是把它轉寄給張Ｐ，上面簡短寫說「請再多費心教導，語娟個性固執，請多海涵。」我再檢視當天的後續信件，除了一封期刊總編輯寄來的信比較特別之外，沒有再看到其他較相關的。

說那封期刊總編輯的信特別是因為，雖然表面上看起來跟學姊的死無關，但隱約中讓我感覺到不對勁。發信人是老闆神作那篇所在的期刊的總編輯，是位鑾大牌的科學家，信中要求老闆說明他那篇神作中的幾個實驗細節。原因是有其他科學家投訴，他們想要重複老闆的實驗但卻都沒有成功，而那些科學家曾經嘗試著跟通訊作者，也就是老闆請教，但都沒有在相關細節上得到令人滿意的說明。所以期刊總編輯要求老闆，必須對於附件中所提到的問題逐一詳細回答。

附件中洋洋灑灑的列了一堆問題，似曾相識，因為前幾天在Sci-M月刊第一篇評論的附件中，我也看過幾乎是一樣的質疑。

還沒來得及細想，阿貓就寄來了細胞培養室的影片，檔案頗大，所以是雲端連結，耗了一些時間下載。看得出大鳥很用心地拍這段影片，解析度很棒，而且巨細靡遺到連冰箱靠牆處的縫都打光進去拍。

實驗室看起來已經完全的整理過了，也就是說命案現場被破壞殆盡。當時被說是用來自殺的三支二氧化碳鋼瓶與一支一氧化碳鋼瓶，包括一台Isoflurane麻醉機都不見了，只剩無菌檯旁邊那個培養箱上連著的二氧化碳鋼瓶。看起來這支是新換的，因為瓶子和氣閥的樣子都很新。入口處的準備室內則是空空蕩蕩的，許多東西應該都搬走了。這樣子的現場，我想即便是柯南來待上一整天，大概也很難再找出什麼可疑的蛛絲馬跡了。

我再把現場的影片從頭到尾非常仔細的看一遍，連一絲絲覺得怪怪的東西都沒有。我怔怔的望著影片結束時停頓在無菌檯前的那張工作椅，在毫無知覺該思索些什麼的狀態下，腦子裡忽然在一片虛空中插播了一個正在那椅旁地上掙扎著想站起來的學姊，我甚至可以在我那縹緲的思緒中看到她驚恐與無助的眼神，而我卻什麼事情也做不了，只能眼睜睜的看著她倒地，靜靜的，然後，死去。

我很悲傷，眼淚不斷的滴了下來。

勉強打起精神收拾一下眼淚，再回到那些郵件上。我注意到老闆有把那封期刊總編輯的信轉寄給大師兄，沒有再多寫什麼，就只是把原信轉寄；他也把信另外再轉寄給校長，裡面則是附加寫說他會處理，但是他懷疑這些檢舉是熟人所為，問校長是否想得到有哪些人可疑。

我先追蹤了這封信的後續。在隔天有看到大師兄的回信，他跟老闆說他會先擬個回應的初稿給他，但需要些時間，而且他認為不需要立即回覆期刊總編輯，只需要先回個禮貌的信說會謹慎處理，然後就拖他三、四個月再說。校長也有回信，上面只是簡短的「約時間當面談」，六個字。

老闆也真的照大師兄的建議，先回了個好像很在意又恭謹的信給總編輯，說是因為需要再確認很多材料使用的細節，像是所使用的抗體之純度等等的問題，所以會多花一些時間，希望總編輯能將時間寬限到三個月之後。總編輯隨即也回信說，ＯＫ。

找了之後所有的信件，並沒有看到大師兄接下來所謂的回應初稿。

我接著從學姊出事前一週的信件開始依序看下去，一直到今天下午為止，並沒有再發現與命案可能有關的訊息。只有一封在學姊死前三天收到的創投會議之開會通知感覺怪怪的，裡面提到一個高速藥物的篩選平台之投資計畫，我看了一下洋洋灑灑的收件人裡，有老闆、校長、張P與之前抓奶的楊P，大師兄也有，還有一些醫學院裡其他的大P，和一個卸任的部長。

有些怪，但說不上來哪裡怪。或許是那個高速藥物篩選平台的名稱，雖然取的花俏，但仍讓我覺得跟老闆的神作還有張P的新方法有某些關聯。

我站起身來，在學姊的房間內踱步繞了一圈，又走到她的衣櫥前，打開櫥門，深呼吸了幾口那泌心香潤的學姊味道，在掉淚之前，關上衣櫥，回到座位上。此時學姊筆電內的資料都已經備份完畢，我收好了行動硬碟，在關上學姊的電腦之前，又再看了一次學姊走在田埂上的那段影片。

當影片播完時，我已經是完全無法控制的那種大哭。我到底要怎麼辦呢？要如何才能讓一件已經以自殺結案的謀殺又重啟調查呢？學姊一定是被謀殺的，這已經無庸置疑了，但是我要怎麼樣才能夠幫助學姊申冤呢？

我感到全然的無助，非常非常的無助。

我讓自己嚎哭到自然止息。江湖明日會將我帶回宜蘭，或許，那裡會是事情的出口。

我思考了一下明天前往宜蘭所要帶的東西，幾度猶豫之後，還是決定不帶放在學姊外套口袋內的那封信、不帶那本夾著書籤的散文集，也不帶學姊的筆電。但帶著備份了學姊電腦內資料的行動硬碟，以及已經盜裝了老闆郵件的我的筆電。收拾妥當之後時間已經接近子夜一點了，就進浴室沖了個澡準備睡覺。在洗畢擦乾身體之際，又想到或許有可能會在宜蘭多待個一兩天，所以臨睡前，也收拾了一套預備換洗的衣服。

我全身放鬆的躺在學姊床上，在我周身彌漫著的仍是學姊身上特有的悠柔香味。我幾度有著強烈的企圖想要具體的分辨出這樣的香味跟小惠身上的、阿儀身上的，還有小花身上的那些對我充滿吸引力的味道究竟有什麼不一樣。好像我忽然深信只要能夠擁有這樣的識別能力，就可以清楚的知道她們每個人之所以走入我心底的緣由，了解了那條從喜歡她們開始所延伸出去的路上在中途塌陷的秘辛。

然而遠處卻有個身影慢慢的由小而漸漸醞大到能夠清晰地看到她的臉龐，那是個我從國中開始喜歡了十年的女孩，我見到國中模樣的她，在我騎腳踏車去補習數學的途中。我看到她也騎著腳踏車從我的身旁經過，我很想和她說說話問些像是妳這些年來好嗎的事情，但卻又說不出任何話來，就只能騎著車子在後面跟著。但是當我越接近她越能仔細看看她的時候，卻開始想不起她的名字，只剩下一個「好像是她」的猜測；有些時刻我知道是「她」了，但仍只是個說不出她是誰的「她」。

我就在這樣不斷的反覆猜測中醒來，時間才剛剛過了清晨五點。我努力地想讓自己再度睡著，然而腦袋中仍然遺留著那個反覆的猜測，扞格著我入睡的意志。我最後放棄了說服自己入眠的努力，但在決定出清醒之後要做的第一件事情之前，思緒卻自然地飄到大四見到那個國中就認識的女孩與她男朋友一起出現的時候，那種說不出的混雜感受，交錯著痛楚與了然的心情。

我已經忘了這件事情很久了，也忘了那個女生很久了。那種忘不是像多年未見的小惠或阿儀那樣只是因為時間而自然的暫時遺忘，那種遺忘只要在任何時間很刻意的去想一想的話，與她們一起的記憶就會一塊一塊的撿拾回來；而那個女生所擁有的被遺忘，是已經脫離了我的生命，被刻意的趕出去，徹底的將她摒除在心門之外的那種。

明明已經處理得如此決絕，但為什麼卻在這個將醒未醒欲睡不睡之際，她又鑽進門內悄然來訪呢？在這樣的被突擊事件尚未擴大成全面戰事之前，我決定以完全離開床鋪的具體行動來恢復心靈的平靜。

第六天

我讓自己搭上清晨第一班捷運到達市政府轉運站，因此還沒七點，客運就已經行駛在早上的北宜高平原段上。雙目所及，一整片烏雲展成蒼穹，只在海上的雲破處，以洩下的光芒眩目龜山島，再漫射暈染掩蔽群山的薄霧成紗。我喜歡這樣的四周磅礡，蘭陽遼闊，直達山與海的盡頭。

就這樣，只差不多間隔二十四小時，我又回到了宜蘭。時間不過才七點二十分，距離上午十點，我還有兩個小時又四十分鐘的時間，可以在這個其實是鄉村的城市閒晃。

我在轉運站下車處猶豫了一下，向左走還是向右走？這時眼前一部往右行進的自強號隆隆經過，那是到頭城外澳的方向。我被這列車引拉出想看看海的念頭，算算時間，如果只到外澳，連步行到火車站加等車時間都算進去的交通耗時，來回最多也不過是一百一十分鐘。也就是說，我還有五十分鐘的時間，可以在外澳的某個喝咖啡的地方，悠閒的坐著喝杯咖啡，或者是，脫下鞋子，走到沙灘上海水剛好可以淹沒腳踝的地方，站著，感受流沙被潮汐帶走，掏空我立足之地的虛空。

我就這樣被乍起的心念帶往火車站，在自動售票機投了張票，剛要從後站的閘門進入月台之時，才想到應該看一看還要等多久才會有車可坐。我走到了第一月台，還有十分鐘就會有班站站都停的區間車來到。在這個週五上午七點四十五分的時候，前一批利用火車通勤的學生剛剛消散，車站內沒幾個候車的乘客，相對於車站外熙攘往來的熱鬧，月台上呈現一種靜謐，一種促使著旅人必須想像一點浪漫的靜謐。

看著左去右往似乎無限延伸的鐵軌與枕木，我在想，如果此時剛好有一列火車經過，剛好裡面坐著與月台那人久未謀面的少時戀人，在火車壓過軌道的隆隆聲中兩個人的眼神瞬忽相視交會而過，那會是怎樣酸楚而悸動的感傷？

或者是，我們不是在火車經過時惆悵的以眼神擦身而過，而是從兩個不同的門上了火車之後相遇了。我們禮貌性的交換了個似曾相識的微笑，各自坐到距離自己最近的位置，在還來不及多思考些什麼的時候，身旁的座位已經被其他人填滿。這時，我應該會被那種想要知道她的某些什麼的渴望而隱隱的被驅使著，告訴自己總該做點什麼去靠近她吧！那麼我是要想辦法和別人換位置以坐到她的旁邊呢？還是，就站起身來，走到她身旁站著；或者，只是起身站著，不怎麼移動的隔著一段距離遠遠的看著她就好？

還有，接著之後呢？我要主動跟她說說話嗎？還是就繼續那個似曾相識的微笑後點頭？如果說了，該說些什麼才能一直聊下去呢？說話時，我的雙手要插在口袋中故作輕鬆狀，還是，交叉胸前裝作有深度點的樣子？

在真的火車入站停靠而我上車坐定之後，沒有任何浪漫之情事發生，火車只是又單調的隆隆開走。我身旁沒有坐著其他乘客。

過了頭城，宜蘭的陽光就給了視野一個海平面以上輕藍色的布幕背景，讓龜山島得以工筆描繪出所有綠色層次的細節姿態，顯現出不輕易示人的褐紅沃土落點。然而沒有了山頂，只安了一個潑墨後又烘焙出來的白色細緻蓬鬆，以「朵」字的上部象形，擺放成一見就知道那是「雲」的概念，無須再多做任何聯想。廣闊的靜默中還是故意示現出一直在移動的粼洵，那是吸收掉所有紅橙黃綠後的碎裂，直接從網膜漂流至顱內的所有空間，取代十的十一次方的起伏，讓腦也變成海。

就照著原先所計畫的在外澳下了車。那是個無人守著的小站，背對著山，面對著海，龜山島若在咫尺；天空飄著幾朵滑翔翼，像是盤旋的人形飛鳥。有些烏雲漸漸地籠罩過來，削弱了陽光的熱力，這是個宜人的海灘天氣。

在過馬路前遠眺環顧了一下，於週五還算早的上午，這裡沒什麼遊客，停車場內只有稀疏的幾部車，沙灘上也只有幾個看起來像是大學生的年輕人嬉鬧著。就在我準備走過停車場入口處的門閘進入海灘的時候，一部像是電視廣告原樣搬到現實來的全新款賓士車，從台二線優雅的右轉切進到閘門前，停在我面前大約還有三公尺的地方。在我還來不及將眼光從那耀眼的車身移開去看看駕駛是誰的時候，車子已經快速的完成通關程序進入了停車場。我好奇的稍微停了一下腳步，想看看車內坐的是什麼人。

首先下車的是駕駛，一個年紀可能比我大一些，約莫是三十出頭的年輕人。理了個小平頭，是有精心造型過的那種；臉蛋說不上英俊，但有著在上流社會打滾的貴氣；穿的是短袖短褲的休閒服裝，我雖不認得品牌，但感覺得出是高級的質料，設計簡單中蘊含大器，搭在帥氣模特兒般的身材上，一出場就氣勢驚人。他下車後，先到後車廂拿了一台收納成小小體積的車架，抽按了幾個像是卡榫的機關，一下子就變成一輛看起來豪氣十足的幼兒推車。他隨即將車推到後座旁邊放著，然後先去開前座的車門，讓女生下車。

女生的年紀可能比男生小一些，或許跟我同年；身高小了男生不少，約莫只到了男生的鼻尖高度。剪了個俏麗的短髮，顏色是有點深淺漸層的棕色系，看得出是巧妙的環形蘊染過，很精緻的修飾了頭髮的形狀，完美的搭配了頸部的曲線和肩膀的寬度。臉上由於戴了副不小的太陽眼鏡，以至於無法立即判斷出她的長相，但由顴骨到下頷骨的顏面弧度看來，會是一般認為的漂亮臉型。身材不高，但胸、腹、臀的比例均勻，沒有任何一個部位讓人感覺需要再調整些什麼。同樣的，也是穿著跟男生同系列的休閒服，從短袖短裙所外露的肌膚顏色判斷，那也是經過精心設計的日照處理，呈現出健康有活力但又不失白皙粉潤的光澤。

由於他們打開後座的車門，抱出了一位約兩歲的幼兒，所以我暫時判斷他們為一對年輕的夫妻。他們將幼兒放在推車內，由男生推著，女生一邊挽著男生的手，一手撐著精緻碎花的洋傘，以整體而言極其賞心悅目的畫面走進開設在沙灘旁邊的咖啡屋。

我在第一時間對這樣的兩個人是完全陌生的，不會去想說是否我曾經見過或是我所認識的人，就像那部車子，只覺得這樣的一家人簡直是從電視中的畫面瞬間置換出來的一樣，有著完全的不真實。我揣想著，一個現代的年輕人在三十歲就開得起這麼昂貴的車子，還同時有位迷人的老婆與兩歲的小孩，那麼他的家世一定是非比尋常；從他的氣質看來，不是企業第二代或第三代，就是政界的第二代。不過，商界的可能性高些，我看過類似這樣子的氣質，就像我表哥那樣。

人的某部分生而平等但也有些部分生而不平等，我很早就瞭解了這些道理。因此在看到這貴氣的一幕之後，我心中並沒有太大的起伏。或許我現在所見到的這兩個人將來會出現在某一本財經雜誌或者是報紙的金融人物專訪什麼的，但我想那個時候我已經不會記得我曾經在某一年的某一天的宜蘭海邊，見過像是金童玉女般模樣的兩個人；他們雖然乍看之下特殊，但不容易讓人留下深刻的印象。或許是那部車子、那身服裝、那髮型、那眼鏡，甚或是那部幼兒車奪去了我們在第一眼中可以用來記錄他們長相的空間，以至於可能在一天之後，或者是可能更快的幾個小時之後，就會忘了他們之所以為他們的特徵。

不過雖然我在第一時間的確對於這樣的兩個人是完全陌生的感覺，但在我走向海灘最靠近海水處的時候，心中漸漸地浮現出一些很微弱的疑惑。或許我見過這樣的兩個人，但不是在他們擁有現在這麼豐富的配件的狀況之下，也不是在他們擁有目前這麼華貴氣質模樣的時候，而是在我還能見到他們一些單純本質的某個從前。但由於剛剛並不是怎麼正面的見著，特別是在有些距離又以海天為背景的逆光之下，很難再有更精緻的細節可供回想。

但這個疑惑只困擾著我一小段時間，當我脫下鞋子在海邊漫步的時候，主要佔據我心思的，還是等等跟陳P見面時到底要談到多麼深入的程度？我該以什麼樣的方式來判斷對方到底是敵是友？雖然直覺上，他或許可以算是友軍，但世事難料，誰又想得到平時為人還算是正派的老闆，會變成我現在完全不想見到他的人？

我偶爾停下來，站在已沒入海水的淺灘讓潮來潮往帶走我立足之地的流沙，在那時候我也會想著，不過短短的五天內，我變得完全無法預料我下一刻的人生；如果現在忽然有個大浪把我捲走，或許我也不會感覺到太過驚訝。

看了看時間，已經到了需要離開沙灘的時候了，剛剛在離開外澳車站前，我已經先看了貼在公佈欄上的火車時刻表，大約再三十分鐘後就會有一班車。從這個沙海交界處走回可以沖腳的地方再弄乾腳之後，加上步行到車站的時間約需二十分鐘；也就是說，我還有十分鐘的時間可以到沖腳處旁邊的咖啡屋買杯咖啡，然後在回程的火車上，以一種像是在享受沉思的方式，慢慢的喝完它。

在穿好球鞋步行上咖啡屋的階梯時，才又想到，剛剛的那對夫妻或許還在咖啡屋裡面。我走進去之後，果然很快的就發現他們。店裡面的人不多，在寥寥的數桌客人中，他們所散發出來的獨特氣質，很快的就讓人掃描到這對賞心悅目的組合所在之位置。小孩像是在幼兒車上睡著了，夫妻倆正很悠閒的看著海。我仍然沒有看到他們的正面，因為從點餐櫃檯所看過去的角度，剛好是他們看著海的側面。不過女生已摘下了她的太陽眼鏡，雖然有些染著色的髮絲稀疏的散布臉龐，但仍算是呈現出完整的左臉輪廓。

雖然不是那麼的百分百，不過我還是很難想像會有這麼的巧合嗎？我稍微往前移動了些距離，假裝是在等候咖啡沖泡時的無聊踱步跟不經意地轉頭望向海邊，以避免被誤會像是在偷窺著什麼，然後利用那僅有的瞬間空檔再看看多一點的正面。

在往返兩小圈的踱步與轉頭之後，我幾乎可以確定了。

「先生，熱拿鐵好了。」

年輕女店員清亮的聲音忽然打破了整個咖啡屋內的寧靜。不少客人都在那個極短的時間內抬頭或轉頭的望向我，包括那對年輕夫妻中的女生。在我還來不及回頭應對店員的時候，我跟她有著真如電光火石般短暫的四目交會。

我因為剛剛已經差不多要確定了，所以在完全確定之時，只有一些小小的驚訝；倒是，我讀出她眼裡有著多出我很多的驚訝。但我們都很有默契的讓各自的驚訝巧妙的獲得掩飾：我迅速回過頭去接了咖啡，而在我轉身往門邊走的時候，我看到她低著頭喝著手中的飲料，也是咖啡吧，是用喝咖啡的杯子。

我盡量止住任何想要浮上心頭的文字與畫面，讓自己能保持著一種全然的放空但又注意交通安全以及後面並無人跟來的狀態，保證自己能夠在不出任何意外之下走回外澳車站。

時間估計得很恰當，只以研究眼前的山巔究竟有幾公尺高的沉思，等了三分鐘火車就來了。在坐定後並確認火車已真正開動了，才打開杯蓋，喝下第一口咖啡。

但我無法用享受沉思的方式喝掉它，我的心緒非常紊亂，在我剛剛見到我寫過很多信給她的那個當年的女孩以及她當年的男朋友之後。

我一直往車窗外放空的看著，掩飾那正在專心的監看——如果有任何聲音要在心底響起之前，就得趕快喝下一口咖啡，彷彿這樣就可以將那些話在到達聲帶之前被沖刷下去，阻斷它們說給自己聽的任何可能。

還好從外澳到宜蘭的路程需時很短，一杯中熱拿剛好完成它的守衛任務後，我就下車了。很完美的時間估計，再十分鐘就十點。我在步出後站往轉運站走去的途中，撥了個電話給陳鎰哲，電話中傳來一個一聽就是中年男人的聲音說，他車子已經停在轉運站旁邊的停車格內，銀色Lexus，沒有熄火。

很容易就看到了，因為就只有那一部。我上前去敲了一下駕駛旁的車窗，他搖下窗，問了聲「瑋遠？」我回說「是」，他就開了車鎖，用眼神示意我繞過去坐他旁邊的前座。我進去坐好並且把安全帶繫上之後，快速的看了一下車內的環境。車子算新，但有些凌亂，後座堆了不少雜七雜八的東西。不過還算在正常的範圍內，我坐過男生開的車子大都是這樣子的，除了像是表哥那種有專人在幫他維護保養的車子，或是正在用來接送剛追到的女朋友的那種特殊狀況之下的車子。

「你好，吃過早餐沒？」

「老師好，我吃過了。」

「那好，我去找個可以坐下來喝茶聊天的地方。」

「OK。」

我在轉頭答話的時候，也順便掃描了一下坐在我旁邊的這個中年男子。說不上有什麼特別的地方，就是很一般的在街上會看到所謂中等略胖的身材，不過是比略胖又再不胖一些的微胖。鬍子刮得很乾淨，所以那種在專注做著某些事情的時候，致使臉上肌肉稍微緊繃所帶出來的線條，就把他的輪廓雕琢得很分明，看得出是個有些嚴肅的人；眉頭那些因為習慣性的皺著所形成無法消散的細紋，可以是嚴肅個性的佐證。

他的穿著還算乾淨整齊，感覺是位清清爽爽的人，不像學校內有些中老年的老師，只要稍微靠近，常會聞到一股讓人輕微作嘔的汗漬味。襯衫跟休閒褲還留有燙過的痕跡，或許不是剛剛加工平整的，有可能只是衣服昨天才從洗衣店拿回來的緣故，因為我聞到那種殘留著的洗衣店的味道。

「筆電要不要放後座？」

「不用了，擺在腿上就好，很輕。」

「那你把椅子弄後面些比較舒服，不然腳會踢到你自己的包包。會弄吧？椅子。」

「不用了，這樣就ＯＫ，位置夠大了。」

「喔，會太熱嗎？冷氣要不要再調低一點？」

「很ＯＫ，這樣很舒服。」

在這樣的一問一答之間，車子就進入了一片田野之中，稻群已經長成如波濤奔浪的綠海，若稍微注視著，心跳的節奏就會隨著那些搖曳而起伏著，翻騰出腦中的許多畫面，她的、我的，那些信和那個海邊糾結成理不清頭緒的遺憾；即便讓自己遠眺了盪遊在開闊群山之間飄著的雲，還是馱不走各種問號。

「來過宜蘭嗎？」

「嗯，有幾次，去過一些觀光客的景點。」

「語娟很喜歡這裡，她說，以後不管怎樣都要住宜蘭，即便要通車到台北工作。」

「喔。」

一下子接不上話。因為這幾年來，沒聽過學姊對宜蘭有特別的評價，只有一次大家說要去童玩節玩，她只淡淡的說，「人太多了，我不習慣，你們去就好。」

車子繞過了一大片稻田之後，就開始轉往山上駛去。看起來這附近剛下過雨，在山的稜線上面沒多遠的低矮烏雲已經散去了一些。經過幾個轉彎爬升了些高度之後，於樹木稍微稀疏的地方向海的方向望去，水面灰平如地，龜山島如托在雲盤中，靜謐裡威嚴隱現。

最後是進了一家在山腰上的民宿。我們進了店裡，陳P就領著我逕自往靠窗邊的位置坐下來。老闆並沒有從櫃檯走出來招呼，只是跟我們微微笑點個頭，也沒有說什麼歡迎光臨之類的，彷彿已經熟到可以一切請我們自便似的，不用再跟他多說什麼。

「就來個金桔茶好了，他們自己種的，很特別的口味。你要冰的還是熱的？」

「熱的好了。」

陳P轉頭過去對著櫃檯稍微提高了點音量說：「金桔熱，兩杯。」老闆點了點頭，只比了個OK的手勢。

「老闆算起來是我的表弟，只不過親戚關係要連遠一點就是了。剛來的時候並不知道，後來常常來這裡，大家混熟了，閒聊中才知道我們還算是有親戚關係的。」雖然應該是講給我聽，但那眼神卻是飄在窗外的遠方，好像正在跟雲端裡的某個人說話似的。

我只「喔」了一聲，不曉得要怎麼接下去，兩個人之間靜默了一下。或許是因為沒有聽到預期中的答話，陳P轉頭回來面對著我，仔細的看了看，像是從我的臉上可以搜尋到某些特別的東西。接著，他有點淒苦的微笑著說：「語娟每次提到你都會說，我們家阿遠。」

我用「淒苦」是因為看得出他的嘴角有些顫抖，眼眶裡有比正常多一點的濕潤在打轉。

「起初我覺得很奇怪，甚至是有些吃醋，後來，我才知道，她本來應該會有個雙胞胎弟弟的，不過在媽媽緊急生產時，只來得及救出她，弟弟沒能存活下來。她媽媽因此很自責，跟她爸爸之間的關係也開始慢慢變糟。語娟說，她從小看她媽媽那樣，就會覺得一切都是她的錯，如果那時候留下來的是弟弟而不是她就好了。」

或許是不想讓我看到他的太多表情，陳P又開始跟窗外的某個人說著話。

「語娟說，從她第一次看到你，就覺得你很熟悉，像是她弟弟似的。她說，她後來真的是認為你就是她那位無緣的弟弟，為了陪伴她，又千里迢迢的回到她身邊。她非常高興她終於不是孤單的一個人了。」

我先掉下了眼淚。

「語娟前一陣子還跟我說，我們家阿遠最近那個實驗一直不順利，她也想不出是什麼原因。她推測可能是你們那邊的刺激器有問題。我還跟她說，那就叫阿遠把細胞拿到我這邊來試試，我也幫忙想想看。」

學姊有跟我提過這件事，不過那時她說的是，她要幫我把細胞拿去別的地方試試。

「語娟也跟我說，她不希望你博士唸太久，不要像她快六年都還沒畢業。她說她一定要幫你在五年內就畢業，然後趕快送你出國去做博士後研究。她說你得要多一些洋資歷，將來比較有競爭力。」

金桔茶送來了，陳P跟送茶的老闆娘說了聲謝謝，老闆娘也只是笑了笑，沒多說什麼。的確很香，完全不惹塵埃的韻醇。

「說真的，即便我知道語娟真的是把你當親弟弟那樣的疼愛，但有時候，我還是會有些懷疑，還是會吃點醋。」

「不過，今天見到你，我覺得我能夠瞭解了。」

我還是答不出話來，只好端起茶來喝了一口。韻醇的香立即化成甘鮮擴散周身。

「你知道嗎，你跟語娟有一種說不出來的像，連我第一眼就都覺得你很熟悉。」

「是嗎？這倒是我第一次聽到人家這樣說，說我跟學姊長得很像。」

「這個像不是那種說眼睛像、鼻子像、臉型像的那種。我剛說的『說不出來的』比較像是那種有點冥冥之中的，那種……嗯……一看就覺得你們是有關聯的……該怎麼說呢？用『氣質』也不是很恰當……嗯……比較像是那種，像是，好吧，就像是一個正弦波函數的圖形，語娟是零到一百八十度那段的波形，你是一百八十度到三百六十度的波形，雖然乍看之下是不同的圖形，但若是仔細的感受一下，就會發現兩個波形都是包括在同一個函數裡面的東西，而且連起來剛好就是一個完整的週期。」

好吧，第一次聽到人家用三角函數來解釋兩個人像不像，雖然怪，也算有那麼點道理。

「啊，啊……雖然一下子不容易想清楚，不過我大概知道您的意思。但是，包括您前面提到的那些，學姊從來沒有跟我提過，我是今天才第一次聽到的。」

「我想，或許語娟是不想給你太多壓力，也不要你想太多吧。她常說我們家阿遠啊，是個很敏感、心思又細膩的小孩，常會想東想西想太多了。」

說完，陳P拿起杯子喝了口桔茶，換成我遠眺在稜線上疾走的雲。我們又同時靜默了快一分鐘，陳P連續喝了幾口桔茶，我也拿起杯子看著窗外忽然靠近的蝴蝶喝了一口。

「學姊不會自殺。」我放下杯子，轉回頭來看著陳P說。陳P暫停了喝茶，拿著杯子，看著我，點了點頭。

「學姊的死跟論文造假案有關嗎？」

「絕對有關，只是到底有多大程度，我還沒有個較完整的輪廓。這也是目前我要持續追擊這些造假論文的原因之一。」

陳P放下杯子繼續說：「Sci-M月刊評論中的那些附件，就是我寫的，驗證實驗也是我拜託在美國的友人幫忙的。」

「啊！您也是Sci-M月刊裡面的人嗎？編輯委員之類的？」

「這倒不是，是我請那位前總編輯幫忙的。他是我學長，雖然大我好幾屆，不過他在學校待得夠久，又加上他跟我哥哥很熟，所以我就請他幫這個忙，由他具名揭發。」

「為什麼您不自己具名揭發？是怕被報復嗎？」

「也不是。我做這件事情，說實話，公義的動機不強，我不像我學長。對我來說，我只想找出是誰殺了語娟。直到目前，從我所能得到的資訊判斷，就這夥人的嫌疑最大。我希望能夠藉由徹底揭發這個論文造假案，讓這個可能殺了人的造假集團從內部瓦解，再藉由他們狗咬狗的來找出兇手。」

看得出陳P在盡力壓制自己的情緒，想辦法要把話說得有條理一點。

「就之前那件造假案的例子，Sci-M月刊強力持續的評論了六個月，另外加上數千位學界人士與大眾的連署，也只能夠促成一些檯面上與形式上的改變而已，對於學術界檯面下的骯髒事情，仍然無法得到實質而有效的處理。我學長就說，他其實已經很看破很灰心了，不太想再管學術界的暗黑了。」

陳P長吸了一口氣，又緩慢的吐出來，繼續維持住平靜的語調說：「所以這次如果我一開始就自己跳出來，人單勢孤的，依之前的例子，很可能一下子就被處理掉了。我不怕被報復，但我得要讓事情有個水落石出，不能連出手的機會都沒有就被拔掉所有發聲的管道。」

陳P拿起杯子喝了口茶，又開始跟窗外的某個人說著話：「我很感謝我學長，我知道這又會給他帶來許多不必要的麻煩。雖然他只是說，這次算是公私兼顧了。」

「您有找過檢調方面的人士幫忙嗎？畢竟這是件命案，又已經被以自殺結案。」

「其實有，我有兩個大學就認識的朋友現在都是檢察官。我跟他們談過，他們也很願意在必要的時候提供協助。目前最重要的，是要有足夠的證據讓他們有理由重啟調查，所以你發現有語娟不是自殺的跡證，這是很重要的，也是我今天找你見面最主要的原因。」

我沉默了一下，沒有繼續接著話。我在想著，或許在判斷陳鎰哲是友非敵之前，還需要再確認一件事。

「陳老師，這個問題或許很冒昧，但是我必須要確認才行。畢竟，說實話，我現在連該信任誰都不知道了。」

「我了解，你問吧。」

「您跟學姊是什麼關係？我是說，絕對不止您是學姊碩士班的指導教授而已那麼單純。」

「如果以最近兩年來說，我們的關係是情人，更精準一點是，還沒有去登記的夫妻。」

陳P很冷靜的慢慢說出了剛剛那些話之後就停頓下來。我覺得那幾句聽起來只是個開頭，接下來應該還會有接續的敘述才對，所以沒有立即回話，只是保持專心的注視著他。

陳P的嘴唇一度動了動，但又隨即緊抿了起來，眉頭的皺紋越擠越緊，整張臉的線條因而有了些扭曲。看得出他在腦中不斷的給自己提出建議，也不斷的否決自己的建議。最後，他拿起杯子，把剩下的桔茶都喝光，簡單的對著我說：「茶先喝完，不要浪費了。我們出去邊走邊談。」

我也拿起杯子將還有半杯的茶一飲而盡，然後隨著陳P走到外面的庭院。這個庭院算大，雖然沒什麼造景，但草地修整得很仔細；各式我叫不出名字的樹木種了不少，遮蔭的效果很好。慢慢的在這邊走著，的確比坐在室內更適合些回憶的事情。

陳P說，他說的還沒登記的夫妻是，他們本來已經在準備結婚的事情了，但是學姊在懷孕快兩個月的時候自然流產了，心情非常的低落挫折，所以就把結婚的事情先擱著。直到最近他們又再商量結婚的日期，本來是預計學姊在下學期畢業拿到學位之後就結婚的，甚至在學姊遇害的前兩週，他們還談到拍婚紗的事情。陳P說，學姊還跟他說等到婚紗照洗出來之後，再給我們家阿遠一個大大的意外。

我算了算時日，陳P說的流產時間，剛好是學姊神秘的請了一個月長假的時候，也就是老闆親自下海完成他的神作的那段時間。

「那在最近的兩年之前呢？」

「這說來真的就話長了。」陳P停了下來，低著頭想了一下，抬起頭看著天空說：「我曾經結過婚又離婚過，世俗上廣義的來說，語娟是我前一段婚姻中的第三者，但這對她不公平，因為我婚姻的破裂不是她造成的。」

陳P在這裡又停頓了一下，顯然他的腦中仍不斷的給自己建議後又否決。當陳P看起來準備再講下去的時候，他的手機響了。他沒有立即接聽，而是先拿起來看了一下來電者，跟我說聲抱歉後，才轉過頭走了幾步跟我隔開些距離之後再接聽。

約莫只等了兩分鐘，陳P講完電話回來，跟我說了：「剛剛是我的檢察官同學打來的，他說他跟之前承辦語娟案件的檢察官剛好一起在台北開會，他跟那位承辦檢察官說了我的質疑，那位檢察官想要先了解一下狀況，問我能不能今天先跟他見個面，跟我的檢察官同學一起，非正式的聊聊。他知道我今天人在宜蘭，而他們在下午一到兩點之間，可以有個開會的休息空檔，問我能不能到。」

陳P說他答應要去，因此得立即出發。他問我願不願意一起過去，屆時也可以把我的資料和觀察跟檢察官說說，或許就能促成這個案件的重啟調查。

也好，直接跟檢察官說，免去了判斷陳鎰哲是敵是友的問題。

車子從原路下山後，轉了個與來時不同方向的小路，不多久就到了台九線，很快的從礁溪上了高速公路。在這段短短不到十分鐘的路程中，陳Ｐ簡單的說明了他其實是宜蘭人，只是三年前他哥哥把爸媽接去美國之後，加上他應該就是在台南定居工作，所以宜蘭這邊的房子都賣掉了，不過田還留著，目前是給一位親戚在耕作。因此現在他來宜蘭時，就都住在他那個遠房表弟的民宿那邊。

這部分我沒有多大興趣，我比較介意的是他和學姊的關係到底是什麼。事實真的如他所說的嗎，學姊為了他懷過孕也準備結婚了？為什麼我這樣一個幾乎每天都會和學姊見到面的人——至少，在這五年來如此——會連一點點的跡象都看不出來？雖然，學姊是一個不容易讓別人看出她喜怒哀樂的人，但我真的是鈍到對女生一點察言觀色的能力都沒有嗎？而且在陳Ｐ的敘述中，他跟學姊的感情看起來像是持續的一直穩定進行，但若是我在學姊外套口袋內所看到的那封未署名的信也是陳Ｐ寫的，那麼，他們的感情應該至少在某一個時期曾經中斷過，或至少是大吵過或者冷戰過才對；顯然，陳Ｐ有隱瞞了些什麼。

更令人起疑的是，若照他剛剛所說的，那些Sci-M月刊評論中附件的驗證實驗是他為了找出加害學姊的真兇所做的努力，那就更奇怪了。若從學姊被害那天算起一直到Sci-M月刊評論刊出的日期，時間不過是三週而已；而從完成那些實驗所需要的人力物力及時間的規格看起來，即便是一個大型實驗室星月兼程沒日沒夜的全力趕工，要在三週內就完成，仍然可以說是根本不可能的事情。除非那些驗證實驗也是造假出來的，但這個可能性又很低，因為Sci-M月刊敢用這些資料具名評論，顯然是確認過這些東西為真的才對。那麼在短時間內無法完成但資料卻又是為真的狀況之下，那就只剩下一個可能了：這些實驗是在學姊遇害前就開始做的。

如果是這樣，那麼做這些實驗的原始動機就不是為了要找出殺害學姊的兇手了！從這點切入的話，那麼這個陳鎰哲到底是敵是友就很難說了。而且哪裡會有這麼巧，一說到要重啟調查，檢察官就來電了，有那麼神奇嗎？

越想越毛，到底現在坐在我旁邊開著車的這個人，心裡想的是什麼？

我決定不去見這個所謂的承辦檢察官。

「陳老師，我剛剛仔細想了想，我本來只是想先來跟您討論一下學姊受害前的一些奇怪跡象，這些東西目前我還沒有整理得很清楚，也沒有確實的證據。我覺得不要在這個時候就與檢察官討論這些不成熟的東西比較好，以免檢察官誤會我們只是情緒性的反應。」

「我覺得不管完不完整，先讓檢察官知道哪些地方可能有問題是重要的，他們有公權力，如果需要進一步蒐證的話，也比較可能找到關鍵證物。而且我有熟人幫忙說明，應該不會有問題。」

「我還是覺得不妥，我不能賭這一把。陳老師，對不起，我很堅持。能否請您在下了高速公路之後就放我下車？我不過去了。等我想得更清楚、找到更多證據時，再來找您討論。」

「你在懷疑我什麼嗎？可以明說，我知無不言。」

「說不上懷疑，我只是要更小心些而已。」

兩個人接著就沉默到出了雪山隧道，在進入彭山隧道前，陳鎰哲嘆了口氣說：「好吧，我了解。但是，阿遠，相信我兩件事：第一，我是真的想找到殺語娟的兇手；第二，我是真的愛語娟。或許，有些事情不是那麼的……純粹，但是，請你相信我剛剛說的那兩點。」

我沒答話，只是輕輕的點了點頭。雖然他開著車，但我想他有瞄到我的動作。接下來的路程兩人一路安靜無語。出了信義隧道之後，陳Ｐ讓我在捷運象山站下了車。

我只是揮揮手，甚至忘了說聲再見。

我站在捷運入口處，看著巨大高聳的台北一〇一，繼續想著我剛剛在車上一直盤算著的事情：我能找誰求證陳Ｐ所說的呢？或許，只剩下Sci-M月刊的前總編輯了，是他具名發表那些附件的。

正在想說要去實驗室還是自己的宿舍或是到學姊那邊去寫這封給總編輯的信時，一部橘色的瑪莎拉蒂從我眼前呼嘯而過並旋即流暢的右轉過去，另一台鑲著ＢＭＷ標誌的重型機車於全副武裝騎士的熟練操控下，也以漂亮的過彎方式緊追其後。那時，我才想到，我的一百ＣＣ目前還在台北轉運站附近接受炙陽熱烤，因此決定先去把機車騎回來再說。

在台北的地下潛行往轉運站的時候，收到了三封簡訊，一封是妞妞發的，她寫說老闆早上跟她講，如果大家有找到我的話，請轉達說他希望我去醫院看看他，他有話想跟我說，而且保證不會跟我談筆電的事；另一封是阿貓寫的，他說晚上大家要去阿剛那邊吃火鍋，醫學院那個大鳥也會去，問我要不要也一起去吃？訊末還抱怨了一下，催促我裝個Line，免得跟我聯絡都很麻煩。

最後一封是小惠的，她說，她明天剛好需要來台北一趟，問我有沒有空明天晚上一起吃個飯。

我先是簡單的回了阿貓「ＯＫ」，再回了妞妞「我知道了」。但是小惠的，我看著簡訊中的那幾個字，從大安站一直瞪到中正紀念堂站轉車了以後，才決定回說：「ＯＫ，明天下午電話機動聯絡。」

我自己也不知道我到底在猶豫什麼。也許像個小孩子不小心打開了一個從來沒有進去過的遊樂場大門，裡面空無一人，不過每項遊樂設施都在轉著，每當小孩的眼睛注視著它們一下，轉著的大玩具就會稍微的停一下，像是在邀請他上座那樣。小孩就停在門口張望著，腦中浮現出幾個他曾經玩過的設備當時坐在裡面的歡樂感覺，然而當腳步被這樣的好奇與歡樂驅使著要跨前一步時，那種在《神隱少女》片中看過的，人類進入被誘惑的疆域之內所受的懲罰，又強力的抑扼住所有蠢動的慾望。就是這樣在虛幻的想像中，被毫無任何事實根據的進與不進、好奇與恐懼交錯的猶豫擺布著。

停了超過三天的機車在豔陽下果然熱得發燙。我將車子牽到路旁有著建築物陰影蔽著的地方，一邊等待坐墊溫度下降，一邊也要自己繼續思考一開始的問題，到底要去實驗室、自己的宿舍或是到學姊那邊去寫信？在我想著的時候，有大半的時間卻是，我忘了思考要去哪裡這件事，甚至連我思考去這些地方的目的是什麼都忘了。我只是跳到我自己的身體外頭，仔細瞧著這麼一個二十七歲男人的軀殼：他雙手插著口袋站在一部廉價的二手機車旁邊——那車子，還只是一部一百CC的小車——正四處的張望，那眼神說不上有任何讓人多期待點什麼的特別，只是很膚淺甚至猥瑣的看著來來往往的車子，偶爾目光移到路過的女人短裙之下那雙快速交錯著的大腿，或是她們因為步伐起伏而輕微顫動著的乳房。

我看著那個站在機車旁邊叫作「我」的男人，雖然衣著尚且稱得上整齊，又揹著一部看起來是新的筆記型電腦，手上提的袋子也還算乾淨，但是以一個二十七歲的男人來說，只擁有這些和一副略顯猥瑣的眼神，仍然算是截至目前為止擁有失敗人生的代表性例子。

雖然我知道跳出我之外的我所鄙夷的對我不盡公平，但那個被鄙夷的我無法停止陷溺在被否定之下所伴隨而來的就這樣放過自己的舒坦。

還好，在坐墊的溫度降到已經可以接受的程度時，在外飄盪的我還是回到了我的肉身，跨上機車往學姊家騎去。我在想，或許我還是得將學姊的東西再仔細的翻一翻，看看還有沒有更具說服力的跡證。

雖然沒有前幾天那麼的緊張兮兮，我還是習慣性的先環顧了大樓四周看看有沒有可疑的路人甲，然後一階一階的爬樓梯上去到多個樓層，才又折返回來開鎖進門。

在檢查過所有的門窗都沒有異樣之後，我努力的讓自己以不帶感情的方式翻檢在學姊房間內的每一本書，看看裡面是否有哪一頁做了記號或是夾了張書籤，也以幾近屏息斷念的假裝無感，把學姊衣櫃內的每件服裝的口袋都摸索過一遍，尋找裡面是否還有著我沒有發現過的東西，例如另一封信，甚或是一顆戒指什麼的。

但除了之前所看的以外，其餘一無所獲。在像是完成任務般的卸除心理武裝下，我允許自己再度痛哭一場。許久，才又擦乾眼淚，打開學姊的筆電。

我仔細的以預覽模式在檔案管理員中重新閱篩了每個Word檔、文字檔與圖檔，還是沒有發現任何需要進一步打開細讀的東西；我也試圖以各種密碼的組合看看是否能夠登入學姊的gmail或是ＦＢ，然而均是徒勞無功。

或許學姊已經很習慣在雲端裡處理她的東西，安排她的日常行程；或許在學姊的gmail與ＦＢ之中有著可以解開所有謎底的通訊與留言。然而，當學姊逝去，所有的秘密就被那八到十二字的密碼鎖在這世界上的某些主機內，再也沒有人可以看到。而這位唯一知道密碼但已經死去的人，世人所能夠知道關於她的，就只剩下一個名字，以及google之後沒有多少人會讀完的一篇paper、碩士論文與三篇的科普文章而已。

雖然此刻我心中還有著一位沒離開過的學姊，但我能夠留住她多久呢？我已經開始想不起一些容顏的細節了，不過才一個月而已。

在我又開始準備飄離我自己的肉身之前，我警覺性的跳了起來，跑到浴室刻意用冷水沖了沖頭，想說，得有個較積極的我才行，至少在把那封信寫完之前。我看著洗臉台上鏡子內的自己，不斷的告誡那個蜷曲萎縮的他需要振作之後，再度回到學姊的書桌前坐定。

我先詳細的介紹了自己以及學姊，再以之前寫給小惠的那封解釋的信件為基礎，添加了後續在老闆郵件中所看到的疑點並詳述了跟陳鎰哲見面談話的內容。最後則是直截了當的問了總編輯，那附件是否真是陳鎰哲所提供？而他相信在這麼短的時間內真的能夠做得出這麼完整的驗證實驗嗎？

雖然有之前給小惠的信件為基礎，然而那些接下來的曲折仍讓我用了快三小時的時間才寫完。看看窗外，天已全黑；瞄了下時間，晚上八點了。我想起阿剛家的火鍋宴，我是得去一趟，跟大鳥好好的問些東西。

依慣例，八點應該才吃完第一輪而已，真正喝酒聊天的時候還沒開始。所以我在阿剛家附近停好了車，先到附近的超商買了一打啤酒之後才走過去按電鈴。一進門，發覺一打可能太少了，因為加我在內，共有八個大男生；雖然開著冷氣，有一半的人還是打著赤膊。顯然，我們需要多一點的啤酒加冰塊。

除了阿貓、阿狗、阿剛跟大俠這些我們實驗室的人之外，還有大鳥跟其他兩個我不認得的，看起來像是碩士班模樣的男生。由於從上學期開始，醫學院那邊的實驗大部分都改由學姊與阿貓負責，我就很少過去那邊晃晃，是以除了大鳥我還有印象之外，一些新的人都沒見過了。

大夥兒很快的就挪出個空位給我，大鳥也馬上叫那兩個碩士班的學弟跟我問好，說他們也是張P的研究生，一個碩一、一個碩二。基本上，這裡的每個人都叫我學長，因為我已經博三了。

我問說為什麼今天吃火鍋，大俠嘴巴的東西都還沒吞下去就先幹了一聲說，一方面不想做實驗，一方面去到學校都被其他實驗室的人消遣，煩死了，就想說，吃吃火鍋喝喝酒，消消暑順便解解愁。我說，媽的，都熱到脫衣服了，還消暑？阿狗旋即接口也幹了一聲說，隨便啦，學長，這先給你。隨即就端了碗剛撈起來冒著煙的肉片給我。

大鳥也接著幹了一聲當開場，除了先抱怨最近因為命案的發生，導致細胞培養室的使用停擺讓實驗進度大亂之外，也說了最近三個月來還一直被迫不務正業，跟前兩天襲胸新聞中楊P的實驗室比起來也沒好到哪裡去。他們老闆，也就是張P不斷的要他們實驗室幾個博士班學生重做之前畢業學長姊所發表過的實驗，連阿娟學姊在去世前一個月也都被要求加入幫忙，但都無法重複出當初在那些學長姊所發表的論文中之完美結果。張P每次看到他們做不出來就只會罵罵罵，要他們自己想辦法改進，不要連這點小事都搞不出來；還罵說，都已經博士班了，如果連這麼點問題都沒辦法自己解決的話，那還唸什麼博士，將來畢業了也不會有能力討生活的。

大鳥說，他每次聽他們老闆講這些，心裡就幹聲連連，想說，媽的，不然你自己來做啊，幹，做得出來我頭給你。結果阿娟學姊有次還跟張P起了衝突，把他們都嚇壞了。大概就在阿娟學姊去世前兩週，她整理了幾個關鍵的實驗程序所出現的問題，本來是要跟張P討論是不是之前發表的實驗程序大家在重複時有弄錯的地方，結果張P還沒聽完就勃然大怒，指著阿娟學姊狂罵，說學姊自己沒本事居然還敢說是別人造假。大鳥說，阿娟學姊一開始還試圖有禮貌的據理力爭，沒想到張P越罵越兇，最後只丟下一句，「妳不用再來了」就掉頭走開。那時阿娟學姊雖然眼眶泛紅，但沒有在他們面前哭出來，只是默默的收拾後離開。不過隔幾天，阿娟學姊還是有再過來做實驗，但沒有跟他們多說什麼。

我好像有聽阿娟學姊說過這件事，不過倒沒有上面那些情節。學姊只是在我送她回家時說今天很倒楣，被張P罵了，想去吃好一點安慰自己。我問她什麼事被罵，她說，實驗做不出來啊，唉，算了，不說了，載我去上次經過的那家新開的牛排店好了，我請你。

大鳥看大家沒有對他的慷慨陳言有所反應，就率先開了第一罐啤酒，一口氣灌了一大半。忽然間，像是傳染病一樣，在場的人紛紛開了一罐。我把口中的肉嚼完，也把學弟送上來的啤酒喝了一大口，然後問說：「啊，後來呢？我是說你們有再繼續做那些實驗嗎？」

大鳥看起來更不爽了，又把剩下的一半啤酒灌掉後說，還是一直逼一直逼啊，幹，就只差沒說你們就算用photoshop也要把它生出來！特別是最近幾天他們老闆更焦慮了，他有次聽到他老闆在電話中好像是在跟校長講說，他一定會在美國的技術顧問來訪問之前，將完整的實驗示範及說帖準備好。

大鳥再開了第二罐，仰頭又喝掉一半，繼續幹聲連連的說，他老闆一開始還跟大家說，之前實驗室所發展出來的篩選平台很有市場潛力，目前正在申請美國與歐洲的專利，也有國外的創投想以這個平台為基礎投入資金成立一家生技公司。到時候，大家畢業後就不用再去競爭那些苦哈哈的教職了，直接的就可以在新公司開啟生技新貴的璀璨人生。

「幹！」大鳥宏亮的譙了一聲後，又一仰頭喝掉另外一半。我對他笑了笑，也把手中剩下的啤酒一口全乾了。大鳥那個碩一的學弟很勤快的又開了兩罐啤酒，一罐給我，另一罐給大鳥。阿狗則是再盛了一大碗冒煙的火鍋料給我，這次都是各式丸子。

阿剛本來專心調理著那一大鍋，讓梅花肉片每片放下時都能均勻展開。忽然間，他開始算起他那些同唸生科的大學同學們，截至目前畢業三年最新的職業。有三分之二全轉行不幹生科了，繼續唸書的有後西醫、後中醫、法研所、商研所，還有一個去唸歷史研究所；工作的有房仲業務、保險業務、直銷業務、生醫耗材業務、出版社編輯、補習班老師，還有兩個目前在職訓局，一個學車床、一個學木工，另一個則是在資策會學Android程式設計。其餘三分之一中的三分之一，當研究助理。另外的三分之一，繼續唸生醫的研究所。然後當助理的約到之後都想轉行，繼續唸生醫研究所的，他說：「幹！」就直接乾掉一罐。

接下來，一發不可收拾。除了大俠是不知道發了哪門子神經從物理系轉來唸生科的以外，其餘的都是生科純種科班出身的，眾人七嘴八舌的開始算起班上同學還跨入了那些了不起的行業。調查局調查員、國安局情報員、警察與職業軍人都已經不算稀奇，開婚紗攝影公司、徵信社的，以及，網路漫畫家就比較有趣。另一個比較特別的是，聽說是目前當紅的牛郎。

話題完全偏離了跟學姊的死、跟論文造假有關的方向，我聽著聽著，卻沒有去想說是否該把話題拉回來。我知道目前坐在這邊喝著憤酒說這些幹話的年輕人心中的苦悶與不平，基本上，我也是屬於心中苦悶與不平中的一員。我們都曾經懷抱著對於科學純粹的憧憬，希望藉由學術研究去了解生命的奧秘以及解除人類的痛苦。我們在進入實驗室的初期，都有著不計酬勞、不怕辛苦的圓夢想像，只是沒有多久，現實就告訴了我們真相還是那麼的世俗：錢與權，之外無他。

我們很快的喝完原有的一打與我帶來的一打啤酒，阿貓還要再去買酒時被我制止了。微醺就好，免得接下來吵到左鄰右舍。晚上十點半，接下來不能免俗地開始談起實驗室內、實驗室隔壁幾位美少女的軼聞八卦。一方面我對這些小女生沒有什麼想多去探聽的事情，一方面則是喝多了騎不了車，就趁著還有公車可以坐的時候回家去。

我站在公車站牌前，一下子，想不起我該回到哪個窩。

形式上我雖然看著站牌上的文字，但內裡的心思還是在想著，或許我應該繼續留在那個火鍋之前看顧著那鍋湯，不要讓沸騰的液泡濺灑出來；或者至少，什麼事都不做，就只坐在那邊，陪著。我在他們仍然熱絡談著的時候離開，某種程度，這的確是沒有道義的行為。因為可能只有我知道，這類聚會的本質都是這樣，而且會變本加厲。

這是我的N＋1次了。這種聚會就是這樣，隨著畢業的時間越久，昔日的同學對各自的未來越篤定的時候，像今天這個看似紓壓發洩的同溫層聚會，實質上卻是對自己再做了一次嚴厲的鞭撻。這些深陷在實驗室走不出去的人，只能在殘酷的自我否定之後，重新撿拾破碎的尊嚴，拼湊成一個缺角的面具戴上，繼續武裝自己面對明天；而明天，仍得在實驗室裡度過，不管在形式上你有沒有進入那個空間。

我懷著沒有道義的心情上了車。或許是末班車了吧，座位空空蕩蕩的，黑夜就關在車內。我與我身旁疲累的阿遠一同在仍然喧囂的城市中行進，看著明亮月光下慢慢飄過的雲朵隨著沿路屋廈的櫛比鱗次忽隱又乍現，有如音樂盒內緩慢旋轉被撥動的簧片所彈奏出的低吟。我在這個沒有分貝的感傷樂音中看到我的苦痛藏在許多角落裡，躲在每支站牌的背後，躲在紅綠燈的切換，躲在一整排看不見窗內情景的萬家燈火中。

到站了，下了車，走到大樓前，完成了整個失落的儀式。

我拖著疲累的阿遠，一面爬著樓梯，一面撿拾著今天的記憶，回到了學姊所住的地方。疲累的阿遠看到書桌上兩台筆電，終於想起了自己現在要做的事情。

雖然照正常的程序來說，我應該要立刻打開gmail看看總編輯回信了沒。但在開啟了chrome的第一瞬間，阿遠卻以無意識的本能動作打開了FB，點了阿儀的頁面。雖然驚訝，卻也不太想再去思索阿遠這樣作為的背後動機，因為沒有看到私訊通知的小紅字，也沒有看到阿儀再發什麼新的動態留言，只有一張新換的大頭貼。

那是她要我摟著她的腰的自拍照，但畫面裁掉了我的那一半，唯一剩下屬於我的部分，只有那隻摟著她的腰的手。阿儀笑得好燦爛。

接下來我就在有意識的狀態下開了gmail，看到了總編輯的回信：

瑋遠，很高興看到你的來信。這是我這陣子收到的最年輕且具名的科學家給我的詳細意見。因為你的開誠布公，我就直截了當的跟你說明我的立場。

不管是這次或是上次，當我開始在大眾面前談論這些論文造假的案件後，我不時的會收到各式各樣的爆料。這些爆料有的真、有的假；有的是科學事務，有的是金錢人事。爆料者大都匿名，甚或有的盜用其他人的身分為之；當然，也有光明正大的具名者，但鳳毛麟角。

我了解也尊重每個爆料者都有他們個別的顧慮與動機，但不管是為了公義、為了私怨、為了鬥爭，甚或只是為了惟恐天下不亂，收到爆料的我，卻只是一個毫無公權力的報導者。我無法去揣測每個人的真正意圖，也無法對於僅來一次的爆料內容主動地去查證所有的細節。除非，爆料者願意具名主動與我持續的聯絡，主動提出在學術規範上、在科學事實上足夠讓人信服的證據，並接受我與我的科學家朋友們的反覆詰問。

基於報導者的立場，我無法告訴你任何可能揭露爆料者的線索，這點請你諒解。我只能告訴你、告訴大眾，那些在我評論中被拿來當作論證基礎的東西，不管它的來源是哪裡，一旦我使用了，那我就負了全責，若資料有錯，那就是我的錯。我只能告訴你，我也是一個生物醫學研究的工作者，我已經盡了全力去判斷，也盡了全力去徵詢我能夠觸及的其他專業人士的判斷。我可以很負責任的跟你說、跟大眾說，在我評論中所談論到的那些事情，我以我身為科學家的尊嚴保證，那是真的。

關於語娟同學的死，我深感哀慟。我會盡我的能力，將你所觀察到的疑點，轉給有權力處理這件事情的人。我不能保證什麼，但我會力求無愧於心，就像你一樣。

身為科學家的尊嚴啊！我好久沒有聽到人家跟我說這件事情了。

我寫了簡短的回信給總編輯，感謝他願意幫忙調查學姊的死，也說了如果需要我進一步出力的地方，請不要客氣，信末還附上了我的手機號碼。本來還想在信上多說些什麼，不過後來覺得那些在喝酒時所聽到的幹話到底有多少成分是添油加醋的也無從查證，就沒有再多寫了。

關於陳鎰哲的敵友之分還是沒有個清楚的答案，煩悶至極，只好先去沖個澡。在抹著肥皂的時候，又想起了阿儀換的那張ＦＢ大頭貼，這有什麼意涵嗎？她想要藉此跟我表達些什麼嗎？我再度想到了小惠好久之前寄給我的那個《生命列車》，想到了她寄來的那本《我妹妹》。這些應該都含有某種隱喻的訊息吧！她們都選擇了以這種間接的方式表達，而不是直接的跟我說清楚。是對我沒有把握嗎？還是對她們自己沒把握？或者是，她們已經很清楚知道結果會是什麼樣子了，所以那些，不過是想留個要我自己去參悟的線索。

我擦乾身體打著赤膊的回到電腦前面，看著阿儀那張燦爛笑容的臉，或許我應該在這張大頭貼底下留個言。她看到了，應該會有些驚訝吧，但會是喜悅的驚訝或是感傷的驚訝呢？在我斟酌著用字的同時，卻又想到明天晚上很快的就會來到，到時候，小惠將會跟我說些什麼呢？

「吼！好煩喔！」我想到小花皺著眉頭說這句話時候的表情。真想在這個當下看到她就在我身旁，用她撒嬌的語音替我說出這句應景的話。

我沒有再寫些什麼，想說，就讓睡眠去處理一切吧。

沒想到卻被帶到一座很高的山上，說很高，是因為看不到旁邊的山，只有連綿的雲，和一顆距離很近的太陽。太陽的光線很強，照得我幾乎睜不開眼。忽然間我看到她憑空穿出，循著下山的路快速的跑去，快到有些用飄的味道。我看起來有點慌張，隨即也跨步跑著想要追上她。不過看著她越飄越遠，頭也不回的，而我只能一步步辛苦的踩著實地移動。低頭一看，原來我穿了雙寬大極不合腳的拖鞋。索性就把拖鞋甩了，開始蹬跳了起來。說也奇怪，蹬跳時，只要把雙手張開做出擬翅開展的模樣，居然就離地一些的飛了起來。

我迅速的穿入雲層，從山頂急下到半山腰，繞過一個起伏，眼前忽然出現一大片開闊的斜坡草原，從這裡往下望，四周環繞的群山仍像是俯首的群臣，但隱約感覺到山下有蜿蜒的河流和點點的人為聚落。我發現她在左邊的轉彎處跳下就不見蹤影，只好又急急的吸著氣、蹬足、擺翅，快速的追過去。但到了她跳下的地方卻仍然看不到任何蹤影，景象變成了一直往下延伸的階梯，是一座在高聳宮殿旁邊的階梯。我順著階梯奔飛而下，不過轉彎處很多，沿途差點撞到一兩個路過的僧人。

就在我越來越往下，飛行也越來越吃力的時候，忽然出現個念頭，「再不快點追上她，到了凡間地面的時候，我就飛不動了，怎麼辦？」一念頭一過，我隨即看到她了；但也就在同時，她出了階梯的拱門，往右邊的大路閃了過去。我追出拱門，腳才一踏到柏油路面，旋即跌倒，無法行走，只能眼睜睜看著她坐上一部從來沒見過的車子，頭也不回的消失在路的盡頭。

我在清晨四點半醒來，第一件事就是克制住自己不要再去想那個她是誰。

第七天——探病

我站起身來，開了燈，企圖找些事情來做，才發現我昨天並沒有把筆電關掉蓋上。於是就順勢挪移了兩步過去，隨手撥了一下滑鼠，螢幕迅即從休眠狀態甦醒，呈現的畫面中，滑鼠的箭頭剛好就停在outlook的小圖示上。

就在我注視著那個被箭頭指引的outlook的時候，在我視野前方的那個本來是窗簾所遮蔽住的窗戶位置，忽然一整個變成了寬大螢幕，上演著昨晚喝酒時大鳥講話的那個場景；而當大鳥講到學姊被張P咆哮的那一段時，畫面上出現的已經不是圍在火鍋旁的那群人，而是正在爆氣罵人的張P和強忍住委屈的學姊。

一時間我完全愣住了，只能怔怔的看著那正在上演的對手戲；學姊的模樣我看得好清楚，但完全無法聽到螢幕內的人講話的聲音。我開始焦急地四處張望，試圖在螢幕周圍找出類似像喇叭的設備，但是每當我環視螢幕周邊一圈之後，整個畫面就模糊掉一些；而在我意識到這兩者之間的關聯性時，整個景象就忽然消失，變成漆黑一片。

在此刻我又驚醒了一次。

是夢中夢嗎？我是真的醒了嗎？我不知道要如何確認這件事情。四周都還是暗著的，於是我摸黑去了浴廁間，一開燈，那種一下子很刺眼的感覺很真實；我上完了小號，然後脫了衣服到蓮蓬頭底下沖了些冷水，冷顫頓時打遍了全身。

的確醒了吧！我想。

我回到房間，打開燈，看看手機上的時間，凌晨四點三十分，而且書桌上我的筆電真的未蓋上。我走過去撥了撥滑鼠，結果忽然亮起來的螢幕中，滑鼠箭頭剛好指在outlook的小圖示上。

我真的醒了嗎？

我等了一下，確認剛剛所看到的那個大螢幕並未在窗戶的位置出現。我向前去把窗簾拉開，黑漆的街上正亮著路燈，有一部車子剛好經過，遠離的後燈光線被窗戶玻璃拖曳出一條蜿蜒乍現的紅絲。

我是醒著的。

我彷彿瞭解了什麼，就是那種說不出真的瞭解了什麼但又很篤定的認為我確實知道了的那種瞭解。因著這個瞭解，我走回書桌前，毫無遲疑的點開了outlook，在老闆的收件匣中找尋在學姊去世兩週前那個時間點附近的郵件。果然看到學姊在那時寫給老闆的信，裡面談的，正是當天的事情；而信的附件，則是學姊詳列的張P所要求實驗中的問題。

從學姊信裡的敘述中可以看出，大鳥在幹聲連連中所說的那些過程，基本上是真的；但從學姊這個附件裡面的內容看起來，張P的反應則是過度到有些不合情理。我也找到了老闆在隔天早晨回給學姊的信，裡面只是很簡單的：「當面談，中午到辦公室」；在此信之後，老闆也將學姊的原信轉寄給張P與校長，信裡面則寫了句：「是否有關係，我會問清楚，明天再跟兩位長官報告。」

我看著窗外漸漸透白的天光，做了些決定。先寫了封信給科月前總編輯，說明了火鍋聚會大鳥所說的和學姊信中所寫的那些張P發飆的事情，並且把學姊的原信與老闆轉寄給張P與校長的信以附件的形式一起寄過去。我不知道這有什麼用，但就覺得應該這麼做。

另外，我決定上午去醫院看老闆。

才早上六點，天色還是有著微涼味道的晨曦，現在去醫院太早。想說機車還在阿剛家那邊，就先出門去牽車了。

阿剛家在學校附近，不過是在隔條街的巷子裡面，那是他們家自己的房子，快四十坪的公寓。他是新竹人，這房子聽說是他爸媽為了他跟他哥哥要來台北唸書而買的。去年他哥哥被公司外派到日本工作，因此現在整個房子就歸他一人使用，是以最近實驗室只要有聚會，都喜歡到他這邊來，既方便，設施又齊全。

從阿剛家往學校側門方向穿過三條巷子，有一棟看起來像是鶴立雞群、高大又氣派的大樓，校長的那個基金會辦公室就在那裡。阿剛說，他在那棟大樓附近的水餃店吃飯時，常常看到各種名貴的黑頭車在大樓的地下停車場進進出出。有一次他好奇的想過去看看那棟大樓到底是哪些機構進駐在裡面，但才稍微靠近門口，立即出來了一位西裝筆挺理著平頭的青壯男子瞪著他，還看到另一位也是西裝筆挺理著平頭的青壯男子站在入門處的左後方警戒著。阿剛笑說，或許他當時穿的是汗衫短褲加拖鞋，人家可能覺得他是什麼奇怪的遊民之類的吧。

我騎上車，想到了這一段，一時興起，就順便過去看一看。才接近那棟大樓所在的巷口，就看到對面兩個很眼熟的人一起走了過來，一個是那個襲胸的楊P，另一個就是對學姊咆哮的張P。我靠邊停了下來假裝正要接聽手機，想看看他們兩個人要走向哪裡。結果才剛剛拿起手機，一輛黑色賓士也開了過來，經過他們兩個人旁邊的時候，還稍微停了一下，那兩個人也在那瞬間對車內的人揮了揮手。不過車子的窗戶隔熱紙顏色很深，看不清楚裡面坐的到底是誰。一下子，那兩個人就走進那棟大樓裡，黑頭車則進了地下停車場。

早上六點三十分，不論是開什麼會，都太早了吧！我又在那邊拿了手機放在耳邊維持了快十分鐘，沒看到再有其他人進入後才離開。從大樓門口經過時，的確看到有西裝筆挺理著平頭的青壯男子守在門口。

總覺得，這是個幹某種勾當的地方。

我先騎到醫院附近，找個可以坐很久的咖啡店吃個早餐耗耗時間，以超過一個小時的細嚼慢嚥吃完一個三明治和喝杯咖啡後，將時間撐到上午八點半。想說，這應該是個不會太離譜的探病時間了。

之前妞妞有留老闆的病房號碼給我，所以我很快的就找到了地方。到了病房區入口，我停了下來，稍微猶豫了一下，但在深呼吸了幾次之後，還是走進了病房區，找到老闆所在的房號。敲了門之後，聽到了應該是師母的聲音說請進，我才進去。

那是個單人病房，老闆沒有躺在病床上，而是坐在旁邊的沙發；雖然仍穿著醫院的病人服裝，但手上已經沒有吊著點滴；師母則是在整理病床邊櫃子內的東西。我先跟距離比較近的師母問好，等她點頭回禮後，再轉向老闆，說了聲老師好。

老闆雖然看起來很疲憊，但對於我的到來，臉上一點驚訝的表情也沒有，只是淡淡地說：「我知道你今天會來，語娟昨天晚上跟我說了。」

聽到這樣的開場白，我並沒有覺得驚訝，臉上應該也沒有露出什麼特別的表情，只簡短的回了一聲「喔。」

老闆對於我這樣的反應倒是比較驚訝，先是稍微張大眼睛看了看我，額頭的皺紋因此擠壓出更明顯的紋路；隨後又好像想通了什麼似的，臉部的肌肉就又放鬆開來。但停了幾秒，老闆眉間又皺縮了起來，臉頰看得出微微顫抖著，那顫抖一下子就蔓延到了嘴唇，致使他接著說話的聲音也有些斷續不清，不過還是聽得出他說：「語娟說，你今天會來幫她問一些事情，請我協助你；她說，她沒有想要報復誰，只是希望人世間的事情能有個較清楚的面貌。」

背後忽然傳來一陣啜泣聲，我轉過頭去，看到師母拿了面紙正在擦著眼淚。

我再回頭看了看老闆，他雖然沒有掉淚，但臉上比剛剛更哀戚的顫抖著。我一下子有點慌了手腳，不知道該先安慰他們或是直接的問我想問的問題。

「什麼是科學？」老闆好像壓制住了臉上的顫抖，用了個較平靜的語調問了這個與現場氣氛非常不搭軋的問題。

我應該是瞪大了眼睛看著老闆，在我想要開口以問句的語調複誦老闆的問題時，老闆先開口了，用一種像是在上課中很篤定知道學生一定答不出來的眼神看著我說：「科學追求『真』的東西嗎？」

「是的。」我不知此時我還能再答什麼。

「你讀過湯瑪士．孔恩的《科學革命的結構》嗎？」

「沒有。」

「你跟語娟都應該要讀一讀。」

這時師母已經停止了哭泣，倒了一杯水拿過去給老闆，同時也輕聲的跟我說了聲「坐」，眼神則是示意旁邊的沙發。我也跟師母回了聲氣音般的「謝謝」，然後坐到旁邊的沙發上。

老闆喝了口水，臉上的神情已經沒有剛剛那麼激動了，雖然眉頭還是鎖得緊緊的，但至少已經看不出有任何顫抖。

「科學追求的不是那種叫作『真』的東西。『真』是宗教才會談的事情。」老闆並沒有看著我，而是朝向我身後略高的角度，彷彿那裡站著一個正在跟他對話的人似的。講到這裡，他停頓了一下，不知道是在等我的應答還是在等我身後略高角度的那個人說些話。

「科學追求的是同儕間的最大認同，簡單說，如果世界上有一百個科學家，當五十一個說你是對的，那你就沒有錯；如果有八十個都說你是對的，那你發現的東西，就是真的。」

老闆說完，把眼神從我身後略高的角度拉回到我的臉，注視著我，像是在命令我要對他剛剛所說的那些話做出些回應。

「但要同儕認同，也得拿出真的東西才行啊。我是說，是真的做了實驗、做了分析所得到原汁原味的證據，要拿這些真做了研究的事實來取得大家的認同啊。」

老闆一直用很專心的眼神注視著我直到我說完，然後，眼神又上飄到我身後的略高處。接著，像是在沉思後得到答案般的那樣輕微的點點頭說：「謎，解謎，什麼叫作解謎？在《科學革命的結構》裡面所說的那些常態科學的事情。」

對於沒聽懂的問題，我實在不知道要如何答話，只能繼續看著老闆。老闆沒看我，眼神繼續盯著那高處。

「框架，當然，像我們這種層級是沒有能力創造那個框架的，而且大部分的科學家都不能。我們只是平庸的透過那個框架來觀察我們想要了解的世界，一旦我們照著框架的規定問出了問題，那就保證了這問題的答案一定會存在。接下來所要做的，只是去找出框架所允許的答案。這叫作常態科學下的解謎。」

老闆重新注視著我，放低了點語調繼續說：「如果一時間找不出那個答案，這並不代表答案不存在，它是在的，因為我的推論以及演繹問題的方式，完全依照了那個框架。」

「但這不代表可以捏造數據，竄改結果來創造一個不存在的答案啊！」

「答案是存在的，只是還沒有找到而已；甚至是，它就在那邊，只是還沒有被人家看得那麼清楚而已。」

老闆喝了口茶，但顯然急著要把它吞下去再繼續說話，以至於稍微嗆到了，咳了一陣子。師母急忙起身去拍拍他的背，嘴裡則叨叨唸著「那麼急幹嘛」。我本來想再強調一次不管怎麼說捏造數據就是錯的，但看到老闆咳得臉色通紅，也就先忍住不說。

「認真講，至少，就我的那些東西來說，我很清楚，答案是存在的，而且一定會是我想要的那樣。我在框架底下的推理，給一百個科學家看，一定一百個都認同，所以，答案是存在的。」老闆稍微停住咳嗽就又急著說。

「但還是不能說這樣就可以捏造數據、竄改結果啊！」說這些話時，我的音量應該不小，可能還帶點動怒的味道，因為師母隨即側著頭瞪了我一下。

「權宜，那只是權宜，我不能讓事情停頓下來。」老闆挪了一下身體，稍微前傾的注視著我繼續說：「那是一個有深遠影響的答案，我不能讓它因為一時間被幾個雜訊蓋住，就延遲它出現的契機。」

「我只是用了些權宜的措施，先讓世人看見這個答案的價值，這樣，我才能拿到更多的資源，真正去證明它的存在。」說完，老闆挪回到靠背的姿態，眼神又飄向我身後高處。

對老闆這整個論述的感覺就是不對，感覺他就是在胡扯，但一時間我想不出該如何做有效的反駁。忽然，我覺得我開口說話了，在認知到那些話是什麼意思之前，我聽到有聲音從我的嘴巴裡冒出來：「您想過，如果那個框架是錯的呢，那怎麼辦？」

我被自己這樣突如其來的張口嚇了一跳，有些不安的扭了扭身體，朝前後左右四處張望了一下。不過老闆和師母看起來並沒有覺得有什麼奇怪的表情。

「可能性很低很低，常態科學之所以為常態科學就是因為它所依循的框架很穩定。看看現在生物學發展的樣貌，也的確是如此。所以，框架不會有問題，退一萬步想，如果真的有問題，那就是整體崩盤的災難，也無法再計較到我這邊了。」

老闆似乎很滿意自己的說法，眉頭看起來解鎖了不少。不過我並沒有多去思考老闆的說法，只是一直在想剛剛我為什麼會問出那些話。

結果，又來了：「您真的覺得您理解的框架內容是對的嗎？」

我又被自己突如其來的發聲嚇了一跳。

「絕對是對的，那是無庸置疑的。我投的都是有頭有臉的大期刊，那些編輯與審稿人都是這一行真正的專家。他們接受了我的文章，也就代表他們認可了我的推論。而我的推論就是建立在我對於框架的了解上，所以我了解的框架沒有錯，他們都認可了。」

老闆的語調居然有種羽扇綸巾、一切盡在我的掌握之中的舒坦。他喝了口沒有嗆到的水之後，又補了一句：「我剛剛說了，如果世界上有一百個科學家，當五十一個說你是對的，那你就沒有錯。」

我感到有些反胃，不想繼續在他的自圓其說中陪著打轉，為了避免像剛剛那兩次莫名其妙的自動化發聲再度出現讓對話陷入沒完沒了的爭論，老闆一說完我馬上就開口問了，依照我自己的意志，以一種沉定平緩的語調一字一字的說出：「老師，您相信學姊是自殺的嗎？」

老闆原先略為得意的表情瞬間塌垮了下來，那些隔開五官撐住臉孔的框架頓時被坍壓得扭曲變形。他閉起了眼睛，慢慢吐了一口大氣，臉上的血色立即隨著吐出的氣流宣洩而出，面容當下切換為慘白；而在旁邊坐著的師母，眼淚在無聲中也滾了下來，側著頭，惶恐驚懼的看著老闆。

這個房間內的時間像是凝結了，大家陷入一種突然停滯的靜默中。我開始感覺到我身後略高的角度可能真的有個，或許稱作是「人」的感覺，而且她正移動到我身旁，坐下來。用「她」，是因為如果感覺是真的，我希望是「她」。

「語娟不會自殺，她是被謀殺的。」老闆用極其微細，像是顫抖出來的喃喃自語說了。為了聽清楚他的話，我以幾乎離開座位的前傾靠近聽他說話。雖然這是我早已經判定的事實，但從老闆口中聽到，還是非常震撼。

「誰殺的？」

「不是我。」

「那是誰？」

「我不知道。」

「誰最有嫌疑？」

「我不知道。」

「那你為什麼那麼肯定的說學姊是被謀殺的？」我已經不想再用「老師」或「您」了。

「你去實驗室開我的電腦，看我的e-mail，密碼就是我的英文名字縮寫加實驗室分機，你去看，沒關係，就看，看語娟死的那天早上她還有給我寫信，那信一看就知道，你去看，完全就不是要去死的樣子。那天中午，她還打過電話給我，跟我確認一些實驗細節，就在她要進那個房間之前，她說她等等就要進去做實驗，所以要先跟我問清楚。所以，這不可能說她一小時之後就忽然間想死，完全不可能。你去看，沒關係，就看。」

「那你跟檢察官說過這些嗎？當時檢察官應該有問你吧，你有這樣說嗎？」

老闆本來越說越激動的幾乎都要站起來了，一聽到我這樣問，整個人又頹然的跌坐下去，以一種全身的框架逐漸崩解的樣態癱軟在沙發上。他幾度掙扎著要開口說些什麼，但只見開不了口的雙唇喃喃微動，沒有聲音出得來。而他的眼神原本在我頭頂處稍微高一點的地方虛空的飄著，後來極力拉低下來像是企圖要以嚴厲瞪著我的目光逼我把問題吞回去，但我持續維持著更嚴厲逼問的眼神強力壓制，迫使他以一種為何要如此苦苦相逼的無奈退縮回到那兩個眼窩深陷的凹洞中。

「你家裡還有哪些人？」老闆忽然有氣無力地冒出了這個問題。

「這不重要，請你回答我的問題。」

「這重要。你家裡還有哪些人？」

「我母親。哥哥跟弟弟都結婚各自成家了。」

「你要負擔母親的生活嗎？」

「不需要，她還在工作，賺的都比我現在還多。」我忽然想到，我算有在賺錢嗎？不過就依賴實驗室那一萬八千塊錢，頂多加上每個月大約六千元的家教收入。

「那你不會懂，那個壓力的……我跟你說，檢察官在隔天的確有問我，但我沒有像剛剛那樣跟他說，但你知道嗎，知道那個……知道……說……就是說……說實話未必是最好的處理。那時候……那……那語娟已經死了，那是個事實，但其他人都還活著……那……但是……也就是說……活著的人跟死著的人的事情要分開處理。你……你懂嗎？那是兩回事，不能……不能就攪在一起，一些活著的人他跟這件事情一點關係也沒有，語娟的死跟他們沒有關係，這要分開，分開來看，你懂嗎！」

「那你跟檢察官說了什麼？」

「我說了什麼？我……我說了什麼……你……你……那不重要，你懂嗎？那不重要！重要的是，語娟死了，我不管她是怎麼死的，其他的人都還活著，其他的人，其他的人都還要活著，你懂嗎？活著不是那麼簡單的事情，活著很複雜，你懂嗎？活著很複雜，活著要很多錢，你知道嗎？活著也不光只是要錢，還要很多……很多那種……就是那種不是用錢去看的事情。你當個學生一個月萬把塊不用拿錢回家不用擔心老婆小孩親戚鄰居的，當然可以很正氣參天，但那是假的，假的！你知道嗎，那是假的，活著沒有那麼簡單，你們這些自以為生活就是那麼簡單的人……錯，就是錯！我跟檢察官說了什麼不重要，重要的是她死了，但不是我殺的、不是我老婆小孩殺的、不是你殺的，也不是我的任何一個學生助理殺的，那她的死就得跟我、我的老婆小孩、我的學生助理完完全全的脫鉤，你知道嗎！不能說她死了，我的所有人都要跟著一起陪葬，你懂嗎！這才是最重要的，你懂嗎！」

「你跟檢察官到底說了什麼？」

「幹！他媽的！你為什麼不去問那些政客選舉的時候說了些什麼！幹！你是誰啊，我跟檢察官到底說了什麼關你屁事，你怎麼還不懂啊！那不重要、不重要、不重要，你懂嗎！你還要搞到再死一個人你才滿意嗎！幹！接下來如果要死，就不是死一個人，你他媽的你懂嗎！幹！你他媽的你以為你現在這樣活著很簡單嗎？幹！你知道要花掉多少錢嗎？你知道要多少錢才能這樣的活著嗎！你以為弄到這些錢很簡單嗎！幹！你以為每天正常上課正常做實驗他媽的錢就會掉下來嗎？你以為學校是什麼樣正人君子的地方嗎？幹！你以為每個人都奉公守法就好了嗎？幹！我跟你說，那不重要，一點都不重要。語娟的死我很難過，我很痛苦，但人不是我殺的，我連她會不會被殺死一點都不知道……那……那……檢察官問我關我屁事！我每年那麼多學生，我哪需要知道她想不想死，我哪需要知道是誰殺死了她，不是我就好了，其他的與我無關！這才是重點，那個有能力殺了她的人，也會有能力再殺別人，你懂嗎？脫鉤才是重點，你懂嗎！幹！你不懂，你連我在保護你都不懂！幹！」

老闆站起身來以幾近瘋狂的語氣大聲的對著我叫，大聲到護理站的護理師及醫師們都衝了進來。進來的醫師急著問到底發生了什麼事情，我坐在沙發上，仍然以嚴厲的眼神瞪著老闆，沒有再回話。師母則一邊拉著老闆要他坐下一邊跟醫師護理師頻頻說著抱歉，說有一點誤會，沒事，我會要他們冷靜。醫師看了看老闆，再看了看我，就對我說請我先離開，不要讓病人的情緒有過大的波動，以免病情再度惡化。

我深呼吸了一大口氣，站起身來，跟醫師說「我知道了」，就直接離開病房。沒有跟老闆，也沒有跟師母打任何招呼，毫不轉頭的就走了出來。

我不知道學姊有沒有跟我一起走出來，我感覺不到她了。

第七天——研討會

我走出醫院大門，上午十點鐘不到，路上的人車仍多。一位年紀很大的阿婆正僂佝著身軀穿梭在暫停紅燈的車陣內兜售玉蘭花，在短暫的五十八秒之內，只賣出了一串後，就得在所有蓄勢待發的車子之間，閃躲著回到中央分隔島。我站在大太陽底下注視著這樣驚險又心酸的畫面重複兩次，才在汗水滲濕了上半身內衣的催促下往機車停放處走去。我走在醫院圍牆旁邊的人行道上，在大太陽底下，有坐著輪椅賣彩券的獨腳中年男人，有努力向行人介紹保證一定會合法的外勞看護仲介，有擺著地攤賣著廉價襪子的年輕媽媽，旁邊跟著一個可能才小學一年級的小男生，頻頻以超過他年齡該有的語調，稚氣的向每個路過的哥哥姊姊推銷他手上的口香糖。

「幹！你他媽的這樣還不都是在活著，幹！」我在心中對老闆狠狠的這樣嬈了一句；不過，誰也沒聽到。

我靜下心來再仔細地邊走邊想著，至少從老闆今天的談話中更可以確定學姊就是被謀殺的，而且，老闆一定知道誰是兇手，或至少知道誰是嫌疑人；那個兇手或是嫌疑人極有可能在案發後的第一時間就威脅他，而且是用一些極其可怕的方式威脅他。想到這一點，開始覺得老闆其實也有些可憐，可惡的應該是那個威脅他的人，因此對於剛剛自己嚴厲的問法，不禁感到有些抱歉；也對於因為自己的急躁衝動而沒能問出更多的細節，感到相當的懊惱。

在這個時候我也才想起，應該要把還在繼續錄音的手機關掉；也開始思索著，這段錄音檔應該還是有很大的參考價值，但，我要怎樣做才能確保承辦的檢察官聽得到這段錄音呢？

我走到機車停放的地方，坐墊已經被太陽的熱情烤得火燙。湊巧附近有個樹下蔭涼處的機車剛騎走，就不太想虐待自己用幾乎是特技御車的微站立方式在路上穿梭，於是決定先把車子牽到那個有樹蔭的位置擺著，等散些熱之後再說。

從樹下這個位置斜看過去，剛好是醫院新蓋的附屬國際會議中心，在入口處掛著的紅布橫幅上面斗大的字體顯示此時正在舉辦精神醫學年會。大廳看起來正熱熱鬧鬧的，不斷有著西裝筆挺以及套裝俐落的男男女女陸續進入，我猜現在應該是會議的第一天，而且才剛開始報到沒多久。通常都是這樣的，在第一天而且剛開幕的時候會有最多參與的人潮。

即便在樹蔭下，天氣仍然熱得很，吹過來的都是帶有汽車廢氣的熱風。我看著那幾位在大太陽底下討生活的玉蘭花阿婆、獨腳中年人、外勞仲介、擺攤的年輕媽媽與小孩，一度猶豫了起來，彷彿此時離開他們而往有冷氣的地方走去是一種背離勞苦大眾的罪惡。但終究，我還是順從了我軟弱的意念，朝著那一堆醫生學者齊聚之冷氣場所前進；而且我知道，在這種所謂的研討會場所，你什麼都不必做，就有著隨你高興便可享用的咖啡與飲料、豐富多樣的甜點與水果；而這些，都是在大太陽底下那些討生活的人應該不會知道的事情。

「你以為每天正常上課正常做實驗他媽的錢就會掉下來嗎？」我心裡響起了老闆爆氣時說的這句話。若從我正背離與正前往的兩個場景看起來，答案或許是「是」。

我走入了會場，雖然通體舒暢的涼爽讓我的愧疚感更加的深重，但我仍然往大廳的更深處、距離陽光更遠的地方走去。我看著每個會議室門口所貼出的演講場次，仔細的讀著印在上面的每一個單字，包括它們的標點符號；彷彿，這樣做可以讓我抓住些什麼。或許我已經隱約地感覺到，也或許我已經默默的決定，在這種有冷氣的場合聽著這些好像很有希望的研究成果的戲碼，於今天過後，就不會在我的生活中出現了。

我挑了一個跟我現在所研究的方向比較相關的場次進去坐著。大會的講座演講剛結束，與會的人員才剛剛從大型演講廳逐漸走出。在這個場次的會議室裡面，除了工作人員之外，僅有幾位演講者正在試播著他們的簡報檔案。我刻意挑了個最後排靠邊的位置坐著，好像這樣的方位我就擁有跟那些在其他地方坐著的人們有著明顯的切割，變成了一個旁觀者，可以超然的看出那些秀出來的數據是真是假。

雖然此時在我心中的真假之辯已經沒有多大的意義；如果有，可能也只是用來理解學姊之死的引子。

看著陸續進場的男男女女，看著他們彼此之間熱絡的寒暄，我真切的感覺到我今天坐在這裡，包含在研討會外表下的，是擁有告別儀式那般的重要意涵。我似乎應該向這些專程趕來參加這場儀式的人們頷首答禮，感謝他們為了我的告別而如此辛苦的準備著、專心的完成這一段段即將開始的答辯秀，讓我這個即將從學術舞台消失的人，有個合乎身分的送別儀式。

五十多人的位置，除了前面兩排以外，幾乎都坐滿了。在第一場演講即將開始之前，小惠跟著一位西裝筆挺看起來三十歲再多一點點的男人匆匆的走了進來。他們沒有滿場張望的搜尋座位，而是很快速的就在第二排的位置並肩坐定。兩個人應該是很親近的朋友，或許是男女朋友，因為在交談時，他們臉部的距離遠小於一般朋友應有的間隔。

小惠應該沒有發現我，我猜。

因著小惠的出現，我悲壯的心情一下子被打亂。我陷入了一種奇怪的惶恐之中，小惠與他就坐在前面第二排靠門邊的走道旁，除非等等他們先行離開，不然我走出會議室的時候一定會被小惠發現；即便我一直坐在這邊不出去，只要小惠站起身來，僅僅是某個不經意的往後張望，在這個不大的空間內也很容易的就會發現我。縱使這兩種情況都沒有發生，我仍然可能在這個會場的某個角落，在毫無預料的情況之下遇見他們。

我為什麼會忽然的害怕起這樣的相遇？我與小惠快五年沒見面了，雖然四天前我們在台南一起吃過飯，一起走了段一公里多的聊天路程，但那仍只是如以往那般安靜的自然平常，雖然勾起了一些回憶，但也只是沒有什麼火花的回憶。雖然我在三天前的電話中聽到她為了我的焦急哭聲，但那或許是她過度放大了危急的想像，對於老同學的關心流露而已。

認真的算起來，在實際相處的四年同學中，以及後續這接近五年幾乎沒什麼聯絡的空白裡，我們沒有交往過。我們沒有牽過手、沒有接過吻，甚至連開玩笑的摟著肩的照片姿勢也沒擺過。我們只是靜靜的像是兩條一直平行延伸的直線，守著非常有默契的距離；這樣的相識是平淡而冗長的歷程，無驚天動地，也乏兒女情長，其間或有些情緒的起伏，不過皆在時間的長流中靜靜的順去。

如果細數那些往日的流水年華，我們其實有很多可以跨過那個平行距離的機會，甚至，是多到不勝枚舉。

因著我們相連的學號，當然，或許還有沒察覺到的故意，我們實驗課在同一組、課程討論在同一組、交作業是同一組、旅遊宿營也是同一組；上課時我經常坐在她後面、專題研究在同一個實驗室、我們參加了一樣的社團、有著共同支持的球隊、喜歡同一種口味的漢堡、愛吃同樣一款的泡麵、也愛讀同一位作家寫的小說。連假回家時，我們會坐著同一班火車，她在彰化下車，我繼續坐到高雄；然後回程時，總是可以剛好在同一節車廂再相遇。我知道她所有生活中喜愛及厭惡的事情，即便是很瑣碎的那些東西，甚至包括她的生理週期，我都能感覺到她那些細微的情緒變化。我總記得她的生日，在這空白的五年來，唯一算還有聯繫的，就是一年一次手寫的生日卡片，寄到她彰化的老家；也只有她，會在我生日的那天，寄一張手寫的卡片到高雄。她知道我那個國中女孩的事情，我也知道她大三時被學長悄悄分手的事情。我們都知道彼此間那麼一點點很私密、很不想為人知的難堪，也都幫對方好好的收藏隱瞞住那些痛處。

在那四年裡面，我習慣我的生活中總是有她；我習慣聽到她的聲音、看到她的微笑、聞到她身上的味道、順著她的意見、吃著她拍板決定的食物。常常在某些假日沒有她出現的日子裡，我會有點茫然不知所措的渾渾噩噩，好像一個少了輔酶的酵素。然而我們很少在回家後互相打電話，甚至那些FB和messenger或e-mail什麼的；我們通常只是在學校見到面的時候才聊聊談談。我們之間總是維持著那麼點禮貌上的距離，即便在火車上相鄰坐著，我們的肩膀也很少碰到過。所有跟我們有共同關聯的朋友，都不會認為我們是男女朋友，充其量，大家只會很習慣的說，「喔，小惠，那妳跟阿遠講一下，叫他那個什麼什麼的明天不要忘記帶。」或是「喔，阿遠，那你跟小惠講一下，叫她那個什麼什麼的明天不要忘記帶。」也通常只有在這個時候，我會在晚上發個簡訊給她或是在晚上收到她的簡訊。

而這一切，就在大學畢業後忽然消失不見了，而且我們居然也就讓事情這麼自然而然的消失不見了。我繼續留在台北唸研究所，她因為要照顧母親而就近留在台中。我們的生活沒有了見面的交集，但也繼續著沒有打電話與寫FB和messenger或e-mail給對方的習慣。兩個原本有著千絲萬縷關係的人，就這樣，在忽然間，看不見彼此了，但是，卻也沒有在看不到彼此的日常之後嘗試著某些延續的可能。或許，那本《我妹妹》和那個《生命列車》的檔案是她為了我們之間的突然消逝而做過的努力，然而，在當時的我，完全猜不透這件事情。

我們很少談論我們彼此的原生家庭，我跟小惠之間的關係，基本上只靜止於那四年內在學校裡，在學校周邊的相處。我僅有一次去過她彰化的家，那是大一暑假我忘了是到台中做什麼事情的順便。在一個有點炎熱的週六下午，可能都已經是下午三點多了，我到了彰化火車站之後才打了通電話給她。那時的心態大概就是如果她在家的話就可以見見面聊聊天，時間還允許的話，或許可以到火車站附近的彰化街上走走，找一家有冷氣的咖啡店甚至只是到有座位的7-11裡面坐著說說話。

結果小惠在接到電話後的十五分鐘左右就騎著機車到車站來載我。她說她媽媽還在忙客人要的衣服，所以她等等就得開始煮飯，今天晚上她大哥和二哥都會回家吃飯。她說，平常他們都在台中工作，只有週六才會回家住一晚。她要我跟她回家，這樣她就可以一邊煮飯一邊跟我聊天，或許我還可以幫忙她洗菜之類的雜事，然後還可以一起吃她煮的飯。她說，吃飽了之後，她再載我到火車站坐車，「不會很晚的，我們家都六點之前就開始吃飯，頂多七點二十你就可以坐到車，回到家了不起才十一點。你沒那麼早睡對不對？」當然，她都幫我設想好了。

洗米煮飯的時候，小惠告訴我她父親在她國中二年級的時候就去世了，那時她兩個哥哥一個在台北、一個在新竹唸大學，家裡就只剩下她媽媽和她，還有一位中風臥床的祖母。她說那幾年她母親很辛苦，又要賺錢，又要兼顧祖母和她，所以她國中的時候就會煮飯，也會幫忙處理祖母的一些排泄物的清潔工作。我跟她說，我爸也去世三年了，是在我升高二的時候。說完，我們兩個人都同時的掉下淚來。

小惠一邊切菜一邊跟我說，她媽媽是位職業裁縫師，從設計、製版、剪裁、縫紉完全一手包辦，早年家裡還兼做成衣代工時，她媽媽也會繡花。她說她外婆覺得做裁縫對女生而言是個高尚的行業，而且在家裡就可以工作，既能夠賺錢，又可以兼顧家庭；不僅能服務別人，也能讓自己的家人光鮮亮麗。所以這麼多年來，她媽媽信奉她外婆的這番話，並且身體力行，證明外婆的眼光是對的。從她父親去世後到現在，她媽媽一直守著這個家，一邊踩著裁縫車，掙著家庭的主要收入，一邊還盡心的替她父親、替她們三個兄妹照顧年邁的祖母。她媽媽說，做裁縫的好處是，客人會自己上門，也不用掛招牌，不用做廣告，只要口碑好，工作就會做不完，沒有景氣不景氣的問題。她媽媽曾經一度想要她也學裁縫，但是一方面她書唸得不錯，一方面她媽媽也不希望女兒將來跟她一樣就只能關在家裡，所以也沒有特別強迫她。不過小惠說，她還是有學到一些基本功夫，如果時間夠充裕的話，她可以看著服裝雜誌上的說明，做出一件自己想要的衣服。

那天我們真的在六點之前就吃飯了。小惠的媽媽很和藹但話不多，只是偶爾看著我跟小惠笑了笑；她大哥大她八歲，一看就是長子的樣子，人看起來嚴肅話也不多，不過很親切的一直要我多吃點；二哥長她六歲，比較健談，會說說他的大學生活趣事給我們聽，雖然並不是很有趣，但我跟小惠都一直保持著專注聽講的笑容。一頓我吃起來算有些不自在的飯在六點半左右就結束了，她二哥本來要開瓶啤酒留我繼續喝，但小惠說我要去趕火車沒時間喝，她哥哥也就沒有堅持。

那天，真的就如小惠所規劃的，我在晚上七點二十坐上火車，在十一點左右回到高雄的家。

某種程度我跟小惠之間的安靜，或許跟我們的父親都早逝有關。我們都有個堅強但傳統的母親，她可以為我們撐起日常生活的物質所需，但無法幫我們抵擋住各種人情世故的壓力。基本上，我們都必須在許多事情上獨立，也必須在意著獨立處理事情時要兼顧到母親的感受，甚或是家族中其他成員的感受。我很了解，對一個國中生或是高中生而言，那是個很殘酷的成長過程，也因此我們都可能有一種獨特的個性：我們敏感且通情達理，我們希望身邊的人都能夠獲得他需要我們幫他所做的；但對於我們自己而言，最大的獎賞就是把該處理的事情都處理完之後，不要再有人來煩我。我們極度需要一個不用再擔心什麼、牽掛著誰的夜晚。

我完全無法去思考台上的講者在說些什麼，我只知道時間一點一滴的流逝，不多時我就要面對我熟悉的小惠和她旁邊我不熟悉的男朋友。那的確是她的男朋友沒有錯，從他們進來以後，那些不斷的肢體互動讓我更加的確定這一點。我感受得出我對於她旁邊那個我不熟悉的男人有著很複雜的情緒，我清楚的認知到，現在的這種複雜比當初大三時對於她那個學長男友還複雜。或許在四天前，如果我們沒有在台南一起吃過飯，這種複雜不會太複雜；又或許在三天前，如果我沒有接到那通她哭泣的電話，這種複雜也有可能減低成可以理解的複雜。但現在，我完全無法理解為什麼我對於這樣一個在生命中忽然出現的路人甲會有如此深厚的敵意，他可能是一位很好的醫師，也可能是一位很棒的研究人員，我如果在沒有小惠出現的場合遇到他，說不定會很敬佩他的為人或者是成就，甚至跟他成為不錯的朋友。

剛剛的匆匆一瞥，沒有留住什麼容貌的細節；從現在的這邊望過去，僅有的一點點側面也看不出他的長相如何，目前就僅能說他是一個身材適中、面貌也不會太差的男人。小惠會喜歡什麼樣長相、什麼樣脾氣的男人呢？目前我僅有的線索，也只有那位在她大三短暫成為她男友的學長。那位學長高過她半個頭，有著排球校隊紳士般的均勻身材，雖說不上帥氣，但還是有著會在一群人之中，愉快的辨認出的臉孔。學長的成績不錯，家境也好，聽說大四畢業之後，服完兵役就會直接出國唸書。我跟那個學長不是很熟，他是台北人，就男生來說，基本上住宿舍的跟住家裡的總是有些隔閡，畢竟住宿舍的整天可以混在一起，住家裡的總是有段時間需要回家。

後來她與他的分手，表面上看起來是男生另結新歡，但我知道真正的導火線是小惠為了守住身體的最後防線而惹惱了那個學長。小惠無法接受才在一起一個月，而且兩個人在很多方面都還在磨合的狀態下就必須要給這個男人她的第一次。她覺得那是必須要很謹慎地確認了很多東西之後才能夠真心接納的事情，她希望能夠慢慢來，但男生不這麼想，他認為她不信任他，所以拒絕他。

在小惠與他分手的那一天，我只是陪她坐在操場邊沒什麼人會到的看台上聽她罵完那個男生之後，讓她沒有顧慮的哭一哭，再適時的遞一包面紙給她擦眼淚、擤鼻涕，然後接過那幾張溼答答的面紙再塞進自己的口袋，想說等等到了有垃圾桶的地方再丟。她看到我將溼答答的面紙那麼順理成章地塞進自己口袋的時候，還破涕為笑的打了一下我的肩膀，說「謝謝你」。那是我們少有的身體接觸。

已經到了這個場次的最後一位演講者了，在接下來的十五分鐘之內我就必須要決定出十五分鐘之後應該要採行的策略。截至目前為止，唯一比較有可能避開他們兩人的方法就是先趴下來假裝在桌子上睡著了，等他們出去了以後，再離開這個會議室，選擇跟他們相反的方向行進。我知道這個國際會議中心有個後門剛好連接著醫院的一個側門，不需要經過會議大廳就能離開。然而我也想當面看看這個男人真正的長相，甚至跟他說個幾句話，藉以判斷這是一個什麼樣的人。我猜小惠在我們原本所約好的晚餐中不會帶這個男人出席，她或許會在吃飯的時候告訴我有這麼一個人與她以這樣的關係存在，但她不會在沒有告知我的情況之下，就帶著這樣的一個人與我碰面。我知道的，我了解她，即便我們已經快五年沒有真正互動過了。

那個主張不要見面的我與想要見面的我，兩個我在心中不斷的爭辯到幾乎要打起來了，結果在最後三分鐘的時候，坐在我前面的聽眾忽然舉手發問，工作人員就將麥克風迅速的遞過來這邊，而在發問者的聲音一出來的瞬間，其他的聽眾，包括小惠在內都將視線轉到這邊來。小惠應該花了幾毫秒的時間確認是我，旋即露出了個驚訝但欣喜的笑容，用眨著的眼神算是打了招呼也暗示著等等結束後再說。我回了個沒有顯露太多細節的笑容給她，她點了點頭，表示了解我已經知道了她的意思。她回過頭去，並沒有跟她身旁的男朋友說話，只是略微抬高了頭，聆聽著演講者回應剛剛坐在我前面的這位聽眾的問題。

顯然很多事情擔心了也沒用，該發生的，它就會這樣的在你算計之外毫無預警的發生。

我決定主動些，在主席宣布這個場次結束之後，快速的走向前去，在小惠剛剛整理完包包收好椅子前的小桌面準備站起來的時候，我就已經來到了他們的面前。小惠今天漂亮極了，顯然仔細地化過妝，衣服也是極為貼身悅目顯露出精明俐落的套裝，一條樸素雅致的單鑽項鍊，又極巧妙的收斂了那身衣服所帶來的幹練印象，讓面對她的人仍然感覺到一股婉約溫柔的親切。

男生的樣貌沒有距離我剛剛的預估太遠，年齡也應該跟我想的差不多，約莫大個我們四到五歲，三十出頭。看起來就是個年輕主治醫師的模樣，因為在他眼神中所散發出來的是雖然已盡量內斂但仍然藏不住鋒芒的自信，那種自信在這個年紀的博士後研究甚至是助理教授等級的教師身上是看不到的。

「廖韓遠，我大學同學。」小惠指著我對醫師說，然後又指著醫師對我說：「王明雄醫師，我男朋友。」

因為已經思考了一整個場次的時間，儘管情緒複雜，我仍然面不改色的在第一時間先伸出手，用了個標準的笑容說：「你好。」王醫師也隨即與我握了握手說：「你好。」

然後，我們三人緘默了好幾秒鐘。還好，我勉強的繼續撐起笑容說：「我還要去別的場次聽聽，就先告辭了。」

說完，王醫師回給我一個微微點頭的禮貌性笑容；我轉過去看小惠，她有點心不在焉的看看王醫師再看看我，然後稍微做個再見的揮揮手動作說：「我再跟你聯絡，bye。」

我向小惠點了點頭，然後快步地走出會議室。我無意識的直接往大廳走去，中場的點心剛上桌，一如預期，就是精美豐富的甜點水果，還有一些熱食的餃類與燒賣。與醫學有關的研討會在中場茶點這方面的表現，總是不會令人失望。然而我一點都不想在這裡停留，因為我預估在一分鐘之內，小惠和那位王醫師就會走到這個地方來吃吃茶點。

我重新進入大太陽底下，上午十一點，開始了一天最熱的時候。那幾位在大太陽底下討生活的玉蘭花阿婆、獨腳中年人、外勞仲介、擺攤的年輕媽媽與小孩，仍然冒著酷熱在工作著。看著他們，我有那麼一點點的衝動，想過去跟他們說前方這棟建築內剛好有夠涼的冷氣與夠豐盛的餐點可以享用。然而，如果他們真的以現在這樣的裝扮走進去，能夠順利的享受到我剛剛原本可以享受到的待遇嗎？或許該這樣問，如果我以他們現在任何一人的裝扮重新回到那個研討會的大廳中，我還能夠毫無阻礙的享用到那樣的冷氣與那樣的餐點嗎？

不過我沒有辦法去求證這一點了，因為我不想再進入那棟建築物裡面；或許，精準一點的說法是，我不敢再進入那棟建築物裡面。

如果不把事情想得太複雜，就從我「不敢再進入」這個部分來說，是不是，小惠在我心中留下了極其重要的東西，而我本來假裝掩蓋它掩蓋得好好的，假裝到差點忘記它的存在，但是在四天前被掀開了一些，到了三天前，它全部被掀開了，我再也無法假裝看不到它，它就在那裡了。本來我可能還有些時間好好考慮要怎麼重新定位它，但是，忽然憑空就出現了這麼的一個人要把它搶走，快到讓我幾乎連反應的時間都沒有，就搶走了。

我失魂落魄的走向我的機車，坐墊已經散去了一些熱度。我跨坐上去，正準備發動的時候，手機響了，是小惠。

「阿遠，六點到以前學校大門口見面，ＯＫ嗎？」

「喔，ＯＫ。」

「我沒想到你會來這裡。」

「剛好，算路過，進去吹吹冷氣。真巧。」

電話並沒有掛掉，但小惠也沒有再講話，不過聽得到她稍微深呼吸著的聲音。到了第十秒的時候，我非常不安了起來，很怕小惠在電話那頭又哭了。

「阿遠，對不起，沒有先跟你說。」

還好，小惠的語調雖然有些抖音，但還不至於是哭的樣子。

「喔，沒事，見面再聊吧。」

「嗯，bye bye。」

「bye。」

我能怎麼說呢？

第七天——證據

距離晚上六點還有七個小時，上午的刺激夠多了，打算回宿舍做一些不需要思考的打包工作，準備再搬一些東西到學姊那邊。結果機車都還沒有發動，阿貓就打了電話過來。他說，大鳥的學弟，就是昨天晚上吃火鍋時的那個碩二的，發現了學姊命案現場一些奇怪的地方，他要我現在就到他的宿舍，大鳥和那個學弟目前都在他那邊。

我立即加足馬力衝了過去。一進阿貓家，所有客套都不用了，我要那個碩二的學弟趕快說明白。

「你看這裡，」學弟指著阿貓那個大螢幕所播放的影片中，一氧化碳鋼瓶導氣出來的塑膠管，「阿娟學姊去世的前兩天，她要教我怎麼使用那瓶一氧化碳做實驗，我怕記不住，所以就把學姊示範的過程錄影了下來。這是當天鋼瓶連著的塑膠管的樣子。」

「你再看這裡，」學弟讓影片跑了幾秒後停下來，指著畫面左下角那個細胞培養箱旁邊二氧化碳鋼瓶的塑膠管，「這也是學姊去世前兩天塑膠管的樣子。」

「那天，學姊被老師發現在細胞室死亡的時候，衝回辦公室要我們過去幫忙還有打一一九，我是第一批跟著老師過去細胞室的人，那時候包括隔壁實驗室的，大概有五個人跟著老闆過去。我們到達現場後，老闆說二氧化碳與一氧化碳的濃度可能很高，要我們大家先閉氣的把學姊拖出房間到走廊，那時先進去的三個人拖住學姊就往外拉，我沒有使得上力的空間，就想說，怕這些急救的過程會破壞現場，所以順手拿起手機，快速的拍了幾秒鐘。結果，被老闆看到，被大罵了一頓說救人都來不及了還自拍。」

學弟邊說，邊切到另一個畫面，放出那幾秒的影片，停格在第五秒處，說：「就這個，你看，塑膠管不一樣；還有，」學弟再把影片前進兩秒，「管子底下，這裡，濕濕的，好像一氧化碳鋼瓶會漏水一樣。」

「這些影片有給檢察官嗎？」

「沒有，學姊被送上救護車之後，我又被老闆狠狠地罵了十幾分鐘，直到警察來了才停。所以那天我根本什麼話都不敢再說了。

「原本我也沒有注意到這些，只是昨天晚上大家在吃火鍋的時候談到了學姊的死因，我今天上午才把影片拿出來再看看，結果發現到這些奇怪的地方。」

「阿貓，這兩個檔案你的電腦備一份，然後也傳給我。」，「大鳥，細胞培養室外面走廊有沒有監視器，那些影像會存在誰那裡？」我忽然想到這個問題。

「走廊右邊盡頭有一支，那是所辦架的，影像在所辦那邊。那支影像設定好像可以存兩個月，因為去年實驗室遭小偷的時候，我有去所辦看監視器錄影，有聽他們說。後來我們買了雷射共軛焦顯微鏡，老闆覺得那支距離太遠照不清楚，所以在左邊這邊我們自己裝了一支。那支的影像資料是連到老闆房間的電腦，我記得之前應該是設定二十天，因為我們的解析度調得比較高，比較占硬碟空間。

「當初案發時，警察有來看我們裝的那支的影像，我記得那時候他們從阿娟學姊進去實驗室的前兩個小時開始看，都沒有看到有人進去過。然後也有看阿娟學姊進去後到老闆進去培養室發現屍體的這段時間，也沒有其他人進去過。我記得，警察有把剛剛的那些影像帶走。」

「所以是張P第一個發現屍體的？」

「對，好像是說，老闆要進去看學姊操作，因為之前我們都做不出來，老闆要進去看看過程是出了什麼問題。」

「培養室在更早之前，我是說，在警察所看的那兩個小時之前，有人用培養室嗎？嗯，應該是說，在學弟拍那支學習影片之後到學姊進去之前的這兩天內，有誰用過培養室？」

「學姊是在下午五、六點才教我的，所以不到兩天，認真算，應該只有一天半。」那個碩二的學弟馬上就回答了。他想了一下，又說：「影片拍完的隔天，本來是我登記要用，因為我想趁記憶猶新的時候趕快自己做一遍，不過，老闆跟我說，他要用培養室看看一些東西，叫我先給他用，所以那天我就沒進去。」

「那學姊遇害當天的上午呢？」

「上午應該沒有人會登記，早上大家都晚起，所以通常是中午開始才會有人用。那天本來是我登記要用，但學姊跟我借時間，說是我老闆和你老闆要看一些東西需要先趕，所以我就改登記晚上。學姊還跟我說，她會盡量在六點之前就還給我。」大鳥立即接口回答。

「也就是說，這一天半的時間內，沒有其他人用培養室。只有你老闆？」

大鳥跟學弟都一起點了點頭。

「你們老闆會自己做實驗嗎？」我看著大鳥問。

「不常，但他會到細胞培養室東摸摸西摸摸的。因為他蠻喜歡用那台雷射共軛焦的，他每次都說看那些在鏡頭下的細胞螢光影像，是一件非常享受的事情。」

「所以他說他要用培養室不會是一件非常奇怪的事情？」

「嗯，不奇怪。他常常興致一來，就說要用，我們已經都很習慣了。」

「大鳥，你能夠弄到你們所辦走廊右邊那支監視器的影像嗎？學姊遇害迄今一個月，那支存兩個月，所以你能弄到學姊遇害前一整個月的影像嗎？」

「應該可以。現在所辦的工讀生是以前實驗室的專題生，我跟他算熟，私底下請他copy一下應該沒問題。」

「能不能明天就弄到？我在想，我們應該有足夠證據說學姊不是自殺而是被謀殺了。如果弄到這個監視器的影像，我就準備直接去找當初的承辦檢察官了。」

我用稍微哽咽的聲音說：「學姊生前都很照顧我們，我們不能讓她死得不明不白。」

四個大男生，一起都掉淚了。

交代了大鳥和那個碩二的學弟在醫學院一定要先守口如瓶，特別是對他們老闆、楊P與校長，完全不能走漏任何風聲。然後我直接回到了學姊的住處，因為我與學姊的筆電都在那邊。我先將上午與老闆的對話錄音存入我的筆電中，也把阿貓傳來的兩個錄影檔下載存著。接下來，重點就是得要知道，到底那個承辦檢察官是誰。

以社會新聞的角度來看，學姊的死當初是以自殺結案的，而且只是以沒有聳動情節的一般憂鬱症下註解，因此除了案發當天有兩家報紙發個小小快訊外，就沒有其他家有新聞，也沒有任何後續的報導。而且在那兩家的快訊中，也沒有提到檢察官的名字，所以無法直接在網路上找到是誰承辦這件事。

我思索著可能的處理方式，一是再跟陳鎰哲聯絡，請他提供檢察官的資訊給我。但我猜他一定會先要求我說明手上所掌握的是什麼東西；這在他是敵是友仍不明的狀況下，風險太大了。第二是找總編輯幫忙，但是他在信中只是說會盡力，並沒有提到是否有能力幫忙直接聯絡司法單位，找到承辦的檢察官；而且這次的證據比之前跟他說明的那些更關鍵，萬一他在間接傳遞這些東西的時候出了差錯，是否會讓事情更麻煩也未可知。最後的方式就剩下請小惠的堂哥幫忙了，但是，唉，晚上吃飯時我都還不曉得要說些什麼了，這個忙是要怎麼拜託啊？

不管怎樣，我決定還是要先讓自己靜下心來，把從週日開始迄今七天之內所發現到與學姊之死有關的疑點重新做個總整理，寫成一個更詳細的書面資料，並且把所有的佐證資料都集合在同一個資料夾內，這樣的話，即便將來遇到檢察官的時間匆匆，也能夠將事情快速交代清楚。這件工作花了我將近整個下午的時間，從下午一點一直弄到四點多。我再三檢查了所寫的內容以及所附的資料，都確認無誤後，在gmail的雲端放一份、我和學姊的筆電內各放一份、另外我的小隨身碟內也複製了一份。

站起來在學姊房內環繞走了一圈，考慮了一下，我也將這個資料夾傳給了阿貓與小花。雖然這樣想有點悲壯，但既然老闆會說：「那個有能力殺了她的人，也會有能力再殺別人」，我還是得讓第三人知道事情的細節才行。另外，我還跑到樓下附近的超商將能印的資料都印出來，想說隨身攜帶著，或許在什麼樣特別的契機下會用得著。

在超商排隊印東西也花了不少時間，回來後，時間已經五點十分了。我開始陷入一種等等見到小惠到底要說些什麼才好的焦慮。從學姊這裡到我與小惠的大學母校門口騎機車的話只需要二十分鐘。在還有快半小時的空檔裡，我沒什麼方向的在網路上隨便點點，湊巧看到總編輯在今天上午又發了一篇評論，這次是把科技部跟教育部點名轟了一頓，因為一週過去了，學校依T大慣例裝死了一週，兩部會也依T大慣例同樣的裝死了一週。總之，整件事情官方的處理與應對模式，如果把T大校名換成了我們這個學校，幾乎沒有任何違和感。

看完了這篇評論，想了想，既然我已經備份給阿貓與小花了，就乾脆把這個資料夾也寄給總編輯，或許，事情會因此而有較快的進展也說不定。

第七天——我們結婚吧

看來暫時把學姊的事情處理到一個段落了，就決定提早出門。包括停好機車，我在六點即將到來之前很順利的站定在母校門口。小惠還沒有到，我只好在門口附近來回的踱著，想想等一下要去哪裡吃飯。學校周遭這五年來還是有著明顯的變化，門口附近幾家熟悉的店面都換了招牌，感覺上，那些連鎖的餐飲集團蠶食了我的記憶，讓我在這個晚餐時刻忽然有些何處是兒家的感傷。

不過沒有感傷很久，小惠就出現了。她坐計程車趕過來，身上穿的還是上午見到的那身俐落又優雅的裝扮。

「對不起，有幾場的演講者超時了，所以時間整個延遲了。你沒有等很久吧？」

「我也才剛到十分鐘而已，算不上等。王醫師呢？」

「他參加研討會之後的學會晚宴。」小惠笑了笑，接著說：「那是他們那個圈子重要的社交場合。」

「妳不需要陪著一起出席嗎？」

「不用，太不自在了，裡面都是醫生，去了也不曉得要幹嘛。」

「他沒有要求妳陪他出席嗎？」

「還好，他在這點還好，還算會尊重我的感受。」

「那先看看我們要去哪裡吃好了。我剛剛環顧了一下這裡，幾家我們以前常去的店都不見了。」

「嗯，那沒辦法了，就麥當勞跟肯德基二選一好了。」

「啊!?」我愣了一下，用個不解的眼神看著她，想說，她今天穿的這麼正式，我應該請她去看起來像是文人雅士去的地方才對。

「我忽然想吃炸雞嘛！」

「喔，好，那，欸，就，我們，去……妳想吃哪一家？」

「吼，阿遠，選擇題是我出的，你要作答。」

「好吧，麥當勞，可以少走二十公尺。」

晚餐時間，學生還蠻多的，我們在店內繞了兩三圈之後，才等到一張空下來的雙人桌座位。我讓小惠先坐著佔領座位，然後去叫了六塊炸雞和兩杯大可樂。那六塊炸雞裡面還特地要服務人員給我有「完整一套」的內容——「完整一套」是小惠使用的專有名詞，就是棒棒腿、大腿排、雞胸肉以及雞翅膀都要有；而且棒棒腿要兩隻，一隻辣的一隻不辣、大腿排也要兩塊，但都是要辣的、雞胸肉和雞翅膀各一則不要辣。

五年沒這樣點了，沒想到一站到點餐的櫃檯邊，還是能夠流利的複誦出來。剛剛是麥當勞的，如果是肯德基的話，辣與不辣的順序就要倒過來，棒棒腿兩隻全不辣、大腿排一辣一不辣，雞胸肉和雞翅膀各一則全要辣。

在端回小惠坐著的那張桌子前，一路上我想著，這種獨特的點法，小惠到底是什麼時候開始的？

我將食物放在桌上，坐在小惠面前。桌子不大，兩個人的距離很近，因此即便炸雞的油香濃厚，我仍然嗅聞得到小惠身上獨特的韻香。

小惠看著桌上一排的炸雞沉思了一下，再微微抬起頭來看看我，臉上短暫的閃過一縷像是要哭出來的微顫，但一下子又轉變為小女生略為誇張的笑臉，拍了拍手說：「吼，阿遠，真的假的，你都還記得喔！」

「沒辦法，內化了，一靠近櫃檯就反射式的唸出完整一套。妳看，當初被妳訓練得多扎實。」

小惠稍微往前傾了一下，左手托住臉頰、右手撐在桌面，用類似仰望著我的姿態，切換成一個嫵媚的笑容，看著我幾秒鐘，沒說什麼，又回到正常坐著的姿勢，看著我。

我了解，也記得，還沒完，接下來的儀式是，我跟她同時出手。這次我出布，她出剪刀，所以我輸了，可以先選擇。其實小惠不喜歡吃雞翅膀，所以依慣例，我主動挑了雞翅膀。

小惠看著我，回到那個大二時候的她，為了慶祝她拿到第一份打工薪水時，我們一起去麥當勞吃炸雞的滿足模樣。

「你還記得我為什麼會這樣點嗎？」小惠邊說，邊伸手準備拿第一塊，我猜，是辣的大腿排。果然，中了。

「妳會哭，我不要說。」

「不會，你說。」

「不要，妳每次都說不會，結果還是哭。」

「不會，你說。」

「妳小學二年級的時候，有一次中午放學，妳爸爸第一次只帶妳一個人到彰化街上吃麥當勞，就是這種內容。妳爸爸喜歡吃辣，但妳還小不敢吃辣。本來每一樣都至少有一個不辣的，但是店員拿錯了，大腿排兩塊全拿成辣的，然後猜完拳妳一拿就拿到腿排，結果咬下第一口就辣得大哭起來，妳爸爸只好趕快拿可樂給妳喝，哄了妳好久。」

小惠邊聽我說著，邊咬了一小口腿排，嚼了嚼，再拿起可樂喝了一小口。然後停下來，怔怔的看著我。一下子，我看著她的眼淚要滴下來了，趕緊拿了一張面紙給她，說：「今天有化妝，小心眼影糊掉了。」

小惠接過去將眼淚輕輕吸乾，稍微深呼吸的整理了一下情緒，再仔細的看著我好幾秒鐘，看到我都不知道要在臉上擺出什麼表情了。

「阿遠，你怎麼都記得！」小惠幽幽地說，回到一個二十七歲成熟女性的若有所思。我沒有說什麼，將手中吃了一半的雞翅膀放在餐巾紙上，伸手過去拿了她手中那塊咬了一小口的大腿排，接續著大口把它吃完。小惠靜靜的看著我吃著那塊腿排，一邊用面紙持續地拭著淚。

大二跟她第一次吃炸雞的時候，當她咬下第一口辣腿排的瞬間，她就開始哭了起來，然後邊啜泣邊說著她爸爸帶她去吃炸雞的故事。那時，我不曉得要怎麼安慰她，只好一手將她手中那塊咬了一口的辣腿排接了過來，顧不得口水不口水的就大口的把它吃完。結果，那時小惠先是愣了一下，然後又啜泣得更嚴重了。她說，當時她爸爸就是這樣趕快拿走那塊辣的，邊吃邊拿可樂給她，還邊做鬼臉逗她。

「阿遠……」小惠放下拭淚的面紙，看著我，輕輕的叫了我一聲，卻沒有接著再說什麼，就只是一直看著。等我吃完後，她才又拿出那隻不辣的雞腿，慢慢地吃。

接下來，一如我們習慣的靜靜默默。我們慢慢地吃著，安靜地吃著，很專心地吃著，只是偶爾會稍微抬一下頭，看一看對方吃東西的進度。

小惠其實現在已經很能吃辣的食物了，只是對於炸雞，因著這樣特別的思念，而有著特別的堅持。肯德基的點法就沒什麼特別的故事了，純粹就只是某種奇特的對稱性感覺，反正麥當勞旁邊常會有肯德基，所以我們得在兩者之間做個區別。這也是小惠說的。

小惠再吃完那塊雞胸肉之後，接下來就都是我的責任了。因此跟小惠一起出來吃炸雞的時候，常常就是我過飽的時候。但我還是不會讓小惠察覺到我的過飽，而是維持愉悅的心情吃完它們。

我了解這樣的儀式對小惠有多重要，因為只有她很高興、很煩惱或是很難過的時候，才會要我跟她一起來吃炸雞。

我們都曾經比別人過早失去在生命中對我們很重要的人，那個重要的人的過早缺席，讓我們之後像是走在平衡木上的生活一直處於很難平衡過來的狀態，我們得花非常多的力氣時時注意著將那因著缺憾而隨時可能掉下去的歪斜扳回來。那樣的生活著，是非常煎熬而且無助與痛苦的，因為沒有人會在意你的左右兩腳到底用力的差別有多大，在你身邊來來往往的人們所看到的、而且只想看到的，不過是你在平衡木上平穩前進的每一步而已。所以，唯一可以讓自己獲得安慰的方式，就是向那個在我們生命中過早缺席的人抱怨，不是告訴他我們有多想他，而是藉由喚起某些我們與他相處最快樂時光的記憶跟他抱怨，告訴他，就是因為他的缺席，讓我們再也沒有辦法享受到那樣的美好了。

就這樣，像是把過錯都推到別人身上而獲得了代償的解脫。我們在這個短暫解脫的當下，才能稍微忘記在別人面前平穩走著的時候，內在身心有多麼的煎熬無助與痛苦。

小惠靜靜看著我吃完剩下的所有炸雞、用餐巾紙擦完手、再拿起可樂喝了一口時，她就雙手托腮，回到了那個大二女生的嬌黠眼神，直視著我的黑眼珠，像是不准它們逃跑似的喝令它們乖乖待在那裡。等到我將口中的液體全吞下去之後，她一字一字慢慢的說：「阿遠啊，這五年你為什麼就這樣不見了？」

「沒有啊，妳知道我在哪裡啊，妳也有我的ＦＢ、messenger還有手機號碼啊。而且，我家也沒搬啊，妳不是也都寄了卡片給我了嗎？」

「但你就是不見了，都不陪我吃炸雞了。」

「不會啊，妳想吃的話，我就會陪妳吃啊，就像現在這樣啊。」

「但我在台中跟台南想吃的時候都找不到你，你也都不來陪我吃。」

本來差一點脫口說出啊妳就在台中台南那麼遠的地方這也沒辦法的啊，還好，話到嘴邊準備開口的瞬間大腦有及時將它們攔下，所以暫停了兩秒鐘，我改口說：「嗯，的確，我錯了。」

小惠沒有再說什麼，只是將插入可樂中的吸管拔出來，掀開杯蓋，拿起杯子，一滴一滴像是在品嘗非常濃郁的威士忌那樣慢慢的啜飲著，每吞下一小口，就用已經轉為鬱怨的目光，映照個愁字在我的臉上。我不敢閃躲，只能將臉維持成一個不動的布幕，雙手不太協調的學著她的動作，將我的可樂吸管從杯中拔出，掀開杯蓋，不仰頭的、只是盡量傾斜杯身，讓可樂滾入口中。

一個角度計算的誤失，讓過多的可樂同時湧到嘴邊，來不及張開更大的口形及時容納，一些可樂就從嘴角邊流下。我趕緊放下杯子，在還沒有開始找紙巾的動作時，小惠就伸出已拿著紙巾的手，將紙巾抵住我右邊的脖子，及時阻止了黑色液體往我的衣領浸染。

至少她笑了，稍微沖散了那些鬱怨的憂愁。

她將停留在我脖子上的紙巾輕輕的點壓了幾下，然後往上移到我的嘴邊也輕輕的擦了擦，動作溫柔細緻，有如我是個剛吃完飯、臉上留著殘渣的兩歲小孩。

「阿遠，你會一直陪我嗎？」小惠放下紙巾，回到那個憂愁的鬱怨神情，小聲的問著。

我答不出話來，只能努力讓自己的臉出現一個yes的表情，但是不知道有沒有成功？

「我五年沒有吃炸雞了。」

說完，小惠一口氣將可樂喝完。當可樂還含在她嘴巴裡的時候，她指了指我的杯子，示意我也把它喝完。我一口氣將杯中的可樂迅速灌入，在兩個人同時都將口中的飲料吞下肚後，小惠換了個大二女生活潑開朗的聲調，說：「好飽，我們去學校走走吧！」

難得台北的夜空今天有著朗朗清清的月明星稀。渾圓白玉的圓盤光輝柔亮，映得天空寶藍清澈。天很高、月很高、星很高，幾片很近的浮雲盪著、飄著、快速的流掠，一如閒適的天行者。我們並著肩在校園內走著，好像我們未曾離開過這個熟悉的地方那樣，重複著兩人所習慣的靜默共行。

我們緩慢的走著，四周也隨著我們的靜默漸漸地安靜了下來。身邊不再有其他的人車經過，甚至兩旁的建築物也消失了，唯一傳來的聲音是我們的跫響踏著歲月，成了一步步不斷飄散出去的足印，往後颺飛成光陰不回之流逝。不知道走到了路的哪個盡頭，或許是小惠先佇了足，也或許是我慢下來的腳步所發出的訊息，總之，我們停了下來，像是前方出現了一個很深的斷崖那樣，迫使著我們只得站在這裡。

小惠稍微轉了身，用了一種我從未在任何一個時期所見過的她所出現過的堅毅神情看著我，她接著長吸了一口氣然後緩慢而有力的呼出，衝出的氣流直達我的衣領內身體與衣服的間隙。

「阿遠，我跟你說，你要仔細聽喔！我可能只有辦法講一次，沒辦法再說第二次喔。」

「妳說，我現在非常專心，只聽著妳的聲音。」

「阿遠，我跟你說，等一下我說的要你想的事情，你可以想一下，但是想的時候，你不要考慮其他的事情。不要去考慮那些我有沒有男朋友、你有沒有女朋友、你什麼時候畢業、我什麼時候要換工作的事情；也不要去考慮你將來會去哪裡工作、會賺多少錢、什麼時候才能買房子以及要在哪裡定居的問題；更不要去考慮我會不會傷心、會不會難過，以及將來我們要如何相處下去的這些問題。

「我只要你非常非常單純的考慮，單純到這世界上你唯一所要思考的問題就只有這個，沒有其他的東西了。等一下我問完之後，你只能有一分鐘的時間可以想，如果答案是肯定的，你要在一分鐘之內主動的抱住我；如果是否定的，你什麼都不用說，我們只需要一起慢慢地走出學校就可以了。你都聽清楚了嗎？」

「嗯。」

「我要說了喔。」

「嗯。」

「我們結婚吧，現在。」

時間凝固了。

但秒針卻繼續走著。

第一個三十度過去了。

第二個三十度過去了。

第三個三十度過去了。

第四個三十度過去了。

第五個三十度過去了。

在第一百七十四度的時候，我抱緊了小惠。小惠抱我抱得更緊，以完全不想有任何間隙的方式抱著。她的眼淚從我的臉頰流到我衣服內的身體，我也回滴了我的眼淚給她的臉頰。

斷崖不見了，我們可以繼續走下去了。

天很高、月很高、星很高，幾片很近的浮雲盪著、飄著、快速的流掠，一如閒適的天行者。我們並著肩在校園內走著，好像我們未曾離開過這個熟悉的地方那樣，重複著兩人所習慣的靜默共行。

只是多了手牽著手。

小惠還是得要趕著在今天晚上回到彰化的家。她母親這幾年身體不太好，在她大學畢業後，就已經停止了裁縫的工作。去年還中風了一次，雖然搶救得宜，但行動能力大受限制。儘管目前她二哥一家跟她母親一起住，但這一年來小惠每個星期都還是會回去，看看母親，也逗逗她那個新來到人世的小姪子。她今天的穿著不適合坐在機車的後座，所以我就搭計程車送她到台北車站，以便她能趕上九點左右到台中的高鐵。原本只是說送她到這裡就好了，但買票的時候考慮了一下，我自己也買了一張，決定陪她一起下去。我打算送她回到家後，自己再連夜趕回高雄。畢竟要結婚登記，得需要像是戶口名簿這類的東西；而我也得跟我母親報備一下，以免日後因為沒事先報告而被一直唸唸唸。

按時上了高鐵車廂。我們把座位中間的扶手往上撥開，讓兩個位子之間沒有隔閡。小惠緊依著我，勾著我的手，讓她圓彈暖軟的乳房緊壓在我的臂上。她把頭斜靠在我的肩膀，我也微微將頭靠過去，讓她的髮絲在我的臉頰摩擦著。一直都沒有變過，那仍是我在大學時所故意逗弄著的她的頭髮，仍是那樣綿密馨觸的香香柔柔。

這樣的緊密、這樣的依偎，或許在更早之前就應該要發生了，但我們卻讓中間出現了五年的空白，這延遲的時間裡究竟是被什麼樣的人事物拖拉住了呢？我們在五年之後的一個奇怪機緣下忽然重逢了，然後在重逢的五天之後就決定要結婚了，這樣理所當然的突然，又是冥冥中怎樣的機緣呢？

我想著，那些在決定的剎那沒有去考慮的東西——那些她有沒有男朋友、我有沒有女朋友、我什麼時候畢業、她什麼時候要換工作、將來我們會去哪裡工作、會賺多少錢、什麼時候才能買房子以及要在哪裡定居的問題——日後都會是我們兩個人每條都躲不開的課題。就結婚這種算是人生超關鍵的決定來說，究竟是要兩個人各自先將一切都準備好了再結呢？還是先結了之後，兩個人再共同面對去解決呢？哪一種比較好？能做客觀的分析嗎？還是人生的決定本來就是一場場的豪賭？

車子在板橋站停了一下，這時小惠略為抬著頭揚起眼睛看看我，然後說：「阿遠，我們辦完結婚登記後，你帶我去語娟學姊安厝的塔位那邊，我要跟學姊說謝謝。」

「為什麼？」

「都是語娟學姊鼓勵我說，小惠妳要勇敢一點，要主動逼我們家阿遠面對才行。」

「啊，什麼時候說的？」

「學姊說，這是我們女生間的秘密，你不用知道。」

我像是知道了什麼，也就沒有再多問什麼。小惠在五天之前，應該都還不知道阿娟學姊這樣的一個人吧！我只是比較好奇，學姊跟別人談起我的時候，都是用「我們家阿遠」嗎？

小惠說完，調整了一下姿勢，讓頭擺靠在我肩上的角度更舒適些，然後，就漸漸的放心睡著了。我稍微偏側著頭，看著依靠在我身旁的我的妻子，腦海中浮現了一個很遙遠的呼喊，像是穿越了很多阻礙才來到我心中的聲音，說著：「現在你可以吻你的新娘了。」我在小惠的額頭上輕輕的點吻了一下，小惠笑了，在睡夢中很甜的笑了。

第八天

到了高鐵台中站已經是晚上十點半了，我們直接坐計程車回到她彰化的家。我讓計程車稍停等一下，等我確定她二哥出來開了門，在她進門前再次依依不捨的揮了揮手道別之後，才又坐上計程車到彰化搭往高雄的客運。我在午夜十二點之前上了車，立即發了個簡訊給小惠說我上車了，她也立即回了個要注意安全的簡訊。看完簡訊，我開始體認到這樣的牽掛與被牽掛，從現在開始，已經在我的生命中揮之不去了。或許我一直在逃避的，這也算是其中的一大項吧；然而在幾個小時之前，我已經將我所逃避的束縛，主動的緊緊擁抱入自己的生命之中。

從今天凌晨四點半到現在，連番經歷了沒有任何一件是在意料中的大轉變。在此刻只有寥寥數個不認識的人在車上，心裡所牽掛的人該也已經入眠，我算是短暫的回到了不用再擔心什麼、牽掛著誰的獨處夜晚。所以在車子剛上了高速公路之後，我就沉沉的睡著了，直到高雄才醒過來。

我在家裡附近的超商喝著咖啡等到清晨五點，確定家裡的燈已經亮了，就撥個電話告訴我媽媽我已經到家了才開門進去，免得我媽媽被我嚇一跳。她雖然沒有被我的回家嚇一跳，倒是被我說要結婚了嚇一跳，不過是屬於蠻高興的那種嚇一跳。她一直連番的問說是不是已經有了小孩，雖然我極力否認，她還是很篤定的認為一定是有了小孩。所以趕忙拖著我到家裡的祖先牌位前上香敬告，說她終於要完成我父親丟給她的責任了。

對我母親這一輩的人來說都是這樣，撫養小孩的責任是否已經完成，是看小孩是否都已經結婚了來決定的。我哥和我弟都已經結婚了，只剩下我，還是個沒長大的小孩。

上完香，她急著要拿媳婦的八字去合個日子辦喜事，結果一聽到我說，明天就要去戶政事務所辦登記了，我只是回家來拿戶口名簿的。當下，她又嚇了更大的一跳，又連忙再到祖先牌位前跟列祖列宗，特別是跟我爸抱怨，說這個小孩不懂規矩，沒有先跟祖先長輩報告就私做主張；但隨後又極力幫我跟祖先解釋，還要我爸幫忙跟祖先解釋說，現代工商社會年輕人都很忙，所以凡事以工作為重，禮俗難免比較不周到，請祖先們體諒。我媽再三跟我爸叮嚀後，才放心的把香插上。

我媽想了想說，結婚登記要星期一的上班日才能去辦，現在才剛剛是週日的清晨，因此在時間上還夠她去一趟彰化幫我提親。她說，這是人情世故，人家把女兒養到這麼大，即便我們年輕人要再怎麼簡便，但女方的媽媽還在，那麼我們男方這邊至少誠意要十足才行。當下她就要先整裝去一趟菜市場，看看有什麼上好的水果或烏魚子之類的當伴手禮；還要我先跟小惠聯絡說我們今天下午會去提親，問問親家母方不方便；再來，她要我等等天亮些就打電話給我哥跟我弟，要他們也陪著一起去提親。本來母親還想要聯絡台北的舅舅，要他也一起陪同，眼看事情就快要不可收拾了，好說歹說，才打消她把舅舅叫下來陪同的念頭。

她剛走出門沒幾步又趕忙折回來說，還是要我向小惠要到她的八字。她說，結婚登記是一回事，之後她需要回台南故鄉的廟裡拜天公感謝諸神明，這些祭典的進行過程還是需要我們的生辰八字。在我母親出門之後，我知道接下來的繁文縟節一定不止於此，我的家族經驗很明白的告訴我，在我跟小惠互相擁抱的時候，我們同時也將兩個家族團繫了起來，那些我原先一直逃避的家族間之千絲萬縷，我也在幾個小時之前，主動的緊緊擁抱入自己的生命中了。

在母親從市場回來之前，我還是得先將一些重要的事情做些處理，不然接下來就是一連串當背景道具的繁忙演出。還好家裡的電腦小弟沒有搬走，尚有可以上網的工具。我先開了電子郵件，總編輯在昨天晚上就已經回了信，他說他仔細的看了我的資料，也覺得這已經不是一樁自殺的事件了，他會盡量透過他可以接觸到的司法資源，讓相關檢調人員可以看得到這些資料。我簡單回了信件給總編輯，告訴他說我這幾天未必能及時收發電子郵件，所以如果有任何需要我的地方，請直接電話跟我聯絡。

大鳥則在半夜三點也寫了電子郵件過來，他昨天晚上找到那個工讀生，兩人趁夜到所辦去調監視錄影檔，結果發現照著培養室那條走廊的監視器資料出了問題，就那麼剛好是我們想要的那一天半的資料被刪掉了。所以他們又調了對著所辦門口的監視器錄影檔，發現在學姊去世當天的晚上十二點半，張P一個人進了所辦待了三十分鐘，在半夜一點鐘的時候才離開。

而且剛好，管理那一台儲存監視器影像的電腦的那個工讀生，也就是大鳥認識的那個，為了方便他自己做管理紀錄，也避免電腦被人家亂弄出問題，所以他自己在電腦螢幕附近又裝了一個小型的網路攝影機，專門照誰坐在這台電腦前面。因為只是照個大頭照影像，所以解析度沒有調很高，檔案可以存到三個月。這台網路攝影機的影像檔案是存到工讀生用的那台電腦內，跟儲存一般監視器影像的電腦無關，所以除了辦公室的兩個工讀生知道外，所上的教職員應該沒有人會注意、也不會有人在意這件事情。

大鳥和工讀生檢視了這個小型網路攝影機的影像，發現那天半夜張P進了所辦之後的那三十分鐘，都是坐在那台放著監視器影像的電腦前面。大鳥也順便附了那個門口監視器以及小型網路攝影機所照到的影像檔案。我迅即快速的將這封信的內容與附檔整理併入原先彙整用的資料夾，同樣的傳給總編輯、阿貓與小花。另外，我也寫了封信給我的家教學生，先取消今天上午的家教課程。

我開了ＦＢ看看阿儀的頁面，自從換了那張大頭貼之後，還是沒有什麼狀態更新。小花倒是寫了私訊給我，她說師母昨天下午跟妞妞交代說，老闆應該會在下週二就出院，老闆要實驗室的大家在週三下午兩點都到實驗室，老闆有重要的事情要跟大家商量。小花問我會不會到，她說老闆要知道誰能來誰不能來。我也回了訊息給小花說，我會到。

七點半了，小惠寫了簡訊過來問我到了沒，她說她怕我還在睡覺，所以沒有打電話過來。我立即回了電話給小惠，跟她說下午會有大陣仗過去提親的事情。小惠的聲音聽起來倒是非常高興，連說她要趕快準備準備，完全沒有像我這樣覺得實在是很麻煩。我也順便撥了電話給我那兩個兄弟，早上七點半就把他們叫起床，差點沒被他們怨嘆死。不過同樣的，隨即都被我要結婚嚇一大跳，然後今天下午就要去提親，明天就去登記，把他們嚇了更大的一跳。

我的決定很突然嗎？從表象上看起來的確是很突然沒錯。

我還沒有時間仔細跟小惠聊聊她在重逢的這五天之內所想的、所遭遇到的事情，哪一些才是她在昨晚那麼「主動逼我們家阿遠面對」的真正原因？即便學姊對於小惠的鼓勵發揮了那重要的臨門一腳效果，但臨門一腳也必須要是球已經到了球門附近才行。那球，到底是怎麼盤過來的呢？

如果先不論小惠那邊的原因，就我自己看看我自己，又是什麼才會讓我在三十秒之內就決定接受這段婚姻的束縛呢？

如果有那麼一架攝影機把我最近這五天，就從上週二我踏上台南的那一刻開始將我的生活全部都錄影下來，然後縮時快放的全部重看一遍，應該會發覺，幾乎毫無跡象可循；甚至是，如果與阿儀比起來，我可能在這幾天內，掛念阿儀的心思還比小惠多一些，至少我每天都會想看看阿儀ＦＢ的近況。特別是，時間再拉長一點來看，最近一年來我與阿儀的日常是有互動的，雖然不是每天，不是實際的見面，但至少比起小惠那僅有的一張手寫生日卡片，還是來得密切頻繁得多。

我喜歡阿儀嗎？在這五天之前或許說不上，但在這五天裡面，如果很誠實地說，我是喜歡的，甚至是非常喜歡。不管是身材與面容均姣好的這些令男人生理衝動的外在觀點，或是她開朗積極坦率不做作的這些讓男人易於和她自在相處的內在優點，從這兩方面看起來，她都是一位魅力十足的女生；特別是，她那番讓人幾乎無法抗拒的告白，在這幾天的夜裡，其實是折磨我心思最多的片段。但為什麼在昨天小惠那短短不到八十秒的逼問後，我就完全臣服於小惠的指引，毫無招架能力的答應她願意不顧一切地與她在一起？

如果在我跟阿儀或是小惠通往喜歡的下一站路上都塌陷了一個看不見底又跳不過去的鴻溝或斷崖，那為什麼只有小惠有辦法帶著我敉平它然後繼續走下去？

會是共同的生活經驗嗎？雖然有著空白的五年，但我們已經有了成年而不是童年時期的共同生活經驗。在那已經到了可以談愛情與婚姻的年紀裡，我們一起度過了密切的四年大學生活：天天見面，上很多同樣的課，每天都會當面說上幾句話，一起吃頓飯；我有很多機會可以很細微的觀察這個人，稍微用心一點，就能夠很容易的知道跟你當同學的這個人她的生活圈、她的朋友、她的個性、她的脾氣、她的肢體語言，甚至是她的口頭禪；愛與不愛、情不情人、朋不朋友，都直覺可感，不需要硬用文字詮釋，也不需牽腸掛肚的等待訊息。就自自然然的，即便對不上感情的頻道，也很容易對上朋友的頻道，或者是自自然然的在兩個頻道之間振盪。這些，都是見不到面、無法有共同生活經驗的兩個人所無法享有的。

我們決定喜歡一個人要花多少時間？決定愛一個人要花多少時間？決定要和一個人共度一生又需要花到多少時間？

瞬間可以嗎？

而決定喜歡一個人之前要評估什麼？決定愛一個人之前又需要考慮什麼？到了決定要和一個人共度一生之前又需要算計衡量些什麼？

都不用，只憑直覺可以嗎？

還沒能夠想出個真正的頭緒之前，八點不到，母親就回來了，手上多了一個高級水梨與蘋果組合的禮盒，還有一片斤兩十足的烏魚子。

一進門，她就迫不及待地說，她還是打了舅舅的手機，要他今天在下午一點半之前到彰化火車站跟我們會合，然後再一起過去提親。我媽在我驚訝與抱怨的聲音出來之前，以更快的連珠炮方式開始叨唸了起來，大意不外乎是我老爸已經走了，這種結婚大事還有跟親家之間的人情世故她一個女人家也不知道要怎麼處理才是最不失禮的，你舅舅是做大生意的人，見多識廣又很會講話，考慮的會比較周到；況且我們台灣人的嫁娶，母舅的輩分最大，是要坐大位的，母舅一起去提親，不僅是我們男方的誠意，也是幫女方考慮，讓女方覺得有被我們尊重到，這樣大家以後心裡才不會有個疙瘩。然後接下來又是更長的一大串，說我如果怕被我舅舅罵，那也是我自找的，誰叫我不早一點講，都要當爸爸了，做事情這麼不周到，搞得大家都雞飛狗跳的，被罵也是應該的。

還沒唸完，我表哥就打電話過來了，就是那位他結婚時我去幫忙結果在百貨公司碰到學姊的表哥，我舅舅的兒子。他劈頭先笑了我一頓說我怎麼這麼新潮有種，是不是馬上要當爸爸了？他說他爸跟他媽，也就是我舅舅跟舅媽都一致認為新娘應該是已經懷孕了，搞不好是快生了，才會把婚事辦得這麼急。我懶得再解釋這一點了，只說去看了新娘就知道。表哥笑完後說，他爸媽等等就會出發，司機會載他們下去，而且還會有一台賓士車也空車跟著下去，好讓大姑，也就是我媽所率領的高雄提親團在彰化有車可坐。他說，我舅舅說，一定要幫我媽做足面子。

我能說什麼呢？外祖母早逝，舅舅和我兩位阿姨幾乎都是我媽姊代母職帶大的。我舅常說如果沒有我媽的犧牲就沒有他今天這個人、這個家和這些事業，因此對我媽媽，我舅舅是像對自己的母親那樣的尊敬與服從，可能比我們家三兄弟都還要聽我母親的話、極力討她的歡心。特別是在我父親去世之後，他以更關心我們兄弟來回報他的姊姊。因此目前我哥跟我弟的工作，都是舅舅刻意安排在他企業裡面歷練，只有我天生反骨不受拘束，大學、碩士、博士三個階段的選擇，都不聽他的建議與安排，所以某些時候，我覺得我舅舅對我是有點失望的，也因此，我實在是有點怕跟我這個舅舅見面。

但，結婚是兩個家族的事，我跟小惠再怎麼樣想兩人世界，就是躲不掉。的確天大地大，母舅最大啊！而且我猜，我兩個阿姨一定很快的也會知道，屆時，要看的熱鬧還多著呢！

我媽一聽到舅舅的安排，當下的立即反應是她要去做個頭髮，所以匆匆忙忙的，也不管現在才八點人家店門還沒開，就打電話叫她常去的那家店的老闆娘幫忙一下，先幫她弄一弄。臨出門前，她又想到，要我一定要在出發之前弄到一套西裝，不能只是現在這樣的邋遢模樣。

我能說什麼呢？除了「好」以外。

都是自找的。小惠叫我不要想，我真的就那麼聽話的都不去想的抱下去。好了，結果，就這樣，這還只是開始前的小菜。

決定喜歡一個人之前要評估什麼？決定愛一個人之前又需要考慮什麼？到了決定要和一個人共度一生之前又需要算計衡量些什麼？

都不用，只憑直覺可以嗎？

事已至此，不管怎麼樣，還是得先跟小惠講一下陣仗已經不一樣了，還有，所有人都認為她已經懷孕了。小惠聽完，連她也開始覺得麻煩大了，很緊張的說，她得趕快跟她大哥講，讓她大哥趕快準備接待。就這樣，一個準備挨罵的新郎跟一位開始緊張的新娘，完全無力再主導跟結婚有關的這些形式上的事情。

但我知道這些都只是小事，甚至是無關緊要的小事，就只是那種現在比較煩的花絮而已。過個兩三年，就沒有人會記得今天的種種細節，只剩下每個人心中想要收藏的那個片段。就像我母親應該只會留下她已經完成撫養任務了，我舅舅只會記得藉這個機會又報恩了，我的兄弟們可能都只會記得一大早就被我叫醒很幹，其他的枝枝節節，都會不見的，連我自己也可能都會忘了。

在結束跟小惠的通話之後，縈繞在我心上的、覺得真正擔心的反而是，在不到十五個小時之前的那位還是小惠現任男朋友的王明雄醫師怎麼辦？沒有爭吵、沒有冷戰、甚至可能在十五小時之前兩個人還很愉快的道別，相約在今天的某個時候一起去哪裡玩的狀況下，忽然間，沒有任何徵兆、甚至沒有任何理由的，前一刻還是親親暱暱的女朋友，結果在自己一覺醒來之後就變成了別人的老婆！這種刺激，到底有誰可以接受呢？有比這個還扯的八點檔劇情嗎？我跟小惠兩個人之間看起來有點浪漫的結婚告白，會不會是這位王醫師最難承受的不堪？甚至摧毀了他日後對於人與人之間的信任、打碎他對於男女之間感情的期待？我們這麼的倉促，沒有任何轉圜餘地的做法，會不會是錯的？至少我們應該要先處理好這個最重要的無辜第三者的問題吧！

那我需要跟阿儀解釋嗎？在解釋之前，我還得要先決定什麼時候告訴阿儀這件事情。今天嗎？明天嗎？還是過個一週兩週、一年兩年的？怎麼說？寫個FB說「我結婚了」就這樣嗎？還是要多加個「我結婚了，今天，跟我的大學同學」？她會怎麼想？她會傷心吧！那我要去安慰她嗎，說「我也很喜歡妳，但是我們沒有緣分」這種八點檔的對白嗎？不過至少，我跟阿儀不是進行中的正式男女朋友，我的結婚與否或是她的結婚與否，基本上，都還是可以完全自由沒有負擔的下決定；最多，只是你對於那位待你這麼好的朋友，心理上總有個不完美的愧疚而已。

但，王明雄醫師不同，小惠有責任、我同樣也有責任，我們應該要讓這件事情的傷害降到最低才行。

我開始煎熬的猶豫起來，幾度拿起手機想要打給小惠，但是又按不下那個按鍵。因為實在是不知道要怎麼說才不會讓小惠誤以為我要反悔了，不跟她結婚了，開始要找藉口拖延了。

學姊啊，如果是妳幫小惠的，那我跟小惠現在所遇到的這個道德難題，到底要怎麼做才好呢？「妳們家阿遠」現在真的很為難啊！

或許是學姊真的有聽到我的求救，也或許只是我自己靈光的忽然乍現，總之，我暫時找到了解套的可能。那就是等到提親的大戲結束，長輩們都散去之後的晚上，總會有我們兩人世界的時光，到時候再跟小惠商量是否延後結婚登記的時間，應該會是比較妥當的時機。一方面這時已經完成了正式提親的儀式，代表了我們真的要結婚的決心，不用太擔心又有什麼變數；另一方面，婚姻登記尚未進行，在法律上小惠仍然單身，這樣在跟王醫師協調分手的時候，感覺上比較不會那麼的荒謬。

這一點想通了，心情上就稍微放鬆了點，趕快處理接下來的西裝、交通路線以及會合的問題。在等待我媽做好頭髮的無聊中，我表哥又打了通電話過來，他說我舅舅交代要在彰化最大的飯店訂一桌酒席好晚上宴請親家，他的秘書剛剛已經處理好了，也都交代了司機，等等會把地點傳簡訊給我，要我先跟小惠他們家講一下，免得兩邊都訂飯店。表哥還說，我明天要在彰化登記結婚，所以今天就不用回高雄了，他也請秘書幫我在宴客的那家飯店訂了房間，錢也都付了，屆時我只要去享受就好了。表哥還特別強調，房間是他私人出錢送給我的賀禮，是那家飯店最好的房間，要我好好利用，把握時間多多溫存。

這小菜也未免出太多碟了！我只好趕快再打電話給小惠，跟她講現在最新的狀況。她一聽差點沒昏倒，只好說那她再趕快跟她大哥講，因為她大哥剛剛才電話叫她二哥晚上訂一桌酒席宴請親家。結果沒多久小惠又打電話過來說，她大哥、二哥都說你們遠道而來是客，所以應該是彰化在地人請客才對，要我跟我舅舅說謝謝，但得由女方請客。我聽了也覺得有道理，但我實在是不敢打電話給我舅舅，只好打給我表哥。結果我表哥一聽就說，我就知道會這樣，來，你跟親家說，今天是提親，是我們男方對女方的請求，所以晚宴是我們男方表達對親家的由衷感謝之意，感謝他們願意把女兒嫁給你；那桌酒宴，是身為舅舅的人代表他的姊夫、姊姊所盡的一點小小的心意。

果然是在商場上打滾的，聽起來就很有說服力。我就又打電話給小惠，將我表哥說的完整的轉述了一次；小惠聽了聽，乾脆把電話拿給她二哥要我自己講。後來在我誠懇的轉述了之後，她二哥總算同意由男方請客了。

就這樣，主角變傳令，新郎新娘越來越緊張。

一直到坐上了高鐵，都沒有聽說我那兩位姨媽要過來，本以為至少還不會那麼的七嘴八舌，沒想到，到了會合地點的彰化火車站，才看到兩位姨媽已經坐在我舅舅的賓士轎車內了。就這樣一行八人的提親團分乘兩輛高級賓士轎車開去小惠家，在下午兩點準時的進到了屋內。

一進門我就嚇了一大跳，倒不是小惠家排出了多大的陣仗，就只有她媽媽、大哥、大嫂、二哥、二嫂、她，還有一位，王明雄醫師。

雖然換我被嚇了一大跳，不過馬上意識到也沒需要那麼的擔心，因為這位王醫師是帶著滿臉笑容的站在小惠媽媽身邊，不像是來尋仇或是討公道那一類的。小惠一眼就看到我驚訝的樣子，隨即送給我一個惡作劇被捉到然後硬是撒嬌求饒的表情，我只好回給她一個如釋重負的小吐氣動作。等她大哥開始介紹時，才知道王醫師是小惠舅舅的兒子，也就是她表哥。因為今天的提親時間訂得倉促，她舅舅在新竹趕不過來，所以要他在台中工作的兒子代表他出席，就是母舅的代表。我和王醫師算是第二度握手的時候，他特別拍了拍我的肩膀，說：「恭喜啊！通過考驗了。沒嚇到你吧！」

接下來就是幾乎毫無新郎新娘插嘴餘地的討論，包括聘金、宴客、大餅等等族繁不及備載的那些禮俗。不過還好小惠家基本上由大哥當家，雖然他大我們八歲，不過也才是個三十五歲的年輕人，我猜他其實也搞不清楚彰化嫁娶有哪些禮俗，所以只要我舅舅說了，他大概都是「好好好」、「不用那麼客氣」、「太貴重了，不好意思」，顯然，我舅舅又主導了一次全場，完成了他認為所有該給親家面子的東西。

不到四點，所有的提親儀式就圓滿完成。顯然，在場的所有長輩們，包括小惠的哥哥們也一樣，根本就不把我們明天要去戶政事務所登記當作是什麼重要的事情，也沒有排入今天的任何討論議程中；在今天的氛圍下，那就像是去申請補發一張身分證那種無須掛齒的行政程序而已，比起那些送訂、大餅以及宴客的大事來說，那根本不屬於長輩們認知上結婚的一部分。

距離吃飯的時間還有兩個小時，我們的八人團除了我以外的其他七人，都原車先到八卦山等風景區逛逛，我則留在小惠家跟她家人一起聊聊。沒多久，小惠的媽媽要先進房歇息，小惠就要我先跟她一起扶她母親進去，之後趁機拉我到沒有其他人的廚房去，先跟我連聲說對不起，還說研討會上所發生的事情原委，晚上吃完飯後會跟我詳細解釋。她的神情還蠻焦慮的，似乎很怕我因此而生氣，看了讓人很心疼。我只好摟摟她，輕吻了她一下說我了解、沒關係，她才恢復比較正常的表情。我們重回到客廳，剛好她大哥、二哥也要先帶小孩出去走走，所以就小惠與我跟王醫師在客廳。

「小惠說，你是語娟的學弟？」

「嗯。王醫師，你認識我學姊啊？」

「你要跟小惠一樣叫我表哥啦，還王醫師勒！語娟啊，唉，我跟她算熟，雖然她比我小，不過醫學系唸七年，所以我們算是同期唸碩士班。她在鎰哲老師實驗室，我在隔壁，也就是小惠現在這個老闆的學生。」

「這樣啊！真巧！」

「語娟是個很好很好、ＥＱ非常高又很有才華的人，我實在是很難相信她會就這麼的自殺走了！」

「學姊不是自殺的，我最近發現不少跡證，可以說明學姊應該是被謀殺的！」

我大略將整理的那些資料內容跟明雄表哥陳述了一遍。當他聽完後，很訝異的說：「鎰哲老師跟語娟在一起？這就怪了，至少在我跟語娟同唸碩士班的那兩年，我知道的是鍾頤喆學長在追她，而且兩個人在一起過應該不止兩年。我記得有一次一個學長結婚，我還有看到她跟頤喆學長兩人一同出席，那時候，我想想看，語娟也應該唸博一或博二了。之後是有聽說他們分手……啊，這有點廢話，因為頤喆學長兩年前就已經結婚了。」

「喔！頤喆兩個字是？」

「周敦頤的頤，陶喆的喆。他也是醫師，那時他已經是博士班的學生了，主治醫師，在職進修。應該大語娟蠻多歲的，十歲以上有喔。」

「頤喆，英文應該是Yi-Zhe吧？」

「應該是，你可以到他醫院的網頁查查確認。」

「表哥，如果你看到這位鍾醫師寫的字，會認得嗎？」

「喔，應該沒辦法，現在都用打字的，很少會看到人家用寫字的。這有什麼重要嗎？我是說，跟語娟的死有關嗎？」

「目前還說不上，但如果能確定就好。我那邊有學姊收藏的兩封信，如果能確認是誰寫的，或許可以知道陳鎰哲有沒有說謊。」

「如果是這樣的話……啊，小惠，妳回去實驗室之後，到儲藏室去翻一翻看看，有沒有頤喆學長的實驗紀錄本，那裡面應該都是用手寫的。」

小惠看看我，點了點頭。看來這件事情應該可以獲得解決。

我們又談了一下關於陳鎰哲的事情，原來陳鎰哲結過婚，但後來離婚，可能也四、五年了。那時候在他們唸書時，有時都還會看到陳鎰哲的老婆跟他在辦公室裡吵架。我們也談到我老闆論文造假的事，明雄表哥問我接下來要怎麼辦，換實驗室還是繼續跟著老闆？他認為照現在的樣子看起來，老闆走人大概是免不了的事，所以我還是要盡早安排換實驗室的事情。

「早點做準備，盡早畢業為先。你接下來要考慮的事情多了，現在是兩人世界，過幾個月就又多了一個，那時候責任就更多了。早點畢業，早點開展工作的人生，真的。」

小惠白了她表哥一眼，說：「哪有那麼快，人家還沒懷孕啦。」
「喔，真的假的？」
「吼！真的啦！真的沒懷孕啦！」小惠有點生氣了。
雖然明雄表哥還是半信半疑，但看他妹妹好像要發火了，就轉過頭來對我說：「不管小孩什麼時候出來，你還是要想辦法早點畢業。就業環境很競爭，現在連醫師也一樣，我見多了。」
一下子也快五點半了。高雄提親團已經先到了飯店。舅舅說，他讓兩部車的司機開車過來接我們去餐廳，很快車就會到了。我跟小惠說我表哥幫我訂了飯店房間，如果她今晚要跟我一起住那邊，就順便帶一套換洗衣物。小惠雙頰一下子紅了起來，說：「在彰化耶，我得問問我媽媽，她同意了我再去。」
小惠進去扶她媽媽出來，我也上前接手扶她坐著。她媽媽對我笑了笑，又點了點頭，但沒說什麼。小惠則是嬌紅著臉，柔睨了我一眼說：「我去收點東西，很快。」
這種宴客的場合是舅舅熟悉的場域，他發揮得極好，讓其實是第一次見面的雙方，不分年齡的都沒有冷場，連小惠大哥的三歲小朋友，都愉快地跑到這位陌生的舅公腿上坐著。有幾度我看到的不是我舅舅在講話，而是我的父親。
在八點前男方的感恩餐宴完美的結束，因為小惠的母親不能久坐，舅舅、阿姨跟我媽我哥我弟也都要各自返回不同縣市的家。舅舅堅持要一部賓士車的司機直接送我母親回到高雄，我母親雖然不想這樣麻煩別人，但說不過她這個弟弟，也就接受了；我跟小惠因為明天要在這裡辦結婚登記，所以沒有跟著回去。我們兩人站在門口，跟所有親人熱切的道別著，一如所有喜宴散場時那樣，直到目送的每部車子都離開。

終於只剩下新郎與新娘兩個人了。

一進表哥為我訂的最好的房間，在把門關上鎖好之後的即刻，兩人就緊緊的擁吻著。我以笨拙的猶疑探索著從未見過的衣著內的小惠，也盡力迎合小惠笨拙的猶疑探索，那個從未見過的衣著內的我。我們以每一個感官所能夠達到的最極致精微，非常非常小心的看著、觸摸著、聞著、輕咬著、聽著對方身體任何一處的仔仔細細，殷切慎重的像在鑑別那是不是在上輩子或是上上輩子因為某事被謫而分開了的我的她與她的我。那些讓我們不願須臾鬆懈兩個纏綿交織著的身體之緣由，不只性、不只喜歡、不只愛，還有那經歷了累世的兵荒馬亂而今仍得再見的感動中對伊人平安的珍惜。

在氣力放盡後，我們還是緊緊的擁抱著，不願意失去感受對方身體的任何分分秒秒。在我的腦中還沒有辦法思考事情的時候，小惠開口了，以雖然不願意但還是得這樣做的拖曳語氣看著我說：

「阿遠啊，我問你一件事，你一定要很誠實地跟我說，因為這很重要，你一定要很誠實地回答我喔。」

「妳說。」本來差一點睡去的我，清醒了一大半。

「阿遠啊，在今天之前，你有正在交往的女朋友嗎？我是說，更早之前交往過的但已經分手的不算，而是還在進行中，正在持續交往，而且身分是以女朋友來稱呼的人？或是雖然暫時說不上是女朋友，但可能在明天或後天就可以進入叫作女朋友的這樣的人？」

「沒有。」全醒的我，不假思索的立即回答。

「你不能這麼快就答話啦！你要仔細的想，特別是那種現在雖然不是，但其實已經快是的那種。我跟你說，我不是想要打探什麼，想要計較什麼，我只是在想，如果我是那個女生，然後我男朋友前一天才跟我一起高興的吃飯，隔天卻忽然變成了別人的老公，那我一定會受不了。所以，我上午想了好久，覺得，我還是不能這麼過分的自私，但是我又非常非常的不願再失去你，我真的好想好想現在就跟你結婚，不要讓你再從我的身邊離開；我今天就這樣掙扎矛盾了好久，我不想去傷害那位無辜的女生，但我又害怕你會就這樣的又離開我，我完全不知道該怎麼辦。

「後來，我在想，在我們真正去登記結婚之前，我一定要跟你談清楚這件事才行。如果你有那樣正在交往的女生，你一定要誠實的跟我說，雖然我還是不知道要怎麼辦，但我想，我們兩個人應該可以共同想到一個比較好的辦法來解決。所以，你不要回答得那麼快，要仔細的想，也不要怕我傷心不敢說，因為那很重要，那比我傷不傷心還重要，因為你現在就在我身邊，而不是在她身邊，所以我跟你都有責任把對她的傷害降到最低。」

我沉默了一陣子。小惠沒有再看著我，只是把頭埋在我的胸膛，將我環抱得更緊。我的眼前開始出現我生活中那些我曾經留意與在意過的女生面容，一張一張的，不斷循環的飄著；我有幾度想把阿儀的那張面容拿近些仔細端詳，但卻只能抓得到虛空，沒能觸及到任何東西。我在循環第六次的時候，閉上眼兩秒後又張開眼，就這樣關閉了那些影像。

我翻了身輕壓著小惠，說了「真的沒有」。小惠笑了，也哭了，我則吻走她的眼淚。

第九天

早上則是我的新娘吻醒我的。再次仔仔細細的纏綿後，雖然極度不願意離開這樣溫馨的與世無爭，但終究我們還是屬於芸芸眾生的一員，還是得離開這個門所隔離出的兩人世界，回到紅塵中，為著那些該完成的俗務煩心勞力。上午要到戶政事務所辦理登記，中午回家跟小惠媽媽一起吃個飯，下午小惠就得再趕回實驗室。雖然她剛剛打了電話跟老闆請了一天假，但是傍晚有一批正在做實驗的細胞株需要處理，仍然必須在六點前回去作業，不然就會前功盡棄。

她沒有跟老闆說明請假的原因，只是簡單的說家裡有點事情。這是我們剛剛討論出來的共識，先不要驚動其他師長朋友，因為正式的婚宴昨天下午已經敲定了是在兩個月以後的高雄，舅舅也很有效率的預估了桌數並請秘書先預訂了宴客飯店，就等下週喜帖印出來後再告訴大家。

到樓下餐廳吃早餐的時候，我問了小惠週六與明雄表哥在研討會聯手演的那一段，到底是怎麼回事？

「就學姊啊！上週二你不是到台南去嗎，我真的是被你嚇了一大跳，我好驚訝你怎麼突然的就出現在我眼前。那時候，正當是我心情最沉悶的時候，實驗已經好長一段時間不順利了，一些重要的data都做不出來，連帶著這兩年來都出不了什麼paper，老闆人雖然好，但沒有實驗結果就沒有經費，我知道他壓力很大。我母親中風也讓我非常難過，她辛苦了這麼久，終於到了可以輕鬆生活的時候就生病了；原本我還打算在我結婚前能帶她到日本啊、歐洲啊、美國啊到處走走，現在都沒辦法了。」

講到母親，小惠眼眶就紅了；我則是覺得有些愧疚，我從沒想到過要帶我媽出國去玩。

「我在台南那邊都沒有真正的朋友，雖然同事對我很好，但那就只是同事，沒辦法談一些比較知心的事情；也有過幾個男生想追我，我也曾經試著接受跟其中兩三個約過會，但我發覺，他們都只是在盤算著什麼時候可以上床，很無聊也很現實，我實在不想跟那樣的人相處，所以全部都無疾而終。那天啊，你知道嗎，你忽然的就出現在我面前，我覺得感動到都快要哭出來了，我好像看到親人那樣。當你開始講第一句話的時候，我知道你還是那個我印象中的阿遠，那個我熟悉你、你也熟悉我的阿遠。」

小惠抓住我原本閒靠在桌上的右手掌，看著它，然後按照順序的摸著我的每根手指頭，每一根都很有規律地從指頭的掌心根處，往上撫摸越過指尖，再往下至掌背根處；那神情，好像是在對著我的手訴說著她的心事。

「那天，我們好安靜喔。其實，我很想跟你說很多很多的話，但實在想不出一個說話的頭緒，畢竟我們都快五年沒見面了。但是，雖然我們還是像以前一樣安安靜靜的，但我覺得那好幸福喔，因為那樣的安安靜靜是讓我很放心的安安靜靜，我跟一個完全沒有負擔的人吃了一頓完全沒有負擔的飯，我已經好久沒有那樣的感覺了。

「吃完飯後，你不是送我走回實驗室嗎，然後你再一個人走下去，走到校門口。我在實驗室門口看著你離開的背影，覺得忽然間到來的幸福又要從我的身邊離去了，當下，我的眼淚就掉了下來。你一定沒有發覺，我後來慢慢的跟在你身後，看著你，有幾次我都想出聲叫住你，希望你能在我身邊再多留一會兒，但是我不知道叫住你之後，我又能夠說什麼。」

小惠的聲音越來越哽咽，我翻了右掌，換我握住她的手。

「我站在樹後看著你，一直到看到你坐上一位很漂亮的女生的車子的時候，我有著很難言喻的難過，我想，那是你女朋友吧？雖然我也試圖樂觀的去想說，或許那是你表姊或表妹之類的，畢竟認真算你是台南人嘛。但是我就是會不斷的去想說，這麼漂亮的女生一定是你的女朋友，而我們雖然是那麼要好、那麼熟悉的朋友，但我們都沒有變成真正的男女朋友過，所以你有了女朋友，我應該要為你感到高興才對。不過，一想到剛剛跟我吃飯的你坐上的可能是你女朋友的車子，我還是覺得非常的難過，覺得，原來我的幸福就只有這麼的短暫。」

我拿了張面紙，幫她擦了擦眼淚。

「直到你們離開之後，我才一路掉著眼淚一路走回實驗室。我想著，今天以後，我又要孤單的一個人了；我才發覺，原來你在我心中從來沒有離開過，我不知道要怎麼讓你知道我有多麼的喜歡你，我只能盡量讓自己不去想你，不去想那些有你陪著我，讓我可以沒有負擔吃飯、聊天、生活的日子。我本來將自己武裝得好好的，但是一見到你，那些防線就全都崩潰了。」

拭淚的面紙都濕了，我又換了張面紙。

「那天晚上，我沒有胃口吃飯，早早就上床睡覺。但是怎麼睡也睡不著，一閉上眼，看到的全都是你，大一的你、大二的你、大三的你、大四的你，還有今天的你。每個你都好熟悉喔，熟悉到好像是我站在你旁邊看著你和我的互動；每看到一幕我就掉一滴淚，掉到整個枕頭都濕了。忽然間，有人輕拍了看得出神的我的肩膀，很溫柔的跟我說，小惠啊，要勇敢一些喔，不要怕，我們家阿遠也很喜歡妳呦！

「我覺得這聲音很熟悉，所以不會害怕，只是有點驚訝的轉過頭去看，一個好漂亮好溫柔的姊姊很親切地摟著我說，小惠啊，還記得阿娟姊姊嗎？我們一起吃過飯喔。我雖然覺得很面熟，但我想不起來她是誰。不過阿娟姊姊還是很溫柔的說，沒關係，等等妳就會想起來了。來，不要怕，妳跟我來。就這樣，阿娟姊姊帶著我穿過一整個空間中都是你的地方，然後遇到了一個綁有蝴蝶結的額頭，我不知道那是誰的額頭，甚至形狀也看不出是不是額頭，但我就覺得那是額頭。

「阿娟姊姊說，剛剛經過的都是妳自己的心，現在，妳輕輕吻一下那個蝴蝶結的打結處。我雖然覺得奇怪，但卻很聽話的照著姊姊所說的吻了一下那個結。在嘴唇觸壓上去的那瞬間，我就好像跌入一個到處都是我的空間中，應該是說，各式各樣跟你在一起的那些我，有些是很熟悉的我，有些是我沒見過的、但我知道那也是我。阿娟姊姊跟我說，妳看，我們家阿遠在心裡把妳珍惜得那麼好、那麼多、那麼久，連上輩子的都還藏著沒被收走。所以妳不用擔心、不用害怕，妳只需要勇敢一點，幫我們家阿遠，讓他也能有勇氣面對自己的內心就可以了喔！啊，對了，如果遇到明雄，就請明雄幫忙就可以了。」

我的眼淚也掉了下來。還好，我們選了個靠角落的位置，應該沒有人會注意到有一對年輕夫妻在互相擦著眼淚吧！

「阿娟姊姊說完後，就帶我出來，要我在蝴蝶結的結上再吻一下，然後就帶我走過那個都是你的地方，回到原地，跟我揮揮手說，要勇敢喔！逼阿遠面對他自己就對了。然後阿娟姊姊就不見了，我也醒過來了。我醒過來之後啊，阿娟姊姊的樣子還是記得很清楚，然後她又提到明雄，我才想到我大一或大二時，表哥有帶我去參觀他們實驗室，那天中午有好幾個學長姊都跟我們一起去吃飯。我記得那時我有用手機拍了些照片，找了一下，果然看到夢中的就是當年也一起吃飯的阿娟姊姊。那時，我還不知道阿娟姊姊去世的消息，所以當週三我看到你寄給我的信中所寫的事情的時候，我真的嚇哭了，我好難過，一方面是擔心你，一方面是難過阿娟姊姊怎麼會遇上這麼不幸的事。」

小惠的眼淚止不住，我拍了拍她的肩，要她先停一下，我先去弄杯熱咖啡給她。但她搖搖頭，繼續說著。

「我好擔心好擔心你，但又不知道該不該來台北找你。雖然有了那個夢，我還是很擔心那天載你的是你的女朋友，如果專程來看你，不知道對你會是好或不好，會不會引起你的困擾。結果週四的時候，我表哥忽然寄了他要來研討會貼壁報的資料給我，本來是我老闆要他弄的，因為他以前是老闆的學生，現在還有些計畫也是跟老闆合作的，但他最近忙不過來，所以要我幫他設計一下壁報，順便印好當天幫他拿過去。他還說，高鐵坐商務艙、住宿找五星級飯店，費用都他來出。」

說到這裡，小惠暫時有了些笑容。

「說真的，一看到我表哥的信，我真的覺得非常非常的驚訝，我想到阿娟姊姊跟我說的，所以，我馬上就跟我表哥說沒問題。我幫他弄得很精美喔！那天他一看非常高興，結果我要拿壁報去貼的時候，就看到你從外面走進來，我更驚訝了！也不知道為什麼，我就是覺得不要先去找你，我要好好想一想這些巧合。或許吧，阿娟姊姊有在我旁邊提醒我，讓我莫名其妙的就想到，我應該要表哥假裝是我男朋友，然後再看看你的反應。結果我表哥本來已經在隔壁教室坐好了，硬是被我拉出來到你那一間去。就這樣，接下來就是在走廊的那一段。」

「一分鐘決定結婚那段也是學姊教的嗎？」

「不是，那是我自己的勇氣。還有，那些炸雞。」

「妳都告訴我了。但妳不是說，學姊說那是妳們女生間的秘密，我不用知道？」

「那是我說的，那時人家很睏嘛，沒有力氣說這麼多嘛！」

「其實，那天在台南載我的女生，」說到這裡，小惠立即用手摀住我的嘴，示意我不用說下去。

「你不用說這些細節。你已經肯定的告訴過我，沒有其他正在交往的女生，那就夠了。我是你的妻子，我相信你。」

「嗯，好。那，我還有個問題，學姊真的提到我都用『我們家阿遠』嗎？」

「是啊！她提到你的時候，那種感覺，真的很特別！」

「或許陳鎰哲說的是真的。他說，阿娟學姊跟她提起我的時候，都是這麼叫我的。還說我是她那無緣一起出生的雙胞胎弟弟。」

「說真的，現實中的阿娟學姊我沒什麼印象，但怎麼說呢，如果我仔細的看著你，好像我就可以再一次清晰的想起夢裡的阿娟姊姊。也許，你們真的有那麼特殊的關係！」

「不過，我真的沒聽過學姊用『我們家阿遠』稱呼我，也沒聽她說過我可能是她的雙胞胎弟弟。」

「或許吧，阿娟姊姊只是想在心底維持對你的疼愛，她也怕說，如果你知道了，兩個人之間反而會有些彆扭。」

「嗯，應該是這樣吧。」

我們再喝了杯咖啡之後，就逃離這滿滿是誘人食物的自助早餐，畢竟，中午還要跟小惠的媽媽一起吃飯，總不能到時候陪吃飯的兩個人什麼都吃不下。

我們自然而然的牽著手走出餐廳，不再是像以前那樣自然而然的沒有碰觸到的並肩走著。回到房間內收拾好東西，在離開之前，我們又互相擁抱著深吻了許久，最後是小惠很理智的制止了我不安分的手，憐惜的提醒我要注意時間，我才依依不捨的跟她回到紅塵之中。

婚姻登記進行得很順利，小惠昨天上午已經很細心的將文件都準備好了，也讓她二哥、二嫂這兩位證人先簽好名了。在拿到配偶欄已經填了名字的新身分證時，我們也都同時有了新人生。我知道，接下來的所有浪漫都將趨於平靜，現實生活的考驗才開始。我這個博士班還要繼續唸下去嗎？昨天我們沒有任何避孕的想法，或許，小孩子真的很快就會來報到，那，我有能力養家活口嗎？小惠很高興的環抱我的手走著，我看得到她幸福的笑容，那的確是從她內心滿溢出來的，這個笑容是因為我而生的，我得用我的全力去呵護她。我稍微夾緊了小惠所環抱著的那隻手，她感覺到我細微的用力，就稍微的側偏頭看著我，回應我一個更加燦爛滿滿的笑容。

我們順便買了午餐回到小惠家，免得她二嫂要照顧小孩又要額外的張羅來招待我這個新科妹婿。小惠的媽媽是位話不多的人，只有在一開始笑著跟我們叮嚀說，組成個家庭不容易，但如果凡事都平心靜氣的一起面對，就可以度過各種難關；也殷殷的交代說，賺多有賺多的生活，賺少有賺少的生活，人生有很多過法，兩個人共同合意就好，不用太在意別人的說法。她說完這些，就很安靜沉默的吃飯，像極了小惠吃飯時的習慣，或許該這麼說，小惠吃飯的習慣像極了她媽媽。

這倒讓我有些不習慣，因為這與我媽以及家族內那些跟我媽同輩的女性長輩們不一樣，她們會持續的關注在各種細微的問題上，然後以她們的生活經驗不斷的提出衷心的建議。如果與她們一起吃飯，整頓飯下來，不僅我的嘴巴累，頭也會很累，因為要不斷的點頭稱是。不過這也說不上有什麼不好，習慣了，就自然而然了；而且像這次我跟小惠的婚事，站在這個時間點來看，我是非常非常的感謝我媽媽的當機立斷，以及對於細節的掌握。如果沒有這麼個完整而盛大的及時提親作業，我想，小惠的媽媽此刻應該是非常非常的擔心到底出了什麼事、嫁給了什麼樣的人，而不是放心的交代我們相處之道。

本來想陪小惠一起回到台南後我再回台北，但小惠覺得我那樣太累了，而且她一到台南就會到實驗室工作，沒有辦法陪我。所以我等她坐上了往台南的客運之後，也就獨自搭往台北的車子。唉，這也是另一個現實的問題，接下來的每個週末週日相聚，哪裡才是我們兩人世界的窩呢？

巴士才剛過了泰安休息站，我接到了通自稱是金誠武檢察官的電話，他說想跟我談談徐語娟自殺的這個案子。

「金城武？」

「是的，金誠武，言字旁的誠；帥度一樣，只是我比較常說話而已。今天傍晚之前如果你有空的話，能不能來一趟地檢署？」

「金檢察官，不是我不相信您，而是，這，有點突然，我實在是，一下子也不曉得，唉，說實話好了，我實在是不知道您是真是假……很抱歉，我一時還不知道該如何確認。」

「哈哈！好，有概念，夠小心。來，你自己上網找地檢署的電話，然後叫總機轉給金誠武檢察官，這樣，你應該就能確認了吧！」

「好，我立即就試試。金檢察官，雖然對您很抱歉，但還是請您見諒。」

「了解！」金檢說完立即掛斷電話。

我的手機沒有網路，還好我記得一〇五這個號碼的功能。我打了一〇五問到了地檢署電話，隨即撥到地檢署總機請他轉金誠武檢察官的辦公室。果然，真的是剛剛那個爽朗的聲音。因為金檢六點半還要趕去查案，因此我們先約了五點半在他辦公室，所有細節見面再談。幸好相關資料都在我的小隨身碟內，不用再趕回宿舍去搬筆電，以現在的時間估算，如果不是太嚴重的塞車，應該來得及趕到。

是陳鎰哲還是總編輯？我猜一定是這兩個人之中某個人的關係，金檢察官才會找上我。想到陳鎰哲，如果明雄表哥說的那個頤喆才是寫信、寫書內頁給學姊的那個Yi-Zhe，還有加上他知道「我們家阿遠」這個連我都不知道的私房稱呼，那麼，他說的話或許有部分是可信的；但還是有我想不通的地方，例如快速到不可能的驗證實驗。

沒想到太多，小惠就打了電話過來。她說她已經快到新營了，沒特別的事，就只是很想我而已。

「怎麼辦，接下來好幾天不能看到你！」

「視訊好了，我們晚上可以約時間視訊。」

「嗯，好吧，暫時也只能這樣了。」

我順便跟她說了傍晚要去地檢署的事情，她有點緊張，問我要不要先跟她那位檢察官的表哥聯絡一下？我覺得目前還不用，今天先過去看看再說。我也提醒小惠找找鍾頤喆的實驗紀錄本，然後找個一兩頁字比較多的部分照相給我。

小惠又瑣碎的叮嚀了我一些生活上的事情，就是那些吃飯睡覺要充足的家常。我忽然有點不習慣了起來，想到接下來每天晚上一定要有段時間盯著視訊，但我跟小惠連見面一起走一起吃飯的時候常常都是安安靜靜的，這樣兩個人看著畫面不語十幾二十分鐘會是什麼樣的奇怪狀態呢？而我離開家自己生活已經九年了，習慣了不需要配合任何人的日子，隨興的支配自己的時間、自己的吃喝拉撒睡，現在分隔兩地都叮嚀得這樣殷殷切切了，以後每天住在一起，生活的自由度到底又會受到多少侷限呢？

就逼我思考要不要結婚這件事情來說，或許小惠的勇敢是對的，唯有在短暫的時間內要我不考慮這些客觀的現實細節，我才能看到我自己對小惠有多麼的珍愛著。如果多延遲一些，讓我多一點這些現實面的接觸，那，不管有多愛，我可能都會卻步了。或許潛藏在我跟小惠那五年空白中的，也是這樣的卻步。

高速公路還是有些塞車，迫使我打消坐公車的念頭，多花了一筆計程車的錢。這樣對錢的斤斤計較於一下客運之後就立即出現了，這是在昨天以前所沒有的。對於一個不用負擔家計、不想存錢的學生而言，一個月有超過兩萬元的收入其實是很足夠的，即便在台北市生活，偶爾還可以有一些小奢侈。因此在租房子、吃飯、交通甚至請客，基本上我是很隨意的。然而從今天開始，我得小心翼翼的計算了，得仔細的盤點接下來的生活，特別是可能會失去實驗室這每個月一萬八的金援，那接下來要怎麼樣才能讓自己的經濟無縫接軌呢？想到這裡，忽然有點懊惱昨天應該要使用保險套的。

我在五點半的前三十秒進了金檢察官的辦公室。看到的帥度的確一樣，只是帥的標準不同而已，但他精明銳利的眼神確實與他的職業相稱。

「廖先生，你好，終於見到你了。陳鎰哲透過我同學、總編輯透過我學長，都要我找你談談。其實啊，我不是那麼難找，也不是那麼大牌，你大可直接找我，打個電話到地檢署就可以了，不用透過那麼多關係。我是看證據辦案的，不是看人情辦案，這點，請你務必要了解。」

我本來想要解釋一下就是找不到承辦檢察官的資訊才只好透過其他人幫忙。但才剛要開口解釋時，金檢就又說了：

「總編輯有把資料直接傳給我，你來看看是不是就這個附檔資料夾，也看看他轉寄時資料有什麼遺漏？」金檢要我到他電腦前，看一下資料夾裡面的東西有沒有問題。才看到一半時，金檢又說，「這樣好了，為避免經過第三手的資料內容有誤，你自己直接再傳一次給我，就用這個e-mail。」金檢順手給了我一張名片。

我說我的隨身碟裡面有所有資料，但金檢說他不讓外人的隨身碟碰他的電腦，以免中毒，還是要我回去後用電子郵件傳。

「我中午有仔細看過這些資料，除了書面上及影片中的這些，你有沒有什麼要補充的，或是要重點提醒的？」

我按照自己所準備的重點再扼要的跟金檢說明，特別是張P涉案的關鍵程度；也問了金檢當初是基於什麼樣的證據判定學姊是自殺的。另外，我想到PTT那個好像熟知實驗細節的Schizophrenia也值得查一下。

「當初判定徐語娟自殺是有充足證據的，包括她的主治醫師、學校輔導人員、指導教授以及那位第一個發現屍體的張教授等人的證詞，說明了死者是有自殺的可能與動機；還有現場內部的狀況、屍體的特徵與附近的監視器所錄到的進出紀錄，也排除了他殺的可能。雖然沒有像是親筆遺書那樣的直接證據，但是突發性的自殺案件比比皆是，並不奇怪。」

金檢稍微停頓了一下，像是在考慮接下來要說的話，幾秒鐘後，以他一貫銳利的眼神看著我說：

「你的資料的確足夠讓我重啟調查，這部分我明天就會馬上申請進行，這我要非常感謝你。檢察官不是神，我只能看證據做事，有新的證據，我不會視而不見的，請你放心。但是就你的資料看來，其中有些東西可能跟我們署裡正在辦的另一件大案子有關，而且可能關聯到殺害徐語娟的動機，我目前只能講這麼多。我比較擔心的是你的安危，在破案前的這段期間，就請你謹言慎行，盡量不要再跟其他人提起你所知道的事情，保持低調。如果有任何你覺得安全受到威脅的時候，你可以立刻打我的手機。」

金檢要我把剛剛他給我的名片再拿出來，他在上面寫了他的手機號碼。

「要你保持低調不是我想吃案或是想掩蓋什麼，真的是安全問題。我想過不了多久，這兩個案子就都會上新聞，我不希望你曝光，那樣對你太不利了，畢竟你還只是個學生。」

我跟金檢說我了解，也謝謝他願意幫學姊重啟調查。他沒再多說什麼，只是拍拍我的肩膀，然後送我出辦公室。

我走出地檢署，看著來來往往的車子，想著，這些看似平靜的日常車水馬龍中，到底藏有多少人間的骯髒齷齪事？

站在路旁盤算了一下整個晚上該做的事情，第一件，還是得先去把機車騎回來，所以就先坐了公車往大學母校過去。在公車上，先撥了個電話給小花，問說實驗室內有沒有什麼事情。小花又用她一貫好煩時拖長尾音的語調說著好無聊，除了妞妞和她兩人在實驗室中無所事事以外，都沒有任何研究生來實驗室；她說她和妞妞兩人都決定了，週三老闆來的時候就要跟老闆說要辭職了。小花還說，老闆明天上午會出院，師母請她跟妞妞去醫院和家裡幫忙一些整理的事情。我叮嚀了小花那些傳給她的資料除非我遭遇不測，不然一定要保密不可外流；我說，檢方已經要重新調查學姊的案子了，以謀殺案處理，所以這次務必要忍住，以免節外生枝，不要再「我跟你說，你不要跟別人說喔！」。

小花聽完，用有點傷心但大都是焦慮的語氣說：「真的假的！學姊真的是被謀殺的啊！怎麼會這樣！學長，那你會有危險嗎？吼，那我會不會也會有危險？」

「妳保持緘默當作完全不知道就會沒事的。很抱歉，把妳拖下水了。」

小花沉默了幾秒鐘，忽然豪氣干雲的說：「學長，你不用擔心，我很有義氣的！這是為學姊討公道的事，我們大家本來就都有責任，不能只有你一個人承擔啊！但是你自己一定要小心喔！」

我說了「ＯＫ，謝謝！」之後就結束通話。隨即又打了電話給阿貓，跟他說了檢調要重啟調查的事情，也要他跟那天吃火鍋的所有人叮嚀要先低調保密，不要打草驚蛇惹禍上身。阿貓同樣也是在哀傷中帶有振奮，覺得終於為學姊做了些什麼。

下了公車在走到機車停放處的時候，我想著，如果學姊把我當成「我們家阿遠」，那麼「我們家小花」就是我對小花妹妹般私心疼愛的象徵了。小惠能了解我對小花這種「我們家小花」的心情嗎？如果有一天，我跟小惠、小花三個人一起去吃咖哩歐姆蛋豬排飯全餐的時候，我還能夠自然而然的——先把我杯子裡的水喝完，然後將小花的冰咖啡倒一半在我的水杯裡，再把我的提拉米蘇挖了三分之一，小心的疊到她的提拉米蘇上——這樣的寵愛她嗎？小花還敢用她超級受到寵愛的最甜最甜蜜音，當著小惠的面跟我說「學長最好了」嗎？

小惠能接受我跟其他女生怎麼樣的互動？其他女生知道我結婚了，又會改以什麼樣的方式跟我互動？雖然我非常了解小惠，但是這個部分卻是我們最陌生的地方。我們兩個人從女的好朋友、男的好朋友一下子就無縫切換到她是我老婆、我是她老公的境界，中間沒有任何以男女朋友的身分適應彼此、也適應彼此生活圈的緩衝時間，這段失落的經驗，我們兩人要如何在未來彌補呢？

我想到了阿儀，想到了早上小惠摀住我的嘴的動作。我知道，小惠信任我，但她也害怕，害怕知道這世界上可能會有一個吸引走我的人，而她將為此生活在一種不能說的擔心害怕之中。不讓我說，這樣至少她還有個遁逃擔心的空間，畢竟我在台南有那麼多表姊表妹的，她可以說服自己這樣單純的去想。

才剛把機車騎到學姊家停好，準備去附近麵店吃個晚餐的時候，小惠就打電話來了。看看時間也已經晚上八點了，她剛做完實驗準備離開實驗室。我跟她說了檢察官要重啟調查的事情，但沒有告訴她檢察官要我注意人身安全這部分。我不想讓她擔這個心，因為連我自己都不知道要如何注意了，那小惠更會無所適從的乾著急。我們約在晚上十點的時候視訊，好讓彼此有個時間吃飯洗澡之類什麼的，掛電話之前換我開始嘮叨的叮嚀她等一下回家的路上要小心，但一講完我才想起，我不知道她在台南到底住在哪裡，而她也不知道我在台北住哪裡。想到這裡，忽然覺得我們兩個在旁人眼中鐵定是一對扯到極點的夫妻，居然連對方現在住的地方在哪裡都不知道，就，結婚了！

回到了學姊家裡，洗完澡，距離十點還有一點時間。開了電腦後先看看信箱，結果有封陳鎰哲在上午寫過來的信。大意是說，他上週五跟承辦檢察官談過案件，剛剛從他同學那邊轉來的消息是，承辦檢察官應該會在今天找我去談談。另外，他還是重申了他或許有些地方對不起學姊，但要為她找到兇手的決心是不需要懷疑的，這點請我相信；他還說，如果我願意的話，他隨時可以跟我再當面談談。看完後，我心中的第一感覺是不想回覆這封信，雖然檢察官的部分他沒騙我，但我仍認為這個陳鎰哲並不誠實，某種程度我還覺得他想要利用我幫他掩蓋些什麼。我想至少得等小惠將鍾頤喆的筆跡傳來，確認了那兩封信是誰的之後，我再來想想怎麼應對這個陳鎰哲。

我將所有資料再確認一遍後，全部傳給了金檢察官；也寫了一封信給總編輯，感謝他的幫忙，將資料完整地交給檢方，才能讓學姊的案件得以有機會被檢方重新檢視。十點也差不多到了，我打了電話給小惠說可以上線了。

「你吃飽了嗎？」

「吃飽了。妳呢？」

「吃了。剛剛我自己煮了些水餃。」
「喔，妳那邊有廚房啊？」
「也不算什麼廚房，只能煮些簡單的東西。你呢？你那邊可以煮東西嗎？」
「以前不行，現在可以了。我最近搬到一個比較大一點的地方，設備較齊全。」
「套房嗎？」
「比套房好一些，小家庭住勉勉強強。」
「嗯，那我去的時候就有地方住了。」
「嗯。」
「阿遠啊，我在想啊，昨天啊，我會不會就懷孕了？我啊，就算啊，這幾天應該是危險期耶。」
「喔，懷孕啊，很好啊！那我們再十個月就可以當爸爸媽媽了。」
「但是，如果……如果真的有了小孩，那我們現在就要準備很多東西，很多事情現在就要做決定了。我剛剛一直想一直想，越想該做的事情就越多，忽然覺得好害怕啊！」
「不要怕，就像妳媽媽說的，我們兩個凡事都平心靜氣的一起面對，就可以度過各種難關了。有小孩很好啊，那應該是要高興的事情；我們結婚了啊，有小孩是應該的啊！」
「你博士班還要繼續唸下去嗎？如果要繼續唸，那離開了你老闆這邊，你比較想去哪裡？」
「我不打算再唸了，想就直接開始工作賺錢了。」
「你不會覺得很可惜嗎？都投入這麼久了。」
「會有那麼一點，不過也沒辦法，這次事件讓我看到這個叫作學術圈的地方很多奇形怪狀的事情，或許現在這個時間點就離開，對自己的傷害還是最小的。」

「那你接下來會想做什麼樣的工作？」
「還沒想清楚，不過妳不用擔心，我們一定能撐起我們的家。」
「你想要男生還是女生？」
「都好啊，小朋友都很可愛。」
「我想要女生，我們家都是男生，好無聊。你知道嗎，我們家兩個哥哥，男的；舅舅家也都是表哥，男的；姑媽家也都是表哥，男的。好無聊喔，他們啊，雖然都很疼我，因為只有我一個女生，但是啊，他們都是看電視看電影那樣的疼我，就是啊，他們啊，就都以為女生想的要的就只是像電視上電影上演的那樣，但我就不是啊，也不想只有那樣啊！雖然知道他們是真的很疼我，但有時候就是覺得好煩喔。」
「喔，好，那我也想要女生。」
「阿遠啊，你為什麼不會像我的那些哥哥們那樣呢？」
「啊……這……我想……是……啊……因為我在大一就遇到妳了啊！」
「真的嗎？」
「是啊！我第一次跟女生吃飯、第一次跟女生一起做實驗，第一次跟女生跳舞、第一次跟女生一起上台表演，我的很多第一次跟女生一起做的事情，都是跟妳啊，所以我以為女生就應該是像妳這樣啊！妳看，連我第一次接吻，第一次做生小孩的事情，也都是跟妳啊！」
「真的嗎？後面這兩項真的是第一次嗎？」
「真的。」
「沒有騙我？」
「真的。」

還好，我們的第一次視訊，就這樣東拉西扯的講了快兩個小時，沒有原先以為的那樣靜默無聊。或許，結婚，真的改變了我們，就在一夕之間。

雖然已經快十二點了，我還是開了FB看看阿儀有沒有寫些什麼、更新些什麼？一如四天前那樣，除了新的大頭貼之外，還是都沒有任何新動態，我不禁有些擔心了。

我在擔心什麼呢？我也說不上來，就是擔心。我好奇地看著我自己的那個擔心，好像看到了某種奇怪的荒謬：就在我結婚的第一天晚上，獨處的我在準備睡覺之前，我擔心的居然是一位我太太以外的女生，還是那種說不上來在擔心什麼的擔心！

或許，小惠早上摀住我的嘴的動作不是害怕，而是體諒；她願意給我時間自己去解決自己心中的矛盾。

我關上電腦，環顧整個房間。過去一週的時間內，這個房間所擔負的角色快速的變化，從學姊生前的住居，變成了我的住居，一下子又要變成我跟小惠的住居。這中間的過程悲喜交織，切換迅捷得讓我不知道在此時要如何安放自己的心情。我可以跟誰談談那些心情呢？小惠嗎？阿儀嗎？小花嗎？這些或多或少都與她們有關的心情，能跟她們訴說嗎？一個內心不若外表穩定的男生，還會是她們想要共度或仰賴的對象嗎？

我會跟女的好朋友分享我生活中的喜怒哀樂，那是很自然而然的；但我不想跟女的家人分享我生活中的怒哀，而只想給她們我的喜樂，那也是自然而然的。小惠是我的妻子，是我真實的家人；小花是我們家小花，是我情感上的家人；阿儀呢？在她的告白信之前是我的女性朋友，但在她對我告白之後，她也已經是我的家人了，一個很特別但我無法定位她的家人。

那已經去世卻又時時感覺還在我身邊的阿娟姊姊呢？我能跟現在的她盡情的傾訴嗎？我打開衣櫥，讓姊姊的味道又釋放到我的面前。我深深吸了幾口，努力的將它們吸到了我身體內最深的地方，就這樣，好像聽到了某種呼喚似的跪了下來，我小心的挪移了姊姊衣櫥內的衣服，再將自己完全塞進那櫥內的小小空間中，掩上衣櫥的門，完全置身於有著濃郁姊姊味道的暗黑世界，讓留有姊姊肌膚觸感的她的衣服緊緊的靠攏著我，就像我們兩個一起待在子宮那樣的互相依偎著。

然而在這樣的沉靜中，我卻更清楚了。不管此刻所感受到的我的姊姊有多真實，但我仍然看不到、聽不到也觸摸不到我真實的阿娟姊姊。那些看似是姊姊在冥冥之中所安排的過程，會不會只是我將湊巧的偶然，一廂情願地組織成自己以為的那種有著神諭的樣子？人生的歷程，是在一個必然的趨勢下，所衍生出的種種偶然；還是種種獨立事件的偶然，所串成看似必然的結果？

人生能預測嗎？已經去世的姊姊，會有能力預知我跟小惠的未來嗎？我跟小惠的結婚，是本來就會發生的事情，還是姊姊精心安排之後的結果？

會有命中注定這件事嗎？如果我跟小惠的結婚是命中注定的，那是不是也意味著阿娟姊姊的不幸也是命中注定的？而我婚姻的幸福注定要由姊姊的殞命來促成，這樣的安排，會不會太殘酷了些？

我難過的淚水在眼眶內打轉，還來不及溢滿流下的時候，就被緊貼著臉的姊姊衣服吸乾。我漸漸地哭了起來，哭到身體都微微的抽搐，但我的眼淚沒有滴落下去，都在眼眶內將落之際就被姊姊用衣袖接走了。姊姊從背後緩緩的伸出雙手，溫柔的環貼緊抱著我，她用臉頰輕輕撫摸著我的頭髮，將我整個人完全的擁入懷中，讓我的頭能夠安穩的側躺在她的雙乳之間，聽著她搖籃曲般規律的心跳；我完完全全的放鬆，重溫所有最放心的經驗，回到五歲之前所有那些在我母親與表姊乳房上沉睡過的呵護。

第十天

天光仍暗之時，我在學姊的床上醒來。我仍依稀記得看到我的阿娟姊姊將她如嬰孩般的弟弟，小心看護著的以腕抱方式從衣櫥內抱了出來，慢慢的安放在床上，稍微的調整他的睡姿，輕輕的蓋上涼被，吻了一下他的額頭，然後頻頻回顧的緩步走了出去。

凌晨四點三十分，我的手機顯示著這樣的時間。我疑惑了一下，這是週二了還是上週六？我只好又到浴室去沖個冷水澡，好讓自己在冷顫之後，確認自己是夢中的我還是已經站在現實房間中的我。

我想，我是醒著的吧。而且在冷水之後，已經一點睡意也沒有了。

今天的表定工作一件是收拾我在實驗室內的私人物品，也把自己在實驗室內的所有公物分類打包好，好方便交接給不知道哪個願意再留下來的人。既然已經決定要離開這個待了五年的地方，我想趁著老闆還沒有回來之前就收拾整理妥當，會是最小尷尬的時機。另外，我也要把之前自己住宿處的東西都運過來新住處。原先我想保留所有學姊物品陳放的原貌，自己的東西隨便裝箱放著就可以；但是接下來小惠可能會在某個隨時就搬過來住，這將是我和她臨時的家，而她是這個家的女主人，我得讓女主人有權力決定她生活空間的安排。我想，阿娟姊姊會答應我因為這個超必要的理由而打包收納她的東西吧！

雖然天光未亮，但我只有一部機車做為搬家工具，今天會是個極其忙碌的一天，既然醒了，就決定盡早出門開始。在準備牽機車的時候，想了想，又跑回去樓上將我的筆電揹下來，然後才騎上車往我的宿舍駛去。

我想的是，到了宿舍開始打包工作後沒多久，小惠就已經起床了，在她盥洗完將自己打理得美美以後，或許她會想要在上班前，看看她的老公、跟她的老公說說話。我猜她一定會這樣想的，但是她會怕她的阿遠還在睡覺而猶豫著要不要打電話說要視訊，因為她會希望我睡飽一點，不想吵醒我；所以，最後她會選擇先用簡訊發個通知給我，因為她知道我的手機是設成震動模式，簡訊來時的短暫震兩聲不會吵醒一個正在睡覺的人。她會在發簡訊之後的二十分鐘之內等待著，這是在上個漫長廁所之後再拿起手機看看的最大極限時間。如果沒有回應，那麼她的阿遠就是還在睡覺；而她，就會帶著略為失望的心情，無精打采的去上班。

我就是知道她會這樣做，我的小惠，雖然我們沒有真正的成為男女朋友過。果然在上午七點二十分的時候，小惠就傳簡訊通知要視訊了。

「阿遠，你起床了喔。」

「嗯。妳好漂亮啊！這麼早就起來化妝了喔。」

「對啊，先穿得美美的讓你賞心悅目一下啊。」

「但我覺得妳剛起床頭髮亂亂的也很漂亮。」

「哪會，騙人！」

「昨天妳剛起床時就是那麼漂亮！」

「好吧，我接受。你怎麼這麼早就起來？你都這麼早嗎？」

「我算早起，不過今天特別早，因為我要搬家，把舊住處的東西搬到新住處。」

「那你要注意多喝水，今天應該還是會很熱。」

「嗯，妳吃飯了嗎？」

「吃了，我自己做的三明治。你呢？」

「吃了，路邊買的三明治。」
「那不太健康，以後我做給你吃好了。」
「嗯，謝謝！」
「阿遠啊，我昨天睡覺前啊，就一直在想啊，你會想要幾個小孩？」
「妳想生幾個，我就想要幾個。」
「你不能把問題丟回給我啦，你要很明確的說。」
「兩到三個。」
「嗯，我也是這樣想。但是啊，我又會想說，我希望要有兩個女兒。因為啊，我都沒有姊妹，連表姊妹都沒有，我覺得這樣太可憐了。」
「好啊！那就生兩個女兒，我媽應該也會很高興，她說她超想要女兒的，結果三個都兒子。」
「但是啊，我又想，如果都兒子，那就算了；但如果啊，三個裡面只生了一個女兒，那怎麼辦？」
「啊，那就再生一個。」
「如果又是兒子呢？」
「繼續，再生一個。」
「如果還是兒子呢？」
「再繼續，繼續生。反正妳早我媽十年結婚，她那時候是生完我弟弟之後就生不出來才放棄的。妳至少比她多十年可以生。」
「吼，又不是你在生。我看我大嫂、二嫂懷孕的時候都好辛苦，小孩子生下來之後更辛苦，她們生完一個之後都說不敢再生了。結果啊，我大哥不小心又讓我大嫂生了第二個，所以啊，我大嫂生完後，就命令我大哥去結紮了。」

「喔，啊，那，就最多三個，然後我去結紮。」

「是喔，最好是。但是，阿遠啊，我還是一直在想，我會不會昨天就已經懷孕了？我好像感覺得到我懷孕了，怎麼辦，我覺得很害怕！吼，我剛剛就一直想一直想，就很不想去實驗室了，怎麼辦，都是各式各樣的化學物質和有機溶劑，都對胎兒很不好！怎麼辦？」

「不要太緊張，照規矩戴該有等級的口罩、戴手套，小心點，不會有事的。那麼多實驗室的女老師學姊生的小孩還不是都頭好壯壯五育並進，沒事的。」

「也對，好吧，從今天開始我得要更注意了。」

「心情愉快對孕婦也是很重要的喔！」

「嗯，我知道。阿遠啊，我好想是真的你坐在我旁邊說話喔！」

「忍耐一下，很快的，我們很快就會天天在一起了。這星期五晚上我會去台南等妳下班。」

「嗯，你要注意防曬，不要搬家搬到中暑喔。」

「我知道，妳自己也要小心。」

在兩人都紅著眼眶的狀況下，結束了我們第一次的晨間視訊。接下來，我們要在哪個城市天天生活在一起呢？我非常茫然。

我從一個生活中的重心只在想問題、做實驗的博士班三年級學生，或說是剛考過資格考的博士候選人，在不到十天的種種衝擊與轉變下，被迫也好、主動也好，要放棄進行中的學術專業訓練，直接被丟入就業市場；也從一個原本自由自在、無負無擔的單身男孩，在更短的時間內，迅即切換為一個需要擔負家計、甚至不久之後還要撫養小孩的男人。雖然我用非常樂觀的語調輕鬆的說著安慰小惠的話，但要如何讓那些安慰的保證變成事實而不只是甜言蜜語，我，毫無頭緒。

我暫時用專心的收拾來逃避那些一時間無法解決的問題。還好一個幾乎每年都在換住處的學生家當是極其單調的，不是書就是衣服，頂多再加上一些盥洗用的瓶瓶罐罐，打包時可以整個人陷入那種機械化的重複韻律之中，無暇再去思考任何惱人的未來。全部綑綁裝箱後，接著就開始更耗體力、更單調的運輸作業，在攀升到攝氏三十五度的豔陽下，來回四趟的近三小時曝曬與搬運，讓我幾近於中暑邊緣，更無法再思及其他。

我在新住處先沖個冷水澡稍作休息的時候，很意外的接到我表哥的電話，就是那位送我新婚前夕套房的表哥。

「新郎倌，回台北了嗎？」

「昨晚到。」

「好，你舅舅說，明天，就週三，晚上七點，到我家吃飯。有其他事都排除，我爸的事情最重要，知道嗎？」

「喔，知道。」

「新娘現在也在台北嗎？如果在，一起過來；如果還在台南，就你自己過來就好。」

「她回台南上班了，明天就我一個人去。」

「OK，就這樣，明天見。」

瀕臨中暑的腦袋只能將時間地點先塞入幾個神經元中，但無法進一步分析這通電話背後的意涵。在體力稍稍恢復之後，仍得要鼓起餘勇，像是包紮好傷口的戰士，義無反顧的再衝回去豔陽下的戰場，將最後一批瓶瓶罐罐等瑣碎雜物載回來，完成所有物品搬遷的工作。

在今天的第三度冷水澡外加一個便當、一整瓶運動飲料的稍事休息下，雖然仍覺疲累，但還是決定照表操課，繼續騎上機車，前往實驗室。

下午三點，果然如小花所說的，實驗室一個人也沒有，淨是繁華落盡的人去樓空。我緩步在實驗室內踱著，仔細的看著每一個角落，我幾乎將我最有創造力的青春都灌注在這裡，卻在什麼都落空的情況下準備離開。過去的日子裡，在實驗室熬夜是常態，有時候可能是一種故意的自我虐待。總覺得科學家應該就是要以實驗室為家才對，而且「天將降大任於斯人也，必先勞其筋骨」，只是現在才發覺，「苦其心志」原來是最難捱的關卡。當「研究」變成謀生的工作、「發現」變成時程表上的進度時，在這個實驗室裡的科學，大部分都變成了數據的加工業而已。

上學期有一度我以為實驗有了突破，或許再一年就有望畢業，那時我還先預擬了博士論文的謝詞，沒想到當初那種疲累蒼涼的謝幕感覺，不是用於畢業，而是中途退學：

投手丘是一個很孤寂的地方。如果你的控球能力不是很好的話，特別是在連續投出好幾次保送之後，那感覺，甚至是無依無靠。就站在那邊，不怎麼有力氣的接過捕手傳回來的球，站著，顧盼著，很不想把球拿出左手手套，於是踩踩腳邊的凹地，撥撥地上稍稍隆起的廢土，很想想些什麼，又無法思考些什麼，很不安，很，累。

你瞟到面前打擊者期待的眼神，你很怕這種眼神，很怕如此的被期待著。右手在背腰際間旋著那顆左手套裡不安的球。好球吧，快慢都無所謂，被打全壘打也無所謂，在心中，你不斷的如此想著。也許吧，輕嘆了一口氣，慢慢的站直身子，等什麼呢？該來的終歸要來，就投吧。也許，是一個好球。左腳倏忽拔地而起，右手滿弓返轉，扭腰，俯身前衝，踩地出手。

對一顆好球你有什麼樣的想法。

這本論文不是什麼巨著，不過也不是隨便立就得之。許多的偶然在機緣巧合之下，環環相扣的促成它如此的面貌。我無法辨出這許多偶然匯聚的來由與其之後八方的走向。然我心中深自領略，一路行來，得之人者多而予之人者少。

感傷沒有太久，小花就進來了，她的聲音又讓實驗室變得百花齊放了。

「學長，你居然來了！好感動喔！」

「妳不是跟妞妞去老闆家幫忙？」

「是啊，都弄得差不多了，老闆要我先把這幾天拿去醫院看的資料搬回來。妞妞陪師母去超市再買些東西。」

「老闆還好吧？」

「看起來ＯＫ，只是還沒有那麼靈活而已。不過醫師說狀況很樂觀，應該會恢復得很好。」

「老闆知道妳跟妞妞都要辭職了嗎？」

「我們都還沒講，老闆住院的時候不敢講，今天出院時沒空講。反正，明天下午meeting時會講，就不急著今天講。今天講，怪怪的。」

「喔。我明天也會跟老闆說，我不唸了，直接辦退學，服個替代役之後，就找工作了。」

「啊！真的假的！學長，這樣會不會太誇張啊！你都唸到博三了，而且最近不是有篇paper可以寫了嗎？怎麼會這樣！」

「學姊的被害，老闆即便不是直接的兇手，也極可能知情但默不吭聲；然後幕後黑手，也可能是這個學校的校長。光這兩點，我就不想在這裡待下去了。」

「但是，做壞事的又不是你，為什麼變成你要懲罰你自己？」

「當然也不只是這個原因啦。我對學術這一行最近的許多感慨，一下子也不曉得要怎麼說。總之，我覺得需要趕在我的中年出現之前讓人生就定位。」

「中年，學長，中年是四十歲耶，你會不會想太遠啊！」

「來，妳看，即便我繼續唸，這個實驗室一定無法再待下去，勢必要換實驗室。這樣所有的過程又得重新再來一遍，搞不好到了三十三歲我都還畢不了業。即便勉強三十三歲畢業，服個兵役算加一，三十四，再加上個三年博士後，倒楣點可能要撐五年博士後，就三十七或三十九了，不就將近四十了嗎？況且，最後可能還只是個不上不下的一年一聘專案教師。」

「但是，不一定要找教職啊，到時候也可以找業界的工作啊！」

「業界啊！怎麼說呢！台灣的生技業界，真的需要博士嗎？」

「學長，那，我跟你說真的，如果你要找工作，真的，你要不要考慮我表姊那個檳榔研發的工作？我跟你說喔，星期天我回家的時候啊，我表姊還很認真的跟我說，如果我這邊辭職了，就到她那邊去，幫她想辦法把檳榔升級。說真的，我也許會去試試看。學長，你要不要也一起來，你比我厲害多了，應該能做比較厲害的事情。」

「即便我想去，也得服完替代役，至少是一年以後的事情了。這樣好了，我退伍後再去當妳的助理好了。」

「吼，搞不好，不到一年我表姊就受不了我什麼都弄不出來，就把我炒魷魚了！」

「沒關係啊，就調職去第一線負責銷售就好了啊！」

「學長！人家就跟你說過我雖然很漂亮，但還是沒本事站第一線嘛！」

「說真的，那妳跟妞妞打算什麼時候正式離職？」

「下週就月底了，如果能，我們希望下週就離開。現在真的一天都不想來了，來了也不知道要幹嘛，你知道那種感覺很痛苦耶！」

「我了解。」

「學長，那你今天來實驗室幹嘛？」

「打包。」

「打包，喔，對喔，我好像也應該要開始打包了！」

接著，小花一邊整理從醫院帶回來的東西，一邊像是問我又像是自問自答的盤點著離職前要收拾的東西。有時候我答個腔，她就會回應以滿天灑花的笑聲，讓我本來沉悶極了的收拾細軟，還能有精神撐下去。

五點一到，小花就準備下班了，若是平常的習慣，我可能會帶她去吃頓飯，然後她回家，我再回實驗室。然而今天，我跟她揮揮手之後沒再主動說什麼，因為我想五點一過，隨時就可能會有小惠的電話，我不想在接她電話的時候，是跟她沒見過的女生單獨吃著飯。

說不上來，總覺得那樣子不妥。

以前一個在職進修已婚的學長曾經感慨的跟我說過，他結婚之後五年來，就沒有一個人單獨且單純的出去遊玩過，也沒有一個人單獨且單純的在外面吃大餐；他說，總覺得沒有跟老婆小孩一起的遊玩與大餐，會是一種罪過。那時候我聽了覺得非常天方夜譚，想說這也太誇張了吧，沒想到，我在結婚的第二天，就大概體會出這樣的心情了。

結婚後的第二天，我的沉重大於我的喜悅。

比起宿舍的打包工作，實驗室的輕鬆多了。學姊對我們這些學弟妹的實驗資料整理要求得很嚴格，她規定了很詳細的格式，還列了鉅細靡遺的檢查表單，平時就要我們做好歸檔的工作。所以我只需要將紙本及切片這些東西都拿過來整理成一箱，剩下電腦內的東西則幾乎都不用動，那都是存在本來就被規劃好的位置，我只需要花一點時間將公用區內的私人文書檔案刪除或轉存就可以了。我個人的細軟更簡單，除了幾本專業的書籍外，全都是可丟可棄的小玩意，拿個大塑膠袋，一掃，就全解決了。

下午六點，我關了實驗室的電腦、冷氣、窗戶、電燈，鎖上門，也將我五年的青春鎖在裡面。離開。

出了系館大樓，我撥了電話給小惠，她說她還在忙，大概七點才能離開實驗室，她今天還沒有空去找鍾頤喆的實驗紀錄簿，得要明天才有辦法。我說現階段那個筆跡比對還不算是急迫的事情，明天再找沒關係。我們同樣約了晚上十點視訊。

才跟小惠通完電話，就接到陳鎰哲打來的電話。他說，他人目前在台北，剛從地檢署出來，如果我方便的話，他希望現在跟我見個面，吃個飯，聊一下。

我在電話中猶豫了好一陣子。至目前為止，除了總編輯那邊看起來比較可信以外，其他的相關人等，或多或少都讓人存有戒心，即便那個檢察官也是。如果那個金檢察官說的重啟調查是真的，那麼陳鎰哲說他剛從地檢署出來，很有可能已經是正式的約談了。那他需要跟我談什麼？何況檢察官要我謹言慎行保持低調，盡量不要再跟其他人提起我所知道的事情。

「陳老師，很抱歉，我現在有事情走不開。」

「不需要很多時間，三十分鐘就夠了，你在哪裡，我直接去找你。」

「陳老師，真的不方便，很抱歉。」

「韓遠，你聽好，我知道是你跟檢察官說了那些，不然這些唸法律的不會有那麼到位的sense，那是要熟知那些實驗的人才估算得出來的。所以我要跟你澄清，也希望檢察官再問你的時候，你能幫我澄清。那些驗證實驗是在語娟死之前就做的沒錯，Schizophrenia也是我沒錯，更早的網路上傳的那些語娟手寫影本，也是我弄的沒錯，但這些都可以解釋。語娟的死跟那些驗證實驗無關，這是兩件湊巧平行發生的事情，我只是想借用這些data來逼出兇手。」

「陳老師，這些你可以跟檢察官好好解釋，況且，懂那些實驗的人隨便找都有。」

「誰懂？你老闆嗎？醫學院那群傢伙嗎？在這個時候，誰敢說話，每個人都不會想惹火上身的，你懂嗎！檢察官，檢察官我跟他解釋，他不會有興趣這些細節的。他就咬我顯然事先知情，我就無法翻身了。但這不對，事情不是這樣，我跟你說了你會聽得懂的。你是原始證據的提供人，又是為被害者翻案的人，檢察官會相信你的。」

我繼續沉默不語，陳鎰哲等了幾秒，又更激動的說：「韓遠，你聽好，我愛語娟，我不會害她，或許我有些做法失當，但我沒有任何理由去害她。我是真的想找出兇手，不然，我也不會主動請金誠武去找你。真的，在真正殺害語娟的人沒有落網之前，這件事情不應該失焦，反而讓真兇法外逍遙了。」

「陳老師，如果你真的想解釋，就用寫的給我吧；當面談，我覺得不妥，也不想說，我們兩個人面對面談話時要錄音。」

「阿遠，需要到這樣嗎？」

「需要。」

陳鎰哲沒再說什麼就直接掛了電話。我揹著那幾本以後也可能不會再去唸的書走向我的機車，沿途想著陳鎰哲所說的驗證實驗跟學姊的死是兩件湊巧平行發生的事情。如果這是真的，那他又為什麼要發動那些驗證實驗？他自己說過，他弄那些驗證實驗的公義動機不強，而從之前總編輯的信讀起來，其實他也有點想說那些驗證實驗的原始目的可能是很私人的；

那，陳鎰哲花了那麼大的成本越洋幹了這些事情如果不是為了學姊，那目的會是什麼？即便不是為了公義，用這些資料把老闆鬥倒，甚至是把這個校長鬥倒對他來說又有什麼好處？南、北兩個不同學校，照理說直接利害關係應該沒那麼深，況且他跟老闆還算密切合作過，學姊就是他們共同指導的，沒幾年，有可能就轉變成如此像仇人般的兵戎相見嗎？

回到學姊住處，想著，以後這就算是我的新家了。先將那袋書丟著，看著散亂滿地搬進來的戰果，不禁頭痛了起來，這到底要花多少時間才有辦法復原啊！只能先到附近吃個飯再說。到了同一家店、坐在同一個位置、叫了同樣內容的食物後，看著牆上電視的新聞，下方的跑馬燈忽然出現一行「女博生命案自殺變他殺，檢方重啟調查」，心裡當下有種真正放下塊石頭的感覺。我打了電話給阿貓，問他有沒有看到這新聞。

「幹！阿遠老大，拜託你去換一支可以上網又裝了Line的手機好不好？這消息今天下午早就傳翻了，只有你這個今之古人才需要看電視。」

「好啦好啦，以後再說。我現在人在外面啦，沒辦法上網看，先講一下目前的狀況。」

「大鳥他說，今天上午檢調就到他們系辦公室拿走那些監視器影像，也去他們老闆辦公室搜索，把電腦全搬走，還包括一堆文件也全裝箱帶走。還有，那間細胞培養室拆到一半，也被勒令停工，當命案現場的封鎖了。」

「那你跟大鳥還有他那兩個學弟再叮嚀一次，啊，還有那個系辦的工讀生，叫他們千萬要當作什麼都不知道，不要自己惹禍上身。」

「了解。幹，大鳥說他一整天都嚇得要死，我想他一定什麼屁都不敢放。」

「校長有沒有什麼動作？」

「目前就學校發了個簡短聲明說，完全配合檢方的調查。幹！就是這種屁話而已。」

「如果醫學院那邊已經被搜索了，我猜，我們老闆這邊即便沒被搜索，老闆也一定會被調查。」

「是啊！幹！我才剛問小花，那明天還要meeting嗎？小花問妞妞，結果兩人都說不知道。」

「再看看吧。還有，先跟你說，我不唸了，週四我就會去辦退學。」

「幹！老大，真的要這麼刺激嗎！」

「見面再說了。總之，老闆這邊我猜鐵關了，你們也要思考一下未來怎麼辦。」

阿貓少見的洩了氣，幹了一聲之後，就說明天見的掛了電話。

一直到我吃完所有麵、湯跟小菜，電視上仍只有這一行「女博生命案自殺變他殺，檢方重啟調查」不斷重複出現，都沒有看到詳細的新聞內容。

吃飽後再進了家裡，就先不管那些箱箱袋袋了，開了電腦，急著看看有沒有更詳細的消息。

一開電子信箱就先看到總編輯下午寄來的mail：

　　稗遠你好，想必你已經看到了語娟命案重啟調查的消息。這是你連日來努力的結果，才能讓這件事情重回公理的方向，我想你的學姊一定很高興有你這樣一位真心關心她的學弟。

　　我有件關於你的事情需要在此時先跟你說說。就目前的證據看起來，令師在論文造假的部分的確犯下了重大錯誤，甚至在語娟命案這方面也可能有所牽連，因此你的博士學業是否還能在現有的軌道上進行，會是個迫切需要思考的問題，我相信你自己也應該開始正視這個問題了。我想要說的是，在這個當下做決定的時候，千萬不要有過激的想法，特別因此就對所有大環境完全的失望。這是我從處理之前的論文造假案到現在這件造假案時，一再努力告誡自己的事情。

從我第一次進實驗室到現在，投入所謂的學術研究這一行也將近三十年了。三十年來我所看到在台灣的學術研究，不論是在整體環境、經費支持、人才素質、研究表現等各方面，還是每年都有些進步；雖然我們也同樣的看到在這一行中敗壞風氣、巧取豪奪、奸詭狡詐等等令人痛心的事情與日俱增，但就我個人的經驗，好的、真的仍然多於壞的、假的，即便兩者可能只是五十一比四十九，但仍然是進步的；雖然很緩慢，但仍是不斷的向前走。

因此，在我們看到屬於那四十九的壞的、假的而感到非常痛心，甚至對於自己所做過的努力都有些失望的時候，請記得告訴自己，你仍然是站在五十一的那邊；還是有多於一半的人跟你一樣對自己負責的工作著！不然，你不會看到一個儘管緩慢，但還是在進步中的學術界。

如果你還是想繼續學術這一行，但需要有人可以談談的話，我很樂意與你見面聊聊。我認識的學術界朋友還不算少，特別是生物醫學領域的，應該可以提供些意見。而語娟的命案，目前我們就先靜待檢方的行動，再看看後續還有什麼是我們使得上力的。

看完，我想著五十一比四十九，或許吧，但如果陷在四十九的那個人身邊舉目所及俱是奸佞當道，你要他怎麼去相信世界還是美好的呢？某種程度，這位總編輯還是太理想化了。但不管怎樣，人家總是一片好意，也很實質的為學姊的事情出了很有效的助力，所以我還是寫了很禮貌的回信，感謝他的意見及幫忙，也簡單的跟他說明了我即將放棄學業，離開學術界，尋找新的謀生方式。

寫完寄出後，我對於自己使用的是「尋找新的謀生方式」感到有點悲哀中的好笑，原來，在我的潛意識裡面，已經不是用「追求理想」來看待自己在工作上的努力了，而只是在求個「謀生的方式」而已。

儘管我站在一個好像很崇高的學術殿堂中，通往看似清高頭銜的目標前進，但是對於自己工作的價值認定，遠遠不如阿儀對於她早餐工作的堅持與尊重。

一想到阿儀，就在看新聞之前先繞去點點她的ＦＢ。仍是靜默不動，彷彿我們就此斷了音訊。我再重看了阿儀的那封告白信，讀完後心裡仍是深受震撼，內心的那道情感大門，又被重重的敲了一槌。

如果，在上週那個收到阿儀這封信的當下，我接受了她的感情，讓她成為我的女朋友，那，我會像現在這樣在意著阿儀的在意小惠嗎？

我如果跟阿儀在一起，她一定不會像小惠那樣孤注一擲的要求我直接跳到結婚的階段。我們應該會像絕大部分的人那樣，先經過情侶的階段；而這個階段想像起來必定會有不少波折，應該會在磨合的過程中經歷很多次的爭吵或冷戰。因為我們對於彼此的了解認真說起來，那些在十二歲之前我對於那個成績不好又不愛講話的阿儀的認識，已經不足以做為我現在跟她相處的基礎，童年往事已完全無助於我對於現在這個漂亮、積極又有自信的女生進一步的認識。然而，這些漂亮、積極又有自信的印象，細數起來，也不過是植基於那些在ＦＢ上幾十篇的留言與訊息，還有那個下午有些生疏的共處。憑這些所勾勒出的，很可能也不是那個真實的她。

某種程度，我在抱住小惠的那個瞬間，內心裡應該還是做了很快速的理性運算，將這些我可能會動心的女生做了個即時條列評比，確認了小惠的確具備勝出的資格後，我才張開我的雙手迎向小惠。

我回到了那些跟命案有關的新聞上。這次重啟調查的新聞每個媒體都有顯著的報導，有兩三篇還寫得算深入，提到了老闆，甚至是當初向檢方提供專業意見的主治醫師與輔導室人員可能也難辭其咎。不過在基調上，仍然沒有超過阿貓在電話中所講的。

檢調第一波就鎖定了張P進行搜索，我想應該是基於大鳥取得的那些監視器畫面所發動的。但如果兇手是張P，那動機會是什麼？這不是街頭少年的械鬥，而是有計畫的謀殺；那個讓張P在一天兩天甚至一週兩週內持續的籌劃著、思考著、模擬著如何殺掉一個人的理由，會是多大的仇恨或糾葛？如果找不到這個動機，在細胞培養室這個命案現場已經被拆除破壞大半、學姊的屍體已經火化的狀況之下，要找到直接的殺人證據可能已經希望渺茫。或許得從這個動機著手，才有可能真正突破這個嫌疑犯的心防。

在柯南正思考到一半的時候，小蘭就來電要他回到現實。十點了，我得跟小惠視訊了。話題還是工作與生活的瑣事，小惠抱怨了一下最近實驗不順利的壓力，加上她開始對有機溶劑的味道敏感了起來，所以感覺很多操持動作的流暢度都受到了影響；小惠說，她剛剛吃飯的時候想了又想，如果這次沒有真的懷孕，那她希望我們先避孕個一年左右，等到我服完替代役，兩個人也住在一起開始真正共同生活之後再來生小孩。我當然是贊成，但小惠馬上又說了，她不想吃避孕藥，所以要我記得準備保險套。同樣的，我也是贊成的。結果小惠說，我不能回答得這麼敷衍，到時候如果我沒有事先準備，就不會讓我睡在她旁邊。

小惠也看到了學姊命案重啟調查的新聞。她說，看到新聞的時候，她想到阿娟姊姊安慰著她的樣子，就傷心的哭了起來。然後，她就又覺得阿娟姊姊站在她旁邊輕輕地拍著她的肩安慰她，害她又哭得更傷心。小惠還特寫了一下她那還有些紅腫的眼圈。而在她調整鏡頭的瞬間，我似乎也看到了姊姊就站在小惠的身後，欣慰的看著她弟弟老婆與她弟弟的互動。

阿娟姊姊並沒有一直當著電燈泡。在小惠提到週五我不用去台南，她想那天下班後自己來台北找我，然後要我週六早上就帶她去姊姊厝放骨灰的塔位祭拜時，我看到姊姊很溫柔又熱情的擁抱著小惠，很欣慰地微笑著看看她又看看我，然後起身緩緩的離去。小惠紅著眼眶微微的向姊姊走出的方向望去，許久，當她回過頭來看著我的時候，沒再哭出聲，只是眼淚涓涓的滴下來。

我們都知道阿娟姊姊走了，但我們都沒說。

我在姊姊擁抱著小惠看著我欣慰的笑了那當下，就完全明白了那個笑容是她終於卸下了壓在心頭三十年無比巨大負擔後的舒坦；在那個時候，什麼樣的緣由令她死去已經不重要了，那些因著她死後所接續而來的轉變，只是她跟她那位在子宮內的弟弟所玩的一個大風吹遊戲，此時輪到她替代了她弟弟死去的角色，生命則由她的我們家阿遠接手粉墨登場。

儘管一直噙著淚，視訊還是持續到了半夜十二點，最後是我催促著小惠得去睡覺了，雖然她嘟嚷著不想要離線，但我哄著說太晚睡覺對孕婦不好，兩個人才依依的關了電腦。我在關掉的電腦前看著窗外的漆黑發呆，再度回到了暫時不用擔心什麼、牽掛著誰的獨處夜晚，直到發現和親的儀隊出關後，兩隊人馬忽然殺出搶親。

我當機立斷的先率了百騎出城，在亂軍中靠近了公主的車轎，殺退首波接近的敵人，顧不得儀禮，一刀劈開了轎門，將公主拉上自已騎著的馬，緊拉著她靠在我背後，於左右十幾名死忠兄弟的護衛下，硬是將公主帶回城關內。途中我砍殺了十數個敵人，他們的血濺得我滿身，坐在我背後的公主也同樣被濺了滿身血。眾人湧上將公主接下馬之後，我就累癱在馬上，無意識的讓馬載著我在城裡面繞，後來是個小女孩拉了拉我的手，把我叫回現實，並且遞上她手裡的一大壺水。我喝了，很清涼，我看了她清澈的眼睛，很想說些什麼，但說不出來。

凌晨四點三十分。醒了嗎？實在想不起來我是什麼時候爬上床的。不想再去沖個冷水澡，就躺在床上繼續看著窗外的漆黑。

我還是決定去了，但我堅持公主要留在京城，不能夠相隨。因為我知道，這是死戰，一去不復返的那種。而且在這戰後，公主就可以回復自由之身，而且清白完璧無瑕。

公主沒再多說什麼，只是流著淚，在我跪著向她行君臣之禮拜別時，公主也跪了下來，抱著我，讓淚水流在我的鎧甲上，說了聲，夫君保重。我還是出發了，只是沒想到，領軍入了邊城剛佈署完畢，也眼見敵人即將兵臨城下之際，卻見到公主出現在我的面前，只簡單說了一句：「我來與我夫君共生死。」

最後，城破人亡，我們都在這場戰役中離開這輩子。在最後的城破巷戰中，我為公主所做的最後一件事情，就是於無法再突破的重圍中先殺了她，避免她受到羞辱。也因此來不及自殺，被擄後斬首。

而在身首異處的那瞬間，天就真的大亮了，在二〇一八仲夏來臨的清晨六點。

第十一天——家人

簡單的漱洗完畢，就先將桌上的筆電打開，想說，等一下或許老婆就會來電要求晨間視訊。習慣性地先到阿儀那邊去逛逛，倒是很意外的，她在凌晨四點三十分的時候，寫了個私訊給我，還附了張照片。

照片中間是一盤分量約為一般三分之二的黑胡椒鐵板麵，上面蓋個薄焦脆皮的彈白透黃荷包蛋，盤邊擺了片直徑約為一般尺寸二分之一大小的漢堡肉；照片左上角放了一杯兩百毫升的冰綠茶，上面飄著一小方冰塊，並插著根折彎式吸管；右上角則是一盤雙拼蛋糕，有一小塊濃郁的乳酪蛋糕跟一小塊滑嫩的提拉米蘇，橙黃粉棕的顏色在小白碟上並排著格外討喜。在畫面的最前端則是一張餐巾紙墊著，上面擺了一雙不鏽鋼筷和一把小湯匙。

阿儀在私訊裡面寫著：

阿遠博士，好幾天沒有寫東西給你了對不對！不是我偷懶喔，而是我最近好忙喔！你知道嗎，我啊，自從你覺得我們那個蛋糕的點子也很棒之後，我跟阿玲還有淑姊就決定要正式推出這道產品。我們這幾天試了也討論了好多，最後終於決定推出照片中的這個組合，看起來如何呢？你知道嗎，我們花了好多時間在決定裡面各款食物的分量和調味，希望讓客人能在不拖長用餐時間的狀況下，吃得完又吃得剛剛飽，而且又能回味著蛋糕的濃郁香甜離開！

我今天好期待喔！但是也好緊張喔！你知道嗎，阿玲跟我一早四點就到店裡來，把料都備齊了之後，我就先做了一份，把它擺得美美的，然後拍張照片寄給你。阿遠博士，你知道嗎，你是全世界第一個看到我們店裡新產品的人喔！雖然你不能來做第一個品嚐這個產品的客人，但你是第一個見到的人，也不錯啦！是不是？你下次有回台南的時候，記得要來吃喔！

不知怎麼的，我感覺鬆了一口氣，但隨即又煩惱了起來。至少阿儀沒有因為我的軟性拒絕而出了什麼事情，雖然不能說她沒有受傷，因為直覺上，她這麼的投入新工作或許也是一種療傷的行為吧！但無論如何，總算看到的還是那個堅強又陽光的阿儀。但我要怎麼回信呢？在去小惠家提親當天上午我所煩過的問題又再度來襲，我需要跟阿儀說我結婚了嗎？就在她跟我告白之後毫無徵兆的五天之內。我要怎麼跟她說呢？她知道了會很傷心吧？那我要去安慰她嗎？還有，我要跟她說不要再叫我阿遠博士了嗎？她會問原因吧？我又要怎麼跟她解釋呢？要跟她說因為有幾個老師造假，然後他們還殺了人，所以我不要唸了，嗎？挖靠，這是什麼世界啊！

就在專心的左思右想之際，小惠發了簡訊過來。手機通知的震動聲嚇了我一跳，恍若我正在做一件對不起她的事情之時卻被她撞見了。拿起手機的時候，我還緊張的滑掉手機，差點就把它摔到地上，還好腳背有即時的伸出接住。

其實真的是不需要心虛的，但我還是有點心虛的開了視訊。

小惠秀了她自己做的三明治，用她自己調的馬鈴薯紅蘿蔔加白煮蛋沙拉，放上幾片小黃瓜，用兩片吐司麵包夾著，的確看起來很清爽可口。她邊吃邊叮嚀我等等去外面吃早餐的時候不要吃太油、太鹹的東西，也不要喝那些很甜的飲料，盡量要吃清淡些；我則不由自主的想到阿儀的那套早餐。我跟小惠說今天老闆要meeting，我會在那時候跟他說退學的事；另外我也跟她說了舅舅晚上找我吃飯，不知道是有什麼事情，或許會晚點回家。小惠有點尷尬地問說她需不需要一起出席，我說我已經跟表哥說了妳還在台南，我自己過去就好。

就這樣，結束第二天的晨訊。然後，不知道今天會是怎樣的一天。

的確是未知的一天。老闆在聽到我要退學之後會有什麼樣的反應是未知數，他才剛出院，我不想再像上週六那樣引起他的強烈情緒，免得到時候他身體又出了什麼狀況讓我有背不完的道義責任。

晚上更是未知數，我來台北唸書這麼多年，被表哥抓到外面餐廳吃飯倒是常常，但很正式的到舅舅家裡吃飯也不過才四次；其中兩次是陪母親過去的，另兩次，一次是大學畢業時，一次是碩士畢業時。舅舅找我過去談我的生涯規劃，但都談到讓他臉色鐵青、我表哥在旁邊捏了好幾把冷汗。

我想，今天也會是談生涯規劃的事情吧！畢竟，結婚，是比前兩個階段更大的事情，更何況他們還是覺得我跟小惠是因為有了小孩才結婚的。「養家活口」本來對我很遙遠陌生的四個字忽然的就降臨，以我現在這麼狼狽的狀況，我還能夠像前兩次那樣的瀟灑拒絕舅舅為我所安排的一切嗎？我知道，如果我開了口請舅舅幫我安排工作，我相信我現在所煩惱的難題就會馬上獲得解決，而且也算是取悅了他老人家；但是，我要如何的去面對上週日之前的那個我自己呢？我是不是馬上就變成了舅舅口中那個不知死活、遇到就會知道痛的不食人間煙火的傢伙呢？或許跟這位有如父親的長輩低頭不算屈辱，但卻會讓所有過去的我鄙視現在的我，找不到自己應該是誰。

不過這些都是中午以後的事情，當下，我還是得先回到阿儀的這個訊息上，總得回些什麼，而且不是那種「嗯，很棒喔，祝妳成功」的這類屁話。

我是真的焦慮起來，完全沒有任何頭緒寫這封回訊。阿儀現在或許在忙著，但她也很可能在每個歐鏟的空檔看看手機內的ＦＢ有沒有顯示著我寫過去的新訊息。這真是件有時間壓力的事情，然而我在房間內繞了好幾圈之後，還是沒有任何想法可供動筆。我無意識地拿起水壺想要喝水，才發現裡面已經全空了。焦渴異常的感覺迫使我必須現在得出門去買瓶水應急。

在臨開門前的那一刻，我對這持續的焦渴感忽然熟悉了起來，那是在沒多久之前才剛剛經驗過的感覺。我停下來稍微地往前迴巡的想著，很快就對應到了，那是在凌晨四點三十分，我累癱後無意識的任由馬兒載著我在城裡面繞的時候的感覺。

我在門邊坐下，斜靠著牆角，聽任那個焦渴感在我身體裡面無限的蔓延，淹沒了我所有對外界的感知。也不知道在這樣子的靜默虛空縹緲了多久，我漸漸看到了那個小女孩，看到她手裡的那一大壺水。我看到我喝了，我看到她還是繼續的拉著我的手，我看到她背後有一群大男孩在對著她叫囂，我看到她清澈眼睛裡的恐懼。我拉了她上馬，斥退了那群野孩子。然後，他們的叫囂就變成了窗外車水馬龍的喧囂。

我勉強站起身來，忍著幾乎已難承受的焦渴感，直接到廚房的水龍頭底下喝了一大口水。雖然還是難解焦渴，不過至少比較有精神了點。趁這個時候我趕快到樓下超商買了兩瓶水，直接就在店裡喝掉一瓶，然後在早餐店買了兩個三明治回家，又配掉快半瓶水，漸漸的才感覺到身體回到正常的狀態。

剛剛是靈異還是血糖或滲透壓忽然的異常，我自己也搞不太清楚。總之，現在又可以正常思考了。我再讀了一次阿儀這七天內傳來的兩封信，決定，還是誠實的交代一切為上策。

阿儀，看到妳們的作品，我覺得那已經不只是商品，而是跟顧客最誠心的互動，妳們讓「工作」已經不只是「工作」了，真是讓人感動啊！

而我在過去的一個星期裡面，在身分上有兩個很大的轉變。第一個是我決定放棄繼續攻讀博士學位，今年就準備服替代役，退伍後直接找工作就業，不再當學生了。這件事情主要的關鍵原因在於我的指導教授與學校內的其他幾位教授，他們在學術工作上有許多不誠實的地方，發表了不少造假的研究成果；而且因為這些造假的東西，還導致了一位在實驗室中最照顧我的學姊被殺身亡，迄今兇手仍然尚未落網。這些事件的發生，不只讓我目前的研究工作受挫，未來也無法再繼續下去；而這些學術界的醜聞，也讓我對於繼續從事生物醫學的研究工作感到灰心。所以，我決定離開學術研究這一行，準備將自己釋放到其他領域的工作上。

另外一件事情是，我結婚了。就在前天，週一的時候，我跟我太太先去完成了結婚登記，喜宴會在兩個月以後舉行。新娘是我的大學同學，我們在大學四年裡培養了很密切的生活默契以及很深厚的感情。畢業後雖然有幾年的波折而短暫分開，但是我們還是一起克服了那些障礙。因此最近我們就決定以結婚來告別過去的那些波折，共同攜手我們未來的人生。但因為結婚這件事情決定得有點突然，加上我最近遇到上述那些工作上的轉變，所以沒有能在第一時間就跟妳說明，非常抱歉。

我知道這個消息對妳來說可能有點錯愕，但我還是覺得我應該誠實的告訴妳。我心裡最想說的是，即便我結了婚，妳仍是我最親愛的同班同學，妳也是最關心我的朋友。我非常珍視我們之間的一切，這一切的友誼與關懷，不會因為我的結婚就不見了。我希望妳能明白我的心意，了解妳在我心中是有如家人般的重要。

或許妳會怪我、怨我，但我希望那不要太久；我希望阿儀跟阿遠，還是那個阿儀跟那個阿遠。

寫完這封信，看看時間才上午九點半，這時候應該仍是早餐店忙碌的時刻。我想，再怎麼堅強的阿儀，這樣的信，一定還是會引起她心中巨大的波濤。為了不影響她今天新產品開賣的工作心情，我決定等到下午一點早餐店打烊時，再將訊息傳過去。

儘管這樣一封信的內容讓我感到非常的忐忑不安，但無論如何，我已經無法再設身處地的想到更好的寫法了。本來想說要寫句將來會帶新娘子去她店裡吃她全台首創的早餐，但後來覺得這樣的客套反而會引起阿儀更大的傷心，所以就不提了。

在考慮要不要寫這一句的時候，也才想到小惠昨天提說週五晚上要過來住。環顧一下四周的箱箱袋袋，才意識到，得趕快把搬家後的東西就定位。

雖然我開始很勤快地做著開箱歸位的整理動作，但腦子內仍然非常不安的想著那封準備在下午一點寄出給阿儀的訊息。那封訊息裡面到底還少了什麼樣的東西？到底有沒有寫錯了什麼樣的事情？

我一直在想著，如果我讀到了這樣的一封訊息，哪個部分會是我最在意的關鍵用詞？「結婚」嗎？那是個事實描述，無法挽回，也無從變換字義。這樣說來，那關鍵的部分或許就該是兩個人未來要如何相處的建議了！所以，如果我是阿儀，當我讀到了這樣的句子「妳在我心中是有如家人般的重要」時，我會不會立即就有個疑問，說，那個，什麼是「家人」啊？

「阿遠啊，你能不能說明白一點，我不懂耶！」如果阿儀噙著淚，哽咽地這樣問我的話，我該怎麼解釋清楚呢？

我心裡面想的「家人」，到底是什麼呢？

沒有血緣的連結，兩個年齡相仿的平輩男女之間會有什麼樣的家人關係？除了夫妻以外，真的可以成為兄妹或姊弟嗎？真的有可能小心翼翼的不讓所謂的愛情在兩個人之間發生嗎？真的有決心抑遏住那隨時可能在無意間就突如其來的性愛誘惑嗎？真的可以避得掉上述那兩種考驗，大方的將所有互動在眾人面前攤開，無任何尷尬的演示出所謂的「家人」關係嗎？

小花是我這樣的家人嗎？阿娟姊姊是我這樣的家人嗎？如果我們真的朝夕相處，同住在一個屋簷下，我們還能維持得住這樣的家人關係嗎？還是因為我們只想要維持住這樣的家人關係，所以我們刻意的不要朝夕相處，不要同住在一個屋簷下？

阿儀呢？她會滿足於只有這樣的家人關係嗎？我能感受得到她要的不會僅止於此，她希望的是夫妻關係的家人。

但如果這是個我跟她已經不能去觸及的境界，那麼有沒有可能退而求其次，就大方地接受那些愛憐的情意滋生，但是盡全力的阻絕所有跟性有關的互動，甚至連一點點肢體碰觸的機會都沒有？這樣的關係，阿儀能接受嗎？我能接受嗎？小惠能接受嗎？而這樣的奇特關係，還能夠用「家人」的意象來詮釋嗎？如果這是「家人」，在稱謂上又該是什麼呢？

性在愛情中是很關鍵的，我現在已經知道了。在前天與小惠的進入與接納的繾綣中，我立即頓悟了那是一個非常細微巧妙的動態檢查過程，兩個人對於彼此有多少熱切的依賴與企盼，都會忠實地隨著所有肢體的碰觸與摩擦，滲入對方的肌膚內再上達到腦中某個精密的計算位置，權衡那些激烈或含蓄的性愛動作中到底含有多少在肉體之外的渴求——渴求著那個人的全部，而不只是性器官摩擦的快感。而每當通過了一個層級的權重，我們就會為對方打開一道新的心門，示現一個原本被深鎖的空間，允許對方可以肆無忌憚的探索在這方疆界內的心靈秘境。

當我恣意的在小惠身上探索而小惠也恣意的在我身上探索時，我才了解到如果沒有了性、沒有了肢體密切的碰觸摩擦，我們也就無法一窺在對方愛情殿堂內的我。

一個沒有性的愛情算是愛情嗎？如果一個已婚的我準備接納阿儀的愛情時，我們真的避得掉兩人在性中實踐愛情的渴求嗎？即便能，那時時刻刻得自我提醒對性的設限，帶給對方的會是幸福或是更深層的痛苦呢？

如果連我自己都覺得答案是否定的，那麼這樣子的一句「妳在我心中是有如家人般的重要」，就不只是託辭，而是蓄意將對方推入更深層痛苦的邪惡了！

如果捨去了「家人」的用詞，在那封訊息裡面的關係就只剩下「朋友」了。但不論用的是「最親愛」、「最關心」、「最珍視」哪一種面向的形容詞，修飾的名詞仍只是「朋友」。也就是說，那裡面並不會有太多可以跟「情人」這個關係相提並論的東西，更遑論追上「夫妻」這種關係的一點點尾巴。

就像是，如果在這個週六的清晨五點，我還睡在小惠旁邊的時候，接到一個我「最親愛」、「最關心」、「最珍視」的女性朋友打電話來要我現在就去車站接她來我這邊休息一下，等等再請我載她去淡水開會這類請求的時候，我會毫不猶豫的照著做嗎？即便小惠那時候沒有睡在我旁邊，我就可以毫不猶豫的照著做嗎？

兩個朋友如果雙方都沒有跟其他人有「夫妻」或「情人」這種稱謂關係的時候，或許剛剛那樣的請求是很容易就可以答應的事情，但如果其中一人已經跟其他人有了「夫妻」或「情人」這種稱謂關係的時候，這件事情就必須要有個非常堅強的理由才行——例如說褲子臨時破掉了、而且手機裡面的號碼只有你一個台北朋友的時候——不然的話，極可能會出大問題。

這就是異性間的「朋友」，在碰到其他更親密的關係時，於動輒得咎的考量下，馬上被侷限成一個互動有限的平淡關係。阿儀能接受只是這樣的阿遠嗎？

我想就異性之間來說，我跟小惠在大學那四年裡面算是很好的朋友了，甚至若以我所有的女性朋友來說，她可以算是我「最親愛」、「最關心」、「最珍視」的朋友；以一個總括式的形容詞代表，就是「最好」的朋友。但就因為只是朋友，所以我們可以在五年之間沒有任何音訊，如果先忽略掉那些生日卡片的話。這樣子的「最好的朋友」會是阿儀能接受的相處嗎？她能接受現在我說了「妳是我最好的朋友」之後，接下來音訊全無；然後在第五年的某一天，我們忽然在街上遇到了，我又說了「妳真的是我最好的朋友」之後，再繼續五年沒有任何音訊？

或許就因為小惠之前已經是我最好的朋友，又經歷過了五年的音訊全無，所以她深知如果不在這個當下將我套入一個強力的關係框架中，我就會再五年的音訊全無。

小惠應該是受不了這種可以自由地不聞不問的「最好的朋友」。所以，我想，很可能的，阿儀也不會受得了。

但我所考慮的「阿儀能接受嗎」或是「阿儀不會受得了」，真的是我在為她著想嗎？還是，我只是在為我自己著想而已？

我應該是一個很貪心的人吧！我會如此的在意阿儀，應該是因為我仍然想要與她發展出某種親密關係，而不只是單純的害怕她傷心吧？如果我身在一個可以有三妻四妾的時代，我會不會毫不猶豫地在與小惠結婚之後，又追求與阿儀之間的愛與性？或許這個潛在的想望，才是我現在矛盾的根由。

那我能夠不這麼貪心嗎？至少在這個當下，我承認我丟不掉這個貪心的意念。我仍然捨不得就這樣很決絕的跟阿儀斷了音訊，我仍然想看到她在我面前展現她那毫無保留的熱情，即便我現在已經結了婚。但我能夠誠實地跟阿儀講出我心中真正的意念嗎？這種毫不考慮她的感受，只因為是我貪心的意念，我應該也不能誠實的說出口吧？那已經是要她接受準第三者的角色了，太傷人了。

到底我希望的阿儀跟阿遠，應該是哪個阿儀跟哪個阿遠呢？對阿儀來說，面對一個已經結了婚的阿遠，她又會希望是怎樣的阿儀跟阿遠呢？我們兩個人各自的希望，有沒有可能找到對應得起來的方向？

如果是小惠呢？如果當初那位王明雄醫師不是她表哥，而是她貨真價實的男朋友，那我會希望小惠怎麼處理她跟這位必須得分手的男朋友兩人之間的關係呢？

小惠會像我對阿儀那樣，仍然想與前男友發展出某種親密的關係嗎？她會不會在與我結婚之後，仍然想要尋求與前男友之間的愛與性？如果當初小惠有的是貨真價實的男朋友，那種割捨的難度應該會遠大於我跟阿儀吧？畢竟，我跟阿儀之間沒有過實質的男女朋友的互動經驗，我們有的，只是彼此在腦海中依著對方的形影所勾勒出來的想像而已。

我沒有過男女朋友真心相愛的經驗，無法清楚的想像如果心裡曾經有過一個曾經滄海桑田的人，那要怎麼去遺忘他呢？如果小惠心裡曾經有過一個這樣的人，那她要忘了他到什麼樣的程度才是我可以接受的？那條雖然我可能還會有一點點嫉妒，但在理智上是完全可以克服的遺忘程度之閾值線，到底要畫在哪裡？

但是即便現在她忘到完全符合我的要求，甚至比我要求的還要忘得更多，我會不會還是有些不放心，還是會有些恐懼在心中隱隱的作祟著？不安的想著，如果在三年、五年甚至十年、二十年之後這兩個人又遇到了，那些擺在心裡沒有被遺忘乾淨的，會再萌芽嗎？

通常是這樣的，再怎麼刻骨銘心，時間久了，都會淡了；不是因為時間刷掉了苦痛的記憶，而是大腦會選擇耗能最少的取樣規則回憶，自動捨棄了高耗能的苦痛時刻。所以，在很多年之後當她與他又再見面了，而且那個見面的當下氣氛還不錯，兩個人氣色長相脾氣也都還不錯，都還有著當年在對方各自記憶中的樣子，那，在相遇之後，會不會也將所有的親密關係都找回來了呢？

我又開始焦慮的乾渴了起來，剩下的半瓶水一口氣就喝完了。不想再多花錢去買瓶裝水，只好再喝了幾口自來水撐著，趕快自己燒開水。

無解吧！我覺得自己已經落入了一個與自己的慾望還有嫉妒拉扯的角力之中，想自私又不敢自私、想單純又捨不得複雜。我再仔細地把要給阿儀的那封訊息讀了一遍，最後決定刪掉「了解妳在我心中是有如家人般的重要」這句，但保留其他以「朋友」形容的句子。人間的詞彙就只有這麼多了，沒辦法。

而「我希望阿儀跟阿遠，還是那個阿儀跟那個阿遠」這句，我還是不知道該不該刪。刪了，整封信就沒了結尾；不刪，那這句是什麼意思呢？我自己也不知道。

就在對著這封訊息自問自答之際，看到阿貓傳來個私訊，裡面是一條剛剛發出的即時新聞連結，標題寫著：「女博生殞命案情持續擴大，今天上午約談校長與指導教授」。新聞發佈的時間是上午十點五十分，應該是才發生沒多久的事情，所以內文沒有寫的比標題多到哪裡去。

我回了訊息給阿貓，也同時加了小花和妞妞，問說那下午還meeting嗎？三個都說不知道，阿貓還說，我現在是實驗室班長，應該是我來拿個主意才對。

我想了想，也不知道老闆什麼時候才會出來，或許很快也說不定，所以就跟大家說：「那就照常到實驗室集合。」

老闆被約談我並不意外，甚至我還覺得稍晚了些，他應該要跟張P同一波被調查才對。倒是校長在這個時間點就被約談感覺上比較不尋常，雖然有一些跡象顯示出他跟這個案件有所牽連，但至少在我找到的資料當中都沒有直接的證據。如果只是那些略嫌薄弱的間接證據，應該不足以用來約談一個大學的校長。即便現在的大學已經不是什麼神聖不可侵犯的地方，但畢竟還是個會引起輿論廣泛注意的焦點。或許，檢察官手上應該握有比我給他的資料更多的證據，才敢在重啟調查的初期，就把約談的層級拉到這麼高。

十一點半了，我再搜尋了一下其他媒體的報導，都還沒有什麼新的消息。再寫了個私訊給阿貓，問說大鳥他們那邊有沒有什麼八卦？阿貓回說，目前尚無任何新的回報；我只好再重申還是只能照原定時間去實驗室看看再說了。

順手用剛燒開的水泡了杯紅茶，邊喝邊把這個房子的裡裡外外繞了一遍，思索著，在這個有限的空間裡面，要怎麼樣來收納整理，才能夠容得下姊姊、我與小惠的東西呢？在七月底小惠辭職之前或許還不是個大問題，但七月以後如果小惠找到台北的工作，而我的替代役也可以順利地留在台北的話，那空間上就會是個大問題。即便我將姊姊的東西都裝箱運回高雄存放，日後的生活上我仍然不會再有什麼完全隱私的個人空間了，或許連筆電都得跟小惠一起共用。

那麼，我FB裡面的內容會不會在某個晚上小惠忽然坐到我身後好奇地看著螢幕的時候就曝光了呢？當她看到「我希望阿儀跟阿遠，還是那個阿儀跟那個阿遠」這句話的時候，會不會自然而然的就把它想到最壞的方向去呢？

或是，如果哪天我看完FB的私訊之後忘了登出，而小惠在接續使用的時候，好奇的打開了我跟阿儀之前的通訊，看到了阿儀的那封告白信還有我摟著她腰的照片時，小惠會不會就像阿儀在信中所說的那樣，「如果看到我的男朋友有另外一個這麼喜歡他的人，我一定會非常非常的不知道該怎麼辦才好」的非常傷心，而且讓她對我的信任在一瞬之間完全瓦解？

想到這裡，我不禁全身冒了個冷汗。當下我就將阿儀的告白信內容連同照片都複製貼到一個WORD檔，再將檔案放上雲端。把電腦內的原WORD檔案刪除，阿儀的這則告白私訊連同照片也刪除，然後再加碼把等等要傳送的私訊中，「或許妳會怪我、怨我，但我希望那不要太久；我希望阿儀跟阿遠，還是那個阿儀跟那個阿遠。」整段都刪除。

在刪除阿儀的告白信之前，我以告別般的心情再重讀了一遍，看到最後這段的時候——「我還是要再跟你說一次，如果你已經有女朋友了，請你一定要把照片刪除、把這封信刪除，我不想變成電視上演的那種第三者的女生。然後，請讓我繼續當你的小學同學。」——我是感動也是愧疚地掉下淚來。我在沒有做什麼的情況下，居然會有這樣善良體貼的女生真心的為我著想；然而，我卻無法回應她任何足以讓她稍感安慰的真實感情。

或許，我與阿儀的重逢是她的苦難，也是對我自己的折磨。

十二點多一些，距離要把這封私訊送出的時間還有五十分鐘左右。我暫時放下這屋子裡的一切，先到樓下去吃個飯。站在大樓門口猶豫了一下，還是決定走到同一家店、坐在同一個位置，叫了同樣內容的湯、麵、小菜後，看著牆上電視的新聞。

又再重複了一次相同的選擇之後，我想到了跟我有類似習慣的小花。我忽然好奇自己起來了：我為什麼從來不擔心小花會愛上我？小花喜歡找我聊天、喜歡找我教她做實驗、喜歡跟我撒些小嬌，甚至跟我抱怨她媽媽幫她買的內衣太小都講得毫無遲疑；她知道我喜歡她笑時的酒渦、知道我吃飯的習慣一如我知道她的，她甚至知道我重要的實驗工作進程且會主動的幫我準備該有的耗材。

如果列出一張清單，將這些事情一樣一樣的寫下來，我想任何一個局外人來看，都很難相信這樣互動密切的兩個人，居然不是男女朋友！

我喜歡小花，我相信小花也一定喜歡我；但雖然我沒有愛著小花，可是我又怎麼能夠這樣理所當然地就認為小花沒有愛我呢？如果我現在就跟小花說我結婚了，那她會有什麼樣的反應？我有沒有漏掉過小花曾經給過我的暗示呢？

也許小惠真的是太了解我了，如果她再多給我兩天的時間思考，那張我懷疑自己以前怎麼沒有發現的可能戀人名單，將會越來越長到讓我不敢抱她。

電視新聞出現了校長與老闆被約談的報導，兩人目前仍在地檢署。新聞中也簡單提到，包括昨天晚上暫時被無保飭回的張P，這三個人除了可能與女博士生的命案有關之外，據相關消息人士透露，也可能涉及一樁金額龐大的生技投資之吸金詐欺案件。而這兩個案件是否有所關聯，至目前為止，檢方仍不願對此做出任何回應。

雖然是這樣簡短約三十秒的播報，也算證實了當初金檢察官所說的學姊命案與另外一件大案子有關是真的。而且以另外這件案子的屬性聯想起來，陳鎰哲所說的命案跟那些驗證實驗只是兩件湊巧平行發生的事情，或許是有可能的。但這中間一定還是有某種直接或間接的橫向關聯性，不然他不會想借用這些data來逼出兇手。

本來想多等一下看看還有沒有後續報導，不過接下來是一連串沒完沒了的行車紀錄器與路口監視器的各式大小車禍畫面輪番轟炸，讓人沒有耐心等下去，只好快快結束眼前的食物，想說回去再看看網路上有沒有新的消息。

十二點五十分，距離送出給阿儀的訊息還有十分鐘。我找了幾個媒體的即時新聞，都沒有比剛剛電視上看到的還要新的內容；我也瀏覽了幾個人的ＦＢ頁面，也沒有看到誰貼出了更新的消息。

十二點五十六分了。我再把那封訊息仔細的讀了一遍，確認沒有任何錯字或用錯標點符號的地方。

十二點五十九分。小惠打了電話過來。

「你吃飯了嗎？」

「吃過了，剛到樓下吃麵。妳呢？」

「我還沒吃，不過有買便當了。我跟你說，我剛剛利用中午實驗室比較沒人的時候，到儲藏室去找了鍾頤喆的紀錄簿。我翻了三頁字比較多的拍了照。剛剛才出來，等等我就e-mail給你。」

「OK，辛苦妳了，佔用了妳吃飯的時間。」

「吃飯倒是還好啦，反正你也知道做實驗常常這樣。只是人家剛剛好緊張啊！」

「緊張？」

「對啊，就覺得自己好像在做什麼偷偷摸摸的事情！我本來啊，上午進實驗室的時候啊，就想說先來找找好了。但要進去儲藏室之前又想到，如果其他人問我進去找什麼，那我要怎麼回答啊？」

「就想個儲藏室裡面有的東西說要進去拿這個就好了啊！」

「人家不想說謊嘛！所以啊，我才想說不然就等一等，看看是不是可以趁中午大家都去吃飯的時候來找。所以剛剛一邊找一邊還要注意外面是不是有人回來了，好緊張喔！整個手心都冒汗了！」

「真是辛苦妳了。真對不起，讓妳這麼為難。」

「也還好啦。我就想說，如果這些東西對於釐清阿娟姊姊的遇害是有幫助的，那再困難我還是要試試。啊，對了，我剛剛進儲藏室之前，有聽實驗室的人在談，說你們校長被約談了。」

「不只校長，還有我老闆，現在都還沒出來。所以也不曉得下午meeting要不要繼續。不過，我還是叫大家先去實驗室集合等著看看再說。」

小惠說實驗室有人回來了，她就不多說了，等等就會把照片傳給我。我掛上電話，一點零二分，我再讀了一次給阿儀的內容，考慮了一下，再把「妳仍是我最親愛的同班同學」改成「妳仍是我最熟悉的同班同學」。

在一點零七分的時候將訊息送出。

訊息送出後是另一個焦慮的開始。我盯著送出的那個訊息的右下方，等著確認阿儀是否收到了。過了約莫十分鐘，才忽然想到小惠要寄照片來，連忙開了信箱收信，發現已經寄來了快十分鐘，我迅即回了短信說收到了。

還是有點心虛。

一打開照片，我大概就能認定了。小心起見，還是拿了信件跟書本內頁過來比對，找了幾個相同的字仔細看了筆畫細節，確認了那都是鍾頤喆的筆跡無誤。也就是說，阿娟姊姊跟陳鎰哲之間即便有過戀情，也應該是這兩三年才有的事，因為明雄表哥說可能在姊姊博二的時候還有跟鍾頤喆一起參加過朋友的婚宴；而且鍾頤喆在兩年前才結婚，或許在結婚前仍有可能跟姊姊持續在感情上糾葛著，經歷著那封信上寫的自省式決裂。

如果，學姊與鍾頤喆之間有超過四年以上深厚的感情，即便後來分手了，她會馬上就與陳鎰哲開始新階段的戀情嗎？可能性或許有，但就我對阿娟姊姊個性的直覺，那不會是她的風格。特別是，如果仔細地讀鍾頤喆的那封信，看起來應該是鍾頤喆負了阿娟姊姊，而不是因為姊姊移情別戀或是做了什麼對不起他的事情。所以我想，分手後，姊姊應該會很傷心吧，或許我曾經看過的她的哭泣，就是因為這件事情。在這種狀況之下，又怎麼有辦法跟陳鎰哲快速的感情升溫呢？

如果陳鎰哲沒有跟姊姊感情那麼好過，那他為什麼要撒個與姊姊之間有濃厚感情的大謊來騙我？連懷孕婚紗的橋段都出現了！他想隱瞞什麼？那個他想隱瞞的東西，是否就是他要為姊姊找出兇手的真正理由？

想到這裡，訊息上出現了阿儀已讀的小圖示，看了一下時間，一點四十分。雖然很想等等看阿儀的回應，但我既然叫大家還是要到實驗室，那自己也不能遲到得太誇張。當下就關了電腦，拿起鑰匙先出發了。

第十一天——退學

遲到了快十分鐘才進實驗室。其他人大都到齊了，博二的阿貓、博一的阿剛和阿狗、碩二的大俠和阿屋、兩個專任助理小花和妞妞，以及兩個大學部的專題生阿潘和小咪。唯獨少了兩個碩一的，屁仔和慶仔。

「屁仔和慶仔落跑了。」阿屋在我開口問之前就先說了。

「落跑？去哪裡玩？」我一下子搞不清楚落跑指的是什麼。

「他們換實驗室了，」大俠接口繼續說：「他們說就當作倒楣多花一年，趁現在還碩一，什麼屁也都還做不出來的時候就先換實驗室。反正所上這兩年碩士班都招不滿，每個老師都哈學生哈得要死，他們一說要換，還兩三個老師找他們去談勒。」

「換到誰那邊？」

「一個到所長，一個到研發長那邊。」阿屋又接口說。

「喔，也好，早點走也好。我也不唸了，明天就辦退學。」

除了阿貓和小花已經知道，所以沒有太驚訝之外，其他人都小小驚呼了一下。

「學長，那你準備幹嘛？」阿剛立即問了。

「先當兵，應該有替代役。之後，再說吧，就找工作賺錢了。」

「學長，你這樣，那我們怎麼辦？」阿狗沮喪的問道。

「你跟阿剛才博一，我覺得屁仔和慶仔這樣做是對的，你們可以盡早換實驗室，當然，如果你們對唸博士還有興趣的話。」我掃視了一下大家，繼續說：「我一方面是博三了，很難換，一方面也實在是提不起任何勁再繼續下去；簡單說，對科學沒夢想了。」
「阿貓，你呢？」我對著一直看著窗外的阿貓問說：「有什麼打算？」
「能有什麼打算，幹！媽的，我揹了一大堆助學貸款，我能怎麼辦！本來想拚個三年最多四年就畢業，幹！我能怎麼辦！」阿貓還是一直看著窗外，像是在對路上的行人大聲的吼著。
我知道他此刻一定是悲憤異常，不然不會在小花面前這樣幹聲連連。他喜歡小花，一直想追她，所以一直在實驗室內保持形象，一個幹字都不說；不像在宿舍裡，不到三句就幹一聲。
不想再刺激他繼續破壞形象，就轉頭問兩個碩二的：「寫得差不多了吧？碩論。」
「老闆之前說，還要補幾個data，本來是說要等到九月或十月才幫我們口試，現在，我們也不知道該怎麼辦？」大俠也是有氣無力的說。
兩個碩二的做類似的題目。不同原料，但跑同一條生產線，所以幾乎是榮辱與共。
「我記得沒錯的話，即便沒補那些data，其實分量拿來畢業也是夠的，不是嗎？」
「但老闆就認為只有那樣連百分之三十的期刊都上不了。」阿屋補了一句。
我才準備要繼續問下去的時候，妞妞接到師母打來的電話說，老闆剛從地檢署出來，會直接趕到實驗室，要我們大家等等他。
「等一下還是直接跟老闆說說看，就用最近因為造假的事情，讓你們完全沒有動力再繼續下去為理由，討價還價一下，看能不能就以現有的樣子寫論文。」我還是繼續把要對這兩個研二說的話講完。
「還有，阿潘和小咪，專題就用現有的東西整理一下，應該還是可以交差。」忽然想到還有這兩個大學部的。
兩個小朋友點點頭，沒說什麼。

我看著小花和妞妞這兩位站在一起的姊妹花，問說：「妞妞，妳呢？」

「我爸叫我回去專心補習，考高考。」說完，小妹妹略為低著頭，好像紅了眼眶。

「也好。」

眾人不是板著臉就是垮著臉，沉重的未來將實驗室的空氣也壓得低下，感覺每次呼吸都得透過一公尺長的吸管費力的將空氣拉拔上來才行。

阿貓一直看著窗外，不像平時一有空檔就會一直看著小花。現在，反倒是小花有點憂心的看著阿貓。

「我結婚了，前天。」好吧，總得說些讓空氣再上揚的事情。

「哇！」幾乎是異口同聲。我在第一時間仔細觀察小花的表情，跟眾人一樣驚訝，但看不出有什麼失望或是其他負面情緒的表情，反而眼睛張得更大，有著某種程度的興奮。

這樣我就放心了。

「幹！真的假的！阿遠老大，你真的都要玩這麼大嗎！」阿貓終於轉過頭來，用種不搭調的質問表情和語調，就是那種老男人直接吊著眼球越過鏡框上方睨人的表情看著我，再用小小激昂的語調問著。

「兩個月後請客，下週會給大家喜帖。」我裝作若無其事地繼續說。

「學長，你好神秘喔，都沒看到你帶大嫂來，好過分喔！」小花的必殺密技，就是那個很甜，甜到比葡萄糖都還要能夠穿透血腦障壁喚醒神經元活力的聲調又出現了，逼得阿貓不得不轉過頭去看著小花也跟著笑了一下。

「她在台南工作，很少上來。」我繼續裝著若無其事地說著。

「學長，你們怎麼認識的啊？」妞妞也用期待大大八卦的好奇神情問著我，眼睛也跟小花一樣張得大大的。

「大學同班同學，認真說起來，我們在大學時代就算是……穩定交往了。」一下子，我還真不知道該怎麼敘述我跟小惠之間在大學時代的那一段關係。

「那怎麼會這麼突然，學長；啊！我知道了，學長，你要當爸爸了！」沒想到小咪這個小女生忽然也冒出話來，眼睛也同樣張得大大的。原來，實驗室的這些女生們眼睛都這麼大。

「哇！學長，恭喜！恭喜！」又幾乎是異口同聲！第一次感覺到原來看別人結婚生小孩是這麼振奮人心的事情，好像大家都已經忘了到這裡聚集的本來目的。

「保證不是奉子成婚，我很保守的！」我一說完，接下來是此起彼落的輕蔑笑聲，好像沒人相信我的純潔。

我看到阿貓本來接著要開口酸我的樣子，結果話到嘴邊就停住了。

老闆進來了。

老闆看起來非常疲憊。我想任何人經過長達四個小時的檢調問訊後，精神應該都不會好到哪裡去；更何況是一個昨天才剛出院的病人。

「都到了吧？」

「屁仔和慶仔沒來，其餘都到了。」妞妞回答了老闆的第一個問題。

「所長昨天晚上跟我說了，我知道。」

老闆揚個手勢要阿剛把他旁邊的椅子推過來，坐下後繼續說：「我不怪他們，人之常情。你們也一樣，如果覺得不想在我這邊了，儘管走，我不會留你，也不會怪你；要留的，也儘管放心的留下來，我問心無愧，我也養得起這個實驗室。」

老闆說到「問心無愧」四個字時，眼光特別向我這邊瞟了一下。

「我今天找大家來，是要跟大家說兩件事情：第一，是外界誣指我論文造假的事；第二，是跟語娟的死有關的事。」

老闆停了一下，要妞妞去幫他倒杯水過來。喝了一口之後，繼續說：

「我的論文沒有造假，嚴格一點說，只是在材料與方法那一節，有些材料沒有交代的那麼清楚而已。最多，勘誤一下即可，甚至連勘誤都不用。」

老闆再喝了一口水。

「要聽懂這件事情，你們得先要了解一些背景知識才行。首先，我問你們，生物學的推演有沒有一定的邏輯可循？阿貓，你說。」

「有吧！」阿貓勉為其難的吐了兩個字。

「那個邏輯是什麼？」

「演化嗎？」阿貓更勉為其難的吐了三個字。

「算了，你們這些平常都不知道自己在幹什麼的傢伙。我跟你們說，生物學的邏輯，我指的是我們在做生物學的研究時，那個思考的邏輯是『因為B，所以A』，也就是說，為什麼會有A這種現象呢？那是因為B的作用所造成的。也就是說，我們做實驗的目的是什麼，就是找出B嘛！這樣懂嗎？

「好，但是，如果找到B了，那我們要怎麼去用它？也就是說，例如，好，我們要讓A的數量下降，那要怎麼做呢？那我們就要讓B下降，對吧？因為我們無法直接針對A，就像說，好，血壓，我的目的要讓血壓下降，但我不知道怎麼直接去弄那個壓力嘛，所以我要去找誰是那個B嘛，對不對？例如說，好，我找到了，就是那個心跳速率。心跳速率就是那個B嘛，好。所以我無法直接去弄血壓這個A，那我能不能去弄心跳速率這個B？就去弄它嘛，是不是，我就去弄弄看能不能把那個心跳速率弄下來；弄得下來，A就下來了嘛，對不對？就那個血壓就下來了嘛，是不是，懂嗎？好，再來，那如果B還是沒辦法弄，怎麼辦？怎麼辦？阿剛，你說，怎麼辦？」

「再找吧，找個影響B的C吧。」阿剛想了一下，不太有自信的說。

「對嘛！就是這樣嘛！是不是？就去找個C嘛！」老闆用讚賞式的眼光看了一下阿剛，繼續說：

「就把問題再往下拉嘛，是不是？就去找個影響B的C嘛。好，心跳速率沒辦法弄，那我們去弄什麼，就再去弄那個交感神經嘛！交感神經就是那個C嘛，對不對？也就是說，那個邏輯就可以延伸下去嘛，因為C所以B、又因為B所以A，對不對？這樣就清楚了嘛！所以，啊那個C現在能不能弄？可以啊！為什麼不行，我們現在就有很多工具可以弄啊，是不是？把阻斷劑打下去就好了嘛，是不是？就很容易了嘛！

「所以那個邏輯就很清楚了嘛！我們的目的如果是操控A，那就一直找一直找，這個在哲學上有個名詞，叫作『化約』，有沒有聽過，有沒有，懂嗎？化約，也就是說，東西可以一直拆解嘛，一直拆，一直拆，總會拆到一個你有辦法去對付的層級嘛，知不知道？哎呀，看你們現在這個什麼都不知道的樣子，要去想，不要只是一直做一直做，也不曉得要做到哪裡才停？做到哪裡？就做到可以有武器操控它的那個層級嘛！是不是？到那邊就可以停了嘛！是不是？如果我們的目的是操控A的話。」

老闆停了下來，喝完整杯水，然後又要妞妞再去倒一杯。

「好，知道了這個化約的邏輯之後，來，接下來，就是，我們站在現在這個時間點，我們在這個時間點的生物學家最棒的地方，就在於，我們知道很多知識，我們有很多資料庫，我們有很多可以參考的東西。

「好，我說的是什麼呢？就是說，剛剛不是說了，要做到哪裡才停？要做到可以有武器操控它的那個層級嘛！是不是？剛剛說了，有沒有？好，那，如果你很倒楣，從A拆到B又從B拆到C再從C拆到D，D拆到E啊E又拆到F，一直拆一直拆，拆到X拆到Y拆到Z，拆到都電子質子了，結果都拆不到一個有現成武器可以對付的層級，怎麼辦？怎麼辦？大俠，你說，怎麼辦？」

大俠愣了好幾秒鐘，一句話也說不出來。

「要想，要去想，不要不想就站在那邊！怎麼辦？啊，怎麼辦？阿狗，怎麼辦？」

阿狗同樣愣了好幾秒鐘，也是一句話也說不出來。

「你看你，都博士班了，也不會想，那以後你怎麼辦？啊，怎麼辦？這就是你們，就只會人家說什麼就什麼，不會去想。啊，怎麼辦，那就要找個停損點嘛！不是嗎？你找到電子質子有什麼用？是不是？你又不是做高能物理的，你找到電子質子有什麼用。要有停損點的概念嘛！停在哪裡？啊，停在哪裡？阿屋，你說，要停在哪個層級？」

阿屋循前例也愣了好幾秒鐘，延續一句話也說不出來的反應。

「就是這樣，你們就是這樣？平常都在做了，但什麼都不會想！蛋白質嘛！就停在蛋白質嘛！對不對？你停在電子質子幹嘛？你停在碳氫氧氮幹嘛？好，多一點，但你停在胺基酸幹嘛？沒用嘛，是不是？你停在那些叫作『原料』的東西幹嘛？你要原料幹嘛？你今天去餐廳吃飯，你會跟老闆說，喔，給我來一斤豬肉，謝謝！神經病嘛！誰會去餐廳裡面點一斤豬肉，不會嘛，是不是？那是原料，不是料理。你要點的是蒜泥白肉、橙汁排骨、蔥爆肉絲這種叫作料理的東西嘛，對吧！料理才能千變萬化，才能讓不同胃口的人各取所需嘛，是不是？只有一斤豬肉不行嘛，是不是？那為什麼是蛋白質？為什麼？阿潘，為什麼？」

「酶，它是酶的基本結構形式。」終於有人打破沉默回答了。

「不錯不錯，你看你們這些碩博士班的，大學部的小學弟都比你們還清楚。酶嘛，就是酵素嘛。還有什麼？什麼也是蛋白質做的？」

老闆又把眼光飄向阿潘，阿潘想了想，又喏喏的回道：「受體。」

「對嘛！受體，啊，也是蛋白質。所以啊，細胞內幾乎所有重要的工作關鍵都是用蛋白質做的東西嘛！所以，我們要停在哪裡？就蛋白質啊，拆到這裡就好了啊！但是，你會問我說，嘿，剛不是說要拆到有武器攻擊的那一層嗎？啊拆到這裡就還是沒有武器可以對付啊，停在這裡幹嘛？對吧，停在這裡幹嘛？阿貓，停在這裡幹嘛？」

阿貓恢復愣了幾秒後一句話也說不出來的慣例。

「沒武器就去找嘛！是不是？很簡單嘛，不能拆，停在這裡，那就只能去找新武器嘛！不是嗎？」

老闆又把一杯水喝掉快一半。

「但是，那武器要怎麼找？怎麼找？找，總得要有方法嘛，是不是？那，方法是什麼？啊，是什麼？剛剛說過了嘛，就是，我們站在現在這個時間點、我們知道很多知識、我們有很多資料庫、我們有很多可以參考的東西啊，是不是？那是什麼意思？什麼意思？拆，還是繼續拆，但是，橫向的拆，懂吧！橫向，不是垂直！橫向的拆。那，什麼叫橫向？橫向是什麼？小花，妳說，橫向是什麼意思？」

小花畢竟就是小花，雖然同樣也愣了好幾秒鐘，也是一句話也說不出來，但就是知道要加個微微搖頭的苦笑表情。

「雖然妳是助理，但也要用腦思考，懂吧？不要只是做老闆交代的事情，要懂得自己思考，知道嘛！這樣自己才會進步嘛！來，我跟妳說，橫向的意思就是，橫向，知道吧，橫向。也就是說，大家都是一樣的，你沒有比我高，我也沒有比你高，我們的層級都是一樣的，知道嗎！就是，我們拆到蛋白質這一層，就不要再往下拆了。

「那什麼叫往下？蛤，往下，那是什麼？胺基酸嘛！是不是？我們就不要再往胺基酸拆。那接下來要怎麼拆？橫向，就是說，也是往蛋白質拆，知道嗎？往蛋白質拆。怎麼拆？不要忘了我們的目的喔！我們的目的是什麼？蛤，是什麼？阿遠，告訴我，目的是什麼？」

「找武器。」我用三個字交差。

「對對對，很好，找武器，就是找武器！不要想想想，結果最後忘了一開始想的目的是什麼喔！我們的目的就是要找武器。那要怎麼找？資料庫就很重要了嘛！對不對？我們就必須要從以前的人的經驗去出發嘛，是不是？

「好，我舉個例子，那個，就是，那個，好，你們常看到的那個受體，那個G蛋白偶合受體，有沒有，那個受體。那個受體，好，我拆拆拆，拆到這個受體，那我要去調控它，吼，但是這是一個新的受體，你沒有武器，怎麼辦？好，我就想啊，它是G蛋白偶合受體，那這個受體一定有什麼？蛤，有什麼？阿遠，你說，有什麼？」

「七進七出。」我加一個字交差。

「是啦，七進七出，那是結構啦，那是結構的特點啦，那是我們在拆的時候用來確認用的而已啦，不是我們現在要的，懂不懂？七進七出細胞膜的這個結構，只是用來讓我們說，喔，我找到了，喔，那是一個G蛋白偶合受體。懂不懂？但這個跟我們的武器沒有直接關聯，沒有，懂不懂？我們要去想的是，有直接關聯的那一種知識，知道嗎？

「好，那我要知道什麼呢？什麼才是找到新武器的最好方向呢？厚，書本上有沒有看過，啊，有沒有？哪個，就是那個磷酸化嘛！你們一天到晚，去翻一翻，翻一翻那些review的paper，去看，十篇談到蛋白質調控的，不只是受體，只要是蛋白質，你要調控它，九篇都會，都會說就用磷酸化嘛！最普遍，也最好用的，是不是？

所以我們要去想，我沒有武器，沒關係，但我知道你的弱點，你有弱點的，你身為一個G蛋白偶合受體，你就有弱點，你就有被磷酸化的弱點，對不對？但是我怎麼知道誰會來磷酸化你，啊，是誰，不知道，對不對？那就要猜嘛！對吧，猜，怎麼猜？這時候資料庫就很重要了嘛，對不對！

「我為什麼要你們去上那些生物資訊的課，因為它重要嘛，對不對！我們就去找，用資料庫去找，那些已經知道誰可以磷酸化它的，那些我們知道的，知道的那些G蛋白偶合受體，哪一個，哪一個跟你手上未知的這個，最像。最像是什麼？什麼叫最像？去比嘛，是不是，就胺基酸序列去比嘛，然後就會找到個最像的，是不是，這軟體很多嘛！來，阿剛，你說，然後呢？比完，找到了，然後呢？」

「不知道。」阿剛這次倒是冷冷的毫不遲疑地說。

「怎麼會不知道呢？你們現在一天到晚在做的就是這個啊！蛤，怎麼會不知道呢？想都不想就說不知道，你這個博士班還要不要繼續唸啊！不知道。我跟你說，到這裡問題就差不多解決了嘛，是不是？解決了嘛！那個磷酸化就是要有一個酵素來做，新的受體被誰弄我不知道，但舊的受體被哪個酵素磷酸化這個我知道，那就容易了嘛，是不是？我就用檢查這個舊的那個，那個所屬的酵素的方法去套，套到新的受體就好了嘛，是不是？」

老闆又把剩下的水喝完，然後又要妞妞再去倒一杯。

忽然間，有兩個陌生人敲門進來，說他們是記者，要來採訪老闆，問問剛剛在地檢署的情況。

「我不接受採訪，有問題，去問主秘，這次事件我們不能私自對外發言，都由主秘發言，很抱歉，我現在正在上課，請你們不要妨礙我們。」老闆起身，邊說邊以手勢請兩位記者離開。

「教授，我們只是想請問你，徐語娟真的是被殺的嗎？你為什麼一開始說她是自殺？那現在你認為是自殺還是他殺？」記者雖然往門邊走，但仍然不放棄發問的機會。

「我說過，學校說我不能對外發言。去找主秘，拜託，主秘，他才能說話，拜託，你們不要害我。」老闆幾乎是以貼身推擠的方式要將記者推出門外。

「教授，為什麼你不能說話？是不是學校威脅你什麼？校長現在還在地檢署裡面，你們是不是怕之後雙方講的話兜不起來？你們在怕什麼？為什麼一個大學教授不能夠自己對外發言？」記者站在門外邊，一位繼續問著，一位開始朝老闆拍照。

「拜託拜託，去找主秘，拜託，這是學校，他才能發言，拜託，真的，你們不要害我，拜託，我什麼都不會說，一切交給學校。拜託，謝謝，拜託。」老闆說完，直接就把門關上，上鎖。

老闆喝了口水，看看我們，好像想說什麼，但是又把話吞進去。嘆了口氣，又喝了一口水。

「繼續。所以，生物學的邏輯就是這樣，我們要解決一個問題，我們想要處理A，那我們就是要做兩件事情。一件是縱向跟橫向的拆解，去拆，從現象一直拆拆拆，拆到蛋白質，拆到知道有武器可以對付的蛋白質。再來，就簡單了，就去試，就拿那個對付舊的武器來試試新的。吼，那你一定會說，如果舊的武器沒效怎麼辦，怎麼辦？阿狗，怎麼辦？」

「不知道。」阿狗也學起阿剛那種冷冷的毫不遲疑地說著。

「算了。不知道，我講了半天，你還是跟我說不知道。算了，我來說，怎麼辦？就再橫另外一條路嘛！你去比對，總會有個最像的，像個百分之九十，你就先拿它來弄，但弄不出來，怎麼辦？那就換嘛！去找那個第二像的嘛！百分之八十，雖然第二，它還是像嘛！弟弟比較像爸爸，哥哥雖然比較不像，但還是同一個爸爸生的嘛！搞不好，雖然長得沒那麼像，但是個性會很像，不是嗎？這比比皆是嘛，對不對？就這樣嘛，九十沒有找八十，八十沒有找七十，就這樣嘛，你可以到處去橫嘛！」

我看著在場的眾人，從原先都有點正襟危坐的專心，變成了每個人都像在陽光的炙烤下隨時會崩塌的冰淇淋般癱軟，再搭配著寫在臉上不耐煩的冷漠。是啊，現在正滔滔不絕地講著話的，已經不是那個溫文儒雅，剛拿過這一行頗負盛名的獎項，而且年底就準備參選院長的知名教授；而是一個情緒瀕臨崩潰邊緣，已知自己將被剝奪掉一切的罪犯，急著用話術向這些準備離他而去的無辜學生們，乞求最後一點小小的尊嚴。

「這些都不是重點，跟有沒有造假無關。能不能請您講重點，為什麼您將甲細胞甲條件得到的A與B，和乙細胞乙條件得到的B與C，還有丙細胞丙條件得到的C與D，僅用甲細胞甲條件為名，就把三個結果混在一起，還據以演算出A、B、C、D彼此間數量消長的數學關係，宣稱找到了新的控制方法？」我實在不想再耗時間下去了，又不好現在就馬上掉頭走人，只好發個尖銳問題看能不能早點讓他結束談話。

老闆正在滔滔不絕時忽然被我這樣的打斷，換他愣了好幾秒鐘，臉上的神情有如一座已搭了十公尺高的積木，忽然被頑皮小孩惡意的踢掉底座而垮了下來那樣，再也撐不起那種虛澎的自信。

「所以我說勘誤就好了，這些只是敘述上的小瑕疵嘛，勘誤就可以了，我補足了這些條件就可以了，無損於整篇的結論嘛！不是嗎？我剛說過，就那個邏輯，共通的邏輯嘛！ＯＫ，如果我在大腸桿菌上面，是吧，課本寫的，看到的ＤＮＡ三字密碼跟胺基酸的對應關係，跟人類的細胞都是一樣的，對吧，都一樣啊，是不是！那就代表大家都有共通的機制嘛，是不是？那我今天拿的都是哺乳動物的，喔，不止，我拿的都是人類的細胞株，都人的，那就更一致了嘛。那些不同器官的細胞株，那是小瑕疵，知道嗎，在推理上，不會有影響的嘛！

「我跟你說，整個story才是重點，你剛講的不是重點，你做研究才多久，我幹研究這行有多久你知不知道？你怎麼會比我更知道重點是什麼！重點是story，ＯＫ，story，故事，中文叫作故事，故事要完整，whole story，ＯＫ，一個完整的故事，那才是重點。那本什麼月刊的什麼什麼總編輯，他很厲害嗎？他很厲害為什麼不去當Nature的總編輯，他懂個屁！他發過什麼paper，他懂什麼，他隨便寫寫你們就信了，你們不信任你們的老師，信任外人，信任一個外行的外人，然後來跟我說我講的不是重點。你那是什麼態度啊，你還要不要畢業啊？什麼態度啊！我沒講重點？」

「我的確不想畢業，我不唸了，明天就辦退學。」我冷冷地說。

老闆原本想藉由罵人再度撐起他虛矯的聲勢，正講到要起身指著我繼續罵的時候，被我這句話又重摃了回去，頹坐在椅子上。大家紛紛因著這句話望向我，又望向老闆，幾秒鐘後，看到老闆沒有因這句話做出任何反應，就都又回到一支支快要崩塌的冰淇淋。

「您造不造假對我來說已經沒有什麼意義，我也不想再多聽那些荒謬的生物學邏輯。能不能請您直接講講語娟學姊的死？」我依然沒有情緒起伏的說。

「她的死與我無關！廖稦遠，你聽好，徐語娟的死與我無關。連學校的輔導室還有她的身心科主治醫師，都說她若是突發性的自殺也是可能的，我只不過是在她死前幾個小時收過她那封報告實驗的信和那通詢問實驗的電話而已，我能知道什麼？我第一時間沒有給檢察官是因為我不認為那能說明什麼，你憑什麼就這樣一直咬我！我如果有任何嫌疑，早就被聲押了！但我沒有啊，是不是，我連交保都不用！那代表什麼，你有沒有一點法律常識啊！廖稦遠。」

雖然老闆這段話講得幾乎是咬牙切齒，字字憤怒，但反而沒有剛剛那樣的躁急跳躍，音調節奏明確，清清楚楚。

「有關於實驗室配備給我的公物，還有相關實驗的實體資料，包括切片、實驗紀錄簿等等，我裝了兩大箱，就放在我座位旁邊；各式相關電腦內的資料，我都依照實驗室的規定放在我被分配到的硬碟裡面。我列了一張清單，把剛剛說的那些要交接的東西都寫詳細了在這裡。如果您沒有別的關於交接上的問題，那我就先離開了。但無論如何，還是感謝您在這五年來的照顧和指導。」

我將清單拿給老闆，他鐵青著臉瞪著我，不接。我將單子放在他背後的實驗桌上，也將實驗室的鑰匙放在單子旁邊，再回到老闆跟前，向他鞠個躬；也環視了一下圍在旁邊的學弟妹，勉強露個微笑跟大家小聲告別後，走出實驗室。

才走出實驗室門口沒幾步，連感傷的思緒都還來不及湧上的時候，就看到所長跟主秘匆匆忙忙地走了過來，看都不看我一眼的就往實驗室走進去。等我走到了電梯間，按了按鈕等待電梯上來之際，又看到所長、主秘多加了老闆一起急急地往電梯間走了過來。我不想跟老闆坐同一個電梯下去，所以在看到他們即將走到之際，就閃到旁邊的樓梯，直接用走的下去。

等我走到樓下剛步出了大門，又瞥見他們三人都進了同一部黑色轎車內，然後往大門的方向疾駛出去。

才拿起手機準備打給阿貓問說知不知道這是怎麼回事，結果阿貓就先打過來了。

「阿遠，你方才真的很有老大風範啊！救萬民於水火！」

「剛我看到老闆、主秘、所長一起下來坐同一部車子走了，怎麼回事？」

「不知道。你走出去之後一下子，所長、主秘就衝進來，先把老闆拉到他辦公室內小聲的不知道說了什麼，然後三人就匆匆出去。臨出門前，老闆還丟下一句，今天先這樣，有事明天再說。」

「幹！一定有鬼。」

「幹！先不管這個。老大，大家剛剛討論了一下，既然您老人家這麼瀟灑地說走就走，大家想說乾脆就今天晚上一起請你吃個飯，算祝賀新婚，也算感謝你對大家的照顧，或是算餞行。不管啦，反正就是找個理由大家在解散前一起吃個飯。」

「哇！感謝大家啦，應該是我請才對。不過今天晚上沒辦法，我舅舅要我去他家吃飯，還規定我不能不到。這樣好了，明天中午或晚上，你問問大家，看哪個時間方便，我請大家吃飯。看是去阿剛家吃火鍋，還是找家餐廳都ＯＫ。」

「好吧，我來問問大家。」

掛上電話的瞬間，我才真正有了離情依依的感傷。或許對這個地方我沒有什麼眷念，但對於這個地方與我共同生活的人，真的覺得不捨。

但其實我應該要有更深一層的遺憾才對，畢竟這算是中止了一段在軌道上走得好好的人生。然而此刻，我甚至連拋棄了這樣曾經自以為不只是職業的理想的感傷都沒有。

我走向機車停車場。或許這已經是超過二千次重複的走著這段路程了，然而在這個當下我卻想不太起來這二千多次的來回究竟是為了什麼？我幾乎想不起來，這些日子裡，我想追求的與那些可以讓我滿足的，究竟是什麼？所謂的學術研究，這個一度好像讓我以為可以當作是志業的工作，為什麼在我故作瀟灑的離開實驗室之後，卻立即陌生得像是我從來沒有接觸過一樣？

我想到了那段長時間寫信的往事，十年，從國二寫到碩一。每封信我都很認真的寫，寫得彷彿在那個當下最重要、最值得做的事情就只有寫信。我可以花一整個下午的時間在校園裡面漫無目的不斷來回的踱步著，就只為了將那個在某個靈光乍現中所出現的單一字詞醞釀成完整的句子；我可以一整天坐著公車往返她的學校與我的棲身之地，就只為了求得那可能微乎其微的戲劇性巧遇而不可得之後的惆悵心情，做為下筆的思念基調。

我讓思考著寫信給她的努力佔滿了我的心思，唯有如此，我才能在長時間見不到她的情況之下，保有說服自己與她仍然有著緊密連結的自欺想像。我想，那些年，我在那樣狂熱式的封閉之下失去了許多，那些病態的堅持自然阻絕了其他感性的事情刻畫進來我心中，包括小惠種種其實非常吸引著我的她的好。

這也就是那過去五年來所謂的「研究」吧。那應該也是在狂熱式的封閉堅持下，為了保有說服自己與追求真理仍然有著緊密連結的自欺想像，刻意的讓思考那些甚至是實驗的枝微末節宰制了我對人生的期待，幾近於信仰式的逼自己臣服於那些說不出個所以然來的為了什麼，蹉跎掉我的年輕時光，還有在那些時光中的熱情。

或許這不是那個叫作「研究」的東西的錯，當然也不會是當年那個女孩子的錯，最該被究責的應該只是我自己的不願離去，病態的逼自己享受那種在想像中架構出來的獻身式美感。

而現實終於迫使這個想像破滅了。回到正常人世間的我，應該要慶幸還有機會以決絕式的遺忘拋棄那些浮生若夢。我已經經歷過一次了，現在的我，不過就好像重回當初在碩士班決定把信紙都丟棄、把過往收到的少數回信都燒掉之後，忽然就覺得，一切煎熬都沒有了，好簡單，沒有惋惜、沒有感傷、也沒有任何不捨。就這樣，結束了一個檔案，連存檔與否都不用去思考，只需聽任電腦跳出預設的詢問視窗，無意識的按完enter之後就關掉，連儲存了沒都不值得知道。

那也會是將來在阿儀心中的我的下場嗎？她是否也正在煎熬著當初我在那個女孩的形影中所經歷過的折磨呢？我該告訴她嗎，其實她可以決絕的遺忘，拋棄那些在浮生若夢中的我？

第十一天——一家人

距離晚上到舅舅家吃飯的時間還有三個小時，我就先回到住處繼續搬家後物品整理歸位的工作。雖說表面目標如此，但在潛意識中，希望能持續機動的看看阿儀是否有回音的企圖可能更大些。雖然我知道在這麼短暫的幾個小時內就收到的可能性不高，但心中強烈的期待仍然迫使著我不得不去關注那個電腦螢幕。

我能夠理解，當她看到我那樣內容的一封來信的時候，帶給她的情緒衝擊必定巨大到需要耗掉不算短的時間來冷靜沉澱，思考如何做出決定以及決定之後該如何表示；即便是回以一個哭臉貼圖，可能都是得考慮再三的難題。

我希望得到的是阿儀什麼樣的回應呢？或許我不能這麼自私的問，在義理上應該去想的問句是：阿儀能做出對她自己最好的決定嗎？但我知道再怎麼樣警惕我自己，現在的我仍然會不自覺的就朝向「我希望得到的是」如此這般自私的方向。

因為已經沒有那麼純粹的心靈了，我在小惠身上嚐到了原本在我心中並未示現出的實際性愛之美妙。那個真正進入了如此迷人的女性胴體之後的纏綿，讓我再也不能抑遏對於跟小惠一樣有著誘人身軀的阿儀冒出無止盡的遐想。那個被真實經驗所喚起的追求愉悅快感之本能，完全迥異於對著Ｄ槽或是網路中色情影片的自瀆經驗，它所爆發出來的能量之巨大，是我過去完全無法想像的。

當然，就此時的身分而言，我必然知道那是錯的。所以當我心繫著阿儀回應的同時，我在腦海中也努力著不斷將那些滲入了單純關心中的性愛想像清掃出去，企圖守住一個已婚者的肉體防線，即便目前那只不過是想想而已。雖然在阿儀的回覆出現之前，我不知道這樣的努力會發揮多大的效果，但仍得未雨綢繆的演練著對慾望的抵抗。

我再次焦慮起這個問題，我能跟別的女生互動的最大底限，究竟要設定在哪裡才是小惠能接受的？或者是，小惠雖不同意，但可以勉強睜一隻眼閉一隻眼的忍耐？我表哥在這一點的分寸拿捏得極為巧妙，以前我對他婚後的遊走不以為然，現在才了解到那可能需要藝術家的天份。

我現在就能想像得到，如果我接下來沒有完全的與阿儀或是小花斷了關係，總會在某一天裡，忽然出現了一個她們的某一人與我跟小惠僅三人相處的場合，或許是在一場共同朋友婚宴後的續攤，也或許是在街上的巧遇後大家找個地方聊聊。我不擔心小花，我沒來由的就相信她會在這樣的三人場合中有個恰如妹妹其分的表現，而我將會很樂見小花跟小惠因為我而成為熟悉的家人；然而，阿儀和小惠見面後如果忽然握起手來成了無話不說的好朋友，那我一定會張皇的不知所措。

這樣的不知所措，是我跟小惠略過了一個男女朋友的緩衝階段，還是，即便有了熱戀的過程，問題在結婚後仍然一樣會發生？

在這些漫無邊際的自問自答中，時間已經快六點了。我打了個電話給小惠，她還沒下班，還在等著收拾一個電泳。小惠說，她老闆今天跟她提了離職的時間，希望她能提早一個月，在六月底就離開，好空出經費留住實驗室一位大學部的專題生，讓她在六月畢業後就能立即接手她的位置。小惠說，她也不好拒絕，就答應了。我說，很好啊，這樣我們就能早一點團聚了。小惠聽到這個雖然也稍微感到沒那麼悶忿，但對於臨時少了一個月的薪水還是有些耿耿於懷。

我是真的希望小惠早一點上來，或許，有她每天在身邊，我應該就不用費那麼大力氣跟自己嚮往誘惑的心魔作戰吧！

電話才剛掛斷，又來了通電話，很意外的，居然是金誠武檢察官。他想當面跟我問一些與實驗室作業方式有關的事情，我們敲定了明天上午八點，由我去一趟地檢署。

說完後，才發現時間已經非常吃緊，就沒有再換什麼正式點的服裝，反正是在舅舅家裡吃飯，不是去什麼大餐廳，就一身短褲運動服的騎了機車出門。還好來得及在規定的時間內按了門鈴。一進門我嚇了一跳，不只舅舅、舅媽，表哥、表嫂以及他們的小小朋友，連較少碰到面的表姊、表姊夫以及兩個上小學的小孩全都出席了，一整個全家福的陣容。

孫子都在，舅舅就顯得較為和藹可親，沒那麼嚴肅，吃飯的時候並沒有談什麼重要的事情。一開始大家都聚焦在新娘子到底什麼時候要生？經過我極力的澄清之後，下半場的時間就變成了專攻在我們兩個人是怎麼認識的，又為什麼忽然間就要結婚？本來我想略過小惠只給我一分鐘考慮的橋段，不過表姊覺得我說的過程連貫不起來，一直逼問我真相，所以後來我還是全說了，不過，仍然藏住了學姊在冥冥中幫助小惠的過程。

表姊聽到居然是小惠在沒有懷孕的壓力時就主動，而且用了這麼積極勇敢又富有創意的方式逼婚，直豎起大拇指連聲的稱讚，說她一定要好好認識這位弟妹，有這麼主動積極掌握自己幸福的女生實在是太棒了。她還一直追問小惠現在是在哪裡工作，要我跟她說，如果她願意的話，就跳槽到她那邊幫她。

我知道這麼大陣仗的全員到齊之晚餐不會只是這麼簡單的跟我聊這些。主餐吃完之後，換到客廳吃水果喝啤酒，舅舅就先問了：「什麼時候畢業？」

該來的總是要來，我早有心理準備今天一定會問到這件事。我從發現論文造假開始談到學姊被殺的事件，跟舅舅說明了這段時間我在工作上的主客觀條件之變化，也解釋了我對自己職業生涯的看法之調整。有點出乎意料的，並沒有出現預期中舅舅對我看似魯莽行事的訓斥，而是微微點點頭說：「這樣的博士不唸也好。」

舅舅停頓了一下，沒有繼續說下去；他要表哥去幫他倒杯紅酒，也要表哥幫我倒一杯。在喝了一口酒之後，他才問說：「接下來有什麼打算？」

「還沒決定，就先去服完兵役再說。」

「如果你還沒結婚，你這樣說我沒有多大意見；但是你結婚了，你是要養一個家的人，這樣說就不對了。」

「我知道，我也有在考慮工作的事情。」

「我先問你，你還想不想把博士唸完？我講乾脆些，如果到國外去唸，你要不要？」

「不要。」我給了個斬釘截鐵的答案。我知道舅舅在想什麼，這問題三年前他就問過了。

「你不要那麼嘴硬，那麼快就回答我。你自己先想想，如果沒有發生那些事情，你會不會把博士唸完？」

「應該會吧。」

「這就對了，你不是不想唸完博士，而是那些事情讓你不想在這裡唸完博士，是吧？」

「這樣說是沒錯，但是……」

「不用但是。你想唸完，只是環境不對；如果給你適當的環境，這就是一件你想完成的事情。所以，你自己去找，我不管你要唸什麼，你也不用考慮錢的問題；小惠也一起帶出去，她如果想繼續唸書也很好，都去把那個博士唸回來。」

「舅舅，我不能拿你的錢出去。我，我覺得……」

「阿遠，你是要我講幾次才會懂？我的事業有一半是你爸的，我那位姊夫的，你是要我講幾次才會懂。就算不說你媽怎麼的照顧我，當初要不是你爸爸二話不說，連借據也不寫的就把房子借給我抵押，讓我在走投無路的時候度過難關，我今天就不會有這個局面。你爸是我的大股東，他走了，那麼這一半就是你們兄弟的，你要我講幾次你才懂？」

「但我媽千交代萬交代就說了，這個我們兄弟想都不能想。她說您早就連本帶利的把錢還給我爸了。」

「算了，我今天先不跟你談這個，我也知道你這個脾氣。來，我跟你說別的道理。有不少企業為了掌握人才，會先到大學裡提供類似預先簽約的高額獎學金給有潛力的學生，對吧？」

「阿舅，我知道您想說什麼。但我不是唸電機、機械，也不是唸經濟、財務的，真的，我在您現在的事業中，不會是那個有資格領這種獎學金的人。」

「如果我開始要投資跟生技醫藥有關的事業呢？」

舅舅看著我，又喝了口紅酒，並且示意我也喝一點。

「其實在前幾週，有朋友來跟我商量要不要投資一個即將成立的生技公司。我看那個公司的研發經營陣容算不錯，裡面還有你們學校的校長。不過當時的價錢喊得不低，我對這行也不熟，所以沒有進一步考慮。但是禮拜天去幫你提完親之後，我在想說，不然就來投資看看，你們夫妻兩個都是學這個的，將來也許就給你們去發揮。」

「那，您錢投進去了嗎？」

「還沒，本來我今天找你來就是要跟你談這個，要你仔細幫我看看他們說明資料裡面所寫的東西可信度有多高。不過昨天晚上，有一位考慮也要一起投資的朋友跟我說要緩緩，他講的理由就是今天檢察官在查的事情。」

「那就還好。」

「阿遠，我跟你講，你先不要動不動就跟我說不。我是你舅舅，但我也是個做生意的人，你就先把我當作是一個做生意的人，我們是在談做生意的事情。

「這陣子，不少朋友都跟我聊過投資生技醫藥的可能，我自己評估了一下，是可以放一部分資金進去看看，但我不想只是投錢進去給別人用，那不保險。我要有自己的人真的進入公司裡面參與實際經營。所以，我會想說那你就趁這個機會去國外，一方面把這個博士唸完，小惠如果也想唸，也很好，就一起把博士唸完。不管你們想要唸的是哪個方面，都可以，我不管，但是都要一邊唸一邊注意人家在生技醫藥這方面產業的發展，好好的幫我想想在台灣能做得起來的東西有哪些、要怎麼做。

「這就算是我對你們的投資，那是我下一步事業擴展的考量，我需要有人幫我。我如果投資在你們兩個身上，那你們就要去幫我想，幫我去外面認真的實際看看然後幫我發展。你們校長這個事件讓我警覺到台灣有些東西的資訊不對，包括之前我看政府的那些東西，我也覺得不對，很灌水。所以我要有自己人真的去外面看看。」

一下子我也不曉得要怎麼說，只能先再喝口紅酒拖拖時間。

當年我在達不到父親的期望下因著指考的安排唸了生科系，在沒有多大興趣也沒有動力積極轉系的狀況下唸完它；之後因為不曉得自己能夠幹嘛也不想去給舅舅管的消極動機，只好選擇隨便考考就能唸的碩士班，然後還是因為不曉得自己能夠幹嘛也不想去給舅舅管的消極動機，就答應老闆的勸進繼續留下來唸博士班。我不斷把我的生涯規劃都丟給唸書這件事情去負責，假裝我有努力讓自己的人生往前持續進行，等著連自己都很好奇的那船到了最後的橋頭會是個什麼樣的直法。

只是沒想到，忽然一陣颶風就直接把船吹上岸，我失去了漂泊的權利，直接面對擱淺後的生涯。這幾天偶爾想想自己遠一點的未來，覺得，這樣的上了岸也沒有什麼不好。生科只是我不討厭的東西而已，脫離掉那艘船的束縛，或許我可以更海闊天空的找到自己真正喜歡的工作。不過畢竟一上岸就不是我一個人了，變成了一個家的概念，不只我，還有小惠，或許會再加上她肚子裡已經存在的受精卵。這個目前站上的岸未必能讓我找的到充足的食物，但是舅舅幫我預備的那條船，不僅船上食物庫存豐富，還可以讓我據以尋找食物饒足之處上岸。

只是凡事都有代價，我得為此付出自由，我的人生得要聽從舅舅掌控。想到這裡，只好再喝一口酒。

「你在考慮什麼？你祖母回去做仙也三年了，你哥去年我也讓他辭了中國那邊的工作回來我這邊，你弟弟畢業結婚後我也安排他在台南那邊，兩個都在台灣，都可以看顧得到你媽媽。你們家跟你叔叔姑媽那邊的土地紛爭不是去年也都處理好了，這些之前你跟我說不能出國的理由現在都沒有了啊。

「你也不能每次都跟我吵說你不能拿我的錢，那不叫骨氣，知不知道？你結婚了，是大人了，你要知道，錢這個東西是要用的，但要用到對的地方。你今天如果是個沒本事扶不起的阿斗，看在你父母對我的恩情，我最多就給你個工友的頭路。但今天你可以栽培，你是你們兄弟中最聰明的，最會讀書的，我栽培你，說實話，那主要是為我，不全是為你。

「我要發展事業需要人，我不栽培你那我還是要去栽培別人，我去栽培別人的話，我還是欠了你爸媽的恩情。我今天如果栽培你，順便也栽培你爸媽的媳婦……說到小惠，這個女孩子我看了很滿意，很漂亮、很懂事，也很聰明，一定是會旺夫的媳婦，所以，我如果栽培你也栽培我這個甥媳婦，我對你父母就有交代，我自己也會有好的人才來幫我。

「就做生意來說，當然要這樣投資才划算。所以，你不要每次動不動就說你不要拿我的錢，你管你那些叔叔姑媽怎麼說，我現在是在跟你談生意，知不知道？」

「阿舅，我知道您是為我好，不過，我……」一下子，不曉得要怎麼措辭，甚至連我到底是要拒絕或接受也都沒有了確切的主意。我知道我舅舅在給我個台階下，他認為我現在的處境會迫使我不得不答應，但是怕我卡在以前那麼瀟灑的拒絕而拉不下面子，所以想了個他認為我會接受的說法。

我很感激我這位重情重義的舅舅，但我就是很討厭好像什麼都被他掌握得好好的那樣。

「阿遠，即便你不想唸博士，還是可以來幫我們處理投資生技醫藥的事情啊。」表哥忽然開口說了，隨手還要再幫我倒杯紅酒，我說我等等要騎車不能喝，他就要表嫂幫我泡杯熱紅茶，然後繼續說：「唸博士是人生滿足啦，跟做生意沒有直接關係。如果你真不想唸了，就直接來幫我吧。職位要放在哪裡，我們可以再討論，但就是幫公司處理生技醫藥投資這一塊，如何？」

「但是小惠要來我這邊，我先說了喔！」表姊補了一句。

「我，唉，你們不要以為我很厲害，我講實話，我什麼都不懂，這幾年來最多只會看看paper、做做實驗、寫寫報告，我哪懂什麼生技醫藥產業，我連東西有沒有商業價值都不知道要怎麼判斷，我怎麼做得來這些事情！小惠可能也沒好我到哪裡去，她碩士畢業後，也只是當個研究助理而已，跟我一樣，就看看paper，做做實驗。她也不會懂什麼產業的啦，一下子就找我們做這些……是啦，我們可以做，但你們就可能會有踩不完的地雷。」

「那你覺得你可以勝任什麼工作？」舅舅放下酒杯，開始嚴肅地看著我說。

「我還不知道我能勝任什麼工作，我才剛決定不唸沒幾天，然後這幾天內還要結婚、搬家、交接，而且明天才會正式辦完退學。我還沒有時間仔細想想自己到底能幹嘛，但絕對不會是你們所說的那種投資、評估與經營的工作，我知道我一個職場新鮮人，在現階段沒有那個能耐。

「雖然我跟小惠現在看起來好像經濟狀況很糟糕，但我們還是有能力找到可以養活一個家的工作，這個我不擔心，比起其他人，我們算狀況很好的。我們沒有學貸、家裡也沒有其他貸款、我媽也不用我給她錢、高雄還有棟房子是我媽的，必要時回去住，我還不用付房租。我比起我學弟實在好太多了。

「也許在我工作個一兩年之後，就會發覺您們今天的建議對我跟小惠的生活是最好的；但是，正因為我阿嬤去做仙三年了，我哥我弟都可以看顧得到我媽，家族內的土地紛爭也都處理好了，我才剛好有那麼點自由的空間可以重新想想自己，我真的想看看自己有沒有能耐去做點什麼。

「您們對我很好，我了解，但我知道我目前不是這樣的料，而且我也不能在這裡就幫小惠答應什麼。我晚上回去會跟她討論您們今天的提議，或許小惠會想要試試，如果是這樣，我不會阻止她，但她是不是你們想像的那樣厲害到可以勝任這些商業工作，我也不知道。」

「阿遠，沒經驗是小事，重點在於有沒有機會去學到經驗。」本來只是靜靜看著我們談話的表姊夫也開口了。他從斜靠在沙發的姿勢轉成正坐的對著我，繼續說：「你知道我之前是學什麼的嗎?你大概不知道吧。妳有跟他說過嗎？」他轉頭望向表姊，表姊笑笑，搖搖頭。

「森林，沒想到吧！森林，我還唸了個森林的碩士。你表姊那時同寢室的同學是我實驗室的學妹，她一個唸財務的卻喜歡跟她同學的班，與我們一起去出野外調查，我們就是這樣認識的。我那時候也跟你差不多，想說畢業後大概就兩條路，要嘛考個高考到林務局或是國家公園，不然就繼續唸博士弄個教職。」

這我真的沒聽過。表姊大我六歲，表姊夫又比她更大些，基本上除了家族聚餐大家一般性的說說笑笑外，因為年齡的差距，我沒有跟表姊夫有過較單獨的聊天。只覺得表姊夫是個有趣的人，很喜歡登山露營，表姊的FB上面常常都是他們全家在山裡的照片。我也不知道他之前是做什麼工作的，他跟表姊結婚時，就已經在舅舅的公司裡面了，表姊負責的是總公司的財務管理部門，表姊夫則是在負責採購的部門。

「我畢業那時，即便跟你表姊的感情已經很穩定了，但一開始也是沒想過來爸爸的公司工作。我先去服兵役，然後很認真的在準備高考，我們家族裡有一堆老師和一堆公務員，所以我很自然的就只會這樣想。我記得退伍後我考完試還在等放榜的時候，爸爸找我來家裡吃飯，劈頭第一句話就是問我打算什麼時候結婚。我跟你表姊都嚇了一跳，因為我們那時候還沒有認真談到這個問題。我記得只是有次……」

「有次我問說，你有沒有想過我們將來要住在哪裡，結果你表姊夫說，喔，就看考上後被分發到哪裡再說。就這樣，那時候我也不知道我要怎麼接下去，只想說，這個人怎麼這麼呆啊。所以啊，我真的很佩服小惠！當年的我也應該要這樣才對！」表姊接口劈里啪啦地說。

「好啦，」表姊夫趁空檔喝了口紅酒，繼續說：「我那時候不曉得要怎麼說，只好先傻傻的回答等考上高考，工作穩定了之後再看看。結果爸說，那如果沒考上呢？就不結了？」表姊夫邊說邊看著舅舅笑了笑，舅舅的神情看起來已經沒有剛剛那麼的緊繃。

「後來，我記得那時爸是這樣講的，如果你將來考上了，好，分發到林務局工作，那被分發到的這個工作，是不是只有你才能勝任？你是不是這個工作無可被取代的人？好，再來，被分發到的這個工作，即便你很努力的全力投入了，你覺得對社會、對家庭所能夠發揮的價值又會有多高？

「爸爸那時候說，如果你是個沒有選擇權利的人，目前這個工作已經是你所能夠得到的最好選擇了，那沒辦法，就只能接受；但如果你還有更好的選擇，對社會、對家庭更好的選擇，那麼花同樣的力氣，為什麼不去做那件更好的事情？然後爸就說，來我這邊工作，馬上就結婚。」

「結果是我爸代替我做了小惠做過的事情！」表姊忽然接口笑著說。

大家都笑了，我也跟著尷尬地笑了笑。

「好，那時候我跟你一樣，很抗拒。對啊，我一個唸森林的，我那時候最厲害的就是到野外撿樹葉，順便幫我同學收集野生動物的大便。然後，忽然間就要我到公司負責採購的工作！採購，你應該也跟我那時候一樣吧，我們就是打電話給廠商，然後把發票拿給助理就好了，對吧？你現在的實驗室也應該還是這樣吧？了不起金額大一點，學校就會去辦招標，但那也是老闆的事，不關我們這些研究生的事情。所以，那時候的我，怎麼會懂一家每年營業額幾十億的公司採購要怎麼做呢！」

表姊夫又停下來把紅酒喝完，並要表姊幫他換杯熱紅茶就好。我看了一下大家的表情，似乎都輕鬆了起來，隱約間我有個不太妙的預感。

「而且，我真的很喜歡在野外工作的感覺，所以我才會選了個需要不斷出野外的研究題目。那現在，不僅要我做完全不熟的事情，而且是我不喜歡的那種坐在辦公室內的事情，我是很抗拒的。但，這還不是最難承受的，最難的是，我猜你現在就是這樣，好，臣本布衣，躬耕南陽，結果忽然被放到公司裡，大家都認為，哇，一個唸森林的又沒有工作經驗，就只因為是個駙馬爺，馬上就在公司占了個缺。

雖然一開始還只是個小職員的缺，但是沒有人會把你當作是小職員，因為你是駙馬爺。

所有人都認為你是來過水的，你在的那個環境下的人際互動，一開始就會是個很扭曲的人際互動；認真講起來，那才是最難的，那種對自尊心最大的煎熬。」

表姊把熱紅茶端來，給了姐夫一個很溫柔的眼神，姐夫也對她很溫柔的笑了笑。

「所以那是個很難很難的選擇題。難的不是不懂採購，那是技術問題，我們做過論文研究的人，本來就不應該怕遇到陌生的題目。好，那是可以解決的。然後，仔細想想，是啊，我喜歡野外，但我今天考的工作也不是像巡山員那樣的工作，我幾個考這個職系的學長在農委會的，也只是一天到晚在辦公室內搞計畫寫報告簽公文而已，除了六日常爬山之外，也跟一般上班族沒兩樣。所以，我只要保有登山露營這個習慣就好了，ＯＫ，我又說服了自己一條。

「最難的是自尊心。那天我回到家裡，跟我父親報告美吟的爸爸要我們趕快結婚，然後去她家的公司工作的事情。但我跟我父親講說，我很想跟美吟結婚，但我不想去她家的公司工作。我爸問我，為什麼不想去？我說，我不想被別人看輕，認為我只是靠裙帶關係。我父親聽了，只是淡淡地跟我說，你跟美吟如果結了婚，那就是家人，不是裙帶關係；你要擔心的不是自己被看輕，而是自己有沒有能力保護自己的家人。」

表姊夫剛說完，表姊就紅了眼眶。這位親家公在家族聚會時我見過兩三次，我記得是位退休的老師，但不知道是高中或大學。去年因病過世了，我還跟我媽一起去參加了他的告別式。

「我實在是非常非常的感謝我這位親家公，通情達理，世間事看得很透徹，是一位真正的君子。」舅舅感念的對表姊夫說著。

「所以，阿遠，我跟你說，我們今天在這邊討論你的未來，是因為我們是一家人。我們現在談的是一家人之間要怎麼互相幫助、互相扶持的事情，不是在談什麼施捨、報恩或是利益糾葛的事情。你父親為什麼二話不說就把房子給你舅舅去抵押？那是因為你父親真的把你舅舅當成是家人，而不是一個親戚而已；你舅舅那麼的為你著想，也是因為你跟我們都是一家人，而不只是一個親戚而已。

「你要擔心的不是自己可能被看輕說，喔，還不是都靠他那位有錢的舅舅而已，沒什麼了不起；而是，你自己有沒有能力保護所有愛你的家人，特別是剛成為我們家人一份子的你的妻子。那些自尊心的問題，在家人之間是不需要存在的。」

表姊夫的這一番話的確發揮了效果，把我拉到另一個立足點去看舅舅的安排。雖然我仍有個隱隱桀驁的心沒有被馴服，但已經找不到頑抗的理由了。

「好，我知道了。這個週日我會帶小惠回高雄，我會好好跟小惠討論我們接下來的生涯規劃，把今天舅舅的建議跟她仔細解釋，兩個人好好的想一想。」

「你跟小惠兩個人下禮拜六中午一起過來吃個飯，然後好好地跟我說你們的決定。阿遠，舅舅跟你說，我的年紀越來越大，希望能盡早將事業交棒出去。現在的環境競爭非常激烈，光靠銘豐、美吟他們兩對夫妻是不夠的，我需要你們家三個兄弟也一起加入打拚。

「我很真心的跟你說，我希望把我這個事業做大、做好，不只是為了我或你們這些年輕人而已，而是，整個公司上上下下包括加盟的經銷商、台灣加海外，有六千多個家庭就靠著這家公司在吃飯。我現在做每一件事情所想的，已經不是我自己的生活過得好不好而已，而是我得要保證這家公司能夠蒸蒸日上，讓這六千多個家庭能夠平平安安的生活下去。

「我今天會找你來，不是我在幫你，而是我需要你幫我，需要你幫我照顧這六千多個家庭。我希望你能夠了解這一點，如果你進來我的公司，不會是來享受的，而是來一起承擔我們這個企業的責任。你回去好好的想一想，小惠很懂事、很聰明，你們一起好好想一想，應該就會懂我的心情的。」

場面因為溫馨過頭了而顯得有些凝重，一度我幾乎想說算了，就答應了。還好，表哥的小小朋友適時發出想睡覺之前的嚎啕大哭，讓所有人的眼光立刻都聚焦到那個宏亮的音源，惜惜聲此起彼落。一瞬間，好像剛剛那些嚴肅的討論已經是很遙遠的事情了。

我在晚上十點半才回到家。我向小惠完整的說明了今天晚上的談話內容。小惠一直抱怨我怎麼可以把她的一分鐘逼問過程跟別人講，她覺得那應該是我們兩個人之間的秘密才對！這樣一講出來，下週到舅舅家吃飯她會覺得很尷尬、很不好意思。我只好一直道歉陪不是，道歉到都幾乎要跪在電腦前面磕頭了，小惠才稍微收起鐵青著的臉，跟我討論是否要出國留學或是直接到舅舅公司工作的事情。

小惠對於出國唸書的意願比我高多了，畢竟她之前是有這樣子的規劃，只是她母親的健康狀況讓她很掛心。她覺得這幾年是關鍵時期，因為接下來母親的健康只會更惡化而已，如果沒有把握住母親還能夠清楚的與我們互動的這段時間陪著她，時機一過，就會變成遺憾。

每次聽小惠為她母親著想的種種，我就能了解我媽媽為什麼會對於沒有個女兒那麼的耿耿於懷！女兒還是會貼心些吧，她的三個兒子從來沒有想到那麼多，總覺得，媽媽永遠是那個在我父親出殯後就不再說苦的巨人。

討論的結果，漸漸形成的共識是朝向先留在國內工作一段時間之後再說，原則上兩人就到舅舅的公司去，但負責哪方面的工作，屆時再跟他們討論。說是「共識」，但其實由小惠做成決議的成分居多，不然我心中的桀驁與現實中的壓力與溫情，拉扯到下週恐怕也還分不出高下。也就在跟小惠談這些事情的時候，我才發覺小惠對於未知的將來實在是比我果決又有自信多了。以前在學校的時候，沒遇過什麼大事，還感覺不出她在這方面的特質，但在這不到十天的各種奇特遭遇中，我覺得，是小惠將陷在泥淖困境中的我拉上岸的。

第十二天——現場

收了視訊，已經快半夜一點了。阿儀仍然沒有任何回音，倒是阿貓來了個訊息說明天中午到阿剛家吃飯，每人各準備一道零食，主鍋阿剛會去採買，但由我付錢。我迅即回了OK，腦中則一直想著，除了主鍋以外，我該送給每個學弟妹們什麼東西呢？

我躺在床上，仔細端詳浮在眼前所熟悉的每張實驗室中的臉孔，阿貓的、小花的、妞妞的、阿狗的、阿剛的、屁仔的、阿屋的、慶仔的、阿潘的、大俠的、小咪的，他們一個個依序的走到我面前，停下來，正對著我笑了笑，然後又轉身走開。到最後一個人離開之後，留下一個深邃不見盡頭的長廊。我殷殷的望著那長廊好久，直到出現了一個久違的笑容。

她的笑容總是帶點靦腆，就像她下午拿著寫好的詩詞請我評論時那樣。聽著她專注但又沒什麼自信說著的話，聞著她隨著語調節奏而浮動著的髮香，我想起了那個感覺，那個在相敬如賓、行禮如儀的年代裡，一種難得有真情緒流露的不經意。

公主是位說不上她到底有什麼不好的人，美麗、親切、氣度雍容有著皇家風範，即便在緊張或盛怒的時候，仍是以有條有理的清楚說詞，不急亂也看不出內心起伏的應對著。但也因為如此，常常讓兩人在真心想談些什麼的時候，卻又在相敬如賓一段時間後變得行禮如儀而索然無味。那時站在公主身後服侍著的她就常是這種尷尬氣氛中的小陽光，她總會在貼心的想化解沉悶的小發言後，隨即浮現很怕自己說錯話的靦腆笑容。那是很溫暖的，就像推開窗戶後一縷冬陽照入般的，讓公主與我都可以鬆了口氣。

我每天都見得著她，也越來越期待時時都見得著她，在那個等待戰事的沉悶氣氛中，她是唯一讓我能夠毫無拘束放鬆的紅顏。有一天，我豁開一切擁抱著她，說著我想對她說的、做著我想對她做的一切。她流著淚，仔細地聽著、也順從的配合著我忘了所有禮法、也忘了公主的縱情。然後就在隔天清晨，我在衣襟內發現她的手絹，上面以血寫著「既以身獻 當以情殉 望君爾後 為國珍重 若得來生 再侍君側」，隨後沒多久，宮女們發現了在林園中上吊自縊的她。

我完全的想起了這段往事，我很沉重的憶起，那天，我拿著她的手絹，怔怔的看著她的屍體，好久，腦袋空空的，連淚水都滴不下來。之後是公主走到我身後，忍住自己的悲痛，將我手中的血絹拿起摺好後，交給我，要我收好。公主命人厚葬了她，並親手寫了一篇悼祭的文章，以妹妹的稱呼燒給這位從小與她一起長大的婢女。

我仍然在清晨四點三十分的時候醒來。窗外月明星稀。

我起身走到書桌，默唸著那「既以身獻 當以情殉 望君爾後 為國珍重 若得來生 再侍君側」，眼淚止不住的潸然滴下。我不知道此刻的悲傷究竟是為了誰、為了什麼事情，夢中的形影在起身之後就迅速的消褪了，褪到我完全想不起裡面任何一個人的容顏。

我只記得那悲傷，那用血寫時的悲傷。

「將軍，您能不能去救我娘，她昨天咳了好多血出來，今天不管我怎麼叫她，她都沒有醒過來。」

我忽然看到被我拉上馬的小女孩垂著淚這樣問我。

我要她帶著我到她家去。她指了指右前方的一個地方，基本上，那已經是個坍塌到快不成屋形的家了。她領著我進去，那躺在草梗上的她的母親顯然已經死去了一段時間，屍體完全僵硬了。我到街上攔了兩位士兵，要他們去弄台板車。回到屋內，我將屍體用現地僅有的一條薄被裹好，要小女孩跪下來叩別她的母親。然後我將屍體放上板車，抱著淚流不止的她上馬，緩緩的跟著板車前行。

下葬後，小女孩趴在墳上痛哭，完全的孤苦無依。

「妳還有親人在城裡嗎？」

「沒有，就只剩下我娘和我。我爹爹在帶我們逃進城裡的途中，被箭射死了。」

「那城外有親人嗎？」

「我不知道。」

「也罷，妳就隨我回將軍府吧。」

小女孩順從的點了點頭。我抹去她臉上的淚，抱著她還一直抽搐著的身軀上了馬，緩蹄的離開埋著她母親的墳，讓她有些時間再頻頻回顧。

進了府邸，眾人都擁了上來，大家見我護衛公主入了城後又不見了，以為我出了什麼事，正準備召集一批部隊出城去尋。我抱著小女孩下了馬，小女孩被突如其來的人聲雜沓嚇到了，身體不停的顫抖著。

我抱著她步入內廳，拜見了公主。雖然剛經生死大難，公主仍然鎮定雍容，她和藹親切的問了我抱著這個小女孩的緣由，然後要小女孩到她跟前。公主溫柔的撫摸著小女孩的臉，問了她的名字，然後轉頭向身旁的侍女說：「小惠，妳幫阿儀安排，不要讓她只做下人的活，也要教她唸書，這女孩看起來很聰慧。」

我又非常嚴重的焦渴了起來。再次醒過來的窗外，已是天光大亮的清晨六點。我發覺，我還是躺在床上。

我掙扎著起身，拿起水壺一口氣喝掉了整瓶，才發現自己周身的冷汗，衣服都溽濕了大半；隱約間，還留有像是衝鋒之後的疲憊。我只好再去沖個澡，一直用身體所能承受的極限溫度的熱水沖擊我的頸、我的背，彷彿以那樣的溫度碰撞才能替換掉些什麼，讓我能夠回到一個完全正常可感的現實。

的確，在身體越來越熱烘之際，才想起來，今天上午八點，我得到地檢署一趟。

我在小惠還睡眼朦朧的狀態下跟她簡短的晨間視訊後，就準備換裝出門了。在關掉視訊的那剎那，我忽然好想衝進那螢幕內，抱著我的妻子，不想再放開她。

希望這是一個我們不會再遇到戰爭的年代。

一進金檢察官的辦公室，就看到桌上鋪排了許多照片，那都是案發當天，細胞培養室內各個角落的照片。

「這兩天封鎖了也沒用，都快拆光了，找不到什麼。這些照片你幫我看看，你比較熟悉這種地方的擺設與運作，你一張一張幫我看看，有沒有發現什麼樣奇怪的地方？」

我仔細的看著那些照片，除了那三支鋼瓶的位置與地上的水漬是之前學弟的影片中就知道的奇怪之處外，其他的擺設，乍看之下沒什麼特別的地方。

「這一間我已經一個多學期沒進去過了，一下子也看不出有什麼奇怪。我想得找幾位最近還常去用的學弟來看，他們應該會比較清楚。」

金檢察官問我能不能在今天就找到人過來這裡看看。我出了地檢署就直接打電話給阿貓，在九點之前就把他從床上挖起來，雖然被他幹嘸了兩句，不過一聽說是學姊的事情，倒也馬上精神抖擻的自動再聯絡到大鳥和大鳥那個碩二的學弟。我們四個人不到十點就全員到了金檢察官的辦公室。

阿貓、大鳥和碩二的學弟很仔細的輪流看著每張照片，碩二的學弟首先看到了異狀：

「不對，無菌操作檯裡面平常不會放加熱攪拌器才對，這上面還擺著裝水的燒杯……學長，你們看，這是不是燒杯內的水還在冒煙的樣子？」

大家過去仔細瞧了，的確像是燒杯內的水冒著煙。顯然，那杯水的溫度很高，但是照片中所顯示的轉鈕位置都在off的地方。

「我記得學姊在這裡做實驗的時候，都沒有需要放加熱攪拌器進去才對。除非她那時要做的是新的實驗。」碩二的學弟繼續說著。

「這樣也不對，燒杯的水加熱過了然後又關掉。若是自殺，幹嘛做這個跟自殺無關的動作；若是他殺，除非燒杯裡面加的是某種加熱後才會揮發出來的毒藥，不然多此一舉幹嘛？」大鳥馬上接著說。

「但學姊的死因不是說是二氧化碳與一氧化碳中毒嗎？」阿貓說的時候，看了看金檢察官，檢察官蹙著眉頭微微點頭。

「冷氣也怪怪的，沒開。你們看，擺葉是關著的。照正常，我們一進培養室，第一個反射動作一定是開冷氣，裡面很燜，不開不行。學姊如果不是自殺，應該會照正常那樣的開吧？」碩二的學弟又發現了第二個的疑點。

「培養箱，這個放細胞的培養箱，溫度不對，二十八度，不是平常的三十七度。關得好好的，卻只有二十八度。」我還注意到了：「還有，這個對講機的聽筒沒有掛上，會是案發當時就沒掛上，還是大家在搶救的時候碰掉的？」

碩二的學弟回憶了一下說，當時有三個人先衝進去救人，培養室空間不大，一開始大家都手忙腳亂的，也許有可能撞到了。

「所以綜合一下，疑點包括有之前就發現的鋼瓶位置、橡膠導氣管下的水漬，和今天的加熱攪拌器，含有熱水的燒杯、冷氣沒開、失溫的培養箱，或許再加上掉了的聽筒。還有嗎？」金檢察官整理了一下所有的可疑之處。

我們每個人有次序的再將每張照片都輪流檢查過一遍，才確認沒有再看到什麼新的東西了。金檢察官向我們道了謝，也要我們這兩天繼續幫他想想，這些疑點跟殺死學姊的手法有什麼關聯性？

金檢察官說，目前的證據看起來，在學姊致死的時間內並沒有兇手在現場，顯然，兇手一定是經過某種巧妙的安排，讓整個環境充滿致死濃度的二氧化碳和一氧化碳，而且牽制住學姊在第一時間掙扎逃命的可能。而這種邪惡的安排，一定是跟現場的東西有關，所以檢察官要我們再仔細討論看看，從學姊進入培養室後所有可能的動作中，想想哪些會是觸發那幾支鋼瓶大量漏氣、而學姊又來不及處理或逃生的關鍵。

「總之，不管你們什麼時候討論出可疑的地方，就隨時給我電話，三更半夜也沒關係。徐語娟這個案子我一定要破。」金檢察官送我們到門口時，這樣斬釘截鐵的說著。

看看時間也快中午了，我要阿貓先帶著大鳥和他學弟一起到阿剛家，大家一起吃個飯順便再討論一下案情。我得要繞去附近的烤鴨店買隻烤鴨，順便再看看旁邊的麵包店有沒有現成的蛋糕可以帶走。

走到學校附近的地下道，剛下了三四個台階，就聽到好像在召喚著人心的歌聲。再往下走去就看到了兩位盲生，站在地下道對應著馬路正中央的位置，一位彈著吉他兼和音，與另一位主唱者合聲唱著歌，那是羅時豐原唱的〈茫茫到深更〉。我停了下來，於身旁不斷人來人往的繁忙地下人行道內，以一種貌似輕鬆的嚴肅站立姿勢聆聽著不悲傷吉他伴奏下的悲傷歌曲，讓音聲繚繞懾人心弦的演唱神情，勾出藏在我心中深處的遙遠過往印象。

那年我上京去了，但初試並不順利，無顏也無盤纏返鄉。在京城潦倒期間，就是這班同場應試的兄弟們不離不棄的接濟著我這個窮苦的書生。在我決定放棄返鄉，加入朝廷招募兵丁平靖邊關亂事的工作時，他們就是這樣的在客棧中齊聚設宴為我餞行。

不管第與不第，在亂世中沒有一個人是得志的。我們把酒高談著經世、再把酒闊論著濟民，但世終如屈原卜居的溷濁而不清、瓦釜雷鳴而讒人高張，仕與不仕的眾人，終究都只能相對垂淚。

坐在我旁邊的花弟哭倒在我懷裡。我了解他，也心疼他，這麼辛苦的過著身軀不允許的人生；我一走，她又會是孤伶伶關在男身內淒苦的女魂。然而此刻我也只能輕拍著他的背，不斷柔聲的安慰著他：「來生我們不做兄弟，必為兄妹。」

我就這樣入了行伍，在殺人中生活著也不知道過了多久。離開家鄉這麼多年，我忘了很多事情，我想不起我娘的長相，想不起師父的長相，我也想不起妳的長相，我只好在每次對陣的時候很努力的衝殺。看起來我是很英勇的，其實，我只是很想讓對方把我給殺了。

這麼多年下來，殺與被殺已經不是個道德的問題，也不是效忠朝廷與否的問題；我只是很盡責的殺了敵人，也希望敵人很盡責的殺了我，然後，大家就可以名正言順的脫離這輩子所有的折磨，早早入去輪迴換個人生。那是一種很積極的絕望，只想努力的擺脫這個身不由己的時代。

歌曲結束了，四周又回復人來人往的繁忙地下人行道。我拿出了張紙鈔，沒有考慮那是什麼樣的面額就放入眼前的吉他袋內。我哽咽的說了聲謝謝，或許他們也能聽出此時我臉上正滾著兩行熱淚吧？

我擺脫了那個身不由己的時代了嗎？

「須菩提，於意云何？可以身相見如來不？」「不也，世尊！不可以身相得見如來。何以故？如來所說身相，即非身相。」佛告須菩提：「凡所有相，皆是虛妄。若見諸相非相，則見如來。」

我唸著腦子中自然浮現的《金剛經》經文，沉重緩步的走上路的彼端。

第十二天——重建現場

排隊等烤鴨花了些時間，蛋糕也都順利到手後，進了阿剛家已經是遲到了快二十分鐘，才跨入客廳，就響起了如雷的掌聲。不過大家早就開動了，妞妞立即跑過來接走我手中的食物，小花則洋溢著她那蜜糖般的甜美笑容，拉著我坐到她旁邊，張羅了一套碗筷湯匙給我，也幫我開了一罐啤酒，還把他們剛剛已經先開動但她保留給我的幾塊醉雞貼心的夾給我。

我看著眼前這位自在支配著屬於她的妙曼身軀、盡情揮灑著專屬於她的嬌縱溫柔的小花，也看著在場忙著洗菜切菜、忙著拆裝擺盤、忙著煮食調理、忙著吃喝講話的眾家兄弟姊妹們，我想，我們還是到了一個雖然仍是身不由己，但總有些不同的時代了。

我站起身，將手中的啤酒一飲而盡，感謝大家一路的陪伴。小花也開了一罐啤酒，陪著我喝了一大口。我才一坐下，就看到準備再幫我開啟一罐啤酒的小花，雙頰已經泛起了豔盛的紅暈。她看著我略為驚訝的眼神，羞赧的給了我一個蜜蜜細細的微笑，低聲地說：「紅了對不對，我不太能喝酒，是因為學長我才喝的喔。」我笑了笑，將她還剩大半的啤酒罐拿到我跟前，然後要阿貓拿個杯子過來，幫小花倒杯果汁。小花盈盈酡紅的對著倒果汁的阿貓專注的看著笑著，電得阿貓差點就打翻了杯子。

我拍了拍阿貓的背，藉故去搶剛起鍋的肉片，要阿貓在我位置上與小花並肩坐著。我有點距離的望向我這個惹人愛憐的妹妹與她身旁那個忽然變得愣頭愣腦的男生，日久了，總是會生出交疊的情意，希望今日之後因實驗室崩解的分開，不要斷了這兩人養成不易的情意。

我端著食物邊走、邊吃、邊與每個人交談著，也想著，或許我們每個人終於在一個沒有那麼悲壯的時代相遇了。今天不是離別，只是因著共同的挫折，大家得各自轉換跑道而已。這個飯局結束後的分開也不會變成咫尺天涯，我們還是隨時可以在各式社群網路上取得彼此的訊息，也可以在任何相約的時刻又碰面；雖然不會是再那麼的日日常常，但不會再是一出走，就成了與妳月月年年的音訊全無。

小花輕拍了我的肩膀，端了塊蛋糕給我，把我拉回當下充滿年輕的青春場合。在開始吃蛋糕之後，大家的話題就逐漸轉到今天上午我們到地檢署的事情。一群在第一線執行實驗工作的年輕人，很認真的討論起那個殺人於無形的兇手是如何安排他的鬼門關。

「從監視錄影中確認阿娟學姊進去培養室的前兩個小時一直到張P進去說發現屍體，都沒有其他人進去過那間。所以，那三支二氧化碳與一支一氧化碳鋼瓶，還有那瓶Isoflurane麻醉劑所洩漏出來的氣體，如何在室內維持住至少兩個小時以上的高濃度，而不會因為透過門縫消散而減低？這是第一個謎題。

「第二個謎題是，阿娟學姊如果進去之後，發現了現場那些怪異的擺設，包括鋼瓶被移位以及無菌操作檯上的加熱攪拌器，甚至在第一時間開始感到身體不適的時候，為什麼沒有立即奪門而出，而是繼續待在裡面到完全不支倒地？」

像是實驗室在meeting般的，我先做了開場白，接下來就等著大家的意見發表了。

「第一題不外乎就兩個可能，一個是轉成很小的流量，讓氣體持續緩慢的流出，或許兩個小時或三個小時才流完；另一個是調大流量，但想辦法控制在……例如說前個一小時到三十分鐘之間，才讓它快速的全部流出。」大俠先說了。

「但儲藏室那邊跟大門這邊的門縫都沒有被封起來，如果小流量長時間的釋放，或許室內的氣體就無法達到致死的濃度。」大鳥繼續說著：「應該要在接近學姊進入前的短時間內大量釋放完才保險。」

「水，問題一定在水。」妞妞忽然說了：「現場如果說沒有看到什麼定時器之類的，那就只剩下那些異常的水。但那些水又能怎麼的去影響氣體的釋放？」

「水不行，冰可以！」阿剛搖著他那杯加了冰塊的啤酒，說：「用冰封住管子。」

「不太對，如果只是讓管子裡面的水結成冰塊，管壁的地方一定會比較快融化。屆時，只要管壁與冰塊的交界面有一點點水膜，那麼管內氣壓很容易就可以把冰塊推出。在現在的氣溫下，那不需要多少時間，應該很難撐過一小時。」阿貓邊推著桌上一個正融化的冰塊邊說著。我特別偷瞄了一下小花，她正看著阿貓，很認真的點點頭。

「那，能不能這樣……」小咪這個小女生有點怯生生地說：「學長，那如果先把管子用橡皮筋固定成U字型，然後再裝水結冰，這樣，即便交界面先融化了，冰塊也不會一下子就被推出去，那我只要把這個U字型平放，融化的水會慢慢流出去，氣體可能會先緩慢吐出一些，但要等到U字型內的冰塊幾乎都全融化了，氣體才會大量噴出。這樣合理嗎？」

大家沉默了好一陣子，直到大俠先開了口：「這合理，接下來就只剩下裡面要結多少冰，才能在培養室沒開冷氣的狀況下撐過一個小時以上的問題了。」

「所以，這樣的U型結冰管子要事先預備好，然後在案發的兩個小時前去裝好。所以管子一定會被換過，這跟學弟拍的影片顯示管子有換過是吻合的。」我先下個小結論。忽然想到：「說到冷氣，好，為什麼學姊不開冷氣？還是說……學姊開不了冷氣？」

「或許兇手怕說冷氣如果開了，會降低培養室內那些有毒氣體的濃度，無法達到立即致死的效果。」阿狗說。

「那要怎麼樣才能讓冷氣開不了？」我問。

「插頭拔掉。」屁仔說。

「不會，照片中冷氣的室內機溫度面板還是亮著的。」大鳥的碩二學弟馬上反駁說。

「那，讓遙控器的電池沒電就可以了啊！」小花忽然接著答話。

「對，有可能，這最簡單。把遙控器電池拿掉。」阿貓急著接口肯定小花的回答。

「不會這樣，那樣遙控器一拿起來感覺就不對，會太輕，這樣學姊就可能會覺得奇怪而馬上開門出去外面找電池。所以兇手應該會換上兩顆沒電的電池，這樣，搞不好學姊在門邊按不開冷氣的時候，還會再進到更裡面對著冷氣機再按幾次。」小花一邊沉思、一邊用手比劃著按遙控器的動作說著。

「太強了，小花，妳考慮得對！」阿貓無縫接軌的繼續肯定小花的回答。

這的確有道理，大家都點了點頭。

「所以那個加熱攪拌器也有可能是為了這個目的囉！」大鳥的碩二學弟繼續說：「平常沒有放在無菌操作檯內的加熱攪拌器上面居然有一杯正在沸騰的水，任何人一進去培養室開了燈一定會馬上注意到，然後先過去把加熱器關掉。」

「對啊！只要水就好，不用放其他毒藥，放了，反而會引起檢方注意。只放水的話，就說要用來隔水加熱，那就是個不會引起任何人懷疑的理由。」大鳥說。

「這個容易確認。學姊那天去做實驗之前，有寫信給老闆說明她那天下午所要做的事情。阿貓，上次我寄給你的資料中有那封信，你現在就先看看是否有任何需要隔水加熱的程序？」

我說完後，阿貓很快的就把學姊寫的實驗程序找出來。他看了、我看了，也要大鳥和他學弟都看過，我們一致認為不需要在無菌操作檯弄個水浴加熱的程序。

「OK，好，這是第二個牽制學姊離開培養室的方法。接下來，培養箱失溫又要怎麼說？大鳥，那一台如果失溫了，機器會不會叫？」我說完轉頭看著大鳥。
「應該不會，我沒聽它叫過。我在想，一般正常的話，我們進入那間之後，除非馬上就要去拿細胞，不然的話，不會特別去注意到那個面板上的溫度。」大鳥以疑惑的表情說著。
「嗯，我也在想，如果冷氣、沸騰的水那麼的吸睛，那這個面板的溫度就更不容易被看到了。」阿狗接著說。
「不對不對，應該要這樣想，冷氣打不開，按兩次可能就放棄了；加熱攪拌器的水在沸騰，直接把開關轉到off就處理好了。這兩個都不會耗掉太多時間，也就是說，如果學姊這時候感到不舒服，她還是可能有時間與體力撐著走出培養室。所以，那個培養箱的失溫，或許就是用來牽制更多時間用的！」妞妞以少有的嚴肅表情慢慢的說著。
「嗯，合理，但要怎麼讓學姊一定看得到面板上的溫度？」我接著問。
「會不會就稍微打開一下那個培養箱的門？」阿屋用著不確定的語調說著：「這樣就有可能讓學姊去注意到那個溫度。」
「所以，如果再把溫度的設定調低，讓關上門之後溫度也上不來，那麼學姊就可能花多一點時間去檢查設定。」沒想到平常很安靜的慶仔也發言了。
「Ya，阿屋和慶仔的推論我覺得很到位，大家還有沒有什麼想法？」我繼續問著。
「還是有點怪！就這樣想，如果我今天進了一個房間，結果沒多久就覺得混身不舒服幾乎沒力，那時候，就算細胞培養箱被打開了，我頂多也只是把箱子關起來就好，然後就要趕快出來了，怎麼還會在那邊等溫度上來？」阿剛略為急促的說了他的疑問。
「所以，那個電話就不是被碰掉的囉！」小花一出聲，阿貓就急著轉過頭去，小花繼續說：「會不會在學姊想要出去的時候，忽然間對講機響了，所以學姊只好忍著不舒服，還是先去接了電話？」

「對啊，有可能！」阿貓仍然在小花說完後的第一時間發聲。

「但是，怎麼會那麼巧？」小花又疑惑地自問著。

大家又安靜了好幾秒鐘，是啊，怎麼會那麼巧？

「監視器，細胞培養室裡面有沒有監視器？」屁仔突然發言了。

「沒有，細胞培養室內沒有裝監視器。」大鳥馬上回答說。

「沒有啊。那……如果是電腦上的網路攝影機，或是針孔攝影機，用無線傳輸的那種，那麼……我是說，如果……好，假設兇手有辦法看到培養室內的狀況，那麼，他就可以監看，然後在學姊想要離開之前立即打對講機，讓學姊只能再去接電話。」屁仔用少見的正經表情說著話。

「如果是這樣，那就不是電腦上的網路攝影機，針孔比較有可能。因為在那些現場的照片中，沒看到有外接的網路攝影機，顯微鏡接著的那台電腦是舊型的，螢幕上沒有內建的鏡頭。」大鳥轉頭看著碩二的學弟問說：「對吧？」

「應該是，我也沒看到。但我在想，如果要裝個針孔，要放在哪裡比較可能？我意思是說，培養室認真講有兩個房間，雜物都堆在儲藏室那間，那間的東西堆得亂七八糟的，好藏東西，但無法照清楚旁邊養細胞這間。而學姊進來的是養細胞這間，這間的東西很單純而且都在定位，不容易掩護那個針孔；即便有些空間可以做為掩護，但視角可能不是很好。我是說，如果預期那裡會出命案，也就一定會預期警察會在現場蒐證；如果忽然間被找到個針孔，那一定會引起懷疑的。」碩二的學弟看著大鳥回應的說。

「也就是說，如果要有個針孔監測，那一定要放在能夠照清楚學姊的所有動作，又保證不被蒐證人員發現的地方。」大俠一邊思索一邊問著自己：「這種地方會是哪裡？」

「那間細胞室看起來最能綜觀全局的就是那個無菌操作檯。」阿貓眉頭越鎖越緊的繼續說著：「所以要在裡面擺個針孔又不要被看到，在檯子上有哪裡是人家不會去懷疑到的呢？檯子上平常會堆什麼東西呢？堆什麼呢？……啊！tip，那些放tip的盒子，這些擺塑膠吸頭的盒子平常我們都堆了好幾盒在檯子上，如果把底層的某一盒挖個小洞，然後把針孔放進去，大概沒有人會去注意到吧！」

阿貓說完，側著頭看了小花一下，小花回給他一個她也恍然大悟的激勵表情。

大鳥隨即接著說：「有道理，或許我們再去檢察官那邊把照片再確認一下，是不是有盒子有這種異狀！」

「ＯＫ，這樣差不多都串起來了。但是，我剛也一直同時在想，那，證據呢？我們要找到哪些證據才能支持我們的想法？我是說，如果兇手考慮得這麼縝密，那他應該不會在我們所提到的那些東西上留下指紋，針孔也一定會在事後找機會拿走銷毀，也不會留有針孔拍攝的影像。到頭來，所有的過程，都只變成無事實根據的臆測，無法據以讓兇手認罪。」

說完後，大家又都靜默了，連我自己都感到洩氣。這幾乎是無解的事情，因為那間培養室都快拆光了，即便兇手留有破綻，也無從找起了。

大鳥碩二的學弟忽然說：「冷氣的遙控器應該還在。那個遙控器的電池不好換，即便戴手術用的那種薄橡皮手套都不容易去弄，所以我想，那個電池上應該會有兇手的指紋。」

他一說完，大家彷彿受到極大的鼓勵，眼睛又再度亮了起來。

「不對，那間培養室在命案後不是還有斷續的在使用，那遙控器如果真的沒電，也應該換了電池才對。」我忽然想到。
「喔，是這樣的，因為……唉，說起來有點對不起學姊。就是，那支遙控器在當初我們衝進去要救人的時候，我有看到好像被先進去的那個人踢到，就停在學姊下巴附近。所以，我有點心理障礙，不想再用那支。那天警方蒐證完，我硬著頭皮要去把前天用顯微鏡照的細胞影像存出來的時候，就拿隔壁儲藏室的遙控器來用，把原先那支放到儲藏室那邊。兩台同型，遙控器可以互用。」碩二的學弟很難為情的回答著。
「這叫冥冥中自有天意吧！」我長嘆了一口氣，繼續說著：「不過如果只有這個，證據還是太薄弱了。」
「那種導氣橡膠管，實驗室通常不會有存貨才對。大鳥，對吧？」阿剛轉頭對著大鳥問道。
「應該沒有。杉原，沒有吧？」大鳥看著那個碩二的學弟問。我才又想起這個學弟的名字。
「沒有。」杉原回說。
「管子是確定有換過。但實驗室沒有存貨，所以一定要買新的才行。如果假設張P就是那個兇手，那就有四種購買管子的可能：一是直接跟賣氣體的廠商訂、二是學校附近的五金行、三是張P家附近的五金行，最後一種就是網購。前三種以檢察官的公權力來說，應該不難查訪；但如果是網購的話，就比較難鎖定目標。」阿剛分析說。
「網購的話，一定會到網路上查詢。如果他沒有刻意使用無痕式視窗，應該會留下瀏覽紀錄才對。甚至包括我們剛剛想到有可能用到的針孔攝影機，張P如果不是這種機器的玩家，要嘛就得找通訊行請店家推薦，但更可能的就是在網路上找，所以也應該會留下瀏覽紀錄。」阿狗接著說。

「嗯，這兩個東西的來源可能是關鍵的破口。OK，大家還有沒有想到什麼？」我環顧了一下在場的每個人，等了三十秒，看到大家不是靜默就是搖搖頭，代表差不多要結束了，我看了看時間，快下午四點了。

「好，事不宜遲，我等等就打電話跟金檢察官聯絡。阿貓、大鳥、杉原你們三個方不方便也跟我一起去？」

他們三人都比了OK的手勢。我馬上撥了電話給金檢察官，他要我們現在就過去。

四點半到了地檢署，由於金檢察官五點半還有個會議要開，我們就略去所有的客套，把剛剛的討論結果條列式的跟檢察官說明；也跟檢察官再要了當天的現場照片，跟杉原在事發前兩天拍的學姊示範影片中，那些放在無菌操作檯上的塑膠吸頭盒子比對了一下，的確在原本都是白色盒子的最下層，被換上三盒藍色的。其中一個在照片中，隱約可以看到盒身中間貼著已變色的滅菌帶上，在斜型黑條紋中有個像是小洞的破損。

「好，非常感謝大家，我等等就會積極處理大家所發現的事情。還是一樣拜託大家，如果還有想到什麼，不要客氣，半夜三點也可以打電話給我。徐語娟的冤屈差點被我誤掉了，無論如何，我一定要在最短的時間內彌補回來。」

第十二天——新關係

出了地檢署，跟學弟們道別之後，回到住處已經六點了。中午吃得太飽，沒有想吃晚餐的欲望，就到超商買了幾包泡麵當存糧。進了家裡一坐下來，就邊打開筆電邊撥個電話給小惠。小惠說，她想明天下午三點就請假下班，這樣可以早一點上來一起吃個晚餐。我看著還是亂中無序的房間，只能暗暗下定決心，晚上得熬夜整理了。

掛上電話，順手打開ＦＢ，有一則私訊通知，是阿儀的。

阿遠博士，老實說，昨天下午我看到你寫來的訊息的時候，我非常非常的難過。但我不敢在阿玲與淑姊面前哭出來，因為我不知道要怎麼樣跟她們解釋我的難過。我忍著不哭出來，跟她們說我忽然身體不舒服，需要先回去休息一下。我一騎上機車就開始哭了起來，我想路上看到的人一定會覺得很奇怪，怎麼會有人一邊騎車一邊哭？我不想要回到家裡讓爸媽看見我在哭，因為那就更難解釋了。所以，我就騎到停我那部汽車的地方，開了車出去。

我漫無目的的開著車，不曉得要去哪裡，就只是想獨自一個人而已。阿遠博士，你知道嗎，原本我以為我可以在裡面沒有顧忌的大哭，但真的坐進去了，開始一個人的時候，我卻哭不出來。我開始想著，我為什麼會難過呢？我想到小時候那個保護著我的你，想到那個常常講笑話給我聽逗我笑的你，那些我最熟悉的，支持我一直勇敢生活著的，都是來自於那個每天坐在我前面的你！然後，接下來的你，就直接跳到上禮拜我在台南見到的那個你，而這中間，我們就沒有任何交集了。

你知道嗎，想到這裡，我才開始哭了起來；也是在這個時候，我才知道我一直在騙著自己說那個阿遠一直在我的身邊，但其實沒有！在我國中的時候沒有、我唸高職的時候也沒有、我去電子工廠工作的時候也沒有、我在賣菜的時候也沒有、我開早餐店的時候也都沒有。我有的，只是我在心中珍藏的那個坐在我前面的阿遠，而不是真正一直都陪在我身邊的阿遠。

我後來還是把車子開到那天我們一起走過的虎頭埤，我一個人靜靜地走過那一天我們一起走過的所有路徑，然後坐在湖邊，一個人靜靜地看著過去一年來我寫給你的東西還有你回給我的內容。阿遠博士，我想跟你說，我還是非常非常的感謝你，我很高興，也覺得自己非常非常的幸運能夠遇見你！雖然你沒有騎著白馬，我也不是公主，但是你仍舊是那位把我拉上馬背的英勇騎士；如果沒有遇見你，我覺得我的人生不會是現在這樣的滿足，我一定會是那個一直被關在自己城堡內的可憐女孩。

阿遠博士，我想跟你說，那個我的小學同學阿遠，他仍然在我心中住得好好的喔！我留了一個最好的位置給他，即便將來我結了婚，他仍然會住在那邊喔，因為他對我來說，是那麼的無可取代。你知道嗎，當我再開車從虎頭埤回家的時候，我在路上這樣想，從現在開始，我要認識一個全新的阿遠博士而不是我的小學同學阿遠，而且因為他結婚了，所以我要認識的是阿遠博士跟阿遠博士的太太。阿遠博士，你能讓我也認識你太太嗎？

我會這樣想是因為我希望將來我可以很高興的、很自然的、沒有負擔的跟阿遠博士講話，而且，你知道嗎，不知道怎麼的，知道你結婚了，我有個很強烈的念頭，就是很想認識阿遠博士的太太。不是說我想要比什麼的那些，就只是種感覺，我覺得我一定也會很喜歡阿遠博士的太太，我想她一定是一個很好很好的人，或許我跟她會成為很好很好的朋友喔！

阿遠博士，我跟你說，我們的新早餐組合很受歡迎喔！這兩天幾乎每個坐下來的客人都要試試看，還有很多人要外帶，我們三個人差點忙不過來！如果最近你和你太太有可能來台南的話，請你們一定要來我們店裡面品嚐我們的新早餐！我是非常誠心誠意的邀請你們的，請一定要來喔！

雖然說，我在寫這封信的時候還是感到很難過，但我已經把事情都想得很清楚了，請你不要擔心。倒是之前我寫的那封信跟那張照片，還有連這一封信也是，請你一定要把它們徹底刪除。我是女生，換作是我，我也不想看到有人這麼的喜歡我老公。請你一定要刪掉信跟照片，不僅是為了你好，為了你太太好，也是為了我自己好。因為我希望，我跟結了婚的阿遠博士可以有個新的朋友關係，一個不會讓別人誤會的關係！

看完阿儀的整封信，我有個預感，我會張皇到不知所措的事情可能會發生：阿儀和小惠會見到面，然後會握起手來成了無話不說的好朋友。

但是，我由衷的感謝阿儀。

百丈禪師每上堂，有一老人隨眾聽法；一日眾退，唯老人不去。師問：「汝是何人？」老人曰：「某非人也。于過去迦業佛時，曾住此山，因學人問：『大修行人還落因果也無？』某對曰：『不落因果』，遂五百世墮野狐身。今請和尚代一轉語，貴脫野狐身。」師曰：「汝問。」老人曰：「大修行人還落因果也無？」師曰：「不昧因果。」老人于言下大悟……

她教了我怎麼去跳脫這煎熬的綺想，如同這個公案的禪機。

我寫了個回信給阿儀：

阿儀，這幾天我心裡感到最不安的是，我會不會辜負了妳對我真心的期待與想念。我沒有想過，甚至說，我沒有能力想到該做的，是積極的再去建立一個屬於我們獨特的新關係！

如果說誰是一直被關在自己城堡內的可憐人，以現在來說，不是妳，而是我。

是妳把我拉出這個禁錮心靈的巨塔。

今年我們都二十七歲，所不同的是，我這二十七年的人生，除了三歲之前待在家裡，其他的二十四年都是在學校度過。表面上看起來我讀高中、唸大學、拿碩士、攻博士，樣樣都比妳風光多了，但是，如果我們站在二十七歲的今天來看，妳實在是比我傑出、比我優秀許多。不管是工作謀生的能力、人情世故的練達，以及處理感情的真摯與包容，都不是我這個一直待在所謂學術殿堂裡的溫室花朵所能企及的！

和妳重逢見面以來的這幾天，剛好是我看似順遂的人生遭遇最大變化的時刻。真的，幸好有妳！那天在台南見到妳的一切，不管是在早餐店努力工作的妳、穿著高跟鞋優雅開車的妳、在咖啡店熱情談著早餐事業的妳、亮麗活潑走在環埤道路上的妳，甚至是那封信上真情流露的妳，一切的妳，都給了我最大的衝擊，讓我忽然看見這個世界上原來有著學校裡面所沒有的希望、有著我以前不知道的熱情人生，與一直都沒有機會接觸到的妳的溫柔。這些因為妳才知道的人生美好，讓我在面對目前各種抉擇的時候，能夠更有勇氣、更有信心的邁步向前，不至於被自己過去二十四年來被學校所教育出來的膽小慎微，把自己的手腳與夢想都綁住了。

雖然我們沒有在愛情這條路上並肩同行，但是如同妳對我的珍視那樣，妳仍然在我心中住得好好的喔！我留了一個最好的位置給妳，即便我已經結了婚，妳仍然住在那邊喔，因為妳對我來說，是那麼的無可取代！

我太太小惠的確是一個很好很好的人，而我也直覺的相信，妳一定會很喜歡小惠的，並且跟她成為很好很好的朋友。這星期六、日我會回高雄，我再跟小惠商量看看，或許週六或週日中午等妳們打烊前，再去品嚐妳的招牌餐點，這樣，妳也比較有時間跟我們聊聊！

阿儀，真的，很高興有妳！我真的非常非常的幸運！

寄出後，重看了一次自己寫的內容，差點沒嚇出一身冷汗，我怎麼會寫說週六或週日中午要帶小惠去阿儀店裡呢？我怎麼會這樣寫呢？我剛剛在想什麼？我剛剛有這樣想嗎？我要怎麼跟小惠說啊！

我仔細想了想剛剛在寫這封信時的心情，除了最後要去台南的這一段，其他的文句的確是我真心想對阿儀說的。裡面的內容在敘述上或許有些時序上的故意模糊——例如我留了個心中最好的位置給她，是在剛剛看完她的信之後才決定的，並非一直都是如此——但至少就我現在當下的感覺來說，那是真的。

但也因為這樣，我才如此懼怕。

我怕的倒不是如何說服小惠和阿儀見到面，這不難妥適的安排，我有把握可以很中性的、沒有任何尷尬的自然而然讓她們兩個人見面。但是就因為我有把握這樣，我猜想以小惠的個性和現在阿儀所展現出來的雍容大度，我無法控制這兩個人不會真的變成好朋友。如果她們的好交情建立了，那我就會失去一個將我圈豢住的道德屏蔽，這才是我最懼怕的。

我不知道阿儀是否有過跟男生的性經驗，特別是很愉悅的性經驗？如果有的話，她或許會感受到對男生來說，那是具有極大誘惑力的，大到隨時都可能將男人的理智拋掉。至少對我來說是如此。也因為這樣，現在的我已經沒有信心可以在任何時刻都把持得住自己，那種與生俱來對女體的渴望，在我與小惠愉悅的性經驗之後被徹底的具體化了。

我也才了解到，如果不透過性的這道儀式，男女之間的感情無論在之前發展得多麼濃密，最後還是無法真實佔領對方心裡的愛情堡壘，終究只會讓感情成了個不斷縹緲、隨時會消失的對虛空堅持。男生如此，或許女生也是吧，我猜。

當然這世上應該會有一些在人格修為上有著大成就的人，真的能夠超脫性的這道儀式。但世界上絕大部分受著神經與內分泌系統控制的人們，即便他自己覺得已經在精神上得悟到了自在，但怎麼看，身體的所作所為顯露的仍只是表達出，他的確努力了，不過神經與內分泌系統並不太買單這個得悟的認知。

也因為如此，如果我不想弄壞掉這個剛剛架構起來的婚姻，我就必須讓自己對於小惠以外的肉體接觸出現各種艱難險阻，剝奪出軌性愛的愉悅想像而代之以疲累、痛苦和不安的恐懼。其中我能想得到最有用的方式，就是讓小惠對阿儀充滿了戒心與猜忌，從而迫使我小心避免與阿儀有所聯繫和接觸。如果這道防線消失了，讓我再次有不受羈絆的機會單獨與阿儀共處於一部車子內，甚至共處於一個房間內，那事情就可能會完全失控。

我對阿儀有信心，但我對自己沒信心；而我猜阿儀會因為我的沒信心，而不得不憐惜的滿足我的沒信心。

讓我差點沒嚇出一身冷汗的是這個。

還沒想清楚怎麼辦，大鳥居然打電話來了。

「學長，剛杉原提醒我，我們那間細胞培養室在學姊出事的一週之前是沒有裝自動關門的門弓器。但是老闆說大家常常忘了關門不好，所以主動叫廠商來裝。我想這應該也有關聯才對。」

的確，這有重要關聯。我馬上打了電話給金檢察官，告訴他這個新想到的事情。

金檢察官聽完後除了不斷的道謝之外，還是持續的拜託我們，不管有任何蛛絲馬跡，即便是三更半夜，也一定要告訴他。畢竟，這件殺人案不是那種拿刀子刺進去所以會有直接證據的類型，目前僅能盡量靠重建完整現場來推測殺人的手法，然後再藉此突破嫌疑犯的心防。金檢察官說，下午我們所談的，他已經積極的在查證了，請我們放心，還補了一句跟下午我們離開前同樣語意的話：「我一定會在最短的時間內，彌補我對徐語娟一開始誤判的虧欠。」

其實他沒有虧欠學姊什麼，他是位努力且正直的檢察官，我希望這個國家的檢察官都能像這樣。不過，我終究沒有在電話中跟金檢察官這樣說，這樣會給他更大的壓力吧！

才一講完電話，阿儀就回了訊息。先是一個有著甜蜜微笑的表情貼圖，再來是一張剛烘焙出爐的起司蛋糕照片，最後才寫著：「我正在做蛋糕，你看，是不是很好吃呢？謝謝你喔，阿遠博士真是體貼！的確在打烊前我才能有空檔跟你們聊天。明天晚上我會再跟你確認一下是週六或週日，這樣我才能夠先預留給你們的大餐。我們的生意很好呢！像今天啊，上午十一點還沒到，所有的蛋糕就都賣完了。你知道嗎，我們都還沒有零賣蛋糕喔，只跟套餐一起出餐而已！」

我隨即回了ＯＫ，明天晚上會再跟她確認。不過隨即想到明天晚上小惠要上來，我未必能夠有時間在ＦＢ上與她對話，所以就再補了一句，「明天不一定有時間上線，所以電話機動聯絡。」阿儀隨即回了個可愛的ＯＫ貓樣貼圖。

要離開與阿儀的私訊畫面之前，我猶豫了一下，還是決定將阿儀剛剛的信件內容連同我的回覆都複製貼到一個WORD檔，將檔案放上雲端後，隨即刪掉存在電腦內的WORD檔以及ＦＢ中的私訊。

我望著私訊刪除後所留下來的空白，彷彿，這些互動就歸零了。它本來存在過，但現在被刪除了，這樣，是不是它就不存在了？我複製了那些信件中的文字和照片，然後把它放在雲端，這樣子的存著，還是原來的它嗎？如果雲端也壞掉了呢？

那還會在我心裡嗎？

我會記得現在這樣深情款款但又處處為我著想的阿儀多久？我們會這樣在FB繼續互動多久？還會像之前那樣，每星期總有個一兩封私訊的往來，至少隨意談一些有的沒有的嗎？這週去了台南之後，下次見面又會是什麼時候呢？

以什麼樣的身分呢？

我想起那部渡邊謙主演的《明日的記憶》，如果我們也遇到了那樣殘忍的過程，在疾病中漸漸忘掉了熟悉的一切，那些所謂的刻骨銘心是不是也就不存在了？即便那些記錄過的文字都還在雲端裡。

就算不是因為疾病，時間久了，見面少了，互動沒了，人跟人之間就淡了。就像，誰還能唸出二十位小學同學的名字呢？即便有些人一整個學期都坐在你旁邊。

如果不是阿儀以那麼持續的毅力思念著我，我還會記得她嗎？

在剛剛回給她訊息末段的台南之約，也是因著她思念的力量所牽引而寫出的嗎？還是因著她和小惠，那些我在夢中、在恍惚中所看如浮光掠影般的宿世緣分所默示寫下的？

會不會維繫我們的，真的不是愛情也不是友情，只是輪迴中不斷的錯過與企圖彌補不斷的錯過？

那麼，我對妳的強大思念也會牽引出什麼嗎？即便我以刻意的遺忘來壓制它，最後是不是仍然在那外澳的驚鴻一瞥默示了妳依舊在我心中糾結著？

時間走過，一似心底輪迴春夏秋冬，偶然浮現，又忘了，我的年少。

那年的冬天，我搭著火車從花東縱谷回到台北，在隆隆規律的火車聲中，我覺得是該下個句點的時候了。太遠了，從南到北到東，相隔的空間阻斷了許多的可能，我無法參與妳生活的點點滴滴，無法了解妳日常喜怒哀樂的來由，偶爾短暫的見面與一封封間斷的書信，表達不了我、也感動不了妳，那，就算了吧。

於是我停止了寫信。或許真如妳所說的，就是需要那麼長的時間才能體會這是一種什麼樣的無緣的緣分：那個無緣的人是生命中裂解後飛出去的一塊，不知道怎麼把她抓回來，只好一直寫出文字排列出一條搆得到她的線。但那一塊越飛越高，只好寫出越來越多的文字來填補這一塊生命和那一塊生命越來越遠的距離。這就是一直寫著信的動力，為了生命中忽然不見了嵌在自己生命中的一塊，然後不知道該怎麼再連到她的茫然作為；寫出的文字，表象是聯繫的想望，實際上，只是在填補遠離的空虛。

妳說：「你追求的不是對我的愛情，而是在那個過程裡的自己。」

不知道阿儀會不會也跟我一樣，此刻想哼著江蕙唱的：「再會啦！心愛的無緣的人，若無愛石頭嘛無採工，過去像一齣憨人的故事、無聊的夢」。

我站起身來，決定去弄包泡麵來吃。八點多了，我得做些不同的事情讓自己趕快把情緒切換回來，總不能等等和小惠視訊時讓她看到的是一個失魂落魄的老公。還有，也得把房間整理整理，總不能與新娘子共宿的第二夜是在如雜物間的臥室裡吧！想到這裡，趕快把煮水的火關掉，趁記得，先到樓下超商買包保險套要緊，這麼重要的東西得先備妥，免得明天晚上還要煞風景的起身著裝下樓。

第十二天——殺人動機

裝備才剛買回來，想說，要不要先練習試用一下，免得明天晚上手忙腳亂的，無法讓它發揮該有的功能。結果，才剛褪下褲子，陳鎰哲居然就打了電話過來，我心中不禁暗幹了一聲。

「阿遠，如果這通電話你要錄音，我給你一點時間準備。我只希望能跟你好好談談為什麼他們非得要殺了語娟的原因。明天金檢察官約談我，希望我能幫他釐清那些人殺語娟的動機。我想，應該是金檢察官掌握了語娟的確是被殺的證據，而且已經知道是誰了。或許，就是你協助金檢察官的。你聽好，我想跟你談談，不是想藉由你閃躲什麼，我只是想讓語娟的受害真相早一點清楚，你明白嗎？」

「OK，我找一下怎麼設定通話錄音，等等我主動打給你。」

我先結束通話。花了一些時間把手機的功能選項都搜遍了，卻都找不到通話錄音的功能，只好上網去找了找，才發現原來我這款手機做不了這件事。平常沒有在玩手機這些有的沒有的東西，一下子也不曉得該怎麼辦，還好，靈機一動，想想乾脆就用筆電視訊通話，然後拿手機當錄音筆使用。

準備再撥電話給陳鎰哲之前，考慮了一下，決定還是先打了電話給金檢察官，說了剛剛陳鎰哲在電話中跟我講的話，並問他我是否該與陳鎰哲談那些事？

「我的確明天約了他……這傢伙在玩什麼把戲……沒關係，你就跟他談談，但盡量引他多講話，不管他說什麼，都不要去反駁他，也不要動怒，就是一直問他問題讓他講話，結束後再馬上把錄音檔傳給我。啊，還有，一開始錄音的時候，還是要他再講一次他同意錄音，把這句話錄下來，將來比較沒有爭議。」

既然得到檢察官的同意，我就先撥了電話跟小惠延後視訊的時間，然後再撥電話給陳鎰哲，他也同意用視訊錄音。雖然在準備試錄時又折騰了一些時間，但總算在九點二十分開始對談。我依照檢察官的提醒，先要他錄下同意錄音的談話，但我沒有跟他說我已經告知檢察官了。

「我想你也知道，殺害語娟的人九成九是醫學院那個姓張的，但現在的重點有兩個，一是動機，二是有沒有共犯，或是說，有沒有人唆使。明天檢察官傳我，雖然說是協助調查動機，但之前那次傳我去問話，他根據那些驗證實驗完成的時間，Schizophrenia的身分以及網路上傳的那些語娟手寫影本，就一口咬定我事先知情，即便沒有實際參與，也一定事先就知道語娟會遇害。我知道他懷疑我是因為跟那個殺人集團鬧翻了，所以才窩裡反的檢舉他們，因此想從我這邊下手當作破口。」

「這應該可以跟檢察官好好解釋的啊，依時間序列把事情的來龍去脈說清楚，我想檢察官應該有能力查證的。」

「問題就在於查證。這件事情若要查證，不是只有在台灣內部的人與事，還有牽涉到在美國的人與事；而且有些已經是屬於需要保密的期刊內部審稿事務，也有些是目前美國的司法單位也在調查的違法案件。台灣的檢察官絕對沒有那個能力查證到那邊去。

「如果這件事情將來有政治力量介入，不是我擔心惹火上身，而是我怕最後真兇沒事，但我卻成了那個代罪羔羊，而讓語娟死得不明不白。這也是我希望先找你說明事情所有來龍去脈的原因，你聽得懂的，我希望如果到時候那個檢察官找你求證或諮詢什麼，我不需要你幫我掩飾，就只需要把你聽懂也接受的那些事實好好的講給他聽就可以了。」

「好吧，那就請你詳細說明，我會仔細聽的。我會盡量在不預設立場之下，依我自己的經驗下判斷。」

「ＯＫ，我先來解釋那些驗證實驗為什麼早在語娟遇害之前就完成了。其實，我們所完成的驗證實驗，並不是只有你老闆那些有問題的論文而已，認真說來，那算是第二批的，而且原先也不是要放在PubPeer這個網站公開的，而是直接要送期刊調查的。」

「那第一批是驗證誰的問題論文？」

「你們校長跟那個姓張的一起發表的問題論文，也就是後來語娟被他們逼得要去重複的那些實驗所在的論文。但我們沒有放上PubPeer，而是直接送期刊檢舉。你們校長那幾篇被放上PubPeer的，只是我們順便加碼放上去而已。那個造假集團以低劣手法出品的假貨很多，連驗證實驗都不需要做，直接抓抓photoshop就一堆了。」

「驗證別人論文中的實驗程序是否有問題，那是需要耗費大量時間與成本的。你，或是說，你們，為什麼要做這些事情？總不會說只是為了要維護學術倫理吧？」

「的確需要耗費大量時間與成本，也的確不是為了維護學術倫理。這樣說好了，你覺得從事學術研究工作的目的是什麼？」

「增進人類對於自然的了解，並以這些知識為基礎，解決人類所遇到的問題吧！就像是，研究癌症的致病機轉，了解癌症為什麼會發生的原因，並據以找出醫治或預防的方法。」

「你說的，如果以一個時代所有科學家的集體角度來看，這樣說或許沒錯；但如果以個別科學家的角度來說，就像你自己也算個科學家，那你覺得自己從事學術研究工作的目的也是這樣嗎？」

「我已經不做這一行了，退學了，所以我沒有那個身分回答這個問題了。」

「啊！怎麼會這樣！語娟一直希望你早點畢業的，怎麼就不唸了，頂多換實驗室就可以了啊！唉……好吧，今天先不離題，我改天再找你談這件事情。好，回到我剛剛的問題，很簡單，如果你在這個圈子夠久，特別是生醫領域，就會發現答案很俗套：為名為利。而且，在這一行的慣例是，名有了，利就跟著雙收了；有好的發明與發現，就有好的paper與好的專利，帶來好的名聲和好的收入，還有拿到更好的榮譽與更高的行政職位，然後鑽營更多的經費以獲取更大的利益。」

「這我可以理解，但這跟你們驗證別人的實驗有什麼關係？說別人錯了，不能變成論文發表，也不會因為這樣就有新發現，頂多只是斷了別人的求名求利，對你們自己的求名求利有什麼幫助？除非你們跟他們有仇。」

「不一定要有仇，只要他們的名利妨礙到我們的名利就必須處理。」

「所以你與他們，還有我老闆做的是同樣的題目？」

「這樣說並不精確，因為表面上看起來並不一樣。癌症、免疫、退化性神經疾病在主題上是差很多的。但事實上，嗯，這樣說好了，最近很熱的基因剪輯技術CRISPR，你覺得誰才會用到？我是說，做癌症的會不會用到？會；免疫的會不會？會；退化性神經疾病的，也會，是吧！那是重要的技術，所以很多很多領域都會用得到。也因為很多很多領域都會用得到，所以它的商業價值就很高很高，這也是為什麼前一陣子CRISPR的專利歸屬還要打官司。是吧，這你同意吧？」

「我能理解。所以說，是你們想要發展的某種重要技術在他們的那些論文中被捷足先登了，因此讓你們失去了發表論文或是申請專利的先機，因此，你們得證明他們所擁有的技術或發明是錯的、是假的？」

「大致上如此沒錯。細節上則是我們更早知道，在他們論文還沒發表之前的審查階段我們就已經知道了。」

「所以是有期刊的審稿人甚至是期刊的主編，將還在審查中的文章內容告訴你們？」

「推理上是這樣沒錯，但過程或許更曲折。不是你剛剛說的那兩類人員直接透露給我們，某種程度來說，是有人偷偷複製了那些還在審查中的論文，然後賣給了我們。不過在這個部分追究細節並沒有太大幫助，那些是美國的事務，台灣的檢察官根本無法求證，而且這跟殺人與否也無關。」

「總之，反正就是你們透過某種神奇的管道知道他們已經做了什麼，而且他們所做的事情中有某些關鍵的東西跟你們正在發展的東西類似，等於你們被他們搶走了先機。

「在你們思考反擊之道的時候，果然發覺那些實驗的數據是有問題的，所以你們就開始驗證那些實驗，然後也發現那的確是假的，因此想說就直接跟期刊檢舉，以確保你們的研究將來仍然可以優先發表。」

「論文發表倒是其次，重要的是專利。你有仔細讀過姓張的傢伙那些文章嗎？」

「沒有，我不做那個領域的題目，所以沒有興趣去讀。」

「你應該仔細讀讀。邏輯上來說，那的確是篇很有創意的論文，但就是太合邏輯了，所以就不像是真的生物醫學研究。

「那篇最大的賣點就在於，他們所聲稱使用的篩選策略以及製備樣本所用的溶液成分，這兩者配合之下所發揮的效力真的太高了。如果事實真是如此，那麼這些東西就可以變成在許多領域也都適用的檢驗套組，而且不只在學術研究的市場，醫院臨床使用會是更大的商機。」

「你們正在發展的，也是同樣概念的東西嗎？我是說，跟他們所使用的篩選策略以及製備樣本所用的溶液成分。」

「概念類似，但遭遇極大的困難。生物體的變異性之大，超過我們的想像。當然，如果就單純學術論文發表的目的來看，初步成果有超過六成五的準確率算ＯＫ，但這樣的準確率是無法在臨床上推行的。以我們目前累積的經驗推估，最多最多，就再推進個一些，或許到七成，那就是極限了，但七成仍然沒有什麼臨床使用的吸引力。」

「但這跟學姊的死有什麼關係？如果真要殺，也應該是殺你才對；不對，目前頂多就是將來一篇論文被撤回，即便說他們好像要成立什麼生技公司，但也都還沒有真正落實，所以目前也應該沒有什麼實際損失才對，不過就是幻滅了一個賺大錢的夢想而已。這樣，就會是個非殺人不可的理由嗎？」

「對，你說到重點了。如果只是一篇論文被撤回和一家籌備中的公司開不成，那樣子的損失的確很難是個殺人的理由。但如果專利已經申請，公司也已經開張，那就另當別論。」

「在美國？」

「嗯，他們在文章發表之前，就已經申請了那個檢驗套組的專利，而且已經募了資金成立了公司。所以他們的首要之務，是不斷的證明這個東西在各領域都很有用，並且繼續推進到臨床試驗，好用來募集更多的資金。

「當年這家公司成立時，在美國的生技圈算不小的新聞，只是台灣的媒體沒人報導而已。」

「所以那個校長和姓張的，甚至包括我老闆，都是那家公司的創始人？」

「只有你們那個校長是。姓張的和你們老闆，包括校長的徒弟那個姓楊的，都是後來那家公司準備來台灣撈一筆的時候才被拉進去的。」

「還是不對，即便這樣，仇人也應該是你，或是你們那群人，這關學姊什麼事？」

陳鎰哲的臉忽然扭曲綳緊了起來，看得出正在努力壓制巨大的情緒波動，企圖讓自己能夠持續正常發言。

「這是我非常後悔，也無法原諒自己的地方。是我讓語娟變成那群人的仇人。」

「請繼續說，說清楚！」我的臉色應該非常凝重，自己都感覺到我的眼睛因為用力專注而不正常的張大著。

「關鍵在於，由誰具名去跟期刊檢舉最有效力！這些大期刊接受了一篇論文，之後你又要期刊主編承認他們所接受的論文是有問題的並不容易。一個是面子問題，代表審查不嚴格；另一個是他們也要考慮會不會是惡意的浮濫檢舉。特別是，如果檢舉人和被檢舉的人有競爭關係或是利益上有衝突的時候，期刊主編通常會對檢舉案持保留的態度。

「你還記得我剛剛提過有人偷偷複製那些還在審查中的論文賣給我們嗎？為什麼他知道要賣給我們？就是因為他知道我們的團隊跟那群人是競爭的，在利益的爭奪上是有嚴重衝突的。也就是說，在這個小領域中，我們跟他們是敵對的兩群已不是個秘密，所以期刊主編也可能會知道。因此，從這點來看，如果由我們這群人出面具名指控，那很可能會落個被擱置到不知何年何月的下場。」

「所以你要學姊幫你們出面具名？」

陳鎰哲沒有立即回答，而是深呼吸了幾口氣，眼睛微閉，緊咬著嘴唇，努力的再讓自己波動的情緒被壓制住之後，才繼續說下去。

「如果由語娟出面有兩個好處，一個是沒有剛剛所說的因敵對關係所產生的浮濫檢舉的問題，第二是，語娟雖然沒有在那些文章中列名作者，但也算是那個團隊中廣義的一員，由一個熟悉那個團隊在實驗現場運作方式的人來檢舉，比較能夠引起期刊注意並進而採取調查作為。」

「學姊應該沒有答應吧？」

「語娟的確沒有答應。」

「所以你在學姊不知情的狀況下，假冒她的名字投書期刊？」

陳鎰哲終於掉下淚來，說：「是的。」

「不對，期刊主編如果接到具名的檢舉，不管處不處理，總會回個訊息給檢舉人……喔，所以，你弄了一套假的通訊方式，包括e-mail與電話，偽裝成學姊去檢舉，但實際上都由你對口與期刊交涉，學姊完全不知情。」

「是的，都是我，語娟完全不知情。」

「這樣的話，姓張的那夥人怎麼會認為是學姊去檢舉的？」

「這就是我最疏忽的地方，也是我最不能原諒自己的地方。我那個時候就應該要想到，既然有人可以偷盜出尚在審查中的論文賣給我們，那麼期刊內部就有可能也會洩漏檢舉人的資訊給被檢舉人。我居然在這個層面天真的以為期刊會確保檢舉人的身分不曝光。」

「幹！你這個豎仔，是你從來沒有把學姊的安全當一回事吧！幹！整顆腦袋只想著你個人的利益！幹！」我大聲的斥喝陳鎰哲。雖然檢察官說不管陳鎰哲說什麼都不要去反駁他，也不要動怒，但此刻我實在忍不住了。

「是，我是豎仔，但我還是有考慮過語娟的風險！我那時候的評估是，最嚴重的狀況就是語娟頂多不拿台灣的博士學位罷了，但我團隊內的成員可以馬上安排她到美國一流的大學拿到博士學位。」陳鎰哲也略為大聲但帶有些顫抖的音調回答著。

我努力按下自己的情緒，回到剛剛的問題上，用盡量平實的語氣接著問：「所以，校長那批垃圾人是什麼時候知道學姊……你假扮的那個學姊去檢舉他們的？」

「這我不知道，但我想應該是檢舉信去了之後沒多久吧，因為那時就有消息傳出他們在找一位學術地位很高的人要跟期刊施壓。」

「學姊後來自己知道嗎？被你假冒去當檢舉人？」

「應該不知道。她沒有找我談過這件事。」

「最後事情變成學姊遇害，而不是你原先想的那種狀況而已。對於這樣的演變，你覺得失控的關鍵是什麼？」

「資金可能是主因。後來我們陸續發現，他們利用那些論文的數據，包括你老闆的那篇，還有另外兩個在美國的實驗室所做的，在所有的文章都還沒有發表的時候，就將這些東西用來當作是效能卓著的證據，並以此在美國募集了第二階段的資金，聽說數目至少是第一波募資時的三倍。

「另外，在台灣的公司雖然還沒有公開，但在語娟的死尚未重啟調查之前，就上週，我所知道的數目光在台灣民間，就拿到了十五億新台幣，這還不包括政府一些準備搭順風車投入的資金。」

「但這些是投資到那個公司的錢，還沒有花掉，也就沒有虧損。就像我剛剛問的，即便造假被知道了，頂多只是公司解散而已，這些人應該不會就此一無所有，搞不好還會像美國那家Theranos公司，即便微量血液檢測的神話被戳破了，倒楣的、真正有損失的仍只是投資人而已。我是說，這樣還是沒有殺人的理由啊！」

「但如果錢花掉了呢？而且是花到自己的另一個口袋中呢？」

「掏空嗎？」

「新聞裡檢方查的另一個案子就是這個。我這邊目前所知道的，校長跟他身邊的那一夥，特別是他那個姓楊的徒弟還有姓張的，三個人應該是主要的洗錢人物。基本管道是利用他那個基金會，就設在你們學校附近那棟大樓內的基金會，還有姓楊的家族企業，以及姓張的他太太所開設的幾家空殼公司在進行。」

「我老闆有份嗎？」

「應該沒有。他不是嫡系人馬，沒有那麼核心，比較像被招攬進來參與圍事的人。」

「還是不對！檢舉內容已經送出去了，期刊已經知道了，而且可能開始調查了。在這個時間點殺了檢舉人，不僅於事無補，而且又多惹了一個更大的麻煩上身，這絕對是下下策，他們怎麼可能會在這個時候殺了學姊？」

「你的疑問跟我之前的一樣，我也想不通這一點。我也跟許多朋友討論過，那個殺人的必要性會是什麼？但也都沒有什麼合理的說法。直到前兩天，我一位在美國生技公司工作的朋友跟我說，這幾天在他們圈子內開始傳出一個說法，就是語娟因為不滿她的名字沒有被放到論文裡，也不滿沒有給她新公司的股份，所以就偷偷換了那些論文的數據，然後再去跟期刊檢舉，打算以此來要脅勒索。但是沒想到事情提早曝光了，不僅勒索不成，還可能因此丟了學位、吃上官司，所以就自殺了。」

「將第一次造假完美栽贓轉嫁後，接著再以第二次造假完美勘誤？」

「是的，這樣事情就合理了。」

我將頭埋在雙掌內，腦袋像是被雷電轟炸過後的四分五裂。我多麼希望現在跟陳鎰哲所談的，只是某一本偵探小說內的情節，聊完後只需要稱讚一下作者的巧思即可，而不是被學姊所受的冤屈與苦難啃噬著我無能為力的心靈。

我忽然想到一件事，抬起頭來問道：「是鍾頤喆，不是你吧？」

陳鎰哲瞪大了眼睛，以不可置信的驚懼表情看著我好幾秒鐘，然後才又慢慢回復到原來悲戚的樣子，說著：「我愛語娟，這是千真萬確的，我相信語娟也一定是喜歡我的，但是老天爺卻偏偏要安排她變成我的學生！是她自己無法說服自己揚棄那種沒有道理的師生禮教堅持！」

「所以在宜蘭你說的那些都是假的？」

「阿遠，感情的真假你要我怎麼說呢！是的，或許有些敘述是假的，但不是我蓄意要騙你，我只是不希望語娟在死後還要再被別人議論那些過往。

「我跟語娟這幾年來已經是無話不說的好朋友了，而且是非常非常好的朋友，只是她一直不願意跟我跨到情人這一關！我向語娟求過婚是真的，她也沒有明確的拒絕我；我知道，她只是一直在跟她心中的那道無謂的禮教藩籬對抗而已。

「她流產也是真的，不過是那個鍾頤喆的孩子。他居然在自己婚後還對語娟這樣死纏爛打的糾葛著，讓語娟承受非常大的壓力與折磨。為了這件事情我找過鍾頤喆，我非常嚴厲的警告他，如果他還想要他的事業和家庭，就得離開語娟遠一點，不准再碰她，不然的話，我會盡我一切的能力毀掉他的一切。

「本來在語娟剛知道懷孕的時候，我跟語娟說，妳就放心的把小孩生下來，沒關係，我娶妳，妳的小孩就是我的小孩，以後小孩的父親就是我，我一定會視如己出的。那時候語娟雖然沒有立即答應我，但我知道這是她唯一可以依靠的方式了。只不過沒想到她流產了，讓一切事情又都回到了原點。」

我看著陳鎰哲，我想我的眼神已經沒有那麼銳利的仇視著，或許我相信了他那麼一點點，但更大的原因可能是，我已經不忍心再聽到我那苦命的姊姊所遭受到的人間傷痛。

我結束了與陳鎰哲的談話。離線後，再將錄音檔重聽了一遍，確認剛剛所說的內容都有清楚的錄下來之後，就寄給了金檢察官，也順便寄了一份給小惠。我隨後先打了電話給金檢察官，確認他已經收到了完整可用的檔案之後，再打了個電話給小惠，要她先聽一聽那些錄音的內容，等她聽完後，我們再視訊討論。

已經快晚上十一點了。窗外沒有了白天的喧囂，一切都彷彿要落幕似的安靜下來。在過去接近兩週的時間內，那些我聽的、看的、說的、經歷的，終於讓這一切好像快要走到了清楚的時刻，但在當下我又懷疑了起來，這些是真實的嗎？

或許陳鎰哲對學姊的用心是真實的、或許鍾頤喆與學姊的愛情也是真實的、那些利益薰心的片段也是真實的，但這些的真實為什麼要這樣無情的交會？

會是輪迴嗎？還是純粹在這輩子才冒出來的無因之果？

如果是輪迴，那這樣輪迴的目的又會是什麼？每一世的人生中，到底那些事情才夠格被抽離出來做為輪迴果報的對應呢？就像我看到家族長輩間的婆媳妯娌之恩怨衝突，幾十年來的紛擾，到最後，即便我以局外人的身分回過頭看了，也很難說得清楚到底那些陳年舊帳有沒有個對錯，大家互相折磨了幾十年，其實是真恨對方呢？還是依賴著與對方的糾纏而活下去？

這些帳，下次輪迴的時候該怎麼算啊？

這輩子學姊的死，校長一夥人無疑是直接的兇手，但在將來的輪迴上來說，陳鎰哲也該算是一名兇手嗎？而學姊因著與鍾頤喆的無緣愛情之故，致使後來環扣出與陳鎰哲之間的糾葛，是否鍾頤喆也該算入輪迴之後該討索的對象呢？

我和小惠都是紅著眼眶在視訊的。實在是無法有個平靜的心情跟她說明阿儀的邀約，一方面時間也晚了，十二點了，心裡想說，反正明天傍晚見到面之後還有機會跟小惠敲定週六日的行程，於是只在視訊中跟她說好大約下午五點，我到台北車站的高鐵出口處等她，就準備晚安離線了。

結束前，小惠忽然想起了什麼的說：「阿遠啊，昨天晚上我作了個夢，夢見阿娟姊姊摟著我跟一個小女孩，一邊笑著但也一邊流著眼淚，好像在跟我們叮嚀什麼，但是我沒有聽清楚，只記得最後她以比較清晰的聲音說著：妳們都要勇敢一些喔，不要怕。就像她之前跟我說過的那樣。」

說完，小惠又啜泣了起來，我只好不斷的隔著鏡頭安慰的哄著她，哄得我自己也跟著哭泣了起來。兩個人就在淚眼中結束了對話。

走進臥室內，整個低悶的心情讓我好想好想我的阿娟姊姊。我打開了阿娟姊姊的衣櫃，那熟悉的味道仍然微微的漫著；我坐在地上，身體斜依著櫥板，好讓頭部能夠自然的枕著那些衣服。

我需要跟我的阿娟姊姊撒撒嬌。

第十三天

在一切都那麼柔適的時候，卻看到我的阿娟姊姊一身雍容華貴的坐在轎子中，我騎著馬跟在轎旁，一起進了城門。眼前是很開闊的鋪石廣場和一座雄偉的宮殿，或許是皇宮吧，我這麼的想著。姊姊示意我在廣場上等著，自己下了轎，由身旁很多位同樣身著華麗禮服的侍女陪同往宮殿裡走，我看到了，一位是小惠。這時我才發覺，我手裡執著一根長槍兵器，整個廣場靜謐得很，沒有任何人跡。

才一失神，就看不到她們了，我有點慌張的騎馬四處尋找，但就是看不到。因為持著兵器，也不敢朝宮殿裡面走，只能一直往階梯上張望著。還好，一下子就又看到眾侍女拱著姊姊走出來，好像從天而降的尊貴氣象！姊姊見到我，很嚴肅的苦笑了一下就進了轎，我跟著她騎馬又出了城門。途中忽然見到很多現代的車子，也有很多現代裝扮的年輕人拿著手機在我們身邊走來走去，但又好像跟我們在不同空間似的，不會碰撞到，對我們也好像視若無睹。

走了一會兒，姊姊忽然打開轎邊的窗戶探頭對我說：「九千萬兩，我能阻止的，就只有這麼多了。請將軍見諒。」

我聽完嘆了口氣說：「很多了，難為公主了。末將代百姓謝公主隆恩。這就先告辭回邊防去了。」

我一說完，姊姊也嘆了口氣，沒說什麼，將窗戶又關上。我跟侍行在旁的小惠微微點了點頭，她回了我剛剛在視訊中看到的那樣不捨的淚眼。我沒再多說什麼，策了馬，提了槍，就往前方一團光亮處奔去。

亮處的盡頭是黑暗，當我越過了那個交界，時間停在的地方，仍然是清晨四點三十分。

我掙扎著起身，才發覺自己昨晚還是不知道在什麼時候，又回到床上睡著了。

我看著那四點三十分的時間往前跳到四點三十一分，心裡有個念頭忽然冒出來。我拿起收在抽屜中姊姊的筆電，打開它，然後在檔案管理員中，瀏覽著姊姊「證件」那個資料夾裡一張張的掃描文件，果然看到了一份出生證明書。

四點三十分，是姊姊的出生時間，也是我隨後的死亡時間。

「子宮共度，十月恩盡，生死關，還卿一命。」

「與君緣滅，情分未已，得見時，天涯又去。」

我想起了那時兩人的告別。

我頹坐在椅子上，不知道該問虛空中的誰：既然讓我知道了彼時的幽暗結局，能不能就讓下輩子直接在這個清晨的甦醒開始，略去所有重新為人的細節，在當下的天光漸亮之際，就讓完整的阿娟姊姊重新坐回到我身邊？

然而，終究天地不仁，我一直坐到日炎大起的上午七點半，身旁仍只是多了街上重新喧鬧起來的人馬雜沓而已。

起身走到窗邊，不知道該定焦在什麼地方的望著外面，覺得自己越來越搞不清楚該如何看待那些乍現又滅的浮光掠影，到底是我真的經歷過其事，還是腦袋中那些掌管認知的神經元群莫名其妙的活躍起來？

或者，我正身陷一個更複雜的生物學事件？

我們每天所說的話、所經過的身影無時不刻的散發在這個空間中，只是時間久了，距離遠了，那些聲波、光波的強度就弱了，所以我們就聽不到、看不到那些了。但會不會有個人的眼睛或耳朵的結構忽然變化了，變成超敏銳了，所以他還是感受得到多日前在這些空間內反射迴盪的音影呢？

又也許，除了空氣外，我們其實在資訊的海裡游著，話語、影像、文字不斷透過通訊裝置的轉換，以電磁波的形式在我們身邊掠過。如果有個人，他視網膜上的感光受體剛好突變成可以接受這些波長的電磁波，那麼他應該就可以看到比我們精采更多的世界吧！就像是，如果有人內耳的基底膜結構異常、有人的嗅覺受器異常，那他就有可能聽到或聞到常人無法感受的境界。又如果，有人腦中多了像一些昆蟲那般可以感受磁場變化的東西，他是否就會比我們感受到更深刻的自然？

那，我們腦袋想的東西又何嘗不能發射出來？

我們想著事情的時候，那些在頭顱內短距離流竄的各式離子，除了電流的呈現形式外，也該有磁場對應的變化吧？只是囿於我們儀器精度的能耐，得不出這樣的量測。所以，如果，有人的腦袋中剛好長有接收這些微弱超距場變化的受體，那他是不是就具有讀透別人心思的可能？又如果，其實我們每個人都具有接受這些微弱場變化的能力，只是長的位置並沒有與管著認知的腦區直接連接，是否就意味著，我們都能感受到別人的心意，只是在不知不覺中。

又再如果，每個人的每顆腦袋，其實都是這種心意訊息的「基地台」，會加強這些訊號後再重新發射出去，那麼一個人的意念，這輩子所有的，是否就有可能一直在空間內迴盪到百千年後。然後，剛好，在百千年後生出了一個人，他那些接收訊息的受體剛好就萬中選一的長在認知的腦區，而在某一天他偶然迎向了這些迴盪百千年的訊號，就產生了似曾相識的感覺，糅合自己隨意的想像，變成了他的輪迴。

所以，儘管哀怨，但那是別人的故事，不是我的。

是嗎？

即便是，阿娟姊姊的死仍然是令我傷痛萬分的事實，怎麼也改變不了。

但若是傷痛以外的那些進行中的幸福，就忘了輪迴吧，不需要再溯源。

「阿遠啊，你說我要不要帶一套洋裝去呢？我早上一直在想回高雄的時候要怎麼穿，好煩喔！你媽媽會不會比較喜歡看到我穿裙子啊？我要不要穿比較喜氣的顏色呢？應該會去拜拜喔，對吧？」

「方便就好，不用太特意準備，才住一天而已。我跟妳說，我媽只要看到媳婦回去就會很高興的啦，她都會自動把妳們轉化成為女兒來滿足她的遺憾。而且現在對她來說，妳有沒有懷孕她應該會比較在意，其他的都不重要。」

「喔，是這樣嗎？啊，說到懷孕，阿遠啊，我昨天晚上一直在想，如果你不繼續唸書而要開始工作的話，或許，我們就早一點生小孩好了。我跟你說，這幾天我都不知不覺的會上網到處看懷孕育兒的資訊，我覺得，如果我們要生兩個的話，好像早一點生比較好。」

「生小孩妳比較辛苦啦，妳要背十個月，我只是努力一下子而已。妳說ＯＫ就ＯＫ，我不敢有意見。不過我媽如果知道妳這樣想，一定會高興得馬上告訴列祖列宗！」

但我真正想的是，那我昨天衝下去買保險套是在幹嘛！

「好啦，晚上再說了。今天要早點下班，所以我提早去實驗室處理些事情。我昨天已經訂了四點左右的高鐵票，我坐上高鐵之後會再打電話給你。」

「ＯＫ，等等記得穿長褲，不要穿裙子，我騎機車。」

結束與小惠的晨間視訊之後，也才想到，我應該先打個電話跟我媽媽講說我們明天要回去才對，也得先跟她說我不唸博士了，免得明天她又像上週我忽然跟她說我要結婚了那樣的被驚嚇到。想想我還真是個很不孝順的兒子，兩個星期以來，先是結婚沒找她商量，接著要放棄唸了三年的博士班也沒想到要先告訴她。倒是她的新媳婦比她兒子更在意他娘，連穿不穿裙子都要想半天。

但或許穿不穿裙子我媽也會覺得是件大事吧？只是我不了解我媽而已。

結果，電話一打才知道我媽居然未卜先知的在昨天就把我的房間給改頭換面了：添了張大床，還有整套的新寢具。然後我舅舅昨天也已經打電話跟她說過了我不繼續唸博士班的事情。我媽說，舅舅要她勸我跟小惠一起去美國把博士唸完，他覺得我是唸書的料，不唸可惜，而且如果他沒有把我栽培到底，他會覺得對不起我老爸。

我每次最怕我舅舅講這個，我實在是很想告訴他，如果我老爸還在的話，也一定會受不了他每次都這樣想。不過還好我媽跟舅舅說，我都結婚了，是大人了，前途該怎麼走，是我跟小惠兩個人的事，她管不到，也不應該管。但我媽告誡我，娶了人家，就有責任顧好家。兩個人共同打拚一開始苦一點沒關係，但一定要讓太太覺得這樣的辛苦是有希望的，不是在拖日子而已。然後那個博士唸與不唸隨便我，環境如果不好就算了，重要的是做人要清清白白的。

本來以為要掛電話了，她又忽然想到說，今年剛好我父親去世十年了，而她在這十年內也讓三個兒子都成了家，我是最後一個，所以要我們週日跟她一起去爸爸的塔位前跟他報告一下。我答了，喔，好，就準備要掛電話時，她又想到什麼的接著說，下個月台南故鄉的村裡要建醮，會很盛大，大堂哥也要回去參與擺設流水席。我媽很高興的說，堂哥前天特地到高雄跟她說，要她一定要帶我們三兄弟回村子。她說，很有心啦，這個堂哥不會因為我爸去世之後就疏遠了。

但我想著，我很久沒見到我堂哥了。他在台北工作，我也在台北，但是都沒有去拜訪過他，他也沒有找過我。這幾年除了在一兩次親戚的喜宴中匆匆的寒暄過之外，實際上是真的疏遠了，只是我母親比較容易滿足罷了。

但也正因為這麼容易的就滿足，在她孤獨撐天的十年中，我媽才有辦法度過家族中那麼多的人情紛擾，還有，她這個不孝兒子的我行我素吧！

掛上電話，想說，既然老媽這麼有效率的幫她兒子布置好了新房，那從現在算起到出發接人前還有八小時的時間內，我也應該讓台北的這個行館趕快有個家的樣子。

不過心念雖然如此，生理上，我還是自然而然的先下樓去吃頓早餐。

還沒走出一樓大門，金檢察官的電話就來了。一接通他就快速的交代說，接下來的幾天內他可能會需要我的幫忙，包括檢視一些專業的英文文件以及一些生技研究方法上的問題。他希望我盡可能的不要在最近出國，留在台灣好協助他整理出堅實的證據在法庭上與兇手攻防。他特別強調說，不是我有問題要限制我出境，而是在專業的判斷上，他目前比較信得過我，希望我能夠提供他即時的幫忙。

這當然沒問題，我立即跟金檢察官打了包票，即便我回到高雄，如果他需要我幫忙，就算加上市區內的交通時間，我還是可以在兩個半小時之內就到達台北地檢署。

「另外，如果你最近有去祭拜徐語娟，請代我轉達我的歉意；也告訴她，我正在盡全力彌補我的誤失。」

我噙著淚水，跟檢察官說ＯＫ，我明天會跟阿娟姊姊說的。我也代替姊姊向他道謝，感謝他的正直與鍥而不捨，終於讓殺人的真相浮出。

一進早餐店，看到電視新聞中的跑馬燈和之後較詳細的報導，才知道，檢方今天拂曉兵分五路的展開行動，分別搜索校長的基金會、住家、辦公室，以及張P的住家和楊P的辦公室。搜索行動尚在進行中，但目前已經查扣了大批文件、電腦以及帳冊；傳喚到案說明的，同樣的不只校長與張P，還有校長那個嫡系的楊P也一起，共三個人。新聞上說，今天的大規模行動可能與剛重啟調查的徐姓女博士生被殺案件有關，檢方看起來已經掌握了關鍵的證據。

我立即打了電話給阿貓、大鳥和杉原，把他們從睡夢中全挖起來，告訴他們事情最新的進展，也要他們這幾天不要晃太遠，隨時準備支援檢察官。

我有點激動的吃完早餐，彷彿看到好不容易集結起來的兵馬終於佈好陣勢，開始發動了第一波的攻擊。

我迅速回到了樓上，打開電腦，就讓gmail、FB一直開著，也打開幾個媒體的即時新聞網頁，讓自己在整理家裡的時候，仍然可以不時的瞄望到最新的事件進展。

儘管我已經努力的說服自己要先平靜下來，但仍舊止不住心中的澎湃；我知道雖然發動攻擊了，但這只是代表漫長的法律戰才剛要開始，壞人是否會受到該有的懲罰還是未定之天。

然而，大鳥、杉原他們那些在張P及楊P麾下的學生，卻一定會遭遇到我跟阿貓他們一樣的懲罰了：在追求理想最熱情的時候，忽然被所仰賴的老師背叛，被他們砸掉那條通往學術殿堂的道路，變成進退不得的人。

陳鎰哲說得或許沒錯，學術研究的目的只是為名為利。但是這樣的不能免俗，究竟從什麼時候開始侵入一個研究者原本單純的心靈呢？是在學生時代就被潛移默化了？還是在進入職場的生存競爭之後被嚴苛的環境逼迫出來的？

我誠實地看著自己的內心，目前應該還沒有吧，所以在這個時候退出，也算是保住了心中夢想的淨土。然而，我還是不得不承認，我有一個有錢又時時想罩我的舅舅，讓我在潛意識中覺得一定有所依靠，因此在面對兩難的時候能夠瀟灑的做抉擇。

但是，如果我像阿貓那樣的完全自負盈虧，而且已經背負了高額的助學貸款，我還能夠不向現實低頭嗎？

如果我是阿貓，我要怎麼堅持住自己心中的淨土？我還敢就這麼不考慮任何現實的答應跟小惠結婚嗎？我們要有多少金錢及人際脈絡的武裝，才能、也才敢跟惡勢力對抗？某種程度，我現在要求大鳥跟杉原隨我一起努力的把他們老闆打出原形，是不是同時也在逼迫他們做唐吉訶德式的犧牲，那麼不管他們死活的殘忍？

接近中午十二點，搜索完成，偵訊仍在進行中。

下午五點十五分，校長與張P在檢察官訊問完之後立即被逮捕，並且以有變造證據、串供與逃亡之虞向法院申請收押禁見，而楊P則以五十萬元交保候傳並限制住居。

我算是小鬆了口氣，關掉電腦，得去車站接小惠了。

時間剛剛好，等不到五分鐘，小惠就現身在出口閘門。不需要任何演練，我立即接過她手中的行李，她也順勢挽著我另一隻空著的手，依偎的一起走著。

「阿遠啊，我們先到附近的百貨公司逛一下好不好？我剛剛在車上想啊，明天到高雄的時候啊，我應該要帶個小禮物給媽媽才對。你媽媽會喜歡什麼樣的禮物啊？你覺得我要送什麼東西給她才好呢？」

啊！這真是個好問題，除了知道她希望我們三兄弟結婚生子之外，我還真不知道有什麼是我母親她「個人」的喜好？

「好吧，反正妳行李不大，我們就先到信義區的百貨商圈好了，那邊的東西比較多。然後……我也不知道要買什麼給我媽……其實應該也不用買，我們趕快回去生個孫子給她比較實在。」

「吼，你正經點啦！」小惠捏了捏我的手，嬌嗔的瞪著我說。

結果我們花了一個多小時，小惠才終於敲定要給婆婆的禮物。那是一個精緻典雅但價錢還算合理的胸針。她說，提親那天她有注意到媽媽衣服上面別的那個胸針，在花蕊的結構部分好像掉了顆小珠子，所以她覺得買個新胸針給媽媽應該會是個實用的禮物。

難怪我媽想生女兒。

快八點了，我提議乾脆就在小吃街順便吃個飯。結果，小惠還是挑了麥當勞。依照往例，我順著小惠習慣的整個套餐程序吃完所有炸雞，但在今天的儀式中，唯一不同的是，小惠雖然還是紅著眼眶，但眼淚沒有掉下來。

她說，她原諒她爸爸了。

吃飽後，我順便跟她提了阿儀要請我們兩人吃飯的事情。我非常小心的敘述我跟阿儀之間的關係，我不想隱瞞太多，但也不想講得太清楚。原先在我心中預備好的講稿並不想提到阿儀就是那天載我的人，不過不知怎麼的，在結束說明前我居然自動說了出來，還加碼說了在虎頭埤與她在咖啡店裡談早餐變革的事情。

講完後，我差點冒出一身冷汗。

「你有阿儀的照片嗎？我想看看她。」

「啊？」我真的在冷氣還算強的空間中冒出汗來。

「對了，你開她的FB找一找，她應該有PO她自己的照片吧？」

「喔，應該有吧……妳的手機可以上網，先給我，我來找找。」

雖然我非常的疑惑與忐忑，為什麼小惠忽然要看阿儀的照片？但我實在不敢再多問，深怕在這個緊要關頭若出口了一個錯誤語句，就會毀了我今夜的美好。

「有了，這幾張都是。還有那個大頭貼，就是她要請我們吃的特餐。」

小惠沒說什麼，接過手機很仔細的放大端詳，像是專注的看著照片，也像只是無對焦般的專心沉思著；她心中或許有些起伏，但不至於洶湧到臉頰來，只看到嘴唇隱隱微動如岸邊消退的波浪。

忽然間，小惠笑了，很燦爛，看不出有任何不愉快。

「走，跟我到剛剛買胸針的那個櫃位。」小惠快速收拾眼前的餐盤，說著：「快九點了，現在去應該還來得及。」

我揹著行李隨她快步走回一樓的櫃位。小惠一邊撥著頭髮，一邊巡望著櫥窗內的每一個胸針。在九點二十分的時候，又買下了一個造型亮麗華貴的胸針。

「給阿儀的，她一定會喜歡的！」

我喔了一聲，不知道還能答什麼；小惠也沒有再說什麼，兩個人就這樣靜靜地依偎著走出百貨公司。

騎上機車前，小惠要我先打個電話跟阿儀說我們明天中午就過去。順利聯絡上之後，兩人坐上機車，小惠緊緊地摟著我，輕輕地說了句：「我要謝謝她。」

我的肩胛在她臉頰貼著的地方，隱隱感覺到有淚水暈濕開來。

第十四天

我在週末的清晨六點鐘醒來。

同樣正甦醒中的天光從窗簾外面輻照進來，剛剛好柔適的亮度，讓我清楚的看到身旁小惠甜美的臉龐；那是我的妻子，她仍沉沉的睡著。

不想因為起身下床的震動而吵醒她，我就維持同樣的姿勢一直躺著，沒有想什麼，只是側著頭躺著，靜靜地聽著我們家小惠均勻的呼吸聲，感受手臂上透過她緊貼著的乳房所傳來的規律起伏。

如果昨晚兩個人的激情交纏是極致的興奮，那現在的寧靜平緩就是雋永的幸福。

保險套仍然沒有開封。

我的新娘在清晨六點半也醒了過來，兩個人都帶著醒後的口臭深吻了好久才依依不捨的下了床。沒辦法，中午要到台南，上午還要去阿娟姊姊厝放的塔位祭拜。

廁所先讓小惠使用，等待時，我先開了網路新聞看看，結果頭條就是「史上第一遭，大學校長與教授涉嫌合謀殺人，法院裁定兩人收押禁見」，內容說，法院是在半夜快一點的時候才做出決定。我隔著廁所的門跟小惠說了這個消息，我聽到她帶著哭聲說，太好了，老天有眼。

我們在八點前就到了納骨塔。今天不是什麼掃墓時節，也不是重要的節慶日子，一路上山來，只有零星幾個晨起的登山客。停好車，兩個人才剛要走進去，就看到一個人從塔內走了出來。

是陳鎰哲。

「陳老師，您怎麼會來這裡？」小惠遠遠的就先開口對那個人說著。

我看著陳鎰哲，沒有說話，可能也沒有什麼打招呼的動作；或許有那麼一些些的微微點頭，但幅度之小，連我自己也感覺不到。

「小惠啊，妳怎麼……」陳鎰哲略為快步地走了過來，看看我、看看小惠，顯然他還在斟酌我們兩個人是什麼關係。

「陳老師，韙遠是我先生，我們剛結婚沒多久。」

「這樣子啊，恭喜了！」

我仍然沒什麼表情，也不想說什麼，只是用自己已經可以感覺得到的小幅點頭，聊充回應他的恭喜。

「我是來跟語娟說，昨天半夜兇手被法官收押了。」陳鎰哲看著我，繼續說著：「我的檢察官朋友跟我說，有找到關鍵的證物，所以成功起訴的機率相當高。」

「終於……」小惠哽咽了起來，無法繼續說下去。

「謝謝你來看我姊姊，不送了。」我挽起小惠的手，沒有再多說什麼的往塔內走去。小惠則是禮貌性地向陳鎰哲點了點頭。

陳鎰哲第一時間有些錯愕的想再說什麼，但是看我沒再搭理他的繼續往前走，也就沒有再追上來說話。

小惠跟我並肩站在厝放阿娟姊姊骨灰的塔位前。我向姊姊說著這兩週所發生的事情以及放棄學業的決定，還有檢察官要我轉達給她知道的話；小惠則是雙手合十的持拜胸前，閉著眼睛凝神默禱，但是我看到她的眼淚不斷的滴下來。

忽然間，小惠雙膝跪下，整個人匍匐在地的痛哭著，是那種非常非常掏心掏肺的痛哭著，這讓我一下子不知道要如何反應，只能陪著她一起跪著，不斷安撫的拍著她的背。五分鐘過去了，小惠仍然沒有任何緩解的跡象，仍是悲痛欲絕的哭著，哭到整個人都有點不正常的抽搐著。我覺得不對勁，只好用力的把她摟進懷裡。一開始，她還有點抗拒的想掙脫，後來在我的強力環抱下，她才慢慢鬆軟了身體，逐漸的和緩下來。

我抱著她，一直等到她哭聲停歇了，才稍微放開她；但不敢一下子就全放開，只是先讓她微微疏離我的身體，但我的雙手還是摟著她的腰、搭著她的肩。我前胸整片衣服都被她的淚水沾濕了，小惠也因為剛剛的劇烈大哭而顯得非常憔悴。我心疼地問了她「還好嗎？」小惠輕輕的點了點頭，很小聲地說，「我沒事，不用擔心。」

我扶了她站起身來，過程中小惠的眼睛始終沒有離開過阿娟姊姊的骨灰罈，即便站穩了，也仍然繼續專注的看著，偶爾抿著嘴很細微的點點頭，眼眶裡仍然有著盈滿的淚水，但看得出來她已經能夠克制住自己的情緒了。

我感覺到手中扶著的小惠已經沒有剛剛那麼的僵硬緊繃，就調整了一下站姿，讓兩個人都正對著阿娟姊姊，我說了：「姊，我帶小惠回家了。」小惠聽我說完，稍微掙脫開我扶著的手，再度雙膝跪下，行了個非常正式的叩拜大禮。這次她沒有哭，起身後，只是很哀戚的用眼神示意我，可以離開了。

一出塔外，天光已大亮，雲破處，放射的金黃輝照如天神迎賓。

小惠站在門外的空地上眺望天際雲光好一陣子，臉上的神情漸漸回復到正常柔和的面容。等到原本連綿的雲層四散、陽光灑滿大地之後，她才轉過頭，淺淺但燦爛的對我一笑，說：「走吧，我們去找阿儀，我有很多話要跟她說。」

後記

一寫完，就掛掉兩台筆電。所以讓自己沉澱幾天，脫離了這本小說。這兩天再找了台電腦把它列印出來，拿著那一疊厚厚的紙本，才感覺到原來二十一萬字是什麼樣的重量。

寫這本小說的過程是個奇特的經驗，除了語娟和韡遠是一開始就設定要出場的角色之外，其他人物都是在他們出場前的某個時刻——或許是我剛好在洗澡、剛好在上廁所、或是剛好在做實驗——那些在動筆當天某時忽然冒出的靈光乍現下，才決定這個角色要粉墨登場。

然後，我也不知道他們出場之後要做些什麼事，常常劇情也是坐在電腦前不久的某一刻——或許剛好在洗澡、剛好在上廁所、或是剛好在做實驗——那些在動筆前的虛空中忽然冒出之靈光乍現，甚至是在寫作的當下，才決定今天要上演的橋段。就像小惠逼婚的那一段，直到那句「我們結婚吧，現在。」一出現時的前三行，我都還不知道小惠會說出這樣的話來。

也因為如此，我心中自知，這本小說嚴格來說，不是我自己的作品，我變成只是個傾聽者，傾聽那些主角們所說的；然後，被主角們驅動著努力的寫，以我自己都無法理解的積極，甚至寫到打字的手都得要進廠維修還是不願意停下來。

不是我不願意，而是他們不願意。

做為一個傾聽的記錄者，我當然也努力試著將自己的想法寫進去。我說服了主角們不要讓輪迴成為這篇小說的主軸、不要企圖用輪迴來解釋所有事情。基本上，我極力主張讓主角在決定自己未來的時候，仍然是以今生個人自己的意志為之，不要讓前世左右。這些前世的橋段，我希望只是做為情感慰藉的依託；我也不想讓仇恨破壞美感，所以堅持不在輪迴中談壞人的部分。

這是因為我覺得輪迴是一件很難說清楚的事情，那不是一代對一代的關係，而像是，白雜訊之所以為白雜訊，必須要有足夠的資料量，包括取樣的時間長度和取樣頻率的配合，才能夠計算出一個在頻譜上均勻分布的結果。如果只是任取兩個瞬時來觀察，都會變成有意義的突發事件，而失去宏觀下的無常。

當然，我也讓我的偏見變成這本小說的主軸：生醫研究沒有那麼光鮮，然後，有問題的不是年輕人，而是那些掌著權力被稱作師與長的人；還有，女性通常是拯救這個世界的人。

總之，我寫了本不全是我自己想出來的作品，這是我重讀了這本小說的感想。

——蔡孟利

國家圖書館出版品預行編目資料

死了一個研究生以後 / 蔡孟利著.
--初版.--臺北市：皇冠文化. 2018.03
面；公分（皇冠叢書；第4682種）
（JOY；211）

ISBN 978-957-33-3365-4（平裝）

857.7　　107000896

皇冠叢書第4682種
JOY 211

死了一個研究生以後

作　　者—蔡孟利
發 行 人—平雲
出版發行—皇冠文化出版有限公司
台北市敦化北路 120 巷 50 號
電話◎02-27168888
郵撥帳號◎15261516號
皇冠出版社（香港）有限公司
香港上環文咸東街 50 號寶恒商業中心
23 樓 2301-3 室
電話◎ 2529-1778　傳真◎ 2527-0904
總 編 輯—龔橞甄
責任主編—許婷婷
責任編輯—平　靜
美術設計—王瓊瑤

著作完成日期—2017年11月
初版一刷日期—2018年3月
法律顧問—王惠光律師

讀者服務傳真專線◎02-27150507
電腦編號◎406211
ISBN◎978-957-33-3365-4
Printed in Taiwan
本書定價◎新台幣380元/港幣127元